C. J. Daugherty

Carina Rozenfeld

Secret Fire
Die Entfesselten

Deutsch von Peter Klöss

Verlag Friedrich Oetinger · Hamburg

© 2017 Verlag Friedrich Oetinger GmbH,
Poppenbütteler Chaussee 53, 22397 Hamburg
Alle Rechte für die deutschsprachige Ausgabe vorbehalten
© Christi Daugherty und Carina Rozenfeld 2016
Published by Arrangement with MOONFLOWER BOOKS LTD
and Carina Rozenfeld
Alle Charaktere und Begebenheiten sind fiktiv eingesetzt, außer jene, die im
öffentlichen Leben stattfinden. Jede Ähnlichkeit mit real lebenden oder toten
Personen ist unbeabsichtigt und wäre reiner Zufall.
Die englische Originalausgabe erschien bei Atom, an imprint of Little,
Brown Book Group, Carmelite House, 50 Victoria Embankment,
London EC4Y ODY, an Hachette UK Company unter dem Titel ›The Secret City‹
Deutsch von Peter Klöss
Einbandgestaltung von Carolin Liepins
Satz: Dörlemann Satz GmbH, Lemförde
Druck und Bindung: GGP Media GmbH, Karl-Marx-Straße 24, 07381 Pößneck
Printed 2017
ISBN 978-3-7891-3340-4

www.oetinger.de
www.cjdaugherty.de
www.secretfire.de

»Stell dich nicht so an. Los, versuch's noch mal.«
Louisa hob einen Stein hoch, der fast so groß war wie ihr Kopf und so schwer, dass ihre Muskeln vor Anstrengung zitterten und die bunten Tattoos auf ihren Armen tanzten, als sie ihn über den dunklen, nassen Sand des Flussufers schleppte.
Nachdem sie ihn auf einem bedrohlich schwankenden Stapel mit weiteren Steinen abgelegt und ausbalanciert hatte, trat sie schnell zurück, als hätte sie Angst, die Konstruktion könne ihr gleich um die Ohren fliegen.
Mit verschränkten Armen stand Taylor in der strahlenden Nachmittagssonne und sah ihr zu. Ein altes Bootshaus, das mitten auf der sattgrünen Wiese stand, war das einzige Gebäude weit und breit.
Sie waren allein. Vor einiger Zeit waren auf dem Fluss ein paar Ruderer vorbeigefahren, doch jetzt hatten sie schon länger niemanden mehr gesehen. Man hörte nur den Wind, der durchs Gras strich, und das Summen der Bienen.
Der perfekte Trainingsort.
Es war ein heißer Tag, Taylor klebten die Haare in der Stirn. Skeptisch betrachtete sie den Steinstapel.

»Mensch, Lou. Wieso denn so viele?«

Louisa lehnte sich gegen die Wand des Bootshauses und warf ihr einen vernichtenden Blick zu. »Wenn ich für jedes Mal, wenn du dich beschwerst, Geld bekäme, wäre ich jetzt bestimmt nicht hier und würde Steine schleppen«, stichelte sie. »Konzentrierst du dich jetzt vielleicht mal, oder was?«

Ihr gefärbtes Haar fing die Sonne ein und verwandelte ihre Strahlen in hellblauen Funkenregen.

Taylor gab sich geschlagen. Sie schloss die Augen, und sofort erstand in der Dunkelheit hinter ihren Lidern die alchemistische Welt. Energiemoleküle umtanzten sie und wurden von ihrem Bewusstsein in greifbare Objekte umgewandelt – wehende goldene Bänder aus dem hohen Gras hinter dem Bootshaus, glänzende Kupferschnüre aus den Lichtmolekülen in der Luft.

Die größte Energie kam jedoch aus dem Fluss: ein Strom aus bernsteinfarbener, geschmolzener Lava, der sich langsam durch das Blütenmeer rechts und links wälzte.

Für das menschliche Auge sind Moleküle unsichtbar, doch Taylor hatte gelernt, sie zu sehen. Sie musste sehen können, wonach sie greifen wollte. Was sie manipulieren, verändern wollte.

Sie holte tief Luft, wählte eins der dünneren Bänder aus dem Wasser aus und lenkte es zu den Steinen.

Hoch mit euch!

Sie spürte es, wenn die Alchemie funktionierte. Pure Energie schoss dann durch ihre Adern.

Sie öffnete die Augen.

Die Steine, die eben noch auf einem Haufen gelegen hatten, schwebten nun hoch über dem träge dahinfließenden Fluss wie Luftballons, hübsch ordentlich übereinander.

Zufrieden betrachtete Taylor ihr Werk. »Bitte schön.«

»Toll.« Louisa klang wenig beeindruckt. »Und jetzt vorsichtig auf dem Wasser absetzen.«

Leichter gesagt als getan. Genau damit nämlich hatte Taylor schon den ganzen Tag ein Problem. Die Steine fliegen zu lassen, war nicht schwer. Sie dahin zu bekommen, wo sie wollte, dagegen schon.

Sie konzentrierte sich, packte das Energieband und versuchte, die Steine so vorsichtig wie möglich auf den Wellen abzusetzen.

Schwimmt!

Sie konnte beinahe spüren, wie das Gewicht der schweren Steine an ihren Kräften zerrte. Die Schwerkraft war erbarmungslos.

Taylor mobilisierte all ihre Energie. Schwitzend, die Hände zu Fäusten geballt, versuchte sie, die Kontrolle zu behalten.

Einen Augenblick lang machten die Steine, was sie sollten, und schwebten sanft wie Rosenblätter hinab in Richtung des graublauen Wassers. Dann plötzlich, ohne Vorwarnung, löste sich das goldene Energieband und vollführte am Rand ihres Sichtfelds einen wilden Tanz.

»Nein!« Taylor streckte die Hände aus, als könnte sie es so noch verhindern, doch es war zu spät.

Die Steine schossen in alle Richtungen davon, einer direkt auf Louisa zu, die fluchte und blitzschnell die Hand hob.

Wie von einer unsichtbaren Mauer prallte der Stein zurück und landete mit einem dumpfen Schlag auf der Wiese.

Ein Stück stromaufwärts klatschten zwei weitere Steine ins Wasser, ein vierter verschwand irgendwo am anderen Ufer.

Plötzlich herrschte Totenstille. Selbst die Vögel waren verstummt,

7

als könnten sie es gar nicht fassen, wie man sich so dämlich anstellen konnte.

»Mist.« Taylor wischte sich den Schweiß von der Stirn. »Blöde Steine.« Sie wandte sich an Louisa. »Können wir nicht lieber wieder Kerzen anzünden? Kerzen find ich super.«

Louisa schüttelte nur den Kopf. »Die Kontrolle ist das Entscheidende, Blondie. Du hast nun mal von Natur aus diese irre Fähigkeit. Jetzt musst du lernen, sie richtig einzusetzen, bevor noch einer dabei draufgeht.«

»Vielen Dank auch, Lou.« Mit einer genervten Handbewegung schob Taylor sich das Haar aus dem verschwitzten Gesicht. »Da geht's mir gleich besser.«

Ehe Louisa etwas erwidern konnte, klingelte ihr Handy. »Bin gleich wieder da«, sagte sie zu Taylor und ging zum Bootshaus, um ungestört zu telefonieren.

Taylor sah ihr nach. Noch immer gab es Dinge, über die sie nichts wusste, weil Louisa sie nicht einweihte. St. Wilfred's steckte voller jahrhundertealter Geheimnisse. Und Taylor war mittendrin.

Seufzend ließ sie sich auf einer verwitterten Holzbank nieder. Das Training hatte sie ausgelaugt, sie fühlte sich, als wäre sie einen Marathon gelaufen. Der Schweiß lief ihr übers Gesicht, und ihr Körper war erschöpft. Das weiße T-Shirt mit der Aufschrift »Ich steh auf BÜCHER und kann nicht lügen« klebte ihr am Oberkörper.

Sie nahm einen lauwarmen Schluck aus der Wasserflasche und ließ den Blick über die Wiese schweifen. In der Ferne ragten die steinernen Turmspitzen von St. Wilfred's hoch in den Himmel – eine weiße Burg, die in der Sonne schimmerte.

Sie konnte es immer noch nicht fassen, dass dieser Ort nun ihr

Zuhause war. Jeden Morgen wachte sie in dem ungewohnten Zimmer auf, betrachtete die schneeweißen Wände und das altmodische Mobiliar und wunderte sich, wo zur Hölle sie gelandet war. Bis ihr alles wieder einfiel. Der Kampf in Woodbury. Die Todbringer, die sie auf der Straße bedroht hatten. Sacha, der plötzlich auf dem Motorrad angebraust gekommen war. Die überwältigende Macht, als sie zusammen die dämonischen Kreaturen vernichtet hatten.

Ihr Handy vibrierte in der Tasche und unterbrach ihre Gedanken. Eine Nachricht von ihrer Mutter.

Ich vermisse dich so, Liebes. Rufst du heute Abend mal an?

Taylors Brust schnürte sich zu, sie drückte das Handy fest an sich.

Louisa und die anderen Alchemisten hatten Sacha und Taylor zu ihrer eigenen Sicherheit nach St. Wilfred's gebracht. Möglicherweise war es dort tatsächlich sicherer für sie – so sicher es unter den gegebenen Umständen eben sein konnte. Trotzdem, wie zu Hause fühlte es sich nicht an.

Auch wenn sie es niemals zugegeben hätte, ihre Mutter fehlte ihr sehr.

»Ja!«, tippte sie enthusiastisch zurück. »Ich meld mich vor dem Abendessen.«

Sie vermisste ihr Zuhause total, sogar ihre kleine Schwester Emily. Aber vor allem vermisste sie Georgie, ihre beste Freundin. Sie simsten sich zwar oft, doch mittlerweile waren sie nicht nur räumlich meilenweit voneinander entfernt. Georgie saß in Woodbury, bereitete sich auf die Abiprüfung vor und träumte schon von der Spanienreise mit ihrer Familie, wenn alles vorbei war.

Und Taylor lernte, wie man gegen Monster kämpft.

Sie warf Louisa, die immer noch telefonierte, einen verstohlenen Blick zu, holte tief Luft und verdrängte die düsteren Gedanken. Niemand durfte wissen, was sie fühlte. Alle mussten glauben, dass sie bereit war. Blieb ihnen ja auch gar nichts anderes übrig.

Louisa steckte das Handy wieder in die Tasche ihrer abgeschnittenen Jeans und kam zielstrebig auf sie zu.

»Wir müssen zurück«, verkündete sie. »Jones will mich sprechen.«

Jones, genauer gesagt: Jonathan Wentworth-Jones, war der Dekan von St. Wilfred's. Die Hierarchie im College war zwar nicht sehr ausgeprägt, doch wenn der Dekan rief, dann ließ man besser alles andere stehen und liegen.

Erleichtert, dass das Steine-landen-lassen vorbei war, folgte Taylor Louisa über den Pfad, der sich durch die Flusswiese zur Schule schlängelte. Der Weg war schmal, eingesäumt von hohen Gräsern und Wildblumen, die ihre Beine kitzelten.

Taylor wickelte ihre widerspenstigen blonden Locken zu einem Knoten, damit der Wind ihren Nacken ein wenig kühlte. Es war der heißeste Juli, an den sie sich erinnern konnte, und mit jedem Tag wurde es schlimmer. Als würde die Welt untergehen.

Sie war so in Gedanken verloren, dass ihr erst auf halber Strecke auffiel, dass Louisa kein Wort mehr gesagt hatte. Normalerweise hätte sie Taylor beschimpft, weil sie das mit den Steinen nicht hingekriegt hatte, und ihr damit gedroht, noch härter zu trainieren. Doch jetzt war sie still, und ihr Gesicht war angespannt und nachdenklich.

Taylor musterte sie interessiert. »Ist was?«

Louisa sah auf. Im Sonnenlicht hatten ihre Augen die Farbe von warmem Karamell.

»Nichts.« Sie zuckte mit den Schultern und schaute wieder weg. »Jones macht sich immer über irgendwas Sorgen.«

Taylor hätte schwören können, dass Louisa ihr etwas verheimlichte, doch sie fragte nicht weiter nach. Sie hatte genug eigene Probleme.

Mit jedem Tag wurden ihre alchemistischen Fähigkeiten stärker. Steine konnte sie vielleicht noch nicht kontrollieren, doch dass sie immer besser wurde, stand außer Frage. Selbst jetzt fiel es ihr schwer, sich auf den Weg vor ihr zu konzentrieren, weil die Energiemoleküle sie zu verfolgen schienen. Um sie herum waren lauter goldene Kugeln und zähflüssige Energietropfen. Ständig wurde sie abgelenkt, und es machte sie ganz verrückt, wenn sie im Gehen direkt hinschaute. Sie musste sich zwingen, die Welt so zu sehen, wie normale Menschen sie sahen. Blaue und rosa Blumen. Grünes Gras. Sonnenlicht.

Der Weg endete an einer Holzpforte, die in eine Steinmauer mit tief liegenden Fenstern eingelassen war. Über der Tür waren alte Symbole eingraviert. Bei ihrer Ankunft hatte Taylor sie kaum wahrgenommen, doch nun fielen sie ihr ständig auf, sie fanden sich überall im College: der mächtige Uroboros, eine Schlange, die sich in den eigenen Schwanz beißt. Ein schlichter Kreis, verflochten mit einem Dreieck. Das perfekte allsehende Auge. Dutzende waren es, und jedes stellte ein Element der alten Alchemie dar – Kupfer, Quecksilber, Zinn –, alles starke Kräfte zur Abwehr dunkler Magie. Sonne und Mond, die für Gold und Silber standen, waren die mächtigsten Symbole. Sie fanden sich überall, über jedem Durchgang, jedem Fenster, an jeder Wand.

Alle zusammen bildeten sie eine Barriere rund um St. Wilfred's, die eigentlich ausgereicht hätte, um das College zu schützen. Doch die Dinge hatten sich geändert.

Nichts war mehr sicher.

Die Tür hatte keine Klinke, doch das war kein Problem für Louisa. Sie presste die Fingerspitzen an das ramponierte Holz, es ertönte ein metallisches Klicken, und die Tür öffnete sich.

Dahinter sah man Studenten und Professoren über eine Rasenfläche eilen, die auf allen Seiten von hohen Steinbauten umgeben war. Auf den ersten Blick sah es aus wie ein ganz gewöhnliches Oxforder College – und das war es in gewisser Hinsicht ja auch.

Sie folgten den Studenten.

»Wegen der Steine vorhin …«, sagte Louisa so unvermittelt, dass Taylor zusammenzuckte. »Mach dir nichts draus, das wird schon. Du machst Fortschritte.«

»Ich weiß«, sagte Taylor. »Wenn es nur schneller ginge.«

Louisa lächelte grimmig. »Es geht doch schnell. Kommt einem nur nicht so vor, weil wir es so verdammt eilig haben.«

Ein paar Mädchen, die an einer Steinsäule standen, starrten unverblümt zu Taylor herüber und versuchten erst gar nicht, ihre Neugier zu verbergen. Ihr Getuschel rauschte Taylor in den Ohren.

»Ist *sie* das?«

»Sieht gar nicht aus wie was Besonderes.«

Eigentlich hätte Taylor daran gewöhnt sein müssen, so oft, wie ihr das schon passiert war. Doch es ging ihr trotzdem auf die Nerven. Ihre Wangen röteten sich, Wut stieg in ihr auf.

Gerüchte über sie und Sacha hatte es seit ihrer Ankunft gegeben, doch was hinter der ganzen Geschichte wirklich steckte, wussten die meisten in St. Wilfred's nicht, weil Jones sich zu den Details nicht äußerte, damit keine Panik ausbrach. Dass das, was auf sie zukam, mit ihnen beiden zu tun hatte, war jedoch allgemein bekannt. Und es machte sie nicht unbedingt beliebt.

Noch ehe sie sich eine passende Antwort ausgedacht hatte, baute Louisa sich mit verschränkten Armen vor den Mädchen auf und blitzte sie herausfordernd an.

»Hey, wir sind hier nicht im Kindergarten, kapiert? Verschwindet, oder ich verpetze euch bei Jones.«

Mit Louisa wollten die Mädchen sich lieber nicht anlegen. Im Nu war das Grüppchen im allgemeinen Gewusel untergetaucht.

»Blöde Tussis«, brummte Louisa. »Komm weiter.«

Sie griff nach Taylors Ellbogen und zog sie mit sich den gepflasterten Weg entlang bis zu dem großen gotischen Verwaltungsgebäude mit den drachenköpfigen Wasserspeiern, die auf die Vorübergehenden heruntergrinsten. Vor der Eingangstreppe blieb sie stehen.

»Wenn du willst, kannst du hier warten, aber ich weiß nicht, wie lange es dauert.« Sie dachte kurz nach. »Nein, am besten, du gehst zu Alastair ins Labor.«

»Okay«, erwiderte Taylor wenig begeistert. Ständig wurden Sacha und sie überwacht, selbst auf dem College-Gelände. Zu ihrer eigenen Sicherheit natürlich, aber sie hatten es beide satt, dass man sie wie Kinder behandelte.

Louisas Gesichtsausdruck wurde streng. »Du gehst direkt zu Alastair ins Labor, haben wir uns verstanden?«

Taylor verkniff sich die Widerworte. Stattdessen setzte sie eine freundliche Miene auf und nickte. »Versprochen.«

Doch als Louisa im Gebäude verschwunden war, machte sie sich nicht etwa auf den Weg ins Labor, wo die Wissenschaftler noch immer dabei waren, die sterblichen Überreste der Todbringer, die sie aus Woodbury mitgebracht hatten, zu untersuchen. Entschlossen drehte sie sich um und ging in die entgegengesetzte Richtung.

Die Bibliothek von St. Wilfred's war ein runder, von Säulen getragener Bau, der aus dem gleichen goldfarbenen Kalkstein errichtet war wie die meisten Gebäude in Oxford. Ihr kuppelförmiges Kupferdach schimmerte grün unter der heißen Sonne. Taylor schlüpfte durch die breite, mit alchemistischen Symbolen überzogene Tür ins kühle Halbdunkel des großen Lesesaals.

Rechts und links waren die Tische in zwei symmetrischen Halbkreisen aufgebaut; auf jedem thronten zwei Leselampen aus Messing, davor standen lederbezogene Stühle. Die meisten Tische waren leer, allerdings nicht, weil die Studenten von St. Wilfred's faul waren, sondern weil dieser Saal nur der Repräsentation diente. Die eigentlichen Arbeitsräume der Bibliothek erstreckten sich jenseits des dekorativen Gebäudeteils über mehr als einen Straßenzug. Auf vier Etagen und in Tausenden Regalen lagerten Massen von Büchern, dazu kamen mehrere Kellergeschosse – ein gewaltiges Labyrinth voller Lesefutter.

Trotz der enormen Größe des Ortes wusste sie genau, wo sie Sacha suchen musste.

Mit schnellen Schritten durchquerte sie den stillen Raum, vorbei an baumstammdicken, behauenen Marmorsäulen, und steuerte auf eine hohe Doppeltür zu, die in ein riesiges marmornes Atrium führte. Kaffeeduft aus dem Studentencafé im Untergeschoss stieg ihr in die Nase und weckte ein heftiges Verlangen nach den dekadenten Schoko-Cookies, doch sie blieb stark und wandte sich der Haupttreppe zu, die sich um eine Statue mit vier springenden Pferden emporwand.

Keine drei Wochen waren sie jetzt in St. Wilfred's, doch Taylor hatte sich längst an alles gewöhnt. In dieser neuen, komplexen Welt, in der alle älter und selbstsicherer als sie waren und sich – soweit sie wussten – nicht in akuter Todesgefahr befanden, hatten Sacha und sie rasch tägliche Gewohnheiten angenommen, denen sie mit beinahe religiöser Strenge folgten. Jeden Nachmittag trainierte Taylor mit Louisa, während Sacha sich in der Bibliothek in alte französische Bücher vergrub. Und nach Antworten suchte.

Taylor würdigte die steinernen Rösser kaum eines Blickes, sondern stürmte vorbei an herumlungernden Studenten und dahinschlurfenden Professoren nach oben.

Im ersten Stock tauchte sie ins Reich der Bücher ein, die rechts und links in hohen Regalen standen.

Er trug wie immer ein schwarzes T-Shirt und Jeans und saß allein über seine Bücher gebeugt am letzten Tisch in einer Ecke, den Kopf leicht auf die Finger einer Hand gestützt. Glattes braunes Haar verbarg sein Gesicht. Die langen Beine hatte er in den Gang ausgestreckt.

Sacha war ganz anders als die Alchemisten mit ihrer warmen, hellen Energie. Er strahlte eher eine kühle blaue Ruhe aus, eine Oase, die von Dunkelheit gesäumt war. Und er hatte etwas

Gefährliches an sich, von dem Taylor sich magisch angezogen fühlte.

Seit sie gemeinsam die Todbringer getötet hatten, waren sie irgendwie miteinander verbunden. Sie hatten nie darüber gesprochen, doch Taylor wusste, dass er das Gleiche empfand. Sie sah es ihm an – dieser Wachsamkeit in seinen Augen.

Jetzt aber hatte er nur Augen für seine Bücher. Er war so vertieft in seine Lektüre, dass er erschrocken aufsprang, als sie sich in den ledernen Stuhl gegenüber plumpsen ließ.

»*Merde*, Taylor. Musst du dich so anschleichen?!«

Sein französischer Akzent klang einfach unglaublich. Unwillkürlich musste Taylor lächeln.

»'tschuldigung.«

Jetzt erst bemerkte er ihre geröteten Wangen und das wirre Haar, und der Ärger wich aus seinem Gesicht.

»Wie war das Training?«

Sie seufzte. »Ist voll in die Hose gegangen.«

Er runzelte die Stirn und warf einen misstrauischen Blick auf ihre nackten Beine. »In die Hose? Was soll das heißen?«

Taylor brachte ihm Englisch bei, nicht das, was man in der Schule lernt, sondern die wichtigen Kleinigkeiten. Fluchen. Und so Sachen wie »in die Hose gehen« eben.

»Na, in die Hose gehen. Scheitern. Ablosen.« Sie lehnte sich zurück. »Wenn du's genau wissen willst: Ich bin die schlechteste Alchemistin, die die Welt je gesehen hat. Lass mich von Steinen erschlagen. Wie peinlich.«

»Du bist gut genug, um Todbringer zu killen«, bemerkte er. »Was kein anderer kann.«

Sie schenkte ihm ein dankbares Lächeln.

»Schade, dass du nicht da warst, um Louisa daran zu erinnern.«

»Immer noch das alte Problem?«, fragte er. »Die Sache mit der Kontrolle?«

Sie nickte. »Louisa meint, ich sei wie eine wild gewordene Atomrakete.«

Der Vergleich schien ihn zu amüsieren.

»Krass.«

»Ja, oder?«

Sachas Miene wurde wieder ernst. Mit den Fingern trommelte er auf das Buch, das geöffnet vor ihm lag – das einzige Indiz dafür, dass er eigentlich nicht mit amüsanten Dingen beschäftigt war.

»Und, was glaubst du, woran es liegt? Was hält dich zurück? Ich meine, ich hab doch mitgekriegt, wie du deine Kräfte kontrollierst. Es sah ganz einfach aus.«

Seine Stimme enthielt keinerlei Vorwurf, doch Taylor zögerte trotzdem mit der Antwort. *Ich weiß es nicht*, wäre ihre spontane Antwort gewesen, doch so einfach wollte sie es nicht sagen. Sachas Leben – alles – hing davon ab, dass sie die beste Alchemistin wurde, die es je gegeben hatte. Und davon war sie meilenweit entfernt.

»Irgendwie fällt mir das mit dem Kontrollieren unheimlich schwer, wenn keiner da ist und versucht, mich umzubringen ... uns, meine ich natürlich«, sagte sie nach einer Pause. »Ich bin besser als früher, aber ich verliere immer noch die Kontrolle, ohne dass ich weiß, warum. Louisa meint, ich muss einfach weiterüben. Nur, dass wir nicht mehr viel Zeit haben.«

»Du wirst es schaffen«, sagte er. »Einfach weitermachen.«

Falls er nervös war – also, falls er Angst hatte, sie könne scheitern und er würde deshalb sterben –, zeigte er es nicht.

Um davon abzulenken, wie besorgt sie selbst war, griff Taylor sich ein Buch von dem Stapel auf dem Tisch. Der Titel war französisch, sie brauchte eine Weile, um ihn zu übersetzen. *»Die Hexenverbrennungen von Carcassonne.«* Sie zog die Nase kraus. »Klingt ja fröhlich.«

»Mmh … He, Taylor, ich glaub wirklich nicht …«

Er streckte die Hand aus, als ob er ihr das Buch abnehmen wollte, doch sie hatte es bereits aufgeschlagen. Auf der ersten Seite prangte ein lodernder Scheiterhaufen. Eine Frau stand darauf, die Hände hinter dem Rücken gefesselt. Trotz der groben Linien der Gravur sah man deutlich, dass ihr Gesicht vor Angst und Qual verzerrt war.

»Da stehen ziemlich verstörende Sachen drin.«, sagte Sacha leise.

Taylor erwiderte nichts. Musste sie auch nicht.

Viel wussten sie nicht über den Fluch, der sein Leben bedrohte, doch alles hatte mit Isabelle Montclair begonnen, einer Vorfahrin von Taylor. Isabelle, eine Alchemistin, die im siebzehnten Jahrhundert in Frankreich gelebt hatte, hatte die Glaubenssätze und Werte ihrer Zunft verworfen und sich der Teufelslehre zugewandt – der »dunklen Kunst«, wie sie von den Alchemisten bezeichnet wurde. Wie so viele Alchemisten ihrer Zeit hatte auch sie auf dem Scheiterhaufen geendet. Zwei Dinge jedoch machten ihr Ende besonders.

Ihr Richter war ein Vorfahre von Sacha gewesen.

Und als sie gestorben war, hatte sie einen unbekannten Zauber benutzt und seine Familie auf dreizehn Generationen verflucht.

Dieser Fluch war schuld, dass über die Jahrhunderte zwölf erstgeborene Söhne in seiner Familie an ihrem achtzehnten Geburtstag gestorben waren.

Sacha war der dreizehnte.

Rastlos blätterte Taylor die Seiten um, als könnten darin versteckte Hinweise auftauchen und sich ihr offenbaren.

»Steht denn was drin? Über den Fluch, meine ich?«

»Nichts Neues. Die Verbrennung von Isabelle Montclair wird erwähnt, aber sonst nur wenig. Nie das, was wir brauchen.«

Er schlug so plötzlich das alte Buch zu, dass Taylor hastig die Finger wegziehen musste.

»Irgendwo muss es mehr Informationen darüber geben, wie man diesen Fluch bricht. In dieser Bibliothek stehen Tausende Bücher über Alchemie und Schwarze Magie. Also müssen wir auch das, was wir suchen, hier finden. Wir müssen einfach.«

Taylor hörte den Frust in seiner Stimme. Sie hätte ihn gern aufgemuntert, doch die Wahrheit war simpel: Wenn sie verhindern wollten, dass dieser Fluch Sacha tötete, dann mussten sie ihn verstehen. Nur, dass die Alchemisten aus St. Wilfred's sich schon viele Jahre vergeblich daran versucht hatten. Und dass es bis zu Sachas achtzehntem Geburtstag nur noch sieben Tage waren.

Langsam verlor sie die Hoffnung.

»Es ist hier«, versicherte sie ihm und nahm ein neues Buch vom Stapel. »Wir werden die Lösung finden. Ich helfe dir.«

Sacha entgegnete nichts. Doch als sie ein weiteres altfranzösisches Buch nahm und durchblättern wollte, von dem sie nur Bahnhof verstand, stand er auf und streckte sich, sodass das schwarze T-Shirt einen Spaltbreit braune Haut über seinem flachen Bauch preisgab.

»Ich sitz jetzt schon den ganzen Tag hier drin und blättere Bücher durch«, sagte er. »Ich muss mal raus hier.« Seine Augen funkelten verwegen. »Komm, wir gehen ein paar Steine schmeißen.«

Zehn Minuten später überquerten sie den in der Nachmittagssonne liegenden Innenhof. Sacha setzte die Sonnenbrille auf und ignorierte die neugierigen Blicke der Studenten, an denen sie vorbeikamen. Anders als Taylor mochte er das Gefühl, dass man ihn ansah und über ihn tuschelte. Es amüsierte ihn.

Da geht dieser Franzose, der den Tag kennt, an dem er sterben wird.

So ziemlich der bescheuertste Grund, aus dem man berühmt sein konnte.

»Wenn Louisa merkt, dass wir weg sind, flippt sie aus.« Taylor machte ein Gesicht, als hätten sie ein Auto geklaut.

Sacha unterdrückte ein Lächeln.

Immer bemühte sie sich, die Regeln zu befolgen, stets und überall. Es war liebenswert und frustrierend zugleich. Die Welt stand kurz vor dem Untergang, und sie wollte immer noch um Erlaubnis fragen, ob sie rausdurfte.

»Wenn wir dein Problem mit der Kontrolle lösen, verzeiht Louisa uns bestimmt«, erinnerte er sie.

»Das bezweifle ich«, brummte Taylor, ging aber weiter.

Aus dem Clip, der ihr Haar zusammenhielt, hatten sich blonde

Locken gelöst und wippten nun rings um ihr Gesicht wie ein goldener Heiligenschein. Ihre Wangen waren vor Hitze gerötet.

Sie schaute auf und bemerkte, dass er sie ansah.

»Was ist?«, fragte sie und hob verlegen eine Hand an ihr Haar.

Schnell sah Sacha weg. »Nichts.«

Als sie unter den schattigen Bogengang traten, der am Gebäude für Naturwissenschaften entlangführte, beschleunigte Sacha seine Schritte. Er wollte jetzt nur noch raus hier, und sei es nur für ein paar Minuten.

Die Blicke der Studenten machten ihm nichts aus, aber dieses College mochte er nicht. Er passte einfach nicht nach St. Wilfred's. Nicht der Sprache wegen – sein Englisch war sehr gut. Sondern einfach deshalb, weil alle hier Alchemisten waren und er nicht.

Er gehörte nicht hierher.

Andauernd wurde er daran erinnert, dass er nichts Besonderes war. Zum Beispiel von den Professoren, die etwas in der Bibliothek nachschlagen wollten und die Bücher herauszogen, ohne einen Finger zu rühren. Vor Kurzem hatte er sogar einen dabei beobachtet, wie er eine Tasse mit kaltem Tee zum Kochen gebracht hatte, einfach indem er sie anschaute, zumindest soweit Sacha es beurteilen konnte.

Dass es mit der Alchemie noch viel mehr auf sich hatte, wusste er, aber er konnte es nicht *sehen*. Taylor hatte ihm von Energiesträngen und Molekülen erzählt, doch für ihn waren sie unsichtbar. Er sah nur, dass er anders war als alle anderen. Gewöhnlich eben.

Und das machte viel aus. Er fühlte sich immer ausgegrenzt, obwohl sich alles um ihn drehte.

Als sie an eine Tür kamen, die am Rand des Karrees im Schatten verborgen lag, streckte Sacha automatisch die Hand nach der

Klinke aus – aber es gab keine. Einen Moment lang schwebte seine Hand in der Luft.

»Lass mich«, sagte Taylor entschuldigend.

Er trat zurück und sah zu, wie sie ihre Fingerspitzen gegen das Holz drückte, woraufhin ein Schließmechanismus klickte und sich die schwere Tür öffnete.

Sacha hatte sie schon viel außergewöhnlichere Taten vollbringen sehen, als eine klinkenlose Tür zu öffnen, dennoch erstaunte ihn, wie beiläufig sie das seit Kurzem tat. Ständig äußerte sie laut Zweifel an ihrem Können, doch er bemerkte, wie sie unbewusst mit jedem Tag sicherer wurde. Sie hatte keine Angst mehr vor dem, was sie möglicherweise anrichten könnte oder was sie war.

Er folgte ihr durch die Tür und stand plötzlich vor einer weiten, ungezähmten grünen Fläche aus Gras und Wildblumen. Erstaunt hielt er inne und betrachtete die Wiese. Taylor hatte ihm davon erzählt, doch er hatte sie nie mit eigenen Augen gesehen. Der Dekan hatte keinen Zweifel daran gelassen, dass es ihm streng untersagt war, das College zu verlassen, und deshalb war Sacha seit seiner Ankunft immer innerhalb der Universitätsmauern geblieben.

Jetzt kam es ihm so vor, als würde er eine andere Welt betreten. Als würde er seine Freiheit wiedererlangen.

Seit Tagen war er angespannt gewesen, doch nun ließ diese Spannung etwas nach. Eine Weile stand er einfach nur da und nahm alles in sich auf. Taylor, die bereits ein Stück den Pfad entlanggegangen war, drehte sich um und sah ihn an.

»Was ist?«

»Nichts.« Er schob die Hände in die Taschen und folgte ihr.

Im Gehen atmete er tief ein. Die Luft duftete nach süßem Gras und Blumen, und der Boden unter seinen Füßen war weich.

Nach all den Wochen in staubigen, alten Räumen fühlte es sich einfach phantastisch an.

In der Ferne hörte er das Rauschen des Verkehrs. Irgendwo dort hinten spielte das wahre Leben. Ganz weit weg.

»Das ist wie im Himmel hier«, sagte er und legte den Kopf in den Nacken.

Taylor lächelte und sah ihn wissend an. »Schön, mal aus der Bibliothek rauszukommen, was?«

Ohne sein Gesicht von der Sonne abzuwenden, nickte er. Allein bei dem Gedanken, zu diesen Büchern zurückzukehren, wäre er am liebsten losgerannt und nie mehr stehen geblieben. Endlich senkte er den Blick wieder und sah sie an.

»Das Lesen ist nicht das Schlimmste«, gestand er. »Oder die Studenten, die über uns tratschen, als ob ich fliegen könnte oder was. Das Schlimmste sind die Professoren.«

»Ja«, pflichtete Taylor ihm bei. »Der eine mit Bart …«

Sacha verzog das Gesicht. »Der ist ätzend. Ich saß erst unten im Erdgeschoss, aber da konnte ich nicht bleiben, weil der die ganze Zeit niest, und zwar richtig laut. Und jedes Mal guckt er mich an, als ob ich dran schuld wäre.«

Sie musste lachen.

»Ich glaub, der hat 'ne Allergie gegen Franzosen.«

Sie kicherte noch mehr, und plötzlich fiel Sacha auf, dass es lange her war, seit er sie zum letzten Mal so hatte lachen hören.

In letzter Zeit war alles so ernst gewesen.

»Und du?«, fragte er.

Ihr Lächeln verschwand.

»Weißt du doch.« Sie schaute weg. »Ich bin jeden Tag hier und vermassele es.«

Eine Weile gingen sie schweigend nebeneinanderher. Sacha hatte wieder die Hände in die Taschen geschoben und schielte ab und zu in ihre Richtung. Sie hatte die Stirn in Falten gelegt und schien ihren Sorgen nachzuhängen.

Er wusste, wie sehr sie sich wünschte, Erfolg zu haben. Gern hätte er ihr was Nettes gesagt, von wegen, sie solle nicht so hart mit sich sein oder so, doch wenn er ehrlich war, musste er zugeben, dass es ihn jedes Mal wie eine Faust in den Magen traf, wenn sie ihm erzählte, was alles im Training mal wieder schiefgegangen war. Wie sehr sie sich auch wünschen mochte, dass sie Fortschritte machte – er wünschte, *brauchte* es noch mehr.

Sie musste stark genug werden, um es mit dem Schwarzmagier aufzunehmen. Stark genug, um sein Leben zu retten. Er hasste es, dass er das nicht selbst konnte. Es war unfair, dass sie für sein Überleben verantwortlich war. Sie kannten sich ja erst seit wenigen Wochen, und schon sollte sie sein Leben retten.

Deshalb vergrub er sich jeden Tag in der Bibliothek zwischen seinen alten französischen Büchern, um wenigstens irgendetwas zu seiner Rettung beizutragen.

Und er würde Taylor jetzt nicht noch mehr bedrängen.

»Du wirst immer besser«, versicherte er ihr.

Sie sah zu ihm auf, Zweifel in den kühlen grünen Augen.

»Wirklich«, bekräftigte er. »Du merkst es nur nicht, weil du nur auf die Dinge achtest, die schiefgehen. Ich sehe aber die Dinge, die nicht schiefgehen. Du wirst immer besser.«

Sie gingen weiter, und als sie antwortete, war ihre Stimme so leise, dass er erst nicht sicher war, ob er sie richtig verstanden hatte.

»Aber nicht schnell genug.«

Noch ehe ihm eine Antwort einfiel, wechselte sie das Thema und zeigte nach vorne.

»Da wollen wir hin.«

Schnell steuerte sie auf den Fluss zu, der sich wie ein silbernes Band zwischen den Bäumen hindurchschlängelte. Sacha folgte ihr die wenigen Steinstufen hinunter zu einem verwitterten Bootshaus nah am Ufer.

Ein Windhauch wehte vom dahinfließenden Wasser herüber und blies ihm die Haare in die Augen. Die Luft roch grün und feucht. Hier unten war es kühler als oben im College.

»Da wären wir.« Taylor breitete die Arme aus. »Hier bin ich jeden Tag und übe.«

Neben dem Bootshaus und einer alten Bank gab es dort nichts außer einem matschigen Ufer und einer anmutig mit ihren langen Zweigen wehenden Trauerweide, an deren Blättern das Wasser zupfte und zerrte. Still und abgelegen, war es der perfekte Ort, um zu trainieren.

Sacha hob einen Kiesel auf und schleuderte ihn flach Richtung Fluss. Er tanzte übers Wasser, ehe er geräuschlos in den Wellen versank.

Dann wandte er sich wieder Taylor zu. »Dann zeig mal, was du kannst.«

Einen Augenblick lang hatte er das Gefühl, sie wolle protestieren. Oder sich ganz weigern.

Doch dann zuckte sie nur beiläufig die Achseln und begann, mit den Augen den Strand abzusuchen. Als sie gefunden hatte, was sie suchte, streckte sie die Hand aus.

Mit einem Ruck erhob sich ein schwerer Stein, der am Ufer lag, und schwebte fast schwerelos in der Luft. Taylor, der plötzlich

27

Schweißperlen auf der Stirn standen, hielt ihn dort in Position, als plötzlich zwei Dinge gleichzeitig passierten.

Sie schreckte zusammen und stieß einen leisen Schrei aus. Der Stein fiel mit einem lauten Knall in den weichen, nassen Schlamm am Wasser.

»Ups«, sagte Sacha in die Stille hinein.

»Tja.« Enttäuscht wischte Taylor sich den Schweiß von den Brauen. »Ups.«

»Und das passiert jedes Mal?«, fragte er und betrachtete interessiert den schweren Stein.

Sie nickte betreten. »Jedes Mal.«

Eigentlich hätte es völlig unwichtig sein sollen, ob sie den Stein nun schweben lassen konnte oder nicht. Eigentlich hätte sie alle Zeit der Welt haben sollen, um an ihren Fähigkeiten zu feilen, zu studieren und zu lernen. Aber es war nun mal so, dass sie diese Zeit nicht hatte. Sie hatte nur wenige Tage. Und es war verdammt wichtig.

Alle waren davon überzeugt, dass Taylor aufgrund ihrer Abstammung den Fluch, der Sacha zu töten drohte, aufhalten und die dämonischen Pläne des Schwarzmagiers durchkreuzen konnte. Nur, dass keiner so recht wusste, wie.

Deshalb war es so wichtig, ob Taylor Steine ordentlich absetzen konnte. Darum tuschelten die Leute hinter vorgehaltener Hand über sie.

Alle hatten Angst.

Der Schwarzmagier würde sie alle holen. Bald.

Sacha zog die Hände aus den Taschen. »Lass uns was anderes ausprobieren.«

***

Sie schleppten die schwersten Steine, die sie finden konnten, zusammen und stapelten sie am Ufer aufeinander. Die Arbeit war schwer, und als alles fertig war, waren sie beide schweißgebadet.

Anschließend wich Taylor zurück, bis sie fast in der Wiese stand.

Belustigt sah Sacha ihr zu.

»Geh lieber in Deckung«, warnte sie ihn. »Die fliegen in alle Richtungen.«

Er schnaubte nur. »Mir passiert schon nichts.« Dann setzte er sich aber doch in Bewegung und stellte sich neben sie. »Na, dann wollen wir die Steine mal fliegen lassen.«

Taylor konzentrierte sich, holte tief Luft und reichte ihm die Hand. Sacha nahm sie und schlang seine Finger in ihre. Ihre Haut war samtweich und trotz der Hitze kühl.

Sie drückte fest zu und sah ihn mit ihren weidengrünen Augen an.

»Nicht loslassen.«

Gebannt von diesem strahlenden Blick, brachte er einen Moment lang keinen Ton heraus. Es kostete ihn sehr viel Kraft, zu antworten.

»Nie im Leben.«

Auf einmal fuhr knisternde Elektrizität durch Sachas Körper. Überrascht hielt er die Luft an.

Er spürte, wie Taylors Körper erstarrte.

»Jetzt«, sagte sie mit plötzlich tiefer Stimme. Sie blickte stur geradeaus.

Sacha sah sich um und versuchte zu erkennen, wohin sie guckte.

Die Steine, die sie kurz zuvor aufgestapelt hatten, flogen hoch über dem Wasser, hin und her wie Papierdrachen.

Sachas Herz begann zu hämmern. Er spürte, wie die Energie ihn durchströmte, von ihm zu Taylor und wieder zurück, und sie miteinander verband wie ein Stromkabel. So hatte es sich auch angefühlt, als sie in Woodbury gegen die Todbringer gekämpft hatten. Als könnten sie alles schaffen.

Ein Rausch, wie er ihn noch nie erlebt hatte.

»Und jetzt?«, fragte er atemlos.

»Jetzt«, sagte sie, »setzen wir sie wieder ab.«

Taylors Hand umklammerte seine Finger so fest, dass es wehtat. Gebannt blickte sie auf die Steine.

Wie gewünscht, begannen diese, sanft Richtung Wasser zu schweben, und schwammen, als sie es erreicht hatten, in einer perfekten Reihe hintereinander, wie kleine Entchen.

»Wahnsinn«, murmelte Sacha beeindruckt. »Wie hast du das gemacht?«

Sie strahlte ihn an. Schweiß tropfte ihr von der Stirn, ihre Wangen waren knallrot.

»Ich glaub's nicht. Tagelang hab ich das geübt, aber ich hab es nie hingekriegt. Zusammen mit dir war's ganz einfach!«

»Das ist es«, erklärte Sacha. »Die irren sich. Wir müssen das zusammen machen. Ich muss mit dir zusammen trainieren.«

»Das glaube ich auch«, sagte sie. »Zusammen könnten wir es hinkriegen.«

Einen kurzen Augenblick lang gab Sacha sich der warmen Illusion der Hoffnung hin. Und vielleicht war das der Grund, weshalb er das komische Geräusch erst nicht bemerkte. Ein leises Grollen, wie Meereswellen, die auf einen Strand zurollen.

Als es ihm auffiel, blickte er zum Wasser und fasste vor Schreck ihre Hand fester.

»Taylor …«

Alarmiert vom warnenden Unterton in seiner Stimme, folgte sie seinem Blick.

Der Fluss hatte begonnen, in ihre Richtung zu schwenken. Er löste sich vom anderen Ufer und kam über den matschigen Strand auf sie zugeschwappt. Er schien sich zu ihnen herüberzubeugen wie eine Blume, die sich nach der Sonne reckt.

Und oben auf den Wellen tanzten fröhlich die Steine.

Taylor erbleichte.

»O nein«, flüsterte sie, und dann, mit letztem Atem: »HALT!«

Sie schleuderte einen Arm nach vorn und konzentrierte all ihre Kraft auf den Fluss.

Unbeeindruckt strömte das Wasser weiter in ihre Richtung. Das Flussbett leerte sich immer mehr, dunkler Morast glitzerte in der Sonne. All das Wasser, das sonst zu Tal floss, überschwemmte nun das Ufer und griff nach der Wiese. Schon erreichten die ersten Wellen das Bootshaus. Unaufhaltsam.

Sacha schaute sie an. »Taylor …«

»Ich versuch's ja. Komm schon«, flehte sie den Fluss an, die Augen weit aufgerissen vor Panik. »Bitte halt an.«

»Du musst loslassen«, ertönte eine Stimme hinter ihnen.

Sie fuhren herum. Da stand Louisa, breitbeinig, die Hände in die Hüften gestützt, das Haar blau leuchtend im Sonnenlicht. Und stinksauer.

»Entweder lässt du jetzt los, oder ihr werdet beide ersaufen.«

4

»Ich schaff's nicht«, sagte Taylor. Ihre Unterlippe zitterte.
»Du musst die Kraft wiederfinden, die sie zum Schweben gebracht hat. Und lass los, bevor mein verdammtes Bootshaus weggespült wird.«
Louisas Stimme war ruhig, doch Sacha wusste, dass auch Taylor der eisige Unterton nicht entgangen war.
Taylor wandte sich wieder dem Fluss zu und schloss die Augen. Ihr Atem ging schnell, und sie umklammerte Sachas Hand so fest, dass er unter ihrer Haut die Knochen spüren konnte. Sie flüsterte etwas, das er nicht verstand, doch plötzlich spürte er, wie die Verbindung zwischen ihnen abriss. Die Energie, die seine Adern mit Licht erfüllt hatte, verschwand.
Ohne sie fühlte er sich leer.
Mit einem Geräusch, das sich wie ein Seufzen anhörte, glitt das Wasser zurück ins Flussbett. Die Steine, die erstaunlicherweise obenauf geschwommen waren, sanken still auf den Grund.
Taylor ließ Sachas Hand fallen.
Louisa kam durch den Matsch auf sie zugestapft. »Zur Hölle, ihr zwei«, schnaubte sie. »Was habt ihr hier draußen verloren? Ich hab euch überall gesucht.«

»Hast du die Steine gesehen?« Taylor konzentrierte sich lieber auf die positiven Dinge. »Wir haben's geschafft. Einfach perfekt.«

»Und hättet dabei beinahe ganz Oxford überflutet«, blaffte Louisa. »Wir haben das doch geklärt. Für dich allein ist es hier draußen zu gefährlich. Das weißt du. Du darfst nie allein unterwegs sein.«

»Sie ist nicht allein.« Sacha war die Ruhe selbst. »Ich bin doch bei ihr.«

Louisa nagelte ihn mit dem Blick fest. »Womit wir beim nächsten Problem wären. Mensch, Kleiner, du bist ein Ziel auf zwei Beinen, völlig schutzlos. Verdammt, was hast du dir dabei gedacht?«

Sacha zeigte keine Regung.

»Dass ich Taylor vielleicht bei ihrem Training helfen kann«, sagte er cool.

Louisa setzte zu einer scharfen Antwort an, beherrschte sich dann aber, und als sie sprach, schwang durchaus Mitgefühl in ihrer Stimme mit.

»Hab's kapiert, Kleiner, wirklich«, sagte sie. »Aber Taylor muss lernen, wie sie das allein hinkriegt. Wenn es um ihre Sicherheit geht, darf sie sich nicht auf eure vereinten Kräfte verlassen. Was, wenn du bewusstlos geschlagen wirst und sie mit dem Typen allein fertigwerden muss? Oder wenn du als Geisel genommen wirst und sie dich dann retten muss? Wenn sie sich nur auf dieses Energiedings verlassen würde, das da zwischen euch beiden abgeht«, ihre Hand wedelte zwischen beiden hin und her, »dann macht sie sich verwundbar, sobald du von der Bildfläche verschwindest. Was du jetzt übrigens tun solltest, Kleiner. Ich muss ihr nämlich beibringen, wie man allein kämpft.«

Sacha spürte, wie Wut in seiner Brust aufstieg. Er hasste es, wie Louisa sie beide runtermachte. Er hasste es, dass Taylor nicht mit dem Training vorankam. Er hasste St. Wilfred's und alle, die dort lebten. Er hasste es, dass er auf sie angewiesen war, wenn er überleben wollte.

»Hör auf, mich dauernd Kleiner zu nennen, okay?«, fuhr er auf. »Ich soll mich wie ein verantwortungsvoller Erwachsener verhalten? Dann behandle mich auch so, sonst kannst du den Kleinen mal richtig kennenlernen!« Er machte einen Schritt auf sie zu. »Ist es das, was du willst? Dich mit einem Kleinen anlegen? Pass bloß auf, Louisa!«

»Halt die Luft an, Kleiner.« Louisa verdrehte die Augen. »Entspann dich.«

»Louisa«, zischte Taylor und trat zwischen die beiden. »Kannst du jetzt mal die Klappe halten?«

Über ihre Schulter hinweg starrten Sacha und Louisa sich an.

Wenn's nach Sacha gegangen wäre, hätte er nichts dagegen gehabt, die Sache jetzt ein für alle Mal mit Louisa zu klären. Seit er in St. Wilfred's war, ärgerte sie ihn, ohne dass er wusste, warum. Immer hatte sie irgendwas zu meckern. Es war nicht fair.

Nur dass sie diesmal recht hatte. Taylor war die Hauptfigur in diesem Kampf. Und sie musste stärker werden, zu ihrer eigenen Sicherheit. Er konnte nicht immer an ihrer Seite sein.

Trotzdem, so einfach würde er das nicht schlucken. Er hatte schon zu viel in seinem kurzen Leben durchgemacht, als dass irgendeine dahergelaufene blauhaarige Tattoo-Elfe so mit ihm umspringen durfte.

»Du solltest dich entschuldigen, Louisa«, drängte Taylor, die immer noch sauer war.

Sacha trat einen Schritt zurück.

»Ist schon okay, Taylor, ich gehe. Mir reicht's.« Er schleuderte Louisa einen warnenden Blick zu. »Aber wenn sie weiterhin so eine Bitch ist, bin ich weg. *Je me casse.*«

Ohne ihre Antwort abzuwarten, drehte er sich auf dem Absatz um und stürmte mit gesenktem Kopf über die Wiese davon. Zum hundertsten Mal wünschte er sich, er wäre wieder in Paris. Er konnte jederzeit zurückkehren, wer sollte ihn aufhalten? In seinem Zimmer wartete das Rückfahrticket für die Fähre. Aber ohne Taylor würde er nicht fahren, und er wusste, dass sie St. Wilfred's niemals verlassen würde, da brauchte er gar nicht erst zu fragen.

Abgesehen davon wusste er nicht, wo sein Motorrad stand. Bei ihrer Ankunft hatte man ihm die Schlüssel abgenommen und versichert, es werde »sicher verwahrt«.

Das hasste er auch. Es war *sein* Motorrad.

Wütend kickte er mit voller Wucht einen Stein in die Wiese. Aber das reichte nicht. Er wollte rennen. Jemanden eine reinhauen.

An Tagen wie diesen sehnte er sich nach seinem alten Leben, so beschissen das auch gewesen sein mochte. Und auch wenn er da wahrscheinlich nur rumgesessen und auf den Tod gewartet hätte – wenigstens wäre er frei gewesen.

Im Moment fühlte er sich wie ein Gefangener.

Erst als er vor der Tür in der Steinmauer stand, bemerkte er seinen Irrtum. Nur Alchemisten konnten sie öffnen. Von selbst kam er nicht hinein.

Typisch.

»Wie ich diesen Ort *hasse.*« Er stieß einen verzweifelten Schrei aus und hämmerte mit der Faust gegen das Holz.

Die Tür erzitterte nicht mal.

Leise fluchend stapfte er davon.

Da er hier noch nie gewesen war, wusste er nicht, wie er am schnellsten zum Haupttor kam. Ihm blieb nur, sich für eine Richtung zu entscheiden und der Mauer zu folgen, die das College umgab. St. Wilfred's erstreckte sich über eine ziemlich große Fläche. Erst nach einer Viertelstunde erreichte er das Ende der Wiese, wo der weiche Grasboden hartem Asphalt wich und der Lärm von Autos und Bussen das Vogelzwitschern und Insektensummen verdrängte.

Nach einer Weile stieß Sacha auf eine schmale Gasse. Rechts lag die abweisende Mauer von St. Wilfred's, auf der anderen Straßenseite erhob sich eine weitere Mauer, vermutlich die Grenze zu einem anderen College. Jenseits der Mauern konnte er die Turmspitzen von Gebäuden und Kirchen erkennen. Er hasste St. Wilfred's, aber die Stadt selbst war zweifelsohne außergewöhnlich – vor langer Zeit hatte sein Vater hier gelebt und sie geliebt. Vielleicht war er ja sogar diese Straße entlanggegangen.

Der Gedanke hatte etwas Beruhigendes, und seine Wut ließ langsam nach.

Er folgte der Mauer, die einen Knick nach rechts machte, und begegnete nun mehr Menschen – meist waren es Studenten zu zweit oder in Gruppen, die redeten und lachten, aber Touristen und Einheimische waren auch darunter.

Versteckt hinter seiner Sonnenbrille, betrachtete Sacha sie mit einem Interesse, dass er nie zugegeben hätte. Sie sahen so entspannt aus, so normal. Kunststück, sie hatten auch noch nie erlebt, dass ein Todbringer auf sie zugeglitten kam, mit leblosen Augen. Sie wussten ja nicht mal, dass es solche Dinge überhaupt gab.

Ich wünschte, ich wüsste auch nichts davon!

Sacha fuhr sich mit der Hand über die Stirn. Fernab der Wiese war es heißer, und er war schon ewig unterwegs. Wann kam bloß dieses blöde Tor?

Es musste ganz nah sein.

Er ging schneller, schob sich durch eine Gruppe plappernder Studenten, die ihm den Weg versperrten.

Erst da entdeckte er das mächtige Torgebäude des Colleges, von dessen Spitze rot-goldene Banner herunterhingen.

Erleichterung machte sich in ihm breit. Er hatte es fast geschafft.

In diesem Augenblick erklang ein unheilvolles, tiefes Brummen.

Wie angewurzelt blieb er stehen. Das Brummen war nicht laut, aber irgendetwas an diesem Geräusch war seltsam. Nicht menschlich.

Dann wurde es lauter. Ein knirschendes, beinahe maschinelles Ächzen. Als würde sich tief unter ihnen, irgendetwas Furchtbares in Gang setzen.

Die feinen Haare in seinem Nacken richteten sich auf. Sacha drehte sich um und suchte nach der Ursache.

Offenbar hatte er es nicht als Einziger gehört. Die Studenten mussten es ebenfalls bemerkt haben, denn auch sie sahen sich verdutzt um und tuschelten aufgeregt.

Sacha wollte sie warnen – wovor auch immer. Doch dazu war es zu spät.

Plötzlich bebte der Boden so heftig, dass Sacha sich an einem Laternenmast festhalten musste, um nicht zu stürzen. Und dann explodierte die Welt um ihn.

Nachdem Sacha in Richtung College davongestürmt war, standen die beiden Mädchen am Fluss und schrien sich an.
Louisa wusste, dass sie zu weit gegangen war. Aber der Dekan hatte ihr die Hölle heißgemacht und es »unverantwortlich« genannt, dass sie die beiden aus den Augen verloren hatte. Panisch hatte sie das ganze College nach ihnen abgesucht. Als sie sie schließlich an einem Ort entdeckt hatte, an dem sie gar nicht hätten sein dürfen, waren Anspannung und Frustration der vergangenen Wochen einfach übergekocht.
Was sie sofort bereut hatte – Sachas gekränkter Blick und die verwirrte Enttäuschung in Taylors Augen hatten eine deutliche Sprache gesprochen. Doch ihr Dickkopf (der für die meisten schlechten Entscheidungen in ihrem Leben verantwortlich war) erlaubte es ihr einfach nicht, sich zu entschuldigen.
»Willst du vielleicht, dass dir was passiert?«, blaffte sie Taylor an. »Willst du sterben?«
»Saublöde Frage.« Taylor verschränkte die Arme.
»Antworte«, legte Louisa nach.
»Du kannst mich mal«, erwiderte sie knapp. »Abgesehen davon: Wenn einer das verhindern kann, dann bin *ich* das.«

Louisa hatte schon den Mund geöffnet, um etwas Passendes zu erwidern, da begann der Boden unter ihren Füßen zu beben.

Ihr Streit war sofort vergessen.

»Was zur Hölle war das?«, murmelte sie und sah hinter sich, Richtung College.

In der plötzlichen Stille hörte sie einen dumpfen Knall. Und einen Herzschlag später ein gewaltiges Dröhnen.

Danach markerschütternde Schreie.

Zwischen den steinernen Turmspitzen der Stadt stieg eine dünne schwarze Rauchsäule in den blauen Sommerhimmel auf.

»Lou …«, begann Taylor, aber vor Panik verschlug es ihr die Sprache.

Ehe sie ihren Satz beenden konnte, war Louisa schon losgesprintet, Richtung College.

»Mitkommen!«, rief sie über die Schulter. »Und bleib verdammt noch mal in meiner Nähe!«

»Was ist da los?«, schrie Taylor.

»Ich weiß es nicht.« Louisas Stimme ruckte bei jedem Schritt. »Nichts Gutes, so viel steht fest.«

Sie rannten so schnell, dass die Blüten um sie herum zu einem undeutlichen Grün-Weiß verschwammen. Die Vögel waren verstummt. Man hörte nur das Keuchen der beiden und die schrillen Schreie, die immer lauter wurden, je näher sie der Schulmauer kamen.

Als sie die Tür in der Mauer erreichten, erschütterte ein weiterer ohrenbetäubender Knall den Erdboden und rüttelte Louisas ganzen Körper durch. Und dann nahm sie es wahr, wenn auch weit weg. Ein schmieriges Schimmern von Dunkler Energie.

Der Himmel verdunkelte sich. Schutt und Steine hagelten auf sie herunter. Sie kauerten sich vor der Tür zusammen und legten schützend die Hände über den Kopf.

Als der Steinregen nachließ, streckte Louisa die Hand nach der Tür aus, doch Taylor fiel ihr in den Arm. Ihre Augen waren weit aufgerissen.

»Sacha. Du hast ihn doch zurückgeschickt!«

Louisas Magen zog sich zusammen. Den hatte sie in der Panik ganz vergessen.

Insgeheim verfluchte sie ihr Temperament. Wieso waren sie nicht alle zusammen zurückgegangen? Wie hatte sie bloß so dämlich sein können?

Doch sie ließ sich nichts anmerken.

»Wir finden ihn«, versprach sie, obwohl sie sich keineswegs sicher war. »Hör zu, Taylor – ich glaube, *er* ist das. Bist du bereit?«

Taylor schluckte, dann nickte sie. »Ich bin bereit.«

War sie zwar nicht, und das wussten sie beide. Aber es blieb keine Zeit, um groß Pläne zu schmieden.

»Dann los.« Louisa drückte mit der Hand gegen die Tür. Sie sprang auf.

Der sonst so ordentliche Campus von St. Wilfred's war in Aufruhr. Staub und Rauchschwaden hingen in dicken Wolken in der Luft und machten die Szene irgendwie unwirklich, so als wäre sie nicht von dieser Welt.

»Bleib bei mir«, schrie Louisa und stürzte sich in das Chaos.

Studenten, Professoren und Angestellte klammerten sich hustend aneinander und taumelten in alle Richtungen. Aus den Gebäuden kreischten die Alarmtöne der Rauchmelder.

Seite an Seite rannten die beiden Mädchen durch die Menge,

bis Louisa abrupt stehen blieb, unschlüssig, wohin sie gehen sollte.

Ein Pförtner mit staubbedecktem schwarzem Jackett stand, den Bowler schief auf dem Kopf, vor einem der Seiteneingänge zur Bibliothek und schrie: »In die Schutzräume! Alle Studenten in die Schutzräume!«

In Scharen stürmten verschreckte Studenten an ihm vorbei ins matt erleuchtete Innere. Mit Taylor im Schlepptau rannte Louisa in die andere Richtung, gegen den Strom, geradewegs auf die Rauchsäule zu. Ihre Gedanken wirbelten durcheinander, sie versuchte zu begreifen, wie in den paar Minuten, die sie unten am Fluss gewesen waren, alles so falsch hatte laufen können.

Der Schwarzmagier musste herausgefunden haben, dass Taylor und Sacha sich hier aufhielten, und hatte offenbar beschlossen, sie zu überrumpeln.

Cleverer Schachzug, dachte sie widerwillig, während um sie herum Qualm wirbelte. *Und wie sollen wir ihn jetzt aufhalten?*

Je näher sie dem Haupteingang kamen, desto mehr Dunkle Energie waberte durch die Luft und füllte ihre Adern mit Eis.

Das kam zu früh. Sie waren noch nicht so weit. Sie hatten gedacht, ihnen bliebe mehr Zeit.

Louisa fuhr herum, um nachzusehen, ob Taylor bei ihr war. Da war sie, blass und abgespannt, aber immer noch dicht hinter ihr.

Louisas Herz füllte sich mit Stolz. Verdammt tough, die Kleine. Tougher, als alle dachten.

Die Studenten verschwanden nach und nach im Keller der Bibliothek. Jetzt hörte man nur noch das Kreischen der Sirenen, das scharf wie Messerklingen die Luft zerschnitt.

Louisa wusste nicht, was sie als Nächstes tun sollte. Sie musste Taylor beschützen, wen auch immer bekämpfen und – sie musste Sacha finden. Alles gleichzeitig.

Unmöglich.

Blitzschnell beschloss sie, Taylor mitzunehmen und sich in den Kampf zu stürzen. Wenn es Ärger gab, das ahnte sie, steckte Sacha garantiert schon mittendrin.

Beim Haupteingang, gleich neben dem roten Ziegelturm, auf dem die Banner des Colleges fröhlich flatterten, war der Rauch am dichtesten.

Louisa zeigte dorthin. »Da lang.«

Als sie zum Tor kamen, konnten sie vor Staub und Qualm kaum etwas erkennen. Als würde man in giftigen Nebel vordringen.

Hustend zogen sie ihre T-Shirts über den Mund.

Erst aus der Nähe zeigte sich das ganze Ausmaß der Zerstörung.

Ein dreistöckiges Gebäude war vom Erdboden verschwunden. Wo sich einst die Pförtnerloge befunden hatte, klaffte nun ein Loch, eingefasst von Ziegelsteinen und Schutt.

»Was zur Hölle …«, murmelte Louisa.

Die Zerstörung war überwältigend. Im Geist versuchte sie, das fehlende Gebäude zu rekonstruieren – steiles Dach, Ziegelmauern, Bleiglasfenster. Doch als sie wieder hinsah, sah sie … nichts.

Als wäre ein Bulldozer Amok gelaufen.

Eine kleine Gruppe Lehrkräfte stand zusammengedrängt inmitten der Trümmer und schaute hinaus auf die Straße. Links von ihnen, dort, wo einst das Gebäude gestanden hatte, brannte es lichterloh. Rauchschwaden wirbelten umher und verdunkelten die Sonne.

»Ich kann Sacha nirgends sehen!«, rief Taylor.

»Ich auch nicht«, erwiderte Louisa mit finsterer Miene. »Lass uns näher rangehen.«

Die beiden liefen über die Rasenfläche. Niemand schien sie zu beachten, als sie hinter den Alchemisten stehen blieben, die sich inmitten eines Blitzgewitters aus knisternder Energie in einer geschlossenen Reihe aufgestellt hatten.

Da entdeckten sie ihn.

Auf der anderen Seite der alten, schmalen Straße stand ein Mann, ganz allein. Sein graues Haar, der gepflegte Schnurrbart und die aufrechte Haltung verliehen ihm das Aussehen eines Generals im Ruhestand. Er trug ein schickes Tweedjackett und stützte sich auf einen schwarzen Spazierstock.

Die Harmlosigkeit in Person, so hätte er auf normale Menschen gewirkt. Doch Louisa und Taylor konnten sehen, was die meisten nicht sehen konnten: Dunkle Energie umgab ihn auf eine Weise, wie Louisa es noch nie zuvor erlebt hatte. Sie strömte förmlich aus ihm heraus.

»Mein Gott«, flüsterte Taylor. »Das ist er, oder?«

Louisa antwortete nicht. Ihr Herz hämmerte gegen ihre Rippen.

Dieses schmale, eisige Gesicht hatte sie schon einmal gesehen. Im Bahnhof von Woodbury, Taylors Heimatstadt. Damals hatte er sie schon fast zu Tode erschreckt, doch nun jagte er ihr noch mehr Angst ein – denn er war jetzt viel, viel stärker.

Stärker als die Todbringer. Stärker als alles, was sie je gesehen hatte.

War das also die sagenumwobene Dunkle Energie? Sie schien … unüberwindbar. In diesem Augenblick bemerkte Louisa, dass die

Alchemisten nicht einfach in einer Reihe standen – sie bildeten eine Barriere. Sie versuchten, das College zu retten.

Sie versuchten, alle zu retten.

»Du bleibst hier hinter uns.« Louisa packte Taylor bei den Schultern. »Pass auf, dass *er* dich nicht sieht. Und halt Ausschau nach Sacha.«

Zu Louisas Erleichterung nickte Taylor. Sie wusste, wie gern sie geholfen hätte. Eines Tages wäre Taylor eine Waffe, auf die man zählen konnte. Doch jetzt war sie noch nicht bereit. Nicht für das hier.

Sie ließ Taylor zurück und stieß zu den anderen Alchemisten, die sich dem grauhaarigen Mann entgegenstellten. Mit erhobenen Händen setzten sie der Dunklen Energie, die er in immer neuen, überwältigenden, schmierigen Strömen gegen sie aussandte, ihre alchemistischen Kräfte entgegen.

Schnell hatte sie Alastair ausgemacht, der alle anderen überragte. Sein ewig zerzaustes goldfarbenes Haar leuchtete selbst durch den Rauch hindurch. Louisa quetschte sich neben ihm in die Reihe, hob die Hand, beruhigte ihre Gedanken und konzentrierte sich darauf, von überall her Energiemoleküle zu sich heranzuziehen.

»Nett von dir, dich zu uns zu bequemen«, zischte Alastair durch die Zähne, ohne den Mann auf der anderen Straßenseite aus den Augen zu lassen.

»Ich kann den Franzosen nirgends entdecken«, sagte Louisa, während sie all ihre Kräfte gegen den Schwarzmagier lenkte.

Ungläubig warf Alastair ihr einen Blick von der Seite zu. »Das ist nicht dein Ernst.«

Plötzlich wurde Louisa von einer Welle Dunkler Energie getroffen. Sie stöhnte auf, als sie sie absorbierte. Es dauerte eine Weile, ehe sie antworten konnte.

»Ich konnte ja nicht ahnen, dass heute die Welt untergeht, Alastair. Ich habe das Memo nicht gekriegt.«

»Dann ist ja alles klar«, sagte er lässig, während er sich wieder ihrem Gegner zuwandte und seine Anstrengungen verdoppelte.

»Wenn wir das hier überleben, finden wir Sacha und werden als Helden gefeiert. Wenn nicht, kann er zusehen, wie er allein klarkommt.«

Grinsend schickte Louisa einen Stoß alchemistischer Energie gegen den Schwarzmagier. Abrupt wandte dieser sich um und suchte mit seinen kleinen dunklen Augen die Reihe der Alchemisten ab, bis er Louisa entdeckte.

Als ihre Blicke sich trafen, zeigte er ein spitzes, boshaftes Lächeln. Dann hob er langsam den Arm.

Der Stock in seiner Hand wand sich plötzlich wie eine Schlange.

Alle Gedanken an Sacha wichen aus Louisas Gedanken. Noch nie hatte die Angst sie betäubt, doch jetzt konnte sie ihre Hände nicht mehr spüren.

Was der Hexer da tat, war nicht möglich.

»Verdammte Scheiße«, keuchte sie und griff nach aller Energie, die sie finden konnte. Die Muskeln ihrer Arme wölbten sich vor Anstrengung. Alastair neben ihr kämpfte darum, die Kontrolle zu behalten. Auf einmal wurde ihr bewusst, dass sie es vielleicht doch nicht schaffen würden.

Alle kämpften, was das Zeug hielt, und der Mann auf der anderen Straßenseite wusste es – Triumph spiegelte sich in seinem Gesichtsausdruck. Er hob den sich windenden Stab höher.

45

Mit klammer Brust starrte Louisa auf die Schlange, wie sie den Mund öffnete und ihre langen, tödlichen Giftzähne zeigte …

Und genau in diesem Augenblick trat Taylor vor und stellte sich zu ihnen in die Reihe.

Zunächst hatte Taylor getan, was Louisa ihr gesagt hatte. Sie blieb zurück und folgte dem Kampf aus sicherer Entfernung. Ehrfürchtig sah sie zu, wie die Kräfte zwischen beiden Seiten hin- und herwallten. Blitze molekularer Energie, die elektrisches Glühen hinterließen und in der Luft hingen wie Pulverdampf.
Mit zunehmendem Kampf verschob sich die Reihe der Alchemisten, und plötzlich hatte sie freie Sicht auf die Straße und den Mann auf der gegenüberliegenden Seite. Taylor konnte den Blick nicht von ihm abwenden. Er kam ihr seltsam vertraut vor, doch sie konnte ihn nicht einordnen.
Er fixierte Louisa und hob den Stock, der sich wie eine Schlange in seiner Hand zu winden schien.
Das kann nicht sein …
Taylor ging einen Schritt vor. Dann noch einen.
Sein Blick wanderte zu ihr und musterte sie – und dann sah sie, wie er sie mit einer Mischung aus Freude und giftiger Abscheu erkannte.
Erst da bemerkte sie die alles vernichtende Macht seiner Dunklen Kräfte. Wie ein Güterzug aus seelenzerstörendem Hass.
Erschrocken holte sie Luft. Ehe sie sich ducken oder in Deckung

gehen oder sonst irgendwas tun konnte, um diesem schrecklichen Blick zu entkommen, richtete er den schlangenartigen Stock gegen sie.

Ihr Herzschlag verlangsamte sich, jedes Pochen wurde zunehmend schwerer und schmerzhaft.

Irgendwie wusste sie, dass hier Dunkle Kräfte am Werk waren, dass sie dagegen hätte ankämpfen sollen. Stattdessen wurde sie unaufhaltsam zu dem Mann hingezogen, der ihr einladend eine Hand hinstreckte. In der anderen hielt er die Schlange, deren Augen in der verrauchten Luft rot funkelten.

Komm her, schien sie zu sagen. *Hier geht es dir gut. Komm zu uns.*

Taylors Verstand setzte aus. Sie musste unbedingt zu ihm. Ihre Füße trugen sie zu ihm.

Der Mann ließ sie nicht aus den Augen. Die anderen Alchemisten beachtete er gar nicht mehr. Sie war das, was er wollte.

Irgendwo tief drin wusste sie das auch. Und trotzdem konnte sie nicht stehen bleiben.

Sie war schon ganz nah. Ein Schritt. Und noch einer.

»Taylor!« Wie aus dem Nichts kam Sacha angerannt, packte sie mit beiden Armen um die Taille und zog sie zurück. »Verdammt, was tust du?«

Einen wirren Moment lang begriff sie nicht, was er meinte. Dann wurden ihr schlagartig zwei Dinge bewusst: erstens die panischen Gesichter der Alchemisten, die mit vereinten Kräften versuchten, sie vor den Dunklen Kräften abzuschirmen; und zweitens, dass sie bereits dabei war, die Straße zu überqueren.

Sacha wartete nicht ab, bis sie alles verarbeitet hatte. Er griff nach ihrer Hand und zerrte sie zurück hinter die Linie. Erst als sie in

48

Sicherheit waren, ließ er sie los. Verwirrt suchte er in ihrem Gesicht nach einer Erklärung für ihr seltsames Verhalten.

»Verdammt, Taylor … Was sollte *das* denn?«

Taylor schüttelte den Kopf, um den dunklen Nebel zu vertreiben. »Ich weiß nicht«, sagte sie abwehrend. »Er hat irgendwas mit mir gemacht. Aber ich weiß …« Plötzlich starrte sie ihn an. »Bist du okay? Wo warst du?«

»Ich hab dich gesucht!«, explodierte Sacha. »Ich wusste nicht, was los war oder wie ich zurücksollte oder wo du warst. Es war schrecklich.«

Der Stress verstärkte seinen französischen Akzent, er musste nach den englischen Worten suchen. Taylor spürte die Verletzlichkeit dahinter, und es versetzte ihrem Herzen einen Stich.

»Tut mir wirklich leid«, erwiderte sie mit aufrichtigem Bedauern. »Wir haben dich auch gesucht. Es ging alles so schnell.«

Aus der Ferne näherten sich Polizeisirenen. *Wenn dieser Kampf nicht bald vorbei ist*, schoss es Taylor durch den Kopf, *werden noch normale Menschen mit reingezogen.*

»Was ist da los?« Fragend sah Sacha zwischen dem Schwarzmagier und der Alchemistenfront vor ihnen hin und her. »Wer ist der Typ, und wieso kämpfen sie nicht gegen den?«

Taylor begriff erst nicht, wieso er eine Frage stellte, deren Antwort für jeden offensichtlich war. Dann fiel ihr ein, dass er die goldenen Bänder gar nicht sehen konnte, mit denen sie die mächtigen Dunklen Kräfte bekämpften – kein normaler Mensch konnte sie sehen. Für Sacha standen sich da nur irgendwelche Leute gegenüber und starrten sich an.

Rasch klärte sie ihn auf. Die Alchemisten zogen von überall her Energiemoleküle. Aus der Luft, den Bäumen. Die elektrischen

Kabel über ihnen vibrierten regelrecht davon. Und der Schwarzmagier hielt dagegen.

»Ich kann es riechen«, sagte Sacha und schauderte. »Es riecht nach Tod.«

»Es ist der Tod«, erwiderte Taylor.

»Wer gewinnt?«

Taylor betrachtete die Alchemisten, die Schulter an Schulter die Stellung hielten. »Irgendwie sind sie gleich stark. Einer gegen uns alle.«

Als hätte er ihre pessimistische Bemerkung gehört, feuerte der Dekan die anderen an, und diese verdoppelten ihre Anstrengungen. Der Schwarzmagier taumelte einen Schritt zurück.

»Warte, ich glaub, jetzt haben sie ihn«, rief Taylor aufgeregt und wagte sich weiter vor, um besser sehen zu können.

Die vereinten Kräfte der Alchemisten überstrahlten alles. Mittendrin stand aufragend und schmal der Dekan und lenkte enorme Energien gegen die andere Straßenseite. Taylor konnte sich nicht erklären, woher der Schwarzmagier die Kraft nahm, diesem Sturm zu widerstehen.

Dann begann er zu sprechen.

»Das ist erst der Anfang. Du kennst mich, Jonathan. Du weißt, wozu ich fähig bin. Ich werde alles zerstören, was dir etwas bedeutet.« Seine Stimme klang gewöhnlich, und irgendwie machte das das, was er sagte, noch verstörender. »Bring es zu Ende, bevor es zu spät ist. Gib mir den Jungen, und ich lass euch in Ruhe.«

Taylors Herz schlug ihr bis zum Hals. Sie spürte, wie Sacha erstarrte.

Ohne seinen Widersacher aus den Augen zu lassen, antwortete

der Dekan, und Taylor hörte den ungewohnten Zorn in seiner Stimme.

»Du wirst ihn niemals bekommen. Und du wirst uns auch nicht zerstören.« Er trat einen Schritt vor, seine Augen funkelten wütend. »Jetzt, wo ich weiß, wer du bist, werden wir dich vernichten, Mortimer. Wir werden dich bestrafen für das, was du getan hast.«

Mortimer?, wunderte sich Taylor. Und der Mann hatte Jones beim Vornamen genannt.

Die kennen sich.

Der Schwarzmagier gab ein leises, humorloses Glucksen von sich.

»Ach, Jonathan. Ich mag dich, und deshalb wünschte ich fast, dass es so wäre. Aber mittlerweile bin ich weitaus mächtiger geworden, als du dir vorzustellen vermagst. Ich bekomme, was ich verlange. Koste es, was es wolle.«

Unter den Alchemisten, die dem Wortgefecht gebannt folgten, brach Unruhe aus. Ihre Linie verschob sich ein wenig, und eine Lücke öffnete sich, was im allgemeinen Durcheinander jedoch keiner gleich bemerkte – außer einem: Blitzschnell hob der Schwarzmagier seinen Stock wie eine Peitsche und lenkte Dunkle Energie in den Spalt. Eine Sekunde nur, doch mehr brauchte es nicht.

Nun bemerkten die Alchemisten ihre Nachlässigkeit und versuchten mit aller Kraft, die Lücke wieder zu schließen. Doch sie schafften es nicht rechtzeitig.

Rasend schnell schoss der Pfeil aus Dunkler Energie mittendurch.

Für Sacha war er unsichtbar. Er konnte nicht in Deckung gehen.

»Sacha!« Taylor stürzte zu ihm.

Doch sie kam zu spät.

Es traf Sacha wie eine eiserne Faust. Entsetzt sah sie, wie sein Körper durch die Luft flog und mit einem grauenvollen Schlag auf dem Gehweg aufschlug, der den Innenhof einfasste.

Im ersten Moment war Taylor wie gelähmt. Ihre Füße schienen am Boden zu kleben.

Wie aus weiter Ferne bemerkte sie, dass der Schwarzmagier nicht länger auf der anderen Straßenseite stand. Sie hörte die anderen durcheinanderrufen. Nach ihm suchen.

Und dann lief sie los.

Schwach hörte sie Geräusche um sich herum. Jemand versuchte sie einzuholen, rief ihren Namen. Die ersten Polizeiautos kamen mit quietschenden Reifen vor dem Tor zum Stehen.

Doch sie achtete nicht darauf. Neben Sachas zerschmettertem Körper fiel sie auf die Knie.

»Sacha«, wisperte sie kaum hörbar, atemlos. »Sacha, nein.«

Der Kopf war in einem unnatürlichen Winkel verdreht. Die blauen Augen, offen und blind, starrten über ihre Schulter hinweg. Die Haut war blutleer und grau; die Lippen blau angelaufen.

Er war tot.

***

Zitternd kniete sie auf dem Gehweg im Schatten des alten Gebäudes, Sachas Hand kalt und leblos in der ihren.

»Ist er verletzt?« Keuchend hockte Louisa sich neben sie.

»Er ist tot«, antwortete Taylor tonlos.

»*Tot*?« Louisa starrte sie ungläubig an. »Er kann nicht tot sein.«

Über Sachas Körper hinweg griff sie nach seiner anderen Hand, presste ihre Finger fest auf die Innenseite seines Handgelenks und verharrte reglos, um seinen Puls zu fühlen.

Dann ließ sie seine Hand abrupt los. Mit einem dumpfen Geräusch, das Taylor im Herzen wehtat, landete sie auf seiner Brust.

»Pass doch auf«, schnappte sie und legte die Hand sanft in eine bequemere Position. »Er steht wieder auf.«

»Der?« Louisas Stimme wurde lauter. »Wie sollte er … Ach so.« Jetzt erst begriff sie.

Sie schwiegen.

»Und … was passiert jetzt?«, fragte Louisa schließlich behutsam. »Wird er einfach … aufwachen?«

Taylor drückte Sachas Hand. »Ja, so was in der Art.«

Louisa musterte ihn skeptisch. Zwar wusste sie, wie der Fluch wirkte, allerdings kam ihr das Ganze anscheinend immer noch unwirklich vor. Taylor zweifelte ja selbst daran, dass es passieren würde. Dass er tatsächlich zurückkommen würde. *Wie ist das nur möglich?*

Kein Atemzug hob Sachas Brust. Keine Röte färbte seine Haut. Sein Herz schlug nicht. Alles, was Sacha ausgemacht hatte, war weg.

Sie holte tief Luft.

»Er steht wieder auf«, sagte sie noch einmal, wie um sich selbst zu beruhigen.

»Was ist passiert?« Dekan Wentworth-Jones stellte sich hinter Louisa auf und schaute auf den zerschmetterten Jungen herunter. »Mortimer ist uns entwischt. Und was ist mit ihm? Ist er verletzt?«

Louisa stand auf und wischte die schmutzigen Hände an ihren Shorts ab. Sie war wie benommen.

53

»Er ist tot.«

»*Tot?*« Der Dekan klang schockiert.

»Aber er kommt wieder zurück«, erinnerte Louisa ihn, obwohl sie nicht sonderlich überzeugt klang.

Taylor hatte keine Lust auf das Hin und Her aus Zweifeln und Analysen, das unweigerlich folgen würde. Sie wollte nur eins: Sacha beschützen.

»Könnt ihr uns vielleicht … allein lassen?«, fragte sie.

»Wie bitte?« Entgeistert starrte der Dekan auf sie herab, seine Miene verriet tiefe Missbilligung.

»Das hier ist sozusagen eine Privatangelegenheit.« Taylor blieb standhaft. »Könnt ihr euch nicht woanders unterhalten?«

Jones sah Louisa an, als erwartete er, dass sie ihm Taylors Verhalten erklären könne, doch das blauhaarige Mädchen zuckte nur die Achseln.

»Ich denke nicht«, sagte er schließlich.

Taylor hätte nicht gedacht, dass er ihr die Bitte abschlagen würde. Unwillkürlich schlossen sich ihre Finger um Sachas kalte, schlaffe Hand.

Sie drehte sich um und sah Jones in die Augen. Er war so groß, dass sie ihren Hals verdrehen musste, um ihm ins lange Adlergesicht schauen zu können, das so schmal war und so arrogant – jedenfalls kam es ihr so vor.

»Was haben Sie gesagt?«, fragte sie.

»Ich glaube, es wäre von Vorteil, wenn wir mit ansehen könnten, wie das Ganze vonstattengeht.« Seine Stimme war fest, sachlich und ohne jede Empathie. »Ich denke, das sollten noch mehr von uns mit ansehen. Um die Polizei können sich andere kümmern. Und Mortimer scheint ja geflohen zu sein.«

Er sah hinter sich, wo die Alchemisten noch immer eine Reihe bildeten, und winkte jemandem.

»Alastair«, rief er. »Komm doch bitte mal her.«

Taylor warf Louisa einen wütenden Blick zu, doch die schüttelte nur den Kopf. Der Dekan machte hier die Regeln.

Ein Löschfahrzeug war eingetroffen, die Feuerwehrleute entrollten einen langen Schlauch und begannen, Wasser auf die noch immer brennenden Trümmer zu spritzen. Polizisten unterhielten sich mit mehreren Professoren, die offenbar berichteten, was geschehen war, und es zweifelsfrei so aussehen ließen wie einen furchtbaren – jedoch völlig unverdächtigen – Unfall.

Alastair kam über den Hof gelaufen. »Was gibt's?«, fragte er und sah zwischen dem Dekan und Louisa hin und her.

»Ich dachte, das solltest du auch sehen.« Der Dekan nickte mit dem Kinn zu Sachas Körper. »Der Junge ist tot. Und wir warten nun darauf, dass er wieder … nun … lebendig wird.«

Taylor wandte sich ab. Sie legte null Wert darauf, mitzubekommen, wie Alastair diese Neuigkeit aufnahm. Mit anhören musste sie es trotzdem.

»*Tot?* Mein Gott.« Alastair kniete sich neben Sacha, Taylor gegenüber. Vorsichtig hob er seine Hand und fühlte noch einmal den Puls. Als er keinen spürte, legte er mit großer Behutsamkeit die Hand zurück an die alte Stelle.

»Verdammt, Sacha«, sagte er. »Was zum Teufel …«

»Er kommt wieder in Ordnung. Zumindest hat man mir das gesagt.« Alastairs Gefühlsausbruch schien die Geduld des Dekans zu strapazieren.

Ohne darauf einzugehen, schaute der Assistent über den leblosen Körper hinweg zu Taylor.

»Kommt er wirklich wieder in Ordnung?«

Er wirkte richtig erschrocken, seine Freundlichkeit berührte sie, und auch, dass er zugleich wütend wirkte. Für ihre Begriffe war Alastair von allen Umstehenden der Einzige, der angemessen reagierte.

»Ich denke schon«, antwortete sie. Ihre Kehle war trocken, und ihre Stimme klang heiser und ängstlich.

»Und wie lange dauert das?«, fragte Alastair. »Bis er wieder … zurückkommt, meine ich?«

»Ich weiß nicht«, sagte sie. »Das ist unterschiedlich. Aber es dauert jedes Mal länger. Beim letzten Mal war es eine Ewigkeit.«

»Äußerst bedauerlich.« Der Dekan sah nach hinten zum Tor. »Polizei und Feuerwehr sind hier, und wir wollen doch nicht, dass sie von dieser kleinen Szene hier etwas mitbekommen.«

Kleine Szene?!

Am liebsten hätte Taylor dem Dekan mal so richtig die Meinung gesagt, doch Alastair lenkte ihre Aufmerksamkeit wieder zurück zu Sacha.

»Und wie funktioniert es?«, fragte er. »Tut es weh?«

Taylor biss sich auf die Lippe und nickte. »Sehr, glaube ich. Das ist das Schlimmste.«

»Scheiße.« Er hockte sich auf die Fersen. »Hätte lieber was anderes gehört.«

Alastair fluchte oft und viel – deshalb fand Sacha ihn auch so sympathisch. Die beiden hingen ständig miteinander ab. Von Anfang an hatte Alastair Sacha unter seine Fittiche genommen, und zu Taylors großer Überraschung schien der nichts dagegen zu haben. Sie hatte den Eindruck, dass Sacha in Alastair eine Art großer Bruder sah.

Manchmal fluchte er jetzt sogar auf Englisch.

»Wir sind bei dir, Sacha«, sagte Alastair und legte eine Hand auf seine Schulter. »Wir lassen dich nicht im Stich …«

In diesem Augenblick bog sich Sachas Körper dermaßen heftig nach hinten, dass Alastair erschrocken aufschrie und seine Hand wegriss.

»Es geht los«, murmelte Taylor düster.

Voller Entsetzen und zugleich fasziniert sahen sie zu, wie Sachas Gestalt sich krampfhaft wand, erst in die eine Richtung, dann in die andere. Heftig keuchend schnappte seine Lunge nach Luft, seine langen, schlanken Finger krallten sich in die Pflastersteine. Die Lider pressten sich zusammen, kohlschwarze Wimpern gegen staubweiße Haut.

»Meine Fresse.« Selbst Louisa klang geschockt.

Im nächsten Augenblick riss Sacha die Augen auf und starrte Taylor an. Er musste sie erkannt haben, denn er öffnete den Mund, um etwas zu sagen, als er wieder verkrampfte und vor Schmerzen das Gesicht verzog.

»Gütiger Gott im Himmel«, murmelte der Dekan, den der Anblick auch nicht unberührt ließ.

Taylor hatte das alles schon einmal mit angesehen, doch diesmal war es noch schlimmer – falls das überhaupt möglich war. Sie schlug die Hand vor den Mund und wollte nur, dass er atmete, dass er *lebte*.

»*Merde*«, stöhnte Sacha und fügte atemlos und nicht sehr glaubwürdig hinzu: »Sorry. Mir geht's … top.«

Taylor wollte etwas sagen, doch ihre Stimme versagte, die Worte, die sie gern ausgesprochen hätte, blieben unverständlich.

Alastairs kreidebleiches Gesicht war voller Entsetzen. Und

Louisa war ganz verstummt, zum ersten Mal, seit Taylor sie kannte, hatte es ihr die Sprache verschlagen.

Erneut krümmte Sachas Körper sich nach hinten, weiter, als es anatomisch möglich schien, und klappte dann mit voller Wucht und so plötzlich, dass alle aufschreckten, wieder nach vorn, bis er aufrecht saß. Schweiß bedeckte sein Gesicht, langsam kehrte die Farbe in seine Wangen zurück.

Bitte lass es zu Ende sein, flehte Taylor heimlich den Dämon oder Gott oder wer auch immer ihm das antat an. *Bitte hör auf.*

Ob es nun an ihrem heimlichen Gebet lag oder nicht, jedenfalls atmete Sacha tief ein, schauderte noch einmal und wandte sich ihr zu, als ob nichts gewesen wäre.

»Taylor?« Seine Stimme war heiser. »Alles okay?«

Grenzenlose Erleichterung durchströmte sie. Sie warf sich auf ihn und nahm seine Hand – sie war warm.

»Ob alles okay ist? Wie kannst du das fragen?«, sagte sie und lächelte durch die ungeweinten Tränen. »*Du* warst tot – nicht ich!«

»Ich weiß. Der alte Bastard hat mich umgebracht.« Sacha rieb sich den Nacken. »Wer *war* das überhaupt?«, fragte er Alastair. »Und was hat mich da getroffen? Hat sich wie ein Panzer angefühlt.«

»Das war Dunkle Energie«, antwortete der Dekan anstelle von Alastair. »Und ich finde es höchst interessant, dass du überlebt hast. Jeden anderen von uns hätte es auf der Stelle getötet. Womit bewiesen wäre, dass du unter gar keinen Umständen getötet werden kannst. Nicht einmal von Dunkler Energie.«

Mit einer knappen Geste wandte er sich Louisa und Alastair zu.

»Jetzt gilt es, schnell zu handeln. Ihr kommt mit mir. Es gibt viel zu tun.«

»Bist du wirklich okay?« Taylor sah Sacha besorgt an.
Seine Haut hatte immer noch eine ungesunde Blässe, und mit seinem grauen, von Staub und Ruß bedeckten Haar sah er aus wie ein Gespenst.
»Mir geht's gut. Wirklich«, beharrte er.
Jones und die anderen waren bereits unterwegs zu den Büroräumen des Dekans; die übrigen Professoren kümmerten sich um die Feuerwehr. Sacha und Taylor gingen langsam über den verlassenen Campus. Von dem coolen, schlaksigen Gang war jetzt nichts mehr zu sehen, er bewegte sich irgendwie vorsichtig – als testete er jeden Schritt vorab, aus Angst, der Boden könne unter seinen Füßen nachgeben.
»Vielleicht solltest du zu einem Arzt und dich durchchecken lassen«, schlug sie vor, aber er warf ihr einen ungläubigen, vernichtenden Blick zu, und sie ruderte sofort zurück. »Schon gut. Vergiss es. Keine Ärzte. Entschuldige, dass ich es überhaupt erwähnt habe.«
»Ist schon okay«, sagte er. »Ich hab nur Durst – wirklich. Sterben macht durstig, zumindest mich. Lass uns irgendwo was zu trinken auftreiben.«

Ehe sie mit Jones mitgegangen war, hatte Louisa sie ermahnt, unverzüglich ins Gebäude und auf direktem Weg in ihre Zimmer zu gehen. Doch Taylor wollte sich nicht mit ihm streiten.

Die Alarmsirenen waren endlich ausgeschaltet worden, und St. Wilfred's lag auf einmal ungewöhnlich still da. Mit seinen steinernen Spitzen und den Bogengängen wirkte es wie ein verwunschenes Schloss. Sie genossen es, für sich zu sein.

»Was war da vorhin eigentlich los mit dir?« Sacha warf ihr einen Seitenblick zu. »Wieso wolltest du zu ihm? Hat er dich hypnotisiert, oder was?«

Taylor, die sich das selbst schon gefragt, aber noch keine Antwort darauf gefunden hatte, starrte über den leeren Hof, der von der Nachmittagssonne in goldenes Licht getaucht wurde.

»Wenn ich das wüsste …«, sagte sie. »Ich kann es nicht erklären. Was immer es war, ich konnte mich nicht dagegen wehren. Ich erinnere mich auch nicht daran, dass ich losgelaufen bin. An den Stock erinnere ich mich, an die Schlange, ihre schrecklichen Augen … Und plötzlich stand ich vor ihm. Wenn du mich nicht weggezogen hättest, wäre ich ihm wahrscheinlich direkt in die Arme gelaufen. Er hätte mich getötet, Sacha.« Ihr stockte der Atem. »Und ich hätte es einfach geschehen lassen.«

Sacha starrte sie an. »Aber wieso? Ich verstehe das nicht.«

»Ich weiß es doch auch nicht«, sagte sie wieder, mit einem abwehrenden Unterton. »So etwas habe ich noch nie erlebt. Es war unglaublich stark. Es hatte mich völlig in seiner Gewalt. Als wäre ich nicht mehr ich selbst.« Sie schauderte. »Es war furchtbar.«

Eine Minute verging in nachdenklichem Schweigen.

»Wenigstens weißt du jetzt, was dich erwartet«, sagte Sasha schließlich. »Nächstes Mal bist du bereit.«

Sie warf ihm einen ungläubigen Blick zu. Hatte er denn gar nichts begriffen?

»Aber ich bin nicht bereit, mit ihm zu kämpfen, Sacha!«, rief sie. »Er ist unglaublich stark. Und ich kann nicht mal Steine fliegen lassen. Das musst du akzeptieren. Ich kann ihn nicht besiegen.«

»Sag das nicht«, erwiderte er scharf. »Sag nicht, du könntest das nicht.« Sie öffnete den Mund und wollte etwas entgegnen, doch er ließ sie nicht zu Wort kommen. »Du bist nicht schwach. Du kannst nicht …«, genervt fuhr er sich mit den Fingern durchs Haar, »… être fataliste. Merde. Mir fällt das englische Wort nicht ein.«

»Ach ja?«, fuhr Taylor ihn an. »Hast du überhaupt zugehört? Ich erzähl dir, dass er unbesiegbar ist, und alles, was du darauf zu sagen hast, ist: Du machst das schon. Das ist doch Bullshit.«

Sie blieben stehen.

»Dreh mir nicht die Worte im Mund um. Das habe ich nicht gesagt.«

»Und ob du das gesagt hast.«

Sie starrten sich zornig an.

»Tja, wenn du und die anderen Alchemisten mich nicht von allem ausschließen würdet, hätte ich vielleicht einen nützlicheren Rat«, blaffte er.

Sie verdrehte die Augen. »Was soll denn das schon wieder heißen?«

»Das weißt du ganz genau«, fuhr er auf. »Du gehst weg und trainierst ohne mich, während ich den ganzen Tag in der Bibliothek eingeschlossen bin. Alle stehen rum und gucken mir beim Sterben und Zurückkommen zu, als wäre ich ein interessantes Experiment. Das ist grausam. Unmenschlich.«

»Niemand experimentiert mit dir.«

»Na ja«, sagte er und verschränkte die Arme. »Du vielleicht nicht. Du trainierst ja auch die ganze Zeit mit Louisa.«

Der verletzte Blick seiner meerblauen Augen bewirkte den Umschwung.

So schnell, wie es begonnen hatte, war das Gewitter vorbei. Taylor machte einen Schritt auf ihn zu.

»Sacha, es tut mir leid«, sagte sie. »Ich weiß nicht, warum ich wütend geworden bin. Du hast recht. Das ist grausam.«

Er atmete die aufgestaute Luft aus.

»Ist ja nicht deine Schuld«, gab er milde zu. »Aber ich muss dir die Wahrheit sagen – ich mag das hier nicht, Taylor. Abgesehen von dir ist Alastair der Einzige, der nett zu mir ist. Alle anderen behandeln mich wie einen Alien.« Er kickte einen Stein vom Weg. »Ich hasse das.«

»Mich behandeln sie doch genauso«, sagte sie und musste an das ständige Gegaffe und Getuschel denken.

»Tun sie nicht.« Er sah sie an. »Du bist eine von ihnen, was ich nie sein werde.«

Wo er recht hatte, hatte er recht.

»Ich meinte es ernst«, fuhr er fort. »Ich wollte dich nicht beschimpfen oder so tun, als wüsste ich alles. Aber eins weiß ich mit Sicherheit: Du *kannst* ihn besiegen.«

Taylor schnürte es die Kehle zu.

Wie gern hätte sie ihm geglaubt, doch dazu war sie zu niedergeschlagen. Ihretwegen hatte Sacha heute sterben müssen, weil sie nicht schnell genug lernte. Der Schwarzmagier hatte mit ihr wie mit einer Puppe gespielt.

»Und woher willst du das wissen?«

»Weil ich dich kenne.« Unerwartet griff er nach ihrer Hand und zog sie näher. »Ich weiß, wie stark du bist. Mehr muss ich nicht wissen.«

Sie waren sich so nah, dass sie die Wärme seines Körpers spürte. Den Duft nach Seife und Staub roch.

Ihr stockte der Atem, so nah war er – ihre Lunge schien zu streiken.

Er kam noch näher. Nah genug für eine Umarmung. Oder einen Kuss. Wollte er das? Wollte sie das?

»Sei bitte nicht böse, Taylor«, flüsterte er, und sie spürte seinen Atem auf ihrem Gesicht, warm und weich.

»Ich bin dir nicht böse.« Ihre Lippen öffneten sich – ob für weitere Worte oder für einen Kuss, hätte sie selbst nicht sagen können. Seine Hand glitt ihren Arm hinauf.

»Wie gut, da seid ihr ja!«

Ertappt sprangen sie auseinander. Alastair kam aus Richtung des Verwaltungsgebäudes auf sie zu.

»Ich hab euch überall gesucht«, sagte er scheinbar gleichgültig, doch seine Augen verrieten ihn. Er hatte alles mitgekriegt.

Taylor schoss das Blut in die Wangen.

»Wir haben uns nur unterhalten«, hörte sie sich sagen – und hätte sich in den Hintern treten können.

Alastairs Blick sprach Bände.

»Ich habe die ehrenvolle Aufgabe, euch eine Nachricht zu überbringen«, verkündete er, als hätte sie nichts gesagt. »Der Dekan erwartet euch in seinem Büro. Es gibt da etwas, das ihr erfahren solltet.«

***

Die Sonne warf bereits lange Schatten auf den grauen Marmorboden der imposanten Halle, als sie das Verwaltungsgebäude betraten.

Der Raum, in dem es sonst von Professoren und Mitarbeitern der Schulverwaltung nur so wimmelte, hatte nun etwas Hohles, Leeres. Akkurate Säulenreihen stützten hoch über ihren Köpfen eine Stuckdecke. Gewaltige Fenster ließen verblassendes, zitronenfarbenes Licht herein. Selbst die Kunst wirkte einschüchternd – an den Wänden hingen riesige Ölgemälde von Schiffen mit hohen Masten in aufgewühlter graublauer See. Irgendwo in einem Büro klingelte ununterbrochen ein Telefon, doch niemand ging ran.

Während sie die Halle durchquerten, blieb Taylor stumm und versuchte nachzuvollziehen, was da gerade passiert war. Waren sie wirklich kurz davor gewesen, sich zu küssen? Oder doch nicht? Hatte er einfach nur nett sein wollen?

Sachas Gesichtsausdruck verriet nichts – er ging neben Alastair her, ein paar Schritte vor ihr.

Vielleicht, weil es ihm peinlich war? Vielleicht hatte sie die Signale auch falsch gedeutet, und jetzt wusste er nicht, wie er ihr sagen sollte, dass er sie nicht auf *diese* Art mochte?

O Gott, dachte sie in einem plötzlichen Anfall von eisiger Gewissheit. *Das muss es sein.*

Im Nachhinein konnte sie nicht mehr sagen, wie sie auf die Idee gekommen war, dass er sie küssen wolle. Sie waren doch nie mehr als Freunde gewesen. Ab und zu hatte er vielleicht mal den Arm um sie gelegt, um sie zu beruhigen, aber das war's dann auch schon gewesen.

Sie hatte das falsch verstanden. Er würde sie jetzt bestimmt nicht mehr ansehen.

Was war bloß mit ihr los? Um ein Haar wäre die Schule zerstört worden, alle hätten dabei draufgehen können, und sie hatte nichts weiter im Kopf, als Sacha zu küssen, der sie gar nicht auf *diese* Art mochte.

Muss am Schock liegen, beschloss sie. *Oder ich hab einen Nervenzusammenbruch.*

Für den Fall, dass Sacha sie später darauf ansprechen sollte, wäre das ihre Entschuldigung.

»Tut mir leid, dass ich versucht hab, dich zu küssen«, würde sie sagen. »Aber ich hatte einen Nervenzusammenbruch.«

Zwei Stufen auf einmal nehmend, rannten Alastair und Sacha die großzügig geschwungene Marmortreppe hinauf. Taylor fiel zurück.

Als sie oben ankam, hatten die beiden bereits Louisa und die anderen erreicht, die am Ende des langen Korridors vor dem Büro des Dekans standen. Plötzlich summte Taylors Handy in der Tasche, hastig zog sie es heraus und starrte aufs Display. Eine Nachricht von Georgie:

Absolute Langeweile. Weiß nicht, wie ich meine Nägel lackieren soll. Sunset Lava oder Organic Fuchsia. HILFE.

Die Nachricht hätte genauso gut von einem anderen Stern kommen können.

Ohne zu antworten, steckte Taylor ihr Handy zurück in die Tasche.

An einer Wand des Korridors hingen die Porträts sämtlicher früherer Dekane von St. Wilfred's. Die ersten waren noch Gemälde grimmig dreinschauender Männer und Frauen in altmodischer Kleidung. Nach einer Weile hörten die Gemälde auf, an ihre Stelle traten Fotografien, erst in Schwarz-Weiß, dann in Farbe.

Die letzte zeigte den jetzigen Dekan, der nun zu ihr herübersah.

Groß und schmal stand Jones in seinem dunkelblauen Anzug ein wenig abseits, die Hände hinter dem Rücken verschränkt, sein blasses, kantiges Gesicht unergründlich.

Seit ihrer Ankunft in St. Wilfred's hatte Taylor sich nicht entscheiden können, ob sie ihn mochte oder nicht. Er war immer höflich und zugleich distanziert. Er beobachtete sie intensiv. Versuchte, sie einzuschätzen.

Es gefiel ihr nicht, wie er mit Sachas Tod umgegangen war, doch sein Verhalten im Kampf hatte sie schwer beeindruckt. Er war furchtlos und stark – ein Krieger der Rache.

Diese Seite war ihr bisher verborgen geblieben.

»Gut«, sagte der Dekan, als sie endlich auch dazukam. »Alle da? Dann können wir ja anfangen. Ich werde euch nicht lange über den Grund im Unklaren lassen, weshalb ich euch hier versammelt habe.« Seine kühlen blauen Augen glitten über die Gesichter der Anwesenden. »Heute haben wir erfahren, wer unser Gegner ist. Es handelt sich dabei um Mortimer Pierce.«

Er deutete auf das Foto an der Wand, das neben seinem eigenen hing.

Der Mann auf dem Foto stand vor einem Schreibtisch, er hatte dichtes schwarzes Haar und trug einen schmalen Schnurrbart – er sah vollkommen gewöhnlich aus. Taylor trat einen Schritt vor, um sich das Gesicht genauer anzusehen. Das Foto musste mehr als zehn Jahre alt sein. Inzwischen war sein Haar ergraut und sein Gesicht nicht mehr so weich und faltenlos. Aber immer noch waren da dieselben kleinen, gefährlichen Augen.

Sie hörte, wie Louisa nach Luft schnappte. Alastair fluchte leise.

Sie hatten es also auch nicht gewusst.

Mit wachsender Sorge wandte Taylor sich an den Dekan: »Warum hängt dann sein Bild an dieser Wand?«

»Mortimer Pierce war bis vor fünfzehn Jahren Dekan von St. Wilfred's«, erläuterte Jones ruhig. »Nachdem er das College verlassen hat, ist er verschwunden. Und jetzt wissen wir auch, weshalb.«

Alastair waren die Flüche ausgegangen. Er starrte den Dekan aus müden Augen an.

»Wie bitte?! Machen Sie Witze?« Der Ärger in seiner Stimme verriet allerdings, dass ihm durchaus klar war, dass Jones es ernst meinte.

»Schön wär's«, sagte der Dekan kühl.

»Verdammt!« Alastair ballte die Hände zu Fäusten.

»Jetzt kommt mal wieder runter«, trat Louisa dazwischen und wandte sich mit lodernden Augen an den Dekan. »Wie konnte uns das entgehen?«

»Wir haben immer schon vermutet, dass wir es mit einem Insider zu tun haben«, antwortete Jones mit fester Stimme. »Aber Mortimer hatte ich nie in Verdacht – wie auch?«

Den Bruchteil einer Sekunde lang schien er von einer Gefühlsregung ergriffen. Schnell wandte er sich ab, um sie mit einer Handbewegung über das Gesicht fortzuwischen.

»In Ordnung, lasst uns das Ganze durchgehen.« Louisa holte tief Luft, um sich zu beruhigen. »Das erklärt alles. Wie er unseren Schutz umgehen und zu Aldrich kommen konnte. Warum er weiß, wie wir vorgehen.«

»Aber es erklärt nicht, was heute passiert ist«, warf Alastair ein.

»Seine Kraft war extrem. Dieser Stock – das war nichts Alchemistisches.«

»Das war Teufelswerk.« Der Dekan hob den Kopf. »Anders ist es
nicht zu erklären.«

Eine Weile standen sie stumm da und dachten darüber nach.

»Teufelswerk …«, flüsterte Louisa.

»Unglaublich«, sagte Alastair.

Ihr Streit war vergessen. Sie waren wieder ein Team.

Taylor war fassungslos.

»Das ist alles?« Aufgebracht starrte sie die anderen an. »Damit
ist die Sache für euch erledigt? Ein Dekan von St. Wilfred's hat
sich den Dunklen Künsten zugewandt, und ihr habt nichts davon mitgekriegt? Ein Dekan hat meinen Großvater ermordet,
und ihr habt nichts davon gewusst? Mehr habt ihr nicht dazu
zu sagen?!«

Ihre wütende Stimme hallte durch das stille Gebäude.

Statt einer Antwort stieß Jones die Tür zu seinem Büro auf und
winkte allen, ihm zu folgen.

»Kommt herein«, sagte er. »Ich werde euch erzählen, was ich
weiß.«

8

Das Büro des Dekans war kühl und spartanisch eingerichtet und duftete nach Möbelpolitur. Ein moderner Schreibtisch dominierte ein Ende des Raums; in einer Ecke daneben stand das rot-goldene Schulbanner.

Jones dirigierte alle zu einem Konferenztisch, und sie setzten sich. Nur er selbst blieb stehen, eine Mappe vor sich auf dem Tisch.

»Ich werde gleich auf die näheren Umstände zu sprechen kommen, doch zuallererst möchte ich darauf hinweisen, dass unser wichtigstes Ziel unverändert bleibt. Wir müssen verstehen, was hinter dem Fluch steckt, der Sachas Leben bedroht. Und«, sein Blick glitt in Sachas Richtung, »wir müssen verhindern, dass er sich erfüllt. Wir kämpfen noch immer den gleichen Kampf. Nur dass wir jetzt etwas haben, das uns bisher fehlte: neue Erkenntnisse.«

Er blickte zu Louisa und Alastair. »Ich weiß, was ihr beide jetzt sagen werdet. Doch oberste Priorität hat im Moment die Sicherheit des Colleges. Und wir müssen mit allen Kräften weiterforschen. Deshalb wird es fürs Erste keine Jagd auf Mortimer Pierce geben – erst müssen wir die dämonische Kraft verstehen, die er heute gegen uns verwendet hat. Und uns vorbereiten.«

»Das kann nicht Ihr Ernst sein.« Louisa machte ein ungläubiges Gesicht. »Wir haben echt keine Zeit, um Bücher zu lesen. Mortimer Pierce muss gestoppt werden. Er ist einer von uns. Er weiß, wie wir arbeiten, er kennt unsere Methoden, unsere Pläne, den Ort, an dem wir leben. Er kann einfach so durch unsere Schutzmechanismen spazieren. Wir müssen ihn verfolgen, und zwar sofort.«

»Ich bin mir völlig darüber im Klaren, dass Mortimer all das weiß«, erwiderte Jones. »Dessen ungeachtet müssen wir die Sache ruhig und professionell angehen. Es gibt hier zweihundertfünfzig Studenten, für deren Sicherheit wir verantwortlich sind. Du bist heute ja dabei gewesen und hast alles mit angesehen. Gegen solche Kräfte sind wir machtlos. Wir wissen ja nicht einmal so recht, womit wir es eigentlich zu tun haben.«

»Dann werden wir es eben herausfinden«, erwiderte Louisa scharf.

»Wann?«, fragte der Dekan. »Und zu welchem Preis?«

»Das Problem ist doch, dass wir für etwas anderes gar nicht die Zeit haben«, schaltete Alastair sich ein.

»Wir müssen die Sache vernünftig angehen …«, begann der Dekan wieder, doch Louisa schnitt ihm das Wort ab.

»Ihre Scheißvernunft wird uns alle umbringen!«

»Lass doch dieses Drama.« Jones' Stimme wurde eiskalt. »Ich will dir mal was sagen, Louisa. Aldrich mag unendliche Geduld mit dir gehabt haben, doch ich bin nicht Aldrich und werde dieses Benehmen nicht dulden. Wir sind hier in einer Besprechung, und da hast du dich gefälligst angemessen zu verhalten.«

Louisa wurde knallrot. Zum ersten Mal tat sie Sacha leid. Er fand die Reaktion des Dekans hart. Außerdem hatte Louisa seiner Ansicht nach völlig recht. Sie hatten wochenlang umsonst geforscht. Jetzt war es an der Zeit, zu handeln, zu kämpfen oder zu sterben.

Doch ehe er etwas einwerfen konnte, stand Louisa auf und stemmte die Hände in die Hüften. Mit den dunklen Tätowierungen, die sich ihre Arme hinab- und von den Knöcheln die Beine hinaufschlängelten, sah sie selbst in abgeschnittenen Jeans und Trägerhemd aus wie eine heidnische Kriegerin.

»Stecken Sie sich Ihre Regeln sonst wohin!«

»Setz dich wieder hin, Louisa«, erwiderte Jones kühl. »Und lass uns bitte zivilisiert bleiben.«

Doch Louisa hatte nicht die Absicht, sich zurückzuhalten. Jede Faser ihres Körpers vibrierte vor Wut.

»Wir stehen alle vor dem Untergang, und Sie möchten, dass wir zivilisiert bleiben?«

»In der Tat«, antwortete der Dekan, »das möchte ich.«

»Sie sind ein Vollidiot«, sagte sie. »Ich werde hier nicht länger rumhocken und zivilisierte Gespräche zum Thema Mortimer Pierce führen. Ich werde da rausgehen und ihn finden.«

Ohne zurückzuschauen, stürmte Louisa aus dem Büro und stapfte mit wütenden Schritten davon.

Alastair hatte sich halb erhoben, als wollte er sich ebenfalls verabschieden, doch der Dekan hielt ihn zurück.

»Du bleibst hier, Alastair.« Er klang müde. »Einer muss ihr doch später berichten, was wir hier besprochen haben.«

Alastair zögerte und setzte sich dann widerwillig wieder auf seinen Stuhl.

»Sie hat aber nicht ganz unrecht«, sagte er. »Das war eine Nummer zu hart.«

»Ich werde deine Meinung angemessen berücksichtigen«, sagte der Dekan mit einem Seufzer.

Sacha beschloss, dass der Zeitpunkt gekommen war, sich an der Diskussion zu beteiligen.

»Ich würde schon gern wissen, wie Sie Mortimer Pierce aufhalten wollen. Was, wenn heute nicht ich getötet worden wäre, sondern Taylor? Das alles ist so ...«, er unterbrach sich und suchte die richtige englische Formulierung, »... ein Durcheinander.« Das hatte er zwar eigentlich nicht sagen wollen, doch das war jetzt auch egal. »Ich dachte, wir wären hier in Sicherheit?«

»Du, Sacha, bist nirgendwo in Sicherheit, fürchte ich. Nicht, solange Mortimer Pierce lebt.« Der Dekan schlug die Mappe auf. »Wisst ihr, Pierce gehört zu den brillantesten Alchemisten, die mir je begegnet sind. Er war schon Professor, als ich noch studiert habe.« Sein Blick ruhte kurz auf Taylor. »Deine außergewöhnliche Kraft, Taylor, ist eine natürliche Gabe, die du deiner Abstammung verdankst. Mortimers Talent ist das Produkt reiner Entschlossenheit und eines brillanten Verstands. Er hat die Grundlagen dessen, was wir tun, wirklich begriffen. Er hat die Geschichte der Alchemie studiert, all die alten Manuskripte verschlungen. Sein Intellekt war unersättlich. Mit Mitte zwanzig wurde er Assistent des Dekans und fünfzehn Jahre später Dekan. Auf der Überholspur an die Spitze. Doch dann ist etwas schiefgelaufen.«

Alle waren still. Selbst Alastair hatte sich in seiner ganzen Länge vornübergebeugt und hing regelrecht an jedem Wort.

»Wie ihr wisst, haben wir strikte Regeln, wie wir unsere Fähigkeiten einsetzen dürfen«, fuhr Jones fort. »Wir dürfen keinen Einfluss auf Regierung oder Gerichte nehmen. Unser Tun muss zum Wohle der Menschen sein und im Dienst der Wissenschaft stehen. So haben wir es jahrhundertelang gehalten. Mortimer hat diese Regeln jedoch gebrochen. Er begann, an eine neue, natürliche Auslese zu glauben. Das zusätzliche Gen, das wir alle miteinander gemein haben, nahm er als Beweis für angewandte Evolution. ›Wir sind moderne Götter‹, hat er einmal zu mir gesagt.« Jones schüttelte den Kopf. »Je mehr Wissen er ansammelte, desto mehr glaubte er an diese irre Theorie. Dass wir nicht nur einzigartig sind, sondern dazu bestimmt, zu herrschen. Wir Alchemisten seien … Gott.«

Seine Finger spielten mit der Mappe.

»Er ging unvermeidlich zu weit. Er forderte den Verwaltungsrat heraus. Einen ehemaligen Dekan, der es wagte, auf die Gefahren dieser Lehren hinzuweisen, bedrohte er mit dem Tod. Irgendwann beschloss der Rat, ihn seines Amtes zu entheben und ihm die Lehrerlaubnis zu entziehen. Ein einmaliger Akt. Die größte denkbare Demütigung.«

Sacha wartete, dass Jones fortfuhr, doch er schwieg.

»Und wann hat er sich den Dunklen Künsten zugewandt?«, fragte Taylor nach einer Weile.

»Das ist das Problem«, sagte Jones. »Bis heute wussten wir nicht, dass er das getan hat.«

Er nahm ein Blatt aus der Mappe.

»Nach seiner Absetzung hat Pierce eine Zeit lang weiter in

Oxford gelebt. Drei Jahre, so glauben wir, dann verschwand er. Er behauptete, nach London gehen und sich anderen Interessen widmen zu wollen, doch jetzt vermute ich, dass er um diese Zeit herum damit begann, sich ernsthaft mit dämonischen Praktiken auseinanderzusetzen. In den folgenden Jahren besuchte er alchemistische Institute in Deutschland, Spanien, Marokko und Frankreich und betrieb in den dortigen Bibliotheken umfangreiche Studien. Aus heutiger Sicht erscheint es offensichtlich, dass er nach etwas Bestimmtem gesucht hat – einem Buch, das ihm verriet, wie er einen Dämon erschaffen konnte.« Sorgsam verschloss Jones die Mappe wieder. »Und jetzt ist auch klar, dass er irgendwo auf seinen Reisen gefunden haben muss, wonach er suchte.«

In Jones' Darstellung hörte sich alles ganz leicht an. So leicht, wie ein scharfes Messer in einen Körper eindringt. Leicht wie Mord.

Taylor hatte aufmerksam zugehört. »Sie sagen, er hat Dämonologie studiert. Dass er Bücher gefunden hat, die ihm verraten haben, wie man das macht. Er hat es ausprobiert, und es hat funktioniert. Jetzt ist er einer von ihnen. Ist es wirklich so einfach?«

Sacha hörte ihrer Stimme an, wie geschockt Taylor war.

»Wir glauben, ja«, bestätigte der Dekan. »Die alten Bücher kennen zwei Wege zur Macht: durch Wissenschaft oder durch Dunkle Praktiken. Dämonische Macht ist eine extreme Form dieser Praktiken – aber ich habe noch nie gesehen, dass jemand sie auf diese Art einsetzt.«

»Hm … und wie sollen wir dagegen ankämpfen?«, fragte Taylor.

»Heute konnten wir nichts dagegen tun.«

»Gerade deshalb müssen wir uns auf die Forschung konzentrieren«, erläuterte der Dekan. »Wir müssen herausfinden, wie wir ihn besiegen können.«

Da verlor Alastair die Fassung.

»Um Himmels willen, Jones.« Er schlug mit der Faust auf den Tisch. »Sie waren heute doch selbst dabei. Sie wissen, dass wir uns nicht länger verstecken können. Wir können nicht auf Hilfe oder Rat warten. Dafür ist es zu spät. Louisa hat recht. Uns bleibt nur eins: zu kämpfen.«

»Wir werden kämpfen.« Jones sah unglücklich aus. »Sobald wir die Waffen haben, die dazu nötig sind.«

Alastair hob die Hände. »Und wann wird das sein?«

»Bald.«

Doch Sacha hörte die Zweifel heraus, die sich hinter diesem Wort verbargen. Es kam ihm so vor, als wäre der Dekan selbst nicht sicher, was zu tun war.

***

Nach dem Treffen verließen Sacha und Taylor gemeinsam das Verwaltungsgebäude, ruhig ins Gespräch vertieft. Sie versuchte, ihn davon zu überzeugen, mit ihr in die Bibliothek zu gehen, doch er suchte nach einem Vorwand, um da nicht wieder hineinzumüssen.

»Ich muss mal ein bisschen an die frische Luft«, sagte er. »Ich komm später nach.«

Als Taylor in der Sicherheit des gewaltigen Bibliotheksgebäudes verschwunden war, steuerte er auf das Haupttor zu, um sich persönlich zu vergewissern, dass Pierce wirklich fort war.

Sein Handy summte. Er sah hinunter und entdeckte eine Nachricht seiner Schwester Laura. Heftiges Heimweh machte sich in seinem Herzen bemerkbar.

Geht's dir gut? Maman und ich machen uns Sorgen. Bitte bleib am Leben.

Schnell tippte er eine Antwort – andernfalls hätte sie keine Ruhe gegeben und ihn mit Nachrichten regelrecht bombardiert.

Mir geht's gut. Total langweilig heute. Ich kann keine Bibliotheken mehr sehen. Bleib auch am Leben, okay?

Nachdem er die Nachricht abgeschickt hatte, steckte er das Handy wieder ein und versuchte, nicht an zu Hause zu denken. An warme Pariser Straßen und ihr weiches Sofa. Daran, wie er mit Laura fernsah, ehe er sich mit Antoine wieder in Schwierigkeiten brachte.

Er hätte nie gedacht, dass er dieses Leben einmal vermissen würde.

Am Haupttor hatten Arbeiter in orangefarbenen Schutzwesten bereits damit begonnen, im Licht von mobilen Scheinwerfern die Schäden zu reparieren. Das Loch in der Mauer war von provisorischen Abzäunungen bedeckt. Das Feuer war gelöscht, doch der beißende Rauchgeruch hing noch in der Luft.

Sämtliche Einsatzfahrzeuge waren verschwunden, nur zwei Lkws der Gasgesellschaft standen noch da – die »offizielle Geschichte« lautete, die Explosion sei von einem Gasleck verursacht worden.

Louisa und Alastair standen neben den Trümmern. Die Köpfe zusammengesteckt, unterhielten sie sich angeregt.

Als Sacha auf sie zukam, hob Alastair den Kopf.

»Sacha.« Er klang überrascht. »Was tust du hier?«

»Na, den Typ suchen, der mir an den Kragen will.«

»Der ist längst weg«, entgegnete Louisa schroff. »Leider.«

Missbilligend blickte Alastair über Sachas Schulter. »Wo ist Taylor?«

»Bibliothek.«

»Allein? Hat Jones sie noch alle?« Er wandte sich an Louisa. »Er lässt sie allein? Jetzt, wo Mortimer jederzeit auftauchen könnte?«

»Und ob der sie noch alle hat. Er will einfach nur nicht sehen, was direkt vor seiner Nase ist.« Louisa fuhr sich mit den Fingern durch das kurze blaue Haar. »Einer von uns muss bei ihr bleiben. Aber nicht ich – ich hab schon was anderes vor.«

Sie starrten sich an, und Sacha spürte den stummen Kampf zwischen den beiden. Schließlich hob Alastair die Hände und gab sich geschlagen.

»Okay, okay, ich passe auf sie auf.« Er warf Louisa einen warnenden Blick zu. »Aber wag es ja nicht, allein rauszugehen.«

»Wie kommst du denn auf die Idee?«, fragte sie unschuldig, doch Alastair kaufte ihr das nicht ab.

»Da draußen ist es gefährlich, Lou«, sagte er. »Falls du das Gelände verlässt, nimm jemanden mit. Geh nicht allein. Versprich es mir.«

»Ich versprech's«, sagte sie und versuchte nicht, ihre Genervtheit zu verbergen. »Zufrieden?«

»Wieso glaube ich dir nicht?«, sagte er seufzend.

Sie lächelte ihn an. »Weil du kein Vertrauen hast. Das ist dein Problem, Alastair. Kein Vertrauen.«

Er erwiderte das Lächeln nicht.

»Eines Tages rennst du noch mal in deinen Tod, Lou.«

»Niemals.«

Alastair gab's auf. Er drehte sich um und trabte Richtung Bibliothek. Selbst von hinten sah man ihm seine Besorgnis an.

Louisa wechselte ein paar Worte mit den Arbeitern und wandte sich dann an Sacha.

»Na dann«, sagte sie forsch. »Lass uns Dämonen jagen.«

»Wo gehen wir hin?«
Sacha konnte seine Verwunderung nicht verbergen. Zehn Minuten waren sie gegangen, ohne anzuhalten, dabei war er immer noch matt und geschwächt von seinem letzten Tod.
Mit langen Schritten marschierte Louisa über das nächtliche Collegegelände, und jedes Mal, wenn ein Lichtkegel sie erfasste, schimmerte ihr Haar blau und verblasste dann wieder, wenn sie erneut in die Dunkelheit eintauchte. Doch selbst dann konnte er die Tattoos noch auf ihrer blassen Haut erkennen.
Er konnte nicht erklären, warum er ihr folgte. Er hatte die Schnauze voll von ihrem ganzen Scheiß.
»Zuerst suchen wir das College ab und gehen sicher, dass Pierce nicht irgendwas hiergelassen hat«, sagte Louisa, ohne sich umzudrehen, als sie am Geschichtsinstitut angekommen waren. »Fiese dämonische Geschenke, meine ich.« Sie stieß die Tür so heftig auf, dass sie gegen die Wand knallte. »Danach suchen wir ihn.«
Sacha starrte auf ihren Hinterkopf.
»Wen? *Pierce?*«
»Wen sonst?« Sie stürmte den langen, schmalen Flur entlang,

vorbei an leeren Klassenzimmern, die sie jeweils mit einem kurzen Blick checkte.

Sacha hatte Mühe, mit ihr Schritt zu halten.

»Das ist nicht dein Ernst. Wir beide suchen ihn? Du und ich, allein?«

Louisa, die bereits am Ende des Flurs angekommen war, bog ins Treppenhaus ein. Ihre Stimme hallte hohl.

»Alastair hat mir verboten, allein zu gehen. Also mach ich das auch nicht. Ich nehm dich mit.«

Das brachte das Fass endgültig zum Überlaufen. Wut und Frustration dieses langen, anstrengenden Tages entluden sich schlagartig.

»Du träumst wohl«, erwiderte er erregt. »Nur weil du nicht mit dem Dekan klarkommst, werde ich dieses College bestimmt nicht verlassen, um gegen einen Mann zu kämpfen, der mich vorhin gerade getötet hat, kapiert? Tu es *complètement tarée, ma pauvre.* Kämpf ruhig allein gegen ihn.«

Er machte auf dem Absatz kehrt und wollte zur Tür laufen.

»Warte!«, rief Louisa und eilte ihm mit polternden Schritten hinterher. »Hau jetzt nicht ab. Hör mir erst mal zu.«

Ein neuer Unterton lag in ihrer Stimme – eine Art Flehen.

Sacha zögerte. Die Tür befand sich genau vor ihm. Eigentlich hätte er geradewegs in die Bibliothek zu Alastair gehen und Louisa verpetzen müssen.

Aber er tat es nicht. Mit einer Hand an der Klinke stand er da. Etwas in ihm hielt ihn zurück, wollte sie begleiten, egal, wie groß das Risiko war.

»Es geht nicht darum, ihn fertigzumachen.« Louisa sah ihn an. Ihre Stimme hatte jetzt nichts Forderndes mehr. Sie redete

80

nur mit ihm. »Ich will nur eins: ihn finden und dann die anderen rufen, damit wir ihn drankriegen. Alastair hat recht, allein schaff ich das nicht. Ich brauch jemanden, der mir Deckung gibt.«

»Das ist alles?« Misstrauisch sah er sie an, die eine Hand immer noch unentschlossen an der Klinke. »Schwörst du es?«

Sie hob ihre rechte Hand. »Ich schwöre bei Gott.«

Sacha wurde einfach nicht aus ihr schlau. Erst behandelte sie ihn wie ein Baby. Und im nächsten Moment brachte sie so was.

»Eins sag ich dir: *Ich* werde nicht mit dem kämpfen«, sagte er.

»Kein Mensch verlangt das.«

Es klang aufrichtig.

»Und wozu brauchst du mich dann?«

Sie zögerte. »Ich hab Alastair versprochen, dass ich nicht allein gehe. Aber jeder andere würde es ihm sofort stecken. Abgesehen davon … bist du der einzige Mensch, den ich kenne, der nicht sterben kann.«

Na ja, dachte Sacha, *immerhin ist sie ehrlich.*

Er ließ die Klinke los. »Gut. Ich bin dabei.«

Sie wirkte erleichtert. »Gut.«

»Aber wenn du mich noch einmal *Kleiner* nennst, bin ich weg.«

Ein leises Lächeln zeigte sich auf ihrem Gesicht. »Deal.«

Sie tauschten einen Blick, nicht freundschaftlich, eher komplizenhaft. Wie Diebe, die verstehen, warum der andere stiehlt.

»Aber zuerst müssen wir sichergehen, dass das College nicht in Gefahr ist«, sagte sie. »Kannst mir gern auch dabei helfen.«

Achtlos zuckte er die Schultern. »Klar. Hab gerade nichts zu tun, wie du sehen kannst.«

»Ich mag es, wenn dein Englisch schief wird«, sagte sie grinsend, drehte sich um und ging die ausladende Treppe hinauf.

»Das war schief?«, fragte er ungläubig. »Was war denn daran schief?«

»Schwer zu erklären«, rief sie über die Schulter. »Englisch ist halt eine merkwürdige Sprache.«

Sie machten sich an die Arbeit.

Auf jeder Etage wiederholte Louisa die Prozedur und warf einen raschen Blick in jeden Raum. Sacha folgte ihr und versuchte, auf Dinge zu achten, die nicht dorthin gehörten.

In einem der schwach beleuchteten Klassenzimmer, wo ordentliche Stuhlreihen auf ein Lehrerpult ausgerichtet waren, blieb er stehen und hielt inne. Die Räume mit ihren bleiverglasten Bogenfenstern schienen Tausende Kilometer entfernt von seiner modernen Schule in Paris.

In St. Wilfred's hatte er nie am Unterricht teilgenommen. Seit er hier war, hatte er ausschließlich in der Bibliothek gesessen und seine eigene Geschichte erforscht. Keinen schien das zu interessieren.

Als er nun in dieses Zimmer schaute, wo Studenten lernten und lachten, fühlte er sich ausgeschlossen. Zurückgelassen.

»Nu mach schon, Sacha«, rief Louisa. Hatte sie ihn eigentlich jemals mit seinem Namen angesprochen?

Hier oben war es stiller. Und dunkler. Vorsichtig bewegte er sich über das alte Eichenparkett. Ein Stück entfernt guckte Louisa wachsam und vorsichtig in jedes Zimmer.

»Ich weiß genau, warum ich das tue, aber was ist mit dir?«, sagte Sacha unvermittelt.

Er hätte erwartet, dass sie ihn zum Teufel wünschen oder einen abfälligen Witz über die Franzosen, denen man wirklich *alles* erklären musste, machen würde.

Doch sie winkte ihm nur und betrat einen kleinen Raum, bei dem es sich um ein Professorenzimmer handeln musste: Die Bücher stapelten sich bis zur Decke, und der Schreibtisch, der den größten Teil des Zimmers einnahm, ächzte unter Massen von wilden Papierstapeln. An einer Wand lehnte ein Regenschirm.

Louisa stellte sich neben den leeren Stuhl. In der Dunkelheit konnte Sacha ihre Gesichtszüge kaum erkennen.

»Ganz einfach, weil es sonst niemand tun wird.« Sie sprach leise, aber eindringlich. »Und weil Aldrich Montclair gewollt hätte, dass ich den Mann finde, der ihn getötet hat. Deshalb. Ich werde dafür sorgen, dass der Bastard bezahlt.«

Plötzlich wusste Sacha, wessen Zimmer das war.

Er wich einen Schritt zurück und checkte das Namensschild an der Tür: »Aldrich Montclair«.

»Das ist das Zimmer von Taylors Großvater.«

Es war so still, dass er das Rascheln von Louisas Haaren gegen ihre Schultern hören konnte, als sie nickte.

»Das *war* es.«

Neugierig sah Sacha sich um. Er hatte Aldrich nie kennengelernt und wusste nur wenig über ihn. Doch Aldrich und sein Vater waren befreundet gewesen, und deshalb sah er sich die Schwarz-Weiß-Fotos an den Wänden nun genauer an, versuchte, die Titel auf den Buchrücken in den Regalen zu entziffern.

Keiner hatte es ausgesprochen, doch Sacha war klar, dass Mortimer Pierce aller Wahrscheinlichkeit nach auch hinter dem Tod seines Vaters steckte. Er wusste, wie Louisa zumute war.

Sie wollte sich rächen? Er auch.

Ohne Vorwarnung ließ Louisa den Stuhl los und stürmte hinaus in den Flur, Sacha immer dicht an ihren Fersen.

»Holen wir ihn uns!«

***

Nachts kam ihm St. Wilfred's noch seltsamer vor als tagsüber. Von zahllosen Gemälden schauten unbekannte Gesichter auf ihn hinab, während er und Louisa durch das dunkle Verwaltungsgebäude liefen.

Hätte der Dekan gewusst, dass sie um diese Uhrzeit durchs Gebäude schlichen, wäre er vermutlich nicht sonderlich begeistert gewesen, dachte Sacha bei sich, und wenn er den Grund dafür erfahren hätte, wäre er ausgeflippt. Doch Louisa wirkte völlig unbekümmert. Zielstrebig lief sie die Betonstufen in den Keller hinunter und durch eine schwere Metalltür.

Hinter Sacha fiel die Tür mit einem lauten Knall zu, und sofort bereute er, dass er sie nicht aufgehalten hatte. Der Raum dahinter war pechschwarz.

Prompt stieß er gegen etwas Großes, Schweres, Unsichtbares.

»*Putain*«, fluchte er und hielt sich das Knie. »Gibt's hier kein Licht?«

Louisa antwortete nicht. Er konnte sie nicht sehen, konnte nicht mal ihre Schritte hören.

Er hielt den Atem an und versuchte, irgendwas in dieser schwarzen Höhle wahrzunehmen.

Wohin er sich auch wandte, ständig stieß er gegen irgendwelche Gegenstände – schwere, ziemlich große Gegenstände. In der Luft hing schwach, aber unverkennbar der Geruch von Benzin.

Es war so still, dass das Drücken des Lichtschalters gewaltigen

Lärm machte. Über seinem Kopf leuchteten summend und flackernd Neonlampen auf.

Sacha blinzelte geblendet. Er war von Autos umgeben. Unter dem Verwaltungsgebäude befand sich eine unterirdische Garage – und er hatte nichts davon gewusst. Seit er in St. Wilfred's war, hatte er sich immer gefragt, wo sie wohl sein Motorrad abgestellt hatten.

Langsam drehte er sich im Kreis und suchte den Raum ab. Er entdeckte es fast sofort in einer Ecke.

Sein Herz machte einen Freudensprung. Er vergaß Louisa und Mortimer und rannte los, hockte sich davor und strich mit den Händen über die schwarz glänzenden Kurven aus Metall.

»Mann, hab ich dich vermisst«, murmelte er auf Französisch.

Zu seiner Erleichterung schien die Honda unversehrt. Auf der Sitzbank ruhten hübsch ordentlich die beiden silbernen Helme.

Nichts fehlte, außer den Schlüsseln.

Gerade als er das registrierte, trat Louisa hinter ihn, einen Schlüsselbund in der Hand.

»Lust auf 'ne Spritztour?«

Sacha riss ihr die Schlüssel aus den Fingern.

»Soll wohl Ja heißen«, kommentierte sie trocken.

Sacha reichte ihr einen Helm und zog sich seinen über den Kopf. Die Welt schrumpfte auf die Größe des Visiers. Genau so, wie er es mochte.

Louisa kletterte hinter ihn und platzierte die Füße zielsicher an den richtigen Stellen. Kein Zweifel, sie hatte schon mal auf einem Motorrad gesessen.

Wieso überrascht mich das nicht?

Sacha drehte den Schlüssel und drückte den Anlasser. Dröhnend erwachte die Maschine zum Leben.

Einen Augenblick lang saß er still da und lauschte nur auf das Grollen des Motors – es war, als käme das Geräusch aus ihm selbst. Aus seinem Herzen.

»*Alors*«, rief er auf Französisch, ehe ihm wieder einfiel, dass er ja Englisch sprechen musste. »Wohin?«

»Erst mal nur raus hier«, antwortete sie.

Er lenkte die Maschine aus der Parklücke und steuerte auf das geschlossene Tor zu. Erst da wurde ihm bewusst, dass er nicht wusste, wie er es öffnen sollte.

Er hatte sich schon halb umgedreht, um Louisa zu fragen, als sie mit einer Fernbedienung über seine Schulter zielte. Das Tor ratterte nach oben, und er erblickte die Fahrbahn, die in die hell erleuchtete Stadt führte. In die Freiheit.

Er knallte den Gang rein und gab Vollgas. Sie verschwanden in der Nacht.

In dunkler Nacht sank Henri in tiefen Schlaf, von dem er nicht erweckt werden kann. Die Ruhe der Toten. Der Arzneimacher sagt, nur die Zeit entscheide, ob er daraus erwachen oder diese Erde in Gottes Gnade verlassen werde.
Beim ersten Licht des Morgens ritten wir zur alten Kirche, um wie von ihm beschrieben die Kammer in der Krypta zu suchen. Dort fanden wir alles wie vorausgesagt – den Stern, den Dolch. Zahlreiche Anzeichen von Opferungen und vergossenem Blut.
Von diesem Anblick waren die Brüder zutiefst verstört. Seit wir gemeinsam ritten, sahen wir viele Hexer und trafen auf viele Diener des Bösen, doch niemals wurden wir Zeuge solcherart Teufeley und Dunklen Wahns.
Auf unser Bitten kam die Weiße Zauberin Marie Clemenceau hinzu. Was sie an diesem unaussprechlichen Orte sah, ließ ihre Haut blaß werden wie Milch.
»Es kann nicht sein«, wisperte sie und berührte einen der Flecke auf dem alten Steinboden.
»Sagt«, drängte Bruder Claude sie, »was mag das bedeuten? Wir müssen wissen, in wessen Angesicht wir schauen.«
Sodann holte er den Ritualdolch mit der gebogenen Klinge und dem

Griff aus geschnitztem Bein und Pechkohle, und als er ihn ihr zeigte, wich sie zurück und schlug die Hände vors Gesicht.

»Das«, sprach sie, »ist Allerdunkelste Hexerey, von bösester und tödlichster Macht. Dem Teufel selbst wurde in dieser Kammer gehuldigt.« Da wandte sie sich zu mir, und ihr liebliches Gesicht war voller Qual und Furcht. »Matthieu, Ihr müsst dem ein Ende bereiten.«

»Das werde ich, ich werde dem ein Ende bereiten, das verspreche ich«, erwiderte ich. »Doch zuerst muss ich Euch befragen, und ich verlange, daß Ihr ehrlich und aufrichtig zu mir sprecht.«

Noch immer zitternd, hob sie ihr Gesicht. »Ich werde die Wahrheit sprechen.«

»Ist es möglich, daß Isabelle Montclair diejenige ist, die hier mit dem Teufel Zwiesprache hält?«

Einen Augenblick lang sahen wir uns an, und ich erblickte in ihren Augen die Wahrheit. Dann überwältigte es sie, und sie sank zu Boden. Nur dank göttlicher Vorsehung ward es mir möglich, sie aufzufangen, ehe sie auf den Boden schlug. Rasch schafften wir sie fort von diesem bösen Orte ...

Taylor schob das Buch weg und rieb sich die Augen. Stundenlang hatte sie in dem schweren, in Leder gebundenen Band gelesen – einer im achtzehnten Jahrhundert angefertigten Übersetzung eines französischen Buches aus Aldrich Montclairs Sammlung. Es war das einzige bekannte Buch, in dem Nützliches über Isabelle Montclair stand. Trotzdem war es keine sonderlich große Hilfe, und ihr Großvater hatte es offenbar nicht für authentisch gehalten. Ein paar Seiten zuvor war sie auf eine knappe Notiz gestoßen, die er zwischen die Seiten gelegt hatte: »Übertrieben und unwahrscheinlich.«

Mit den Fingerspitzen fuhr sie über seine vertraute krakelige Handschrift. Er hatte recht, wie immer.

Was hätte sie nicht dafür gegeben, hätte er jetzt hier bei ihr sein und ihr sagen können, was sie tun sollte. Sie fühlte sich so verloren. Alles war so gefährlich, und ihnen blieb kaum noch Zeit.

Die Bibliothek umfasste Tausende Bücher über die Geschichte der Alchemie. Nie im Leben würden sie die alle durcharbeiten können. Und das eine richtige finden.

Gott, ist das frustrierend.

Sie presste die Fäuste gegen die Augen.

»Du solltest eine Pause machen«, mahnte Alastair, der ihr gegenübersaß.

Taylor entspannte ihre Hände und sah ihn an. Etwa zwanzig Minuten nach ihr war er hereingekommen und hatte seither Stunde um Stunde still dagesessen und sich Notizen in seinem Laptop gemacht.

Der blassblaue Schimmer des Bildschirms betonte die Ringe unter seinen Augen.

»Du bist aber auch ganz schön müde«, gab sie zurück. Sie griff nach dem Pappbecher neben ihrem Ellbogen, in dem kalter, bitterer Kaffee schwappte. Taylor zwang sich, trotzdem zu trinken. Um wach zu bleiben.

Sie schaute auf das Display ihres Handys – es war nach Mitternacht. Die letzte Nachricht, die sie erhalten hatte, war zwei Stunden zuvor von ihrer Mutter gekommen:

Gute Nacht, Liebling. Wir vermissen dich. Küsse.

Ihr Herz zog sich zusammen.

Nicht zum ersten Mal musste sie daran denken, wie ihre Mutter wohl reagiert hätte, wenn sie auch nur eine Ahnung gehabt hätte, was ihr heute widerfahren war – sie hätte sie so schnell hier rausgeholt, dass der Dekan nur noch eine Staubwolke und die Rücklichter ihres Autos gesehen hätte.

Aber sie weiß ja nichts von all dem.

Rasch scrollte sie über die anderen Nachrichten. Kein Wort von Sacha. Seit er sie auf den Stufen des Bibliotheksgebäudes verlassen hatte, hatte sie nichts mehr von ihm gehört.

Eine Sekunde lang schwebte ihr Finger über den Tasten. Dann ließ sie es.

Vermutlich schlief er schon. Sterben war anstrengend. Sie wollte ihn nicht wecken.

Seufzend legte sie das Handy auf dem Tisch ab.

Sie streckte sich, um die verspannten Schultern zu lockern.

Alastair tippte etwas in sein Handy und legte es dann genauso gedankenverloren wie Taylor wieder ab.

»Wo ist Louisa?«, fragte Taylor, der es nicht schwerfiel, zu erraten, wen er hatte anrufen wollen.

Überrascht sah er auf. Seine sowieso schon schwer zu bändigenden blonden Strähnen standen ihm nun regelrecht zu Berge. Mit den Fingern versuchte er, sie zu glätten.

»Mortimer suchen.« Sein Tonfall verriet, was er von der Idee hielt.

»Was? Allein?« Taylor sah ihn alarmiert an.

»Nein, nicht allein. Hat sie mir zumindest versprochen.« Er klang wenig überzeugt. Seine Finger trommelten neben dem Handy auf die Tischplatte.

»Willst du sie nicht mal anrufen?«, schlug sie vor.

Er nahm sein Handy und hielt es eine Sekunde in der Hand, ehe er es wieder hinlegte.

»Wenn sie mittendrin in so 'ner Sache ist, macht sie das nur stinksauer.« Er seufzte und lehnte sich zurück. »Bestimmt ist alles okay. Sie weiß, was sie tut.«

Es klang, als wollte er sich selbst überzeugen.

Taylor sah ihn nachdenklich an.

»Du magst sie sehr, nicht wahr?«

Er warf ihr einen vernichtenden Blick zu.

»Du weißt schon, was ich meine«, beharrte Taylor. »Ihr seid Freunde, und Louisa hat nicht viele Freunde.«

»Nein, hat sie nicht«, erwiderte er. »Und ja, wir sind Freunde.« Er nahm einen Stift und warf ihn in die Luft, wo er sich um sich selbst drehte – länger, als eigentlich möglich war. »Schon immer.«

»Sie mag dich auch«, sagte Taylor. »Das weiß ich.«

Alastair fing den Stift auf und pfefferte ihn auf den Tisch, dass er einen Satz machte. »Ja, also dann …«

Er wandte sich wieder seinem Laptop zu. Die Unterhaltung war zu Ende.

Taylor hakte nicht nach.

Sie arbeiteten weiter. Immer mal wieder griff Alastair nach seinem Handy und starrte es herausfordernd an, als würde das irgendwie bewirken, dass sie ihm eine Nachricht schickte.

Schließlich ließ Taylor ihr Buch sinken.

»Wieso gehst du sie nicht einfach suchen?«

Er schüttelte den Kopf. »Jemand muss auf dich aufpassen.«

»Weißt du was? Ich bin echt in der Lage, allein in einer Bibliothek zu sitzen. Ich mach das schon, seit ich sechs bin.«

Ihre Gereiztheit war offensichtlich.

Er schob die Lippen vor. »Beruhig dich. Ich weiß, dass du allein still sitzen kannst. Aber zurzeit ist es hier nirgendwo sicher.«

»Glaubst du, ich weiß das nicht? Ich war schließlich dabei heute. Schon seit Wochen häng ich hier rum. Ich hab Todbringer überlebt. Da werde ich auch Bücher überleben!«

»Darüber bin ich mir völlig im Klaren.« Er sprach wohlüberlegt. »Aber Mortimer ist einer von uns, und deshalb kann er hier ins College hereinspazieren, wann immer er will. Jetzt, in diesem Moment, könnte er die Bibliothek betreten. Er muss sich nur an den Wachen vorbeischleichen. Und draußen ist es dunkel, Taylor.«

Er hatte recht.

»Okay, okay«, sagte sie und lehnte sich zurück. »Tut mir leid. Ich will es auch gar nicht an dir auslassen. Ich … ich mag's nur einfach nicht, dass du meinetwegen Louisa allein lässt.«

»Sie ist nicht allein«, sagte er. »Also, soweit ich weiß.« Mit dem Zeigefinger klopfte er auf das Buch, das vor ihm lag. »Wenn ich das nur verstehen würde.«

Taylor schaute sich das Buch zum ersten Mal genauer an – jetzt erst bemerkte sie, wie alt es war. Der Ledereinband war abgenutzt und ausgefranst. Vorne waren seltsame Schriftzeichen in nahezu verblasstem Gold zu erkennen. Die Sprache war ihr gänzlich unbekannt.

»Was ist das?«, fragte sie. »Ich dachte erst, es wäre Griechisch, ist es aber nicht, oder?«

Er schüttelte den Kopf. »Nicht Griechisch. Irgendwas anderes. Eine sehr alte Alchemistensprache – vermuten wir zumindest. Eine Zeit lang haben wir gehofft, die Antworten fänden sich in diesem Buch, aber wir waren nicht in der Lage, es zu entschlüsseln.« Er schob es über den Tisch zu ihr hin. »Schau doch mal rein. Vielleicht verstehst du ja irgendwas. Ich geb's allmählich auf.«

92

Zögerlich griff Taylor nach dem Lederband. Sie hatte schon einige alchemistische Bücher in der Hand gehabt und kannte das Gefühl – eine Art Summen. Als stünde man unter einer Hochspannungsleitung.

Doch dieses war anders, das spürte sie, noch ehe sie es berührte. Das Buch vibrierte vor Energie und schien sie zu sich heranzuziehen.

Langsam, ehrfürchtig und fasziniert zugleich hielt sie die Hände über das Buch, wo die Luft förmlich knisterte. Taylor hatte das komische Gefühl, als *wollte* das Buch, dass sie es berührte.

Doch sie konnte sich nicht dazu entschließen und ließ ihre Hände darüber schweben.

Alastair sah sie fragend an.

»Was ist?«

»Ich weiß nicht«, flüsterte sie.

Er richtete sich auf und war sofort auf der Hut. »Was fühlst du?«

»Ich kann es nicht beschreiben«, sagte sie. »Es ist … als würde es mich rufen.«

»Warte.« Er wollte nach dem Buch greifen. »Nicht anfassen.«

Doch es war zu spät. Die Anziehung war zu stark. Ihre Hände schienen sich plötzlich aus eigenem Willen zu bewegen und senkten sich auf das Buch, bevor er es wegziehen konnte.

Die Energie traf sie wie eine Flutwelle. Ihr Herz raste wild, ihr Haar stand ihr vom Kopf ab, als wäre eine plötzliche Windböe hineingefahren. Sie schnappte nach Luft und wich zurück, doch sie konnte die Hände nicht von dem Buch lösen – sie ließen einfach nicht los.

Alastair beugte sich vor und betrachtete sie fasziniert. »Was geht da vor, Taylor? Was spürst du? Beschreib es.«

Ihre Hände vibrierten. Das Buch schien sich unter ihrem Griff zu winden.

»Es fühlt sich … lebendig an«, sagte sie langsam. »Unglaublich … viel … Energie …«

Ohne Vorwarnung löste sich das Buch aus ihrem Griff und rutschte über den Tisch davon.

Taylor schnappte erschrocken nach Luft. Sie ließ sich in ihren Stuhl zurücksinken und drückte die Hände gegen ihre Brust.

»Was war das denn?« Sie starrte auf das Buch.

»Hab nicht die leiseste Ahnung.«

Vorsichtig langte Alastair nach dem Buch und schob es mit der Spitze seines Stifts zu sich heran.

»Ich hab wochenlang versucht, die Bedeutung der Symbole in diesem Buch zu begreifen. Die ganze Zeit hab ich es angefasst und mit mir rumgetragen. Aber *so was* hat es noch nie gemacht.«

Sie starrten das Buch an, das nun wieder zwischen ihnen lag. Jetzt wirkte es völlig harmlos. Papier und Tinte, mehr nicht. Taylor achtete peinlich darauf, ihm ja nicht zu nahe zu kommen.

Alastair betrachtete sie mit neuem Interesse. »Es muss einen Grund geben, warum das eben passiert ist. Das kann kein Zufall sein.«

Taylor musterte ihre Hände. In ihren Fingerspitzen kribbelte es immer noch. Sie war aufgewühlt und irgendwie elektrisiert.

»Vielleicht sollten wir's noch mal versuchen«, sagte Alastair.

»Das Fräulein darf das Buch nicht berühren!«
Gebieterisch, mit deutschem Akzent, erklang die Stimme aus der
Dunkelheit und schreckte sie auf.
Im nächsten Augenblick trat ein alter Mann ins Licht. Sein Ge-
sicht war von Falten durchzogen, und sein Haar war weiß, doch
er wirkte ausgesprochen robust und hielt sich aufrecht. Mit
dunklen, intelligenten Augen sah er sie an. »Woher haben Sie
dieses Buch?«
»Professor Zeitinger … Ich …« Vor lauter Ehrfurcht brachte
Alastair nur Gestammel hervor. »Ich habe es gefunden. In der
Bodleian Library. Als ich im Auftrag von Aldrich Montclair da
war. Sie wissen schon, der französische Fluch.«
»Offenbar hat man mich nicht über diesen Fund unterrichtet«,
erwiderte der Professor vorwurfsvoll. »Historische alchemistische Schriften in deutscher Sprache sollten mir stets zur Prü-
fung vorgelegt werden.«
»Aber … Professor.« Alastair runzelte die Stirn. »Das ist nicht
Deutsch.«
»Selbstverständlich ist das Deutsch.« Der Professor tippte mit
dem Finger Richtung Buch. »Wollen Sie mir etwa sagen, Sie wis-
sen nicht, womit wir es hier zu tun haben?«
Verwirrt schüttelte Alastair den Kopf.
»Nein.«
»Mein ganzes Leben habe ich dem Studium dieser Symbole ge-
widmet«, sagte Zeitinger leise. »Jahrzehnte habe ich überall nach
diesem Buch gesucht.«
Alastair machte große Augen.
»Professor. Was ist das für ein Buch?«
»*Das Buch der Lösungen.*«

Im ersten Moment sagte keiner etwas. Dann plötzlich lachte Alastair laut auf.

»Verdammte Sch… Was bin ich für ein Idiot! Wenn Jones das erfährt, dreht er mir den Hals um.«

»*Lösungen* ist natürlich nur eine von vielen möglichen Interpretationen des Wortes«, fuhr Zeitinger fort, als hätte er Alastairs Ausbruch gar nicht mitbekommen. »Es lässt sich auch anders übersetzen, zum Beispiel mit Ungeschehen machen. Umkehr. Entwirrung. Es lässt sich nicht eins zu eins ins Englische übersetzen.« Über seine Brille hinweg spähte er in die Runde. »Jahrhundertelang hat man geglaubt, dieses Buch wäre verschollen oder gar zerstört. Und jetzt sagen Sie mir, dass es die ganze Zeit in dieser Bibliothek gestanden hat? Wie ist das möglich?«

Alastair öffnete den Mund, um zu antworten, klappte ihn dann aber wieder zu. Seine Schultern zuckten, als müsste er einen heftigen Lachanfall unterdrücken.

»Was ist daran so lustig, junger Mann?«, fragte der Professor tadelnd und mit unüberhörbarem Akzent.

Doch jetzt konnte sich Alastair endgültig nicht mehr zurückhalten. Mit einer Hand schlug er sich gegen das Bein, um die Fassung wiederzuerlangen.

»Es war«, japste er schließlich, »falsch einsortiert.«

»Das ist Frevel!«, mokierte sich der Professor.

Verdutzt sah Taylor von einem zum anderen.

»Das kapier ich nicht«, sagte sie. »Was ist das für ein Buch?«

Der Professor sah sie ernst an.

»Sie sind die Enkelin von Aldrich Montclair, nicht wahr?«

»Ja …«, nickte sie zögerlich, und sein Gesichtsausdruck wurde ein klitzekleines bisschen milder.

»Ich bin Professor Wolfgang Zeitinger«, sagte er und zeigte mit dem Finger auf das Buch, ohne es zu berühren. »Mein Fräulein, dieses Buch ist der Schlüssel zu einem sehr gefährlichen Rätsel. Ihr Großvater hat überall danach gesucht, höchstwahrscheinlich hat er dafür mit seinem Tod bezahlt.«

Auf einmal wurde ihr ganz flau. »Ich verstehe nicht. Warum hätte jemand ihn wegen eines Buches umbringen sollen?«

»Dieses Buch wurde von einem deutschen Alchemisten verfasst, der die Dunklen Künste studiert hat«, erläuterte Zeitinger. »Mehr als jeder andere von uns kam er dem Rätsel der Dunklen Energie nahe. Wie sie missbraucht werden und wie ihre Macht gebrochen werden kann.« Er zog seine Hand zurück. »Für uns könnte dieses Buch den Schlüssel zum Leben bedeuten. Und zum Tod.«

Er schnalzte mit den Fingern. »Wir müssen uns beeilen. Gebt mir etwas, in das ich das Buch einschlagen kann – ein Stück Papier oder Stoff. Man sollte es unter gar keinen Umständen berühren.«

»Sofort, Professor.« Alastair machte sich auf die Suche.

»Ich verstehe es immer noch nicht.« Taylor stand neben dem alten Mann und versuchte, sich einen Reim auf all das zu machen. »Wie kann uns das Buch dabei helfen?«

»Die Entdeckung dieses Buches bedeutet eine große Gefahr«, erläuterte der Professor, während Alastair zurückkam und das Buch in Papier einwickelte, darauf bedacht, es nicht zu berühren. »Wenn Mortimer Pierce erfährt, dass wir dieses Buch gefunden haben, wird er versuchen, uns alle zu töten. Bisher hat uns unsere Unwissenheit geschützt. Aber das ist nun vorbei.«

Als das Buch verpackt war, nahm der Professor es behutsam an sich und bedeutete ihnen, ihm zu folgen.

»Von jetzt an geht es um jede Sekunde.«

***

»Ist das wahr?«, fragte der Dekan, während er durch die Tür zu seinem Büro schritt. »Ihr habt es gefunden?«

Er trug keine Krawatte, doch sein weißes Hemd war wie immer makellos und sein Anzug ohne eine einzige Knitterfalte. Taylor, die ihn immer nur in diesem Aufzug gesehen hatte, begann sich zu fragen, ob er auch darin schlief.

Alastair und Professor Zeitinger redeten gleichzeitig drauflos.

»Wir haben es die ganze Zeit nicht erkannt …«, sagte Alastair.

»Wie konnte das nur geschehen?«, entrüstete sich der Professor, der einfach nicht über die falsche Einordnung des Buches hinwegkam.

»Moment, Moment«, rief der Dekan und hob die Hände. »Das Wie und Warum ist doch jetzt zweitrangig.« Er wandte sich an Zeitinger. »Wolfgang, ist dies das Buch, nach dem wir schon so lange suchen?«

Der Professor sah ihm in die Augen.

»Ja.«

Jones fuhr sich mit der Hand übers Gesicht. Sein Ausdruck verriet einen Hauch von Ehrfurcht.

»Wo ist es?«

Zeitinger trat zur Seite. Der Band lag auf Jones' Schreibtisch, inmitten lauter Papiere.

Zögerlich streckte Jones die Hand danach aus, zog sie dann aber wieder zurück.

»Ich kann kaum glauben, dass wir es endlich in unserem Besitz haben.«

»Es grenzt an ein Wunder«, fügte Zeitinger leise hinzu. »Tatsächlich war ich davon überzeugt, es wäre für immer zerstört.«

»Und die ganze Zeit …«

Der Dekan sah den alten Professor an, der den Gedanken für ihn beendete.

»… lag es direkt vor unserer Nase.«

»Taylor«, rief Alastair, als wäre ihm plötzlich etwas Wichtiges eingefallen. »Sie hat es berührt und ganz komisch reagiert …«

»Sie hat es berührt?!«, sagte Jones so heftig, dass Alastair zusammenzuckte.

»Es war ein Fehler. Aber wir wussten doch nicht, worum es sich handelt. Als ich es anfasste, hab ich überhaupt nichts gespürt. Niemand hat das, bis dahin. Aldrich ahnte, dass es wichtig wäre, doch nicht mal er hat erkannt, dass es *das* Buch ist.«

»Und was genau ist passiert?«, fragte Jones.

»Ich habe alles mit angesehen«, schaltete Zeitinger sich ein. »Die Kraft des Buches hat die Kraft in ihr erkannt.«

Jones' kühler Blick wanderte zu Taylor.

»Was hast du gespürt, als du es angefasst hast? Sind dir irgendwelche Gedanken gekommen?«

Taylor musste an das rauschartige Gefühl denken. Als würde man überschwemmt.

»Pure Macht«, sagte sie. »Und … Aggression vielleicht? Es ging so schnell.« Sie sah den Dekan an. »Was ist an dem Buch eigentlich so schrecklich?«

»Das meiste, was wir darüber wissen, ist apokryph«, sagte Jones. »Damit meine ich, dass es zum überlieferten Wissen gehört, aber wir können nicht sicher sein, ob es der Wahrheit entspricht. Wir glauben, dass dieses Buch im siebzehnten Jahrhundert von einem deutschen Alchemisten namens Cornelius von Falkenstein verfasst wurde. Seine Schwester wurde von der Dunklen Kraft verführt und ist ihr verfallen. Sie hat versucht, einen Dämon heraufzubeschwören, und es kostete sie das Leben. Aus Rache schrieb Falkenstein dieses Buch. Aber der Experte ist Professor Zeitinger, er kann euch das genauer erläutern.«

Er blickte zu Zeitinger und bedeutete ihm, mit der Geschichte fortzufahren.

Der Professor baute sich neben dem Buch auf. »Die Zwillinge standen sich sehr nahe, und ihr Tod brach ihm das Herz. Von da an beschäftigte Falkenstein sich wie besessen mit Dunkler Kunst. Aber anders als seine Schwester suchte er nicht nach Macht. Er war darauf aus, sie zu zerstören.«

Keiner der Anwesenden wagte zu atmen.

»Tag und Nacht experimentierte er«, fuhr Zeitinger fort, »und dokumentierte seine Erfolge und Misserfolge in einem archaischen alchemistischen Code, den er selbst erfunden hatte. Er wollte seine Erkenntnisse verschlüsseln, damit kein anderer beim Versuch, seine Experimente zu wiederholen, zu Schaden käme. Der Alchemistische Rat – der zu jener Zeit Regeln und Gesetze für unsereins festlegte – verbot ihm die Experimente, doch er hielt sich nicht daran. Er ging weiter als irgendjemand vor ihm, und es brachte ihn an den Rand des Wahnsinns. Schließlich war er gezwungen, seine Forschungen abzubrechen. Es war zu gefährlich geworden. Niemand erfuhr, woran er arbeitete. Wir wissen es heute noch nicht. Der Rat erklärte ihn für verrückt und ließ ihn für den Rest seiner Tage ins Irrenhaus sperren. Man glaubte, dass seine Forschungen zerstört worden wären. Allerdings«, er sah wieder auf den Schreibtisch, wo der in Leder gebundene Band still und unauffällig lag, »hielten sich all die Jahre hindurch hartnäckig Gerüchte, dass es doch noch existiere. Dass es nie zerstört worden sei, sondern dass eine der führenden Persönlichkeiten im Rat es versteckt habe.«

»Und jetzt wissen wir auch, dass diese Gerüchte der Wahrheit entsprachen«, schloss der Dekan.

Taylor bekam eine Gänsehaut. Das Kribbeln erinnerte sie an das Gefühl von ungezügelter, grenzenloser Macht, das sie empfunden hatte, als sie das Buch berührte.

»Kann uns dieses Buch helfen, Sachas Leben zu retten?«, fragte sie.

»Das hoffen wir, ja«, sagte Zeitinger nach kurzem Zögern. »Aber Hoffnung allein bringt uns nicht weiter.« Er wandte sich an Jones. »Am besten, ich fange gleich mit der Arbeit an.«

»Selbstverständlich«, antwortete der Dekan. »Was brauchst du?«

»Einen Raum mit abschließbarer Tür. Einen Assistenten …«, der Professor sah Taylor an, »… und Fräulein Montclair hier. Sie hat auf das Buch reagiert, als ob sie sich wiedererkannt hätten – sie das Buch und das Buch sie.«

Sacha und Louisa donnerten durch das nächtliche Gassengewirr von Oxford.

Ab und zu, wenn er abbiegen sollte, rief Louisa Kommandos, doch meist saß sie still da, während er das Motorrad lenkte. Ihre Augen suchten die stillen, mittelalterlichen Straßen ab, die sich zwischen hohen Steinmauern, Kirchen mit aufragenden Türmen und den gezackten Spitzen der Oxforder Colleges hindurchwanden.

Sie war auf der Jagd.

Wo Sacha nichts als dunkle Gassen und helle Lichter sah, nahm sie alles viel lebendiger und elementarer wahr – überall erleuchteten die goldenen Stränge alchemistischer Energie die Nacht. Sie strömte aus dem Fluss, aus den Stromleitungen, dem Wind. Die molekulare Energie war grenzenlos und beständig.

Doch Louisa war nicht auf der Jagd nach alchemistischer Energie. Sie war auf der Jagd nach Mortimer.

»Wohin fahren wir eigentlich?«, brüllte Sacha, um den Motor zu übertönen.

»Da vorne links«, wies sie ihn an. »Und hinter St. John's dann rechts.«

»Und wo soll das sein, St. John's?«, schrie er zurück.

Louisa stutzte. Natürlich, woher sollte er dieses College kennen, so berühmt es auch war? Er hatte St. Wilfred's ja nie verlassen.

»Egal«, sagte sie, »ich zeig's dir.«

Sacha ist echt ein guter Fahrer, dachte sie, *aufmerksam und konzentriert, trotz allem, was heute passiert ist.*

Es fühlte sich gut an, nach all den Jahren wieder auf einem Motorrad zu sitzen. Den Fahrtwind zu spüren, die Vibrationen des Motors unter sich zu fühlen, fast als wäre sie mit ihm verschmolzen.

Es erinnerte sie an Tom und das besetzte Haus in Liverpool. Plötzlich sah sie es wieder vor ihren Augen – die dreckigen Wände, übersät mit sinnlosen Graffiti, die nackten Matratzen auf dem Boden, die Glühbirnen an dem Kabel, mit dem sie illegal die Stromleitung einer benachbarten Wohnung angezapft hatten. Eine ziemliche Feuerfalle. Kalt im Winter, stinkend und heiß im Sommer. Doch Louisa hatte sich dort sicher gefühlt. Sicher vor der Pflegefamilie, die sie quälte.

Und Toms Motorrad hatte Freiheit bedeutet. Sie liebte das Gefühl, darauf zu fahren. Dort hatte sie sich zum ersten Mal geborgen gefühlt.

Aber dann war alles aus dem Ruder gelaufen.

»Und wo lang jetzt?«, brüllte Sacha.

Louisa konzentrierte sich wieder auf das Hier und Jetzt. Sie näherten sich einer Kreuzung, und sie brauchte einen Moment, um sich zu orientieren.

»Rechts.«

Sie versuchte, selbstsicher zu klingen, doch insgeheim verfluchte sie sich. Die Ereignisse des Tages hatten ihr zugesetzt. Sie musste den Fokus behalten. Was wollte sie nun – in Erinnerungen schwelgen? Oder Mortimer erwischen?

Die Vergangenheit zählt nicht, schärfte sie sich ein. *Die Vergangenheit kann dir nichts mehr anhaben, wenn du sie ruhen lässt. Vergessen tötet den Schmerz.*

Sie beugte sich vor und betrachtete mit neuer Aufmerksamkeit die Stadt, deren Straßen um diese Uhrzeit weitgehend verlassen waren. Nur manchmal fuhren sie an Nachtclubs vorbei, und dann umrundete Sacha vorsichtig die Studenten, die auf der Straße Party machten.

»Da vorne links.«

Sacha bog in die schmale Gasse ein, auf die Louisa zeigte.

Hier standen weniger Straßenlaternen, im Scheinwerferlicht sahen sie nur graue Wände. Plötzlich wusste sie, wo sie waren: im Gassengewirr hinter der Bodleian Library.

Louisa beugte sich vor und lugte über Sachas Schulter hinweg in die Dunkelheit.

Da spürte sie es. Unverwechselbar und faulig.

Dunkle Energie.

Sie hielt den Atem an.

Er war hier.

»Langsamer!«, sagte sie eindringlich.

Sofort drosselte Sacha auf Schrittgeschwindigkeit.

»Jetzt rechts.« Sie schloss die Augen und suchte nach der Quelle, die schwer auszumachen war. Ganz nah und dann wieder weit weg. Einen Moment lang überall um sie herum, im nächsten nicht mehr wahrnehmbar.

Sie brauchte eine Weile, bis sie begriff, warum.

Er ist unter der Erde.

Sie mussten von dem Motorrad runter.

»Da anhalten.« Sie deutete auf einen Spalt in der Mauer, der ein perfektes Versteck bot.

Sacha stellte den Motor aus. Louisa sprang herunter, zog den Helm aus und ließ ihn in einer fließenden Bewegung auf den Boden gleiten. Ungeduldig schob sie die türkisfarbenen Strähnen zurück, die ihr ins Gesicht fielen.

Ihr Herz klopfte. Jetzt wusste sie, wo er war. Seine Energie hatte sie geradewegs zu ihm geführt.

Eigentlich müsste ich Alastair anrufen, dachte sie in einem Anflug von schlechtem Gewissen. *Allein werden wir nie mit ihm fertig.*

Doch sie ließ das Handy stecken.

Sie ignorierte die warnenden Stimmen in ihrem Kopf und ging zu einer niedrigen, in der Steinmauer versteckten Tür, neben der zu beiden Seiten dichtes Efeu emporrankte. In das Holz war ein Symbol eingeschnitzt – ein Dreieck mit einem Kreis darin.

Louisa drückte die Hand gegen das abgenutzte Holz, und die Tür öffnete sich.

Sie schaute hinter sich. Sacha saß, die Schlüssel in der Hand, noch immer auf seiner Maschine und schaute sie fragend an. Langsam fing sie an, ihn zu mögen. Es brauchte Mumm, in dieser Nacht mit ihr hier rumzukurven, und noch mehr Courage, die Sicherheit des Colleges zu verlassen, um dem Mann hinterherzujagen, der ihn heute bereits einmal getötet hatte.

Vielleicht hatte sie Sacha falsch eingeschätzt.

»Er ist in der Nähe. Ich kann ihn spüren«, sagte sie. »Bist du dabei?«

Eine Sekunde lang zögerte er.

Dann stieg er vom Motorrad herunter, setzte seinen Helm ab und strich mit den Fingern beruhigend über den glatten schwarzen Tank seines Motorrads.

Dann richtete er sich auf und folgte ihr durch die Tür ins Unbekannte.

***

Hinter der Tür führte eine steinerne Treppe hinunter in einen dunklen, engen Raum. Irgendwo in der Ferne hörten sie Wasser tropfen, die Luft war unangenehm feucht und kühl.

Louisa zog ihr Handy heraus und schaltete die Taschenlampe ein. Sie befanden sich in einem Tunnel.

Vorsichtig spürte sie in alle Richtungen – doch nirgendwo fand sich ein Hinweis auf Mortimers Energie. Sie versuchte, sich zu erinnern, wo sie sie zum letzten Mal wahrgenommen hatte, und beschloss, nach rechts zu gehen, Richtung Bibliothek.

»Hier entlang«, sagte sie leise zu Sacha. Die Wände warfen ihre Worte zurück.

Entlang ... lang ...

Jedes Wort wurde verstärkt, jeder Schritt hallte zwischen den alten Steinmauern und der Decke, sogar ihr Atem – als wären es die Wände selbst, die atmeten.

»Wo sind wir?«, flüsterte Sacha.

Sie sah ihn an.

»Mittelalterliche Tunnel.«

»Meinst du, er ist hier unten?«, fragte er skeptisch.

Sie konnte ihm keinen Vorwurf machen. Jetzt, wo sie hier unten waren, fand sich nicht das geringste Anzeichen von Dunklen Kräften. Tatsächlich spürte sie überhaupt nichts außer der goldenen Energie des Wassers, das unter ihnen und um sie herum fließen musste.

Dabei war sie sich so sicher gewesen.

»Lass uns noch ein Stück weitergehen«, sagte sie.

Das war zwar keine Antwort auf seine Frage, doch er gab sich damit zufrieden.

Der Tunnel verengte sich, Sacha ließ ihr den Vortritt. Eine Weile schlichen sie schweigend hintereinanderher, bis er sie mit leiser, ernster Stimme ansprach.

»Kann ich dich mal was fragen?«

»Wenn's sein muss.«

»Warum hasst du mich?«

Sie ging weiter. Mussten sie das wirklich ausgerechnet hier diskutieren?

»Ich hasse dich nicht«, sagte sie kurz angebunden.

»Und warum verhältst du dich dann so? Es ist heute das erste Mal, dass du mich nicht anbitchst. Und ich weiß nicht, warum. Was hab ich dir getan?«

Louisa wirbelte herum.

»Hör zu, Klei… Sacha. Manchmal muss man eine Bitch sein, um zu überleben.« Ihre Stimme wurde von den Steinwänden zurückgeworfen.

Überleben … leben …

Sacha sah sie ernst an.

»Ich bin nicht dein Feind, Louisa. Ich bin auf deiner Seite. Zumindest versuche ich das. Wenn du mich nur lassen würdest.«

Louisa schloss die Augen und gab sich alle Mühe, nicht auszuflippen.

»Es stimmt nicht, dass ich dich hasse«, sagte sie noch einmal.

»Wirklich nicht. Vielleicht hab ich dich anfangs für all das«, sie ließ den Lichtstrahl aus ihrem Handy wild hin und her über die Tunnelwände huschen, »verantwortlich gemacht. Aber da war ich auf dem falschen Dampfer. Es war unfair, das weiß ich jetzt.«

Näher war sie noch nie daran gewesen, sich bei irgendwem zu entschuldigen. Immer wenn sie sich entschuldigen sollte, fing ihre Haut an zu jucken.

Doch in Sachas Ohren klang es nicht wie eine Entschuldigung, dazu kannte er sie nicht gut genug. Er starrte in den dunklen Tunnel vor ihnen. »Ich mach mir ja selbst Vorwürfe.«

Das sagte er so leise, dass seine Worte fast von dem tropfenden Wasser und ihren Atemgeräuschen übertönt worden wären.

»Ich wünschte, ich könnte was tun, damit es endet«, fuhr er fort, ohne sie anzuschauen. »Ich würde mich Mortimer sofort ausliefern, wenn ich dadurch Taylors Leben retten könnte und die Sache gegessen wäre. Aber das wäre sie nicht, oder?«

Beschämt blickte er zu ihr auf.

»Nein«, bestätigte sie. »Damit wäre es nicht gegessen.«

»Tja. Dann bleibt mir wohl nichts anderes übrig, als so weiterzumachen.« In seiner Stimme schwangen Resignation und zugleich eine Reife mit, die man bei einem Siebzehnjährigen nicht vermutet hätte. »Ich will nicht sterben, Louisa. Ich will auch nicht, dass Taylor stirbt. Keiner von euch. Ich bin bereit, mit euch zu kämpfen. Und wenn du mich weiter hassen willst, nehme ich es dir nicht übel.«

Louisa, die von dem Gespräch völlig auf dem falschen Fuß erwischt worden war, überlegte krampfhaft, was sie darauf erwidern sollte, aber ihr fiel nichts ein. Sacha deutete ihr Schweigen

108

als Verachtung und zwängte sich mit hängenden Schultern an ihr vorbei in den dunklen Tunnel.

»Ach, vergiss es.«

Sie lief hinter ihm her. »Hey, Klei… äh … Sacha, meine ich. Hör zu. Es tut mir leid. Warte mal.« Nach ein paar Metern hatte sie ihn eingeholt. Er war vor einer alten Holztür stehen geblieben.

»Hey. Ich wollte nicht …«, begann sie.

Dann spürte sie es. Sehr schwach, von der anderen Seite der Tür. Aber unverwechselbar.

Jeder Gedanke an eine Entschuldigung war verflogen.

»Er ist hier …«

Louisa presste die flache Hand gegen die Tür, schloss die Augen und konzentrierte sich. Auf der anderen Seite spürte sie elektrische Energie in den Wänden, fließendes Wasser unter ihren Füßen und Luftmoleküle. Keine Alchemisten. Keine Menschen. Dafür etwas Dunkles, Gefährliches.

Adrenalin schoss wie Feuer durch ihre Adern.

Hab ich dich, Missgeburt.

Mit äußerster Präzision zwang sie die Stifte im Schloss, sich zu öffnen.

Knarzend ging die Tür auf.

Nach dem feuchten Tunnel wirkte der Raum dahinter im ersten Moment wie eine Fata Morgana. Warm und trocken war es hier, und überall lagen teuer aussehende Teppiche auf dem Boden. Alles war ins weiche Licht moderner Wandleuchten getaucht.

Sacha klappte der Mund auf.

Allerhöchste Zeit, Alastair anzurufen.

Doch als sie ihr Handy einschaltete, hatte sie keinen Empfang.

Natürlich nicht, dachte sie, und das Herz rutschte ihr in die Hose.

Wir sind ja unter der Erde.

Sie würden es allein schaffen müssen.

Louisa steckte das Telefon wieder ein. Von der Tür aus untersuchte sie die Luft, die Wände, alles auf Dunkle Energie. Sie war da, aber schwach.

Sie betrat den Raum und winkte Sacha, ihr zu folgen. »Komm mit.«

Auf dieser Seite war der Tunnel breiter. Die dicken Teppiche dämpften das Geräusch ihrer Schritte. Hier und da gingen Türen ab, und jedes Mal blieb Louisa stehen, ehe sie weiterging.

Manchmal verlor sie die Spur und fand die Energie dann wieder, aber immer nur schwach. Als würde sie flackern.

Sie hatte ein flaues Gefühl im Magen.

Irgendwas stimmt hier nicht.

Und wenn es nur an der Entfernung lag? Noch immer befanden sie sich unter der Erde. Vielleicht war Mortimer jetzt ja über ihnen. Vielleicht lag es an den Erd- und Gesteinsschichten, dass sie seine Energie nicht lesen konnte.

Sie mussten wieder nach oben.

Louisa stürmte los.

»Warte«, zischte Sacha, der hinter ihr herhastete. Sie sah die Verwirrung in seinem Gesichtsausdruck. »Was ist das für ein Ort? Sind wir wieder in St. Wilfred's?«

»Das ist die Bodleian Library«, klärte sie ihn auf, ohne ihre Schritte zu verlangsamen.

»Wozu braucht eine Bibliothek unterirdische Gänge?«

Doch dafür hatte Louisa jetzt wirklich keine Zeit.

»Bin ich Bibliothekarin, oder was?«

Sie hatten die Tür zur Treppe erreicht. Louisa blieb stehen und presste die Finger dagegen.

»In Oxford ist nichts so, wie es scheint«, sagte sie. »Ich dachte, das hättest du mittlerweile gemerkt.«

Sie stieß die Tür so fest auf, dass sie gegen die Wand knallte. Vor ihnen wand sich eine schmucklose Treppe nach oben. Licht kam nur von dem wässriggrünen Schimmer der Notausgangschilder auf den Etagen.

Louisa versuchte, in der dumpfen Stille Mortimer wahrzunehmen. Falls er sich in diesem Gebäude aufhielt, dann wusste er bereits, dass sie hier war, so wie sie wusste, dass er hier war. Sie musste ihn finden, und zwar schnell.

Doch seine Energie blieb flüchtig – als würde sie aus dem Gebäude hinaus- und wieder hineinhuschen. Sie kapierte es nicht. Er konnte doch nicht zur selben Zeit hier sein und nicht hier sein.

Wenigstens hatte sie recht gehabt mit den Erdschichten, die zwischen ihnen lagen. Hier oben war die Dunkle Energie deutlicher. Sie kam näher. Zu nahe.

Sie war nervös, aufgeregt, verängstigt. Es war nicht richtig, was sie tat. Sie hätte in St. Wilfred's anrufen sollen, als sie vom Motorrad gestiegen war. Jetzt hatte ihr Handy keinen Empfang, und außerdem war es eh zu spät, niemand hätte es rechtzeitig hergeschafft.

Bei diesem Gedanken zogen sich die Muskeln in ihrem Brustkorb zusammen. Sie hatte gesehen, wozu Mortimer in der Lage war. Einen Kampf allein gegen ihn würde sie nicht überstehen, das stand fest.

Aber deshalb den Schwanz einziehen? Niemals.

Im Erdgeschoss stieß sie eine weitere Tür auf. Auf der anderen Seite lag ein riesiger Raum – die Decken erhoben sich über unzähligen Reihen turmhoher Regale, in denen Hunderte, Tausende Bücher standen – vielleicht sogar Millionen.

Von Mortimer keine Spur.

Louisa drehte sich zu Sacha um und deutete auf einen Notausgang auf der anderen Seite.

»Also«, flüsterte sie rasch, »er ist ganz nah. Es ist zu spät, um Hilfe zu holen. Die Chancen stehen gut, dass Mortimer mich töten wird, ehe ich ihn töten kann. Du kannst nicht gegen ihn kämpfen. Besser, du gehst jetzt. Fahr zurück nach St. Wilfred's.«

Sein Gesicht wurde hart. »Nein.«

»Sacha …«

»Glaubst du wirklich, ich würde dich mit ihm allein lassen?« Seine Lippen wurden schmal. »Ich bleibe.«

Offenbar hatte sie ihn komplett falsch eingeschätzt.

»Tja, dann bist du wohl genauso blöd wie ich, schätze ich«, sagte sie.

Klang zwar nicht so, war aber als Kompliment gemeint. Und was ihm hoch anzurechnen war: Er verstand es auch so.

»Sieht so aus. Hey, Louisa, kampflos ergeben wir uns nicht.« Er grinste verwegen. »Wollte ich schon immer mal vor einer Prügelei sagen.«

»Dir ist es vielleicht egal, aber was mich angeht, ich hasse es, zu verlieren.« Sie deutete auf einen Gang, der zu ihrer Rechten aus dem großen Saal hinausführte. »Wenn du unbedingt bleiben willst, dann komm mit. Da geht's lang.«

Sie liefen los. Auf beiden Seiten des Gangs lagen Büros. Aus den

Augenwinkeln sah sie Tische aus dunklem, glänzendem Holz, hohe Bücherschränke, Bürostühle.

Für eine genauere Inspektion blieb keine Zeit – Louisa spürte die Dunkle Energie überall um sie herum. Der Stärke nach zu urteilen, musste Mortimer unmittelbar vor ihnen sein. Doch in dem dunklen Gang konnte sie nichts erkennen.

»Wo ist er?«, flüsterte Sacha, als könnte er ihre Gedanken lesen. »Ist er sehr nah?«

In diesem Augenblick krachte neben ihnen eine Tür auf, und eine massige Gestalt stellte sich ihnen direkt in den Weg.

»Ja«, sagte Louisa. »Verdammt nah.«

Ihre Stimme war ruhig, doch das Herz schlug ihr bis zum Hals.

Die Gestalt war riesig und triefte nur so vor Dunkler Energie.

Im Bruchteil einer Sekunde drehten sie sich um und liefen los.

Die Kreatur musste über zwei Meter groß sein, ihre breiten Schultern füllten den gesamten Türrahmen aus. Louisa meinte, im Dunkeln seltsame Symbole auf dem Fleisch seines Halses und seiner Arme erkannt zu haben.

Doch für eine genauere Betrachtung blieb keine Zeit, denn schon stürzte die Gestalt sich mit Gebrüll auf sie.

Mit aller Kraft stieß Louisa Sacha zur Seite.

»*Lauf!*«

Louisas Stoß warf Sacha unsanft zur Seite, doch nur ihr hatte er es zu verdanken, dass ihn die Kreatur mit ihren riesigen, fleischigen Händen verfehlte.
Verdutzt rappelte er sich auf und betrachtete die albtraumhafte Szene. Wie ein blauer Blitz rannte Louisa im Zickzack durch das Halbdunkel des Lesesaals und versuchte, die Kreatur von ihm wegzulocken.
»Hier bin ich«, rief sie dem Ungetüm zu, sobald sich dessen Aufmerksamkeit auf Sacha richtete. »Komm und hol mich!«
Sie streckte den Arm aus, richtete ihre Handfläche auf den Riesen und konzentrierte sich. Sacha wusste, dass sie alchemistische Energie sammelte, um sie gegen das Ding zu richten.
Der Fleischberg hielt kurz inne und bebte. Dann verzog er sein riesiges Maul zu einem grässlichen Grinsen und schwang so heftig zu ihr herum, dass Sacha das Pfeifen der durch die Luft sausenden Fäuste hörte.
Louisa ließ sich fallen, rollte zur Seite, sprang ein Stück weiter auf die Füße und richtete ihre Handfläche erneut auf den Riesen.
Aber sosehr sie sich auch konzentrierte, er beachtete sie nicht weiter und wandte sich Sacha zu, der den Schreck herunter-

schluckte und sich ihm mit erhobenen Fäusten entgegenstellte. Doch verglichen mit den fleischigen Riesengliedmaßen der Kreatur kamen ihm seine eigenen Hände plötzlich unglaublich winzig und schwach vor.

Eine Sekunde lang starrten sie sich in die Augen, und Sacha glaubte, in dem grotesk aufgedunsenen Gesicht so etwas wie Wiedererkennen zu bemerken.

Wiedererkennen und – Gier.

»Hey!« Am anderen Ende des Gangs fuchtelte Louisa heftig mit den Armen. »Hierher, du *Schwachmat*.«

Ängstlich und durcheinander, wie er war, dachte Sacha im ersten Moment, er sei gemeint.

Mit einem unmenschlich anmutenden Knurren tapste die Kreatur schwerfällig auf sie zu. Bei jedem Schritt wackelten die Wände.

Wieder erwartete Louisa sie schon und bündelte ihre Kräfte. Wieder erbebte die Kreatur. Doch plötzlich, als wäre nichts gewesen, schlug sie mit der Faust zu, blitzschnell, bösartig.

Louisa schaffte es nicht, sich rechtzeitig zu ducken, und die Faust traf sie an der Schulter. Die Heftigkeit des Schlags schleuderte sie gegen die Wand, und sie ging nicht weit von Sacha zu Boden.

Die Kreatur hielt inne und glotzte blöde auf die Stelle, an der Louisa eben noch gestanden hatte. Sacha nutzte die Gelegenheit und rannte zu ihr.

»Bist du okay?«

»Verdammte Scheiße«, sagte sie und rieb sich die Schulter. »Was ist das für ein Ding?«

»Keine Ahnung.« Er half ihr auf die Füße. »Aber ich glaub, es hat mich erkannt. Los, hier rein.«

Gemeinsam kauerten sie sich in einen dunklen Eingang.

»Was meinst du damit, es hat dich erkannt?« Louisa sah ihn fragend an.

»Schwer zu beschreiben.« Sacha suchte nach den richtigen Worten. »Es hat mich angeschaut … als wäre ich der, nach dem es sucht.«

Über seine Schulter hinweg starrte Louisa in den Gang.

»Klingt logisch«, sagte sie. »Vermutlich handelt es in Mortimers Auftrag. Wie die Todbringer. Nur *noch* blöder.«

»Warum hältst du nicht mit deinen alchemistischen Fähigkeiten dagegen?«, fragte er.

Das Ungetüm hatte sich in ihre Richtung gedreht.

»Ich hab alles versucht«, sagte sie. »Aber irgendwie schien ihm das … ich weiß nicht … eher zu gefallen.«

Sacha war fassungslos. »Wie ist das möglich?«, fragte er.

»Keine Ahnung, verdammt!«

Sacha wusste nicht, was er davon halten sollte. Wenn Louisas Fähigkeiten nichts gegen dieses Ding ausrichten konnten, dann würde es sie beide töten. Es war doppelt so groß wie sie und schien immer schneller zu werden. Und kein Mensch wusste, wo sie waren.

Sie waren allein mit einem Monster.

»Was machen wir jetzt?« Sie standen nebeneinander und beobachteten, wie das Monster sich suchend umsah.

»Gib mir eine Minute«, sagte Louisa. »Ich hab 'ne Idee.«

Leider hatten sie keine Minute. Das Ding hatte sie entdeckt und kam auf sie zugestapft.

Trotz der schwachen Beleuchtung kam es Sacha so vor, als hätte es sich irgendwie verändert.

»Sag mal … Wird der etwa größer?«, wisperte er.

»Kann nicht sein …«

Mehr konnte Louisa nicht sagen, denn schon stürzte sich die Kreatur mit einem tiefen Grölen auf sie.

»Lauf nach links!«, rief sie.

Ohne zu zögern, sprintete Sacha durch den Eingang und lauschte. Als er keine Schritte hörte, kehrte er um.

Louisa war in die entgegengesetzte Richtung gelaufen und stellte sich dem Ungeheuer. Erneut hatte sie ihm ihre Handfläche entgegengestreckt und versuchte es noch einmal.

»Hau doch einfach ab«, meinte Sacha sie murmeln zu hören.

Wieder hielt die Kreatur einen Moment lang inne und bebte – als würde sie von der Energie getroffen, die sie ihm entgegenschleuderte. Sonderlich beeindruckt wirkte der Riese allerdings nicht. Ohne Vorwarnung stürzte er sich auf sie und schlug nach ihr.

Diesmal aber war Louisa vorbereitet. Schnell sprang sie außer Reichweite, umrundete das Monster in Höchstgeschwindigkeit und landete bei Sacha.

Der Kreatur stand die Verblüffung ins Gesicht geschrieben.

Louisa atmete schwer, der Schweiß lief ihr von der Stirn.

»Ich schleuder ihm alles entgegen, was ich habe, aber irgendwie saugt er alles nur auf!«

Wieder konnten sie sehen, wie das Monster bebte. Seine Masse sprengte die Nähte seiner schwarzen Hose und seines schwarzen T-Shirts, und jetzt konnten sie auch die Symbole erkennen, die auf seiner Haut eingebrannt waren.

»Es wird tatsächlich größer, oder?«, rief Louisa ungläubig.

»Ja«, sagte er trocken. »Wird es.«

Die Kreatur guckte in ihre Richtung. Ihr Blick heftete sich auf

Sacha, und ihre Augen füllten sich wieder mit diesem abstoßenden, gierigen Ausdruck. Sie kam auf sie zu.

»Scheiße«, zischte Louisa. »Wir müssen hier raus!«

Sie griff nach dem Ärmel von Sachas T-Shirt und zerrte ihn mit sich, hinein in die Dunkelheit am Ende des Gangs. Hinter ihnen ertönte wütendes Gebrüll, und dann hörten sie die donnernden Schritte der Kreatur.

Verdammt schnell, das Ding, dachte Sacha, *aber nicht schnell genug, um uns einzuholen.*

Sie rannten durch die Dunkelheit, vorbei an den Türen zu den Büros, bis der Gang unvermittelt in einem runden Atrium endete.

Durch ein Deckenfenster schien bläulich der Mond herein. In dem gespenstischen Licht erkannte Sacha einen aufwendig gefliesten Fußboden und Durchgänge, die in vier Richtungen abgingen.

Louisa deutete auf den linken. »Da lang!«

Wie blass und erschöpft sie ist, dachte Sacha. *Oder liegt's am Licht?*

So oder so blieb keine Zeit, sich darüber Gedanken zu machen, die dröhnenden Schritte kamen immer näher. Sie rannten los.

Der schmale Korridor mündete in einen zweiten und dieser in einen dritten. Louisa rannte vor, bog links ab, dann rechts, dann wieder links. Endlich hörten sie die Verfolgerschritte nicht mehr.

Vor einer Tür blieb sie abrupt stehen. »Hier rein.« Sie huschten in den finsteren Raum dahinter, Louisa schloss die Tür und ließ die Riegel zuschnappen.

Eine Weile standen sie nur still da und versuchten, wieder zu Atem zu kommen. Sacha presste das Ohr an das kühle Holz der Tür. Draußen war es still.

»Ich glaub, den sind wir los«, sagte er erleichtert.

Louisa antwortete nicht. Langsam sank sie zu Boden.

»Louisa?!« Was ist los?« Sacha kauerte sich neben sie und versuchte, in der Dunkelheit ihr Gesicht zu erkennen.

»Weiß nicht.« Ihre Stimme war heiser. »Ich fühl mich so schwach. Ich glaub, das Ding … Ich glaub, es hat was mit mir gemacht.«

Sacha stand auf. Er griff in die Tasche, zog sein Handy heraus und schaltete die Taschenlampe ein.

Jetzt konnte er auch den Raum besser sehen. Holztische, Bücherschränke und stapelweise alte Stühle – es musste ein Lager sein. Als er zu Louisa hinunterblickte, stockte ihm der Atem. Ihr Gesicht war leichenblass.

»*Merde.* Du siehst schrecklich aus«, sagte er. »Wir müssen Hilfe holen.«

»Ich … bin okay«, wehrte sie ab. »Nur … nur 'ne Sekunde.« Ihre Worte kamen in kurzen Stößen, ihr Atem ging flach.

Sacha kauerte sich wieder neben sie. »Louisa, was ist los?«

»Das … frag ich mich auch. Jedes Mal, wenn ich … Energie … gegen es … wird das Monster stärker. Und ich … schwächer.« Ihre Haare klebten an den feuchten Wangen. »Es raubt mir die Energie. Laugt mich aus.«

Zum ersten Mal machte sich Panik in Sachas Brustkorb breit. Er presste die Finger gegen die Stirn und versuchte nachzudenken.

»Wir wissen nicht mal, was für ein Ding das ist«, überlegte er laut. »Und diese Symbole auf seinem Körper – wie Brandzeichen. Was bedeuten sie?«

Louisa richtete sich etwas auf. Als Sacha merkte, dass ihr Atem zunehmend normal ging, war er erleichtert. Allerdings war sie immer noch sehr blass.

»Das ist die Dunkle Energie«, sagte sie und wischte sich den Schweiß von der Stirn. »Ich kann Mortimer dahinter spüren. Schwach, aber er ist es. Dieses … was immer es auch sein mag … Es *gehört* ihm. Und ich kann nichts dagegen ausrichten.« Mit fahrigen Bewegungen zog sie ihr Handy heraus. »Ich ruf Alastair an.«

Alastair musste sofort drangegangen sein, denn sie begann direkt, leise in das Telefon zu sprechen.

»Bodleian. Erdgeschoss: Mittelaltergang. Extraktion, dringend.«

Obwohl Louisa das Telefon fest ans Ohr gedrückt hielt, entgingen Sacha Alastairs kreative Kraftausdrücke nicht.

Louisa verzog keine Miene. »Anweisungen, bitte.«

Alastair schien sich zu beruhigen.

Die Unterhaltung dauerte keine Minute. Louisa beschrieb ihm in aller Kürze die Kreatur. Danach sagte sie kaum noch was und nickte nur ab und zu.

»So schnell du kannst, Al«, sagte sie zum Schluss eindringlich und beendete das Gespräch.

Zu Sachas Verblüffung erholte sie sich mit jeder Minute, die verging. Zusehends atmete sie normal, und sitzen konnte sie auch schon wieder ohne Mühe. Aber normal kämpfen konnte sie nicht mehr, so viel stand fest. Er musste sich wappnen.

Mit hoch erhobenem Handy suchte er den Raum ab und fand einen ausgemusterten Stuhl mit durchhängender Sitzfläche. *Der könnte gehen.* Er packte die Lehne und schmetterte den Stuhl so fest er konnte auf den Boden, wo er in Stücke zerbrach.

Louisa rappelte sich hoch. »Verdammt, Sacha, was machst du da? Willst du alle verdammten Dämonen hier im Gebäude auf uns aufmerksam machen?«

Sacha ließ sich nicht beirren. Er begutachtete die Bruchstücke auf dem Boden und entschied sich dann für ein Stuhlbein mit scharfen Zacken an der Bruchstelle. Er prüfte das Gewicht und schwang es hin und her. Es lag gut in der Hand.

»Wenn du deine Kräfte nicht einsetzen kannst, dann müssen wir's eben auf die altbewährte Tour erledigen, n'est-ce pas?«

Sie dachte nicht lange nach. »Gib mir auch so 'n Ding«, sagte sie und hielt ihm die Hand hin.

Er hob ein weiteres abgebrochenes Stück Stuhl auf und warf es ihr zu. Geschickt fing sie es auf.

Sie schwankte zwar noch ein bisschen, doch immerhin stand sie auf ihren eigenen Füßen und war klar.

»Alastair weiß auch nicht, was das für eine Kreatur ist, aber sie prüfen das gerade.« Sie beugte die Knie und testete ihr Gleichgewicht. »Er meint, hier in der Nähe gäb's einen Ausgang. Wenn wir uns beeilen, schaffen wir's bis dahin.«

Mehr musste Sacha nicht wissen. Er drehte sich zur Tür, durch die sie hereingekommen waren, doch Louisa schüttelte den Kopf.

»Nicht da lang.« Sie durchquerte den Raum zur gegenüberliegenden Wand, wo ein Bücherschrank stand. »Hilf mir mal.«

Das Möbel war massiv, aber leer, und mit vereinten Kräften gelang es ihnen, es so weit zur Seite zu schieben, dass sie dahinterschauen konnten.

Noch eine Tür.

Louisa presste ihr Ohr dagegen und lauschte eine Weile. Schließlich richtete sie sich auf.

»Alles still«, wisperte sie. »Folg mir einfach, okay? Egal, was passiert.«

Sacha war nicht nach langen Diskussionen zumute. »Geht klar.«

Sie legte die Hand auf die Klinke.

»Hoffentlich ist das Monster allein«, sagte sie.

Mit einem leisen Quietschen, das in der Stille der riesigen Bibliothek schallte wie ein Schrei, öffnete sich die Tür, und sie glitten hinaus, Louisa als Erste, Sacha dicht hinter ihr.

Soweit sie sehen konnten, war der lange, breite Gang in beiden Richtungen verlassen. Sah gut aus.

Trotzdem lag die Sorge tonnenschwer auf Sachas Brust. Sein Instinkt sagte ihm, dass sie nicht allein waren.

Er wollte Louisa warnen, doch sie war schon unterwegs und winkte ihm heftig, ihr nach rechts zu folgen.

Im nächsten Moment hatte die Dunkelheit sie verschluckt. Sacha versuchte, so leise wie möglich Schritt zu halten.

Von Louisa war nur noch ein dunkler Schatten auszumachen, und sie bewegte sich so schnell, dass Sacha kaum glauben konnte, dass sie vor wenigen Minuten noch völlig am Ende gewesen war.

Sie liefen durch die kurvenreichen Gänge. Keine Spur von irgendeiner Kreatur.

Nach einer Weile, die ihm wie eine Ewigkeit vorkam, entdeckte Sacha schließlich in der Ferne das blassgrüne Leuchten eines Ausgangsschilds.

Sein Herz machte einen Satz. *Endlich raus hier.*

Er sah, wie Louisa noch schneller lief und regelrecht auf das Licht zuflog.

Und weil sie so schnell war, hatte sie auch nicht die geringste Chance, als plötzlich das Monster aus einem großen Durchgang kam und sich ihr mitten in den Weg stellte.

»*Louisa!*«, schrie Sacha.

Doch es war zu spät. Sie rannte geradewegs in den Koloss hinein.

Sacha stieß einen Fluch aus und sprintete zu ihr.

Das Ungeheuer umklammerte Louisa. Sie wand sich und schlug wild um sich, doch sosehr sie auch kämpfte, plötzlich sah sie ganz klein aus gegen diese mittlerweile gigantische Kreatur.

Verzweifelt tanzte Sacha um die beiden herum und suchte nach einer Möglichkeit, ihr zu helfen.

Während er panisch hin und her lief, bemerkte er ein unheilvolles Geräusch, das sich aus dem Dunkel näherte.

Rums, schlurf. Rums, schlurf.

Er wich zurück und versuchte die Ursache zu erkennen.

Plötzlich trat eine weitere Kreatur aus der Dunkelheit.

Die sind zu zweit!

Der Zweite sah aus wie der Erste – nicht ganz so groß vielleicht, doch er trug die gleichen schwarzen Klamotten und hatte die gleichen seltsamen Brandzeichen und das gleiche aufgedunsene Gesicht. Seine winzigen Augen scannten den Gang und hefteten sich auf Sacha.

Sein Herz hämmerte wild in seinem Brustkorb. Er fuhr herum, um nachzusehen, ob Louisa den Neuankömmling ebenfalls bemerkt hatte. In diesem Moment trat sie dem, der sie festhielt, mit solcher Wucht gegen das Knie, dass Sacha das Knacken hörte.

Die Kreatur brüllte vor Schmerz. Sie hob die riesige Faust und schlug Louisa mitten ins Gesicht.

»Nein!«, schrie Sacha.

Louisas Kopf schlug nach hinten. Das Stuhlbein entglitt ihrer Hand und polterte zu Boden.

Dann rührte sie sich nicht mehr.

»Louisa!« Sacha stürzte zu ihr.

Die beiden Kreaturen wandten sich ihm zu. Ihre riesigen, aufgedunsenen Gesichter zeigten den gleichen Ausdruck dummen Staunens, als hätten sie vergessen, dass er ja auch noch da war, und schienen nun hocherfreut, dass er sie daran erinnerte.

Der, der Louisa in eisernem Griff hielt, gab ein erwartungsfrohes, gieriges Knurren von sich, bei dem sich Sacha der Magen umdrehte, und streckte die freie Hand nach ihm aus.

Als wollte er ihn packen und sich in den Mund stopfen.

Louisa hing in den fleischigen Armen des Ungeheuers und war schrecklich still.

Sacha fasste sein Stuhlbein fester und blieb unschlüssig stehen. Er hatte nicht die leiseste Idee, was er tun sollte.

Allein konnte er es mit den beiden nicht aufnehmen. Louisa, die eine viel bessere Kämpferin war als er und zudem Alchemistin, war von dem Ding mit einem einzigen Schlag k. o. gehauen worden.

So war das nicht geplant, dachte er kläglich. Eigentlich hatten sie doch nur Mortimer aufspüren und dann schnell abhauen wollen. Und nun musste er es ganz allein mit zwei Monstern aufnehmen, und seine einzige Waffe war ein Stuhlbein. Selbst wenn es ihm gelungen wäre, Louisa aus den Klauen des einen zu befreien, hätte er nicht gewusst, wohin. Er war völlig hilflos.

Wieder mal.

Der Boden bebte. Sacha schaute auf und sah die zweite Kreatur auf sich zustampfen. Sabber lief ihm aus dem Maul.

Sacha zögerte nicht. Entschlossen nahm er das Stuhlbein mit dem gezackten Ende. Adrenalin schoss in seine Adern, sein Herz raste.

Plötzlich kochte die Wut in ihm hoch. Mortimer hatte ihn heute schon einmal getötet. Noch mal würde ihm das nicht gelingen. Wut hat den wunderbaren Nebeneffekt, dass man plötzlich wieder klar denken kann. Der Nebel in Sachas Kopf verzog sich. Was zählte, war nur der Kampf.

Er war vielleicht nicht so gut im Training wie Louisa, und die natürliche Fähigkeit der Alchemisten, Moleküle nach Wunsch zu manipulieren, besaß er auch nicht. Andererseits bezweifelte er, dass einer von denen jemals gegen die härtesten Gangs gekämpft hatte, die Paris zu bieten hatte. Er schon. Er hatte einem bekannten Verbrecherboss das Auto geklaut und überlebt. Er war von einem fünfstöckigen Lagerhaus hinuntergesprungen und wieder aufgestanden und davonspaziert.

Mit Kämpfen kannte Sacha sich aus.

»*Allez!*« Er baute sich vor den Monstern auf und warf das Stuhlbein von einer Hand in die andere. Großspurig. Furchtlos. »*Salaud.* Ich hab keine Angst vor dir.«

Die winzigen, halb hinter Fleischwülsten verborgenen Augen der zweiten Kreatur flackerten. Mit dröhnenden Schritten kam sie auf ihn zugestürmt.

Sacha rührte sich nicht von der Stelle.

Er wartete, bis das Monster nah genug war. Wartete, bis es seine riesige Hand nach ihm ausstreckte. Bis es den Mund aufriss und seine schwarzen Zähne zeigte und er seinen Atem riechen konnte – den Gestank von Fäulnis und nasser Erde.

Erst als die krallenartigen Finger seine Schulter berührten, reagierte er, täuschte rechts an und sprang dann nach links.

Das Ding hatte keine Zeit, zu reagieren. Unter ohrenbetäubendem Lärm krachte es in die Wand, dass das ganze Gebäude wackelte.

Sacha achtete nicht weiter darauf und rannte gleich zu dem anderen, der die bewusstlose Louisa achtlos, als hätte er sie vergessen, in seiner Hand hielt und ihn ausdruckslos anglotzte.

Sacha hob das Stuhlbein, stieß einen Schrei aus und stach zu.

Das Monster hob seine freie Hand, um den Schlag abzuwehren, doch seine Bewegungen waren träge. Sacha stieß ihm die scharfe Spitze mit aller Kraft in die Brust.

Mit grässlicher Leichtigkeit bohrte sie sich in den fleischigen Körper.

Sacha ließ sich auf den Boden fallen und duckte sich in Erwartung der Faust.

Doch sie kam nicht.

Das Ding glotzte lediglich mit einem Ausdruck höchsten Erstaunens auf den Holzstachel, der aus seinem Körper schaute.

Dunkles Blut rann ihm über die Brust, benetzte eine Hand und sammelte sich zu seinen Füßen.

Aufgebracht, fast traurig, schrie es auf und zerrte vergeblich mit der freien Hand an dem Pflock. Es blutete nur noch mehr.

Sacha nutzte die Verwirrung und den Schmerz des Wesens, er

packte Louisa bei den Handgelenken und riss sie aus dem Klammergriff des Riesen. Sie landete in seinen Armen.

Der Riese, der jetzt nur noch Augen für seine Verletzung hatte, schien es nicht zu bemerken.

Unterdessen war die zweite Kreatur herbeigetapert und begann, wohl aus einem seltsam menschlich wirkenden Hilfsbedürfnis heraus, ebenfalls an dem Stuhlbein zu zerren. Offenbar waren beide durch das Geschehene so verwirrt, dass sie gar nicht mitbekamen, wie Sacha Louisa den Gang hinunter in die schützende Dunkelheit einer Türöffnung trug.

Ihr Körper war schwerer als erwartet – sie bestand ja nur aus Muskeln. Ihre Haut fühlte sich beunruhigend kalt an.

Er legte sie auf den Parkettfußboden und nestelte an ihren Handgelenken herum, um ihren Puls zu fühlen. Doch weil er das noch nie gemacht hatte, konnte er nur sein eigenes Blut fühlen, das rasend schnell durch seine Adern schoss.

»Louisa, bitte … Bitte wach auf«, flüsterte er eindringlich. Sie rührte sich nicht.

Bewusstlos wirkte sie viel jünger als in wachem Zustand. Jünger und zerbrechlicher. Aber sie atmete.

Vorsichtig beugte Sacha sich in den Gang hinaus, um nach den Kreaturen zu sehen. Die erste umklammerte immer noch das Stuhlbein, das aus ihrer Brust ragte. Die andere stand mit hängenden Armen daneben.

Aus der kurzen Entfernung konnte Sacha ihre Brandzeichen deutlicher betrachten, das aufgeworfene Narbengewebe an den Rändern. Mit Abscheu wurde ihm bewusst, dass man sie gebrandmarkt hatte. Wie Vieh.

In diesem Moment sank der Verletzte mit einem melancho-

lischen Stöhnen auf die Knie. Wenige Augenblicke später brach
er zusammen und bewegte sich nicht mehr.

Die zweite Kreatur schaute blöde zu, als hätte es ihr die Sprache
verschlagen. Plötzlich aber ging eine Verwandlung in ihr vor.
Unter wütendem Gebrüll ließ sie ihren verletzten Kumpel liegen
und stapfte dröhnend los, riss eine Tür nach der anderen auf,
stürmte in die Räume, polterte wieder heraus und setzte seine
rasende Suche fort.

Und es war sonnenklar, wonach sie suchte: nach ihnen.

Sacha zwang sich, ruhig zu bleiben. Er lehnte sich zu Louisa, gab
ihr einen leichten Klaps auf die Wange und flüsterte so laut er es
wagte: »Komm schon, Louisa. Wach auf!«

Bei der zweiten Ohrfeige schnappte sie nach Luft und riss die
Augen auf.

»Was …?«

Sacha war so erleichtert, dass er sie am liebsten geküsst hätte.

Louisa tastete ihr Gesicht ab, die sich langsam lila verfärbende
Schramme auf ihrem Jochbein.

»Verdammt«, flüsterte sie. »Es hat mich erwischt.« Ihre Stimme
war heiser, aber fest.

»Allerdings«, pflichtete er ihr bei, ohne den Gang aus den Augen
zu lassen.

Das zweite Monster kam immer näher, und je näher es kam,
desto heftiger bebten die Wände. Bald würde es sie erreichen.

Auch wenn Louisa immer noch wacklig wirkte, sie mussten unbedingt hier raus.

Sachas Augen flogen zu dem grünen Ausgangsschild am Ende
des Korridors. Es war nicht weit, vielleicht fünfzig Meter. Das
konnten sie schaffen. Wenn sie keine Zeit verloren.

»Hier wird's langsam ziemlich heiß, Louisa«, sagte Sacha, wobei er versuchte, seine Panik zu unterdrücken. »Wir müssen hier weg, und zwar sofort. Kannst du laufen?«

Sie sah ihn prüfend an.

»Kommt es näher?«

Das Ungeheuer war jetzt noch zwei Türen entfernt.

Lässig zuckte Sacha die Achseln. »Treffender hätte ich es selbst nicht formulieren können.«

Sie hielt ihm die Hand hin, damit er ihr aufhalf. Dass sie von irgendwem Hilfe annahm, hatte Sacha noch nie erlebt. Als sie auf den Füßen stand, spuckte sie das Blut aus, das sich in ihrem Mund gesammelt hatte, und griff sich an den Kiefer, um zu testen, wie sehr er in Mitleidenschaft gezogen war. Der Schmerz ließ sie zusammenzucken.

»Gebrochen ist er nicht, glaub ich«, nuschelte sie.

Sie warf einen Blick in den Gang und entdeckte die erste Kreatur, die in einer Pfütze aus dunklem Blut lag.

»Fleißig gewesen?«

Ehe er antworten konnte, erzitterten die Wände unter dem gewaltigen Getöse, als die zweite Kreatur aus der Nachbartür gepoltert kam.

Louisa sah Sacha vorwurfsvoll an.

»Dass er einen Freund hat, hast du mir gar nicht erzählt«, bemerkte sie spöttisch.

»Wollte ich gerade«, gab Sacha zurück.

Das Ding gab ein schreckliches Gebrüll von sich.

»War ja 'ne echt witzige Zeit, Leute, aber leider …« Louisa deutete auf das Ausgangslicht.

Sacha ließ sich nicht zweimal bitten, und sie rannten los. Jetzt wurde ihm auch klar, dass er sich ganz umsonst Sorgen um Louisas Zustand gemacht hatte. Mühelos lief sie ihm davon, geradewegs auf das erleuchtete Ausgangsschild zu.

Auch wenn sie sich in vielem nicht einig waren, ihre Willensstärke musste Sacha neidlos anerkennen.

Hinter sich vernahm er das Heulen der Kreatur, die ihnen auf den Fersen war. Es klang gefährlich nah, dabei rannte er schon, so schnell er konnte. Der Atem brannte ihm in der Kehle, seine Lunge schmerzte.

Vor sich sah er die Tür, schwer und garantiert verschlossen. *Wie zum Teufel sollen wir da rechtzeitig rauskommen?*, fragte er sich, als sich die Tür plötzlich wie von Zauberhand öffnete.

Eine große, breitschultrige Gestalt stand vor ihnen. Im Gegenlicht einer Straßenlaterne strahlte das blonde Haar wie ein Heiligenschein.

»Da seid ihr ja.« Alastairs Blick fiel auf die Kreatur. »Und wer ist euer Freund?«

Noch nie hatte Sacha sich so sehr gefreut, jemanden zu sehen. An Alastair vorbei schossen er und Louisa hinaus in die frische Nachtluft.

»Er ist fieser, als er aussieht«, rief Louisa keuchend. »Schließ die Tür!«

Alastair knallte die Tür zu und drückte seine Hand just in dem Augenblick gegen das Metall, als das Ding von der anderen Seite mit wütendem Geheul dagegendonnerte. Alastair schreckte zurück und sah gebannt auf den schweren Riegel.

Die Tür hielt stand.

Die Hände auf den Knien, stand Sacha vornübergebeugt da und schnappte nach Luft.

Jetzt, da sie in Sicherheit waren, schien auf einmal alle Kraft aus seinen Gliedmaßen gewichen, er konnte sich kaum auf den Beinen halten. Nicht weit entfernt war Louisa auf den Boden gesunken und lag keuchend da, ein Arm über den Augen.

Das Ungeheuer hämmerte nun mit solcher Gewalt gegen die Tür, dass das Gebäude in den Grundfesten erschüttert wurde, doch die Tür hielt.

Augenscheinlich zufrieden, dass er seinen Teil getan hatte, schlenderte Alastair zu Sacha herüber.

»Verdammt noch mal, was hattet ihr da drin zu suchen?«

»Ist 'ne lange Geschichte.« Immer noch völlig außer Atem, deutete Sacha auf Louisa. »Kümmer dich erst mal um sie. Sie ist verletzt.«

Alarmiert hockte Alastair sich neben Louisa.

»Du siehst furchtbar aus. Was ist passiert?«

Sie winkte ab. »Eins von diesen Dingern hat mich erwischt.« Vorsichtig setzte sie sich auf. »Er hat mir den Arsch gerettet.« Sie nickte Sacha zu. »Danke, übrigens. Hast was gut bei mir.«

Sacha versuchte, sich nichts anmerken zu lassen, obwohl er vor Stolz hätte platzen können.

»Nicht der Rede wert«, sagte er nonchalant.

Plötzlich wurden sie von einer neuen Serie schwerer Schläge unterbrochen. Die Kreatur gab nicht auf, wieder und wieder warf sie sich gegen die Tür.

Louisa blickte zu Alastair. »Hält die das aus?«

»Ich denke schon.« Er reichte ihr die Hand und zog sie hoch. »Aber die Bibliothek hat noch mehr Türen. Lasst uns lieber machen, dass wir hier wegkommen.«

Taylor wachte nach ruhelosen Träumen in einem fremden Raum auf. Durch ein Bogenfenster schien die Sonne herein, sie musste mit der Hand ihre Augen abschirmen.

»Aha«, sagte eine Stimme mit deutschem Akzent ruppig. »Das Fräulein erwacht.«

Taylor schreckte hoch. Zeitinger saß an einem Schreibtisch auf der anderen Seite des Raums, in der Hand eine erloschene Pfeife. Sie tastete unter sich und fühlte das weiche Leder eines abgewetzten Sofas. Hastig ließ sie den Blick durch den Raum wandern: Bücherstapel, schief hängende Bilder an den Wänden und jede Menge Papierstapel.

Plötzlich war alles wieder präsent. Das Buch. Ihre Reaktion darauf. Das Beharren des deutschen Professors, dass sich darin die Antworten finden ließen.

Nachdem sie das Büro des Dekans verlassen hatten, waren sie auf direktem Weg in Zeitingers kleines, vollgestopftes Arbeitszimmer marschiert. Mit den schweren Bänden im Bücherregal und den Ölgemälden von eigenartigen Gesichtern an den Wänden glich es dem kleinen Apartment ihres Großvaters so sehr, dass der Anblick ihrem Herzen einen Stich versetzt hatte.

Sofort nach ihrer Ankunft schien der Professor völlig vergessen zu haben, dass sie auch noch da war, und hatte sich, leise auf Deutsch vor sich hin brummend, in die Arbeit versenkt.

Vergeblich hatte sie darauf gewartet, dass er mit ihr sprach. Irgendwann musste sie dann wohl abgedriftet sein, auch wenn ihr die Erinnerung daran fehlte.

Sie sah an ihrem Körper herunter: Über ihren Beinen lag eine ausgebleichte, rot und grün karierte Wolldecke, die vorher nicht da gewesen war.

Der Professor hingegen schien kein Auge zugetan zu haben. Das Haar zerzaust, hielt er sich an seiner kalten Pfeife fest wie an einer Rettungsleine. Das Buch lag geöffnet vor ihm auf dem Schreibtisch, daneben ein Notizbuch, das mit einer spinnenhaften Krakelschrift beschrieben war.

»Entschuldigung«, sagte sie und rieb sich die Augen. »Ich wollte nicht einschlafen.«

»Man muss schlafen«, entgegnete er ernst.

»Ist was passiert?«

In seinem Nicken lag grimmige Befriedigung. »Fortschritte«, sagte er.

»Fortschritte?« Sie setzte sich auf. »Was für Fortschritte? Haben Sie etwas gefunden?«

Zeitinger blätterte seine Notizen durch.

»Ich habe einige Kapitel des Buches übersetzt und kann jetzt mit Gewissheit behaupten, dass ich recht hatte.« Er klopfte mit dem Finger auf die Schreibtischplatte. »Es ist das Buch, das wir suchen.«

»Und?«, fragte sie aufgeregt. »Steht da drin, wie wir Sacha helfen können?«

»So würde ich es nicht ausdrücken.«

Taylor war enttäuscht.

»Wie meinen Sie das?«

»Die ersten Kapitel des Buches beschreiben Falkensteins Bemühungen, die Dunklen Künste zu ergründen. Das hatte ich erwartet.« Der Professor klopfte die leere Pfeife in seiner Hand aus, als wollte er sie säubern. Eine reflexartige, nachdenkliche Geste. »Diese Forschungen waren komplex und gefährlich und hätten ihn mehrmals beinahe das Leben gekostet. Oder zumindest seine Seele, falls Sie an solche Dinge glauben.«

Er blies in die Pfeife und sah forschend hinein.

»Nun«, fuhr er fort, »ich kann mit Gewissheit sagen, dass Cornelius von Falkenstein verstanden hat, wie die Dunklen Künste funktionieren. Und zwar besser als jeder andere Mensch. Soweit ich sehe, stand er am Rand eines sehr steilen Abgrunds und war versucht, hinabzuspringen. Er war tapfer, und er war zornig. Zorn ist hilfreich, aber manchmal … macht er uns blind für die Dinge, für die es sich zu leben lohnt.«

Mit besorgter Miene sah er hinunter auf die alte Pfeife mit dem gebogenen Hals, die er fortwährend in seinen knorrigen Händen kreisen ließ. Dann blickte er zu ihr auf.

»Meine Liebe, Falkenstein hat nachgewiesen, dass Dunkler Zauber aufgehoben werden kann. Aber das ist sehr gefährlich.«

»Was heißt das?« Taylor wurde nervös.

Der Professor zögerte mit der Antwort. »Seiner Ansicht nach wird jeder, der es versucht, mit ziemlicher Sicherheit dabei sein Leben verlieren«, sagte er dann.

Taylors Mund wurde trocken.

»Jeder?«, wisperte sie.

»Jeder.«

Der Boden unter ihren Füßen schien zu schwanken. Sie hätte alles getan, um Sacha zu retten – doch wenn sie trotzdem sterben mussten?

Das kann nicht sein. Es muss einen anderen Weg geben.

»Aber er hat es doch trotzdem getan, oder?« Taylor zeigte trotzig auf das Buch. »Falkenstein hat einen Fluch gebrochen und überlebt.«

»Ein einziges Mal«, erwiderte Zeitinger düster. »Ein Mal ist es ihm gelungen, ja – aber erst nach jahrelangen Versuchen. Und wir haben nicht die Zeit, um Fehler zu machen und aus ihnen zu lernen.«

»Aber Sie denken doch, dass wir es schaffen können, nicht wahr?« Mit neuem Eifer deutete sie auf seine Notizen. »Sie glauben doch, dass es möglich ist.«

Er zögerte.

»Ja, das glaube ich«, gab er schließlich zu. »Doch es wird die schwerste Prüfung sein, die Sie je bestehen müssen. Sie müssen sehr mutig sein.« Er sah sie unter seinen weißen Brauen hindurch an. »Sind Sie mutig, Fräulein Montclair?«

Nein, hätte sie geantwortet, wenn's nach ihr gegangen wäre. Ganz und gar nicht. Doch sie hatte keine Wahl. Wenn ihr Großvater recht gehabt hatte und durch den Fluch ein so mächtiger Dämon erschaffen werden konnte, der alle, die sie liebte, töten würde, dann ging es hier nicht um die Frage, ob sie mutig war oder nicht. Es ging ums Überleben.

»Ich werde mutig sein«, sagte sie, doch es klang wenig überzeugend, nicht mal in ihren eigenen Ohren.

Ein Hauch von Mitgefühl lief über das faltige Gesicht des Professors. Er legte die Pfeife auf seine Notizen.

»So.« Abrupt stand er auf und schob seinen Stuhl so heftig nach hinten, dass er gegen die Wand schlug. »Dann wollen wir Ihnen jetzt mal Falkensteins Methoden beibringen. Ich denke, wir wissen genug darüber, wie er vorging, um Sie auf das, was Sie erwartet, vorzubereiten. Doch zuerst müssen Sie sich stärken und etwas essen. Und ich muss mit dem Dekan sprechen.« Er sah auf seine Armbanduhr. »In einer Stunde erwarte ich Sie zurück. Dann fangen wir an.«

***

Taylor rannte den ganzen Weg bis Newton Hall, dem Schlafzimmertrakt, und joggte die Steintreppe hinauf in ihr Zimmer. Ihre Gedanken rasten.

Ich kann das schaffen. Vielleicht sterbe ich dabei. Ich kann das schaffen. Vielleicht …

Als Erstes schloss sie das Handy, das sich irgendwann in der Nacht entladen hatte, ans Ladekabel an.

Dann griff sie nach ihrem Handtuch und rannte unter die Dusche.

Als sie das Wasser abstellte, hatte sie sich etwas beruhigt. *Ich kann das schaffen.*

Während sie sich fertig machte und noch einmal darüber nachdachte, was sie in der Nacht erfahren hatte, beschloss sie, einfach so zu tun, als handelte es sich um ein wissenschaftliches Experiment oder um ein kompliziertes Matheproblem. Wenn sie es wie eine Prüfung betrachtete, war es nicht so beängstigend. Eine Prüfung zu bestehen, war für sie schließlich nichts Aufregendes.

Als sie sich fertig angezogen hatte und schon durch die Tür stürmen wollte, summte ihr Handy.

Ihr Herz hüpfte. Sie hatte ewig nichts mehr von Sacha gehört.

Vermutlich wollte er wissen, wo sie gewesen war.

Sie ließ die Tür zuknallen und lief zurück.

Doch die Nachricht war nicht von Sacha, sie war von ihrer Mutter.

Hallo, Liebling. Habe dich gestern Abend nicht erreicht. Ich wünsche dir einen schönen Tag. Meinst du, du kommst nächstes Wochenende nach Hause? Ich mache Lasagne. Bring deine Wäsche mit. Emily lässt dich lieb grüßen. xxx

Ohne Vorwarnung schossen Taylor die Tränen in die Augen. Sie vermisste ihre Mutter so sehr, dass es wehtat. Sie vermisste ihr Zimmer, ihre beste Freundin, ihre nervige Schwester.

Und das Schlimmste war, dass ihre Mutter glaubte, hier in St. Wilfred's sei Taylor sicher.

Sie hielt das Handy an ihre Lippen.

»Ich bin hier alles andere als sicher«, flüsterte sie. Doch es hörte sie niemand.

Sie wischte sich eine Träne von der Wange und tippte rasch eine Antwort.

Hi, Mum. Alles gut. Hab superviel zu tun. Muss jede Menge lernen. Mit dem Wochenende weiß ich noch nicht. Ich frag mal. Schönen Tag! Und drück Emily von mir. xoxoxo

So wenige Sätze, und so viele Lügen.

Sie ließ ihr Handy auf dem Tisch liegen und flüchtete aus dem Zimmer, bevor ihre Mutter antworten konnte.

***

Der Speisesaal gehörte zu den schönsten Räumen in St. Wilfred's. Die blank polierten Eichentische waren in langen, perfekt ausgerichteten Reihen aufgestellt, an denen gedrechselte Stühle mit Schnitzereien standen. Das rot-gelbe Emblem der Schule fand sich als Bleiglasverzierung in den hohen Fenstern an einer Wand. Alle anderen Wände waren mit Eichenholz vertäfelt und trugen riesige Ölporträts einstiger Würdenträger, die streng auf die heutigen Studenten herabschauten.

Der Raum war überfüllt, und die Studenten hatten nur ein Thema.

»Will hat ihn gesehen – total unmenschlich, hat er gesagt.«

»Sie können nicht so tun, als wäre es harmlos!«

»Warum sagen die uns nicht einfach die Wahrheit?«

»Es geht um die beiden, oder? Den süßen Franzosen und Goldlöckchen.«

Als Taylor hereinkam und sich mit einem Tablett ans Buffet stellte, verstummten die Gespräche, und statt lärmender Stimmen hörte man nur noch hier und da ein Tuscheln.

Taylor sah nicht auf. Energisch stapelte sie vom Buffettisch Rührei, Speck und Toast auf ihren Teller und goss sich aus einem kupfernen Samowar einen dampfenden Becher Tee ein.

Die feindseligen Blicke der Studenten in ihrem Rücken waren einschüchternd und schrecklich, doch sie musste unbedingt etwas essen, und das konnte sie nun mal nur hier.

Sie atmete kurz tief ein und drehte sich um. Die in der Nähe schauten sofort weg. Andere waren dreister und starrten sie offen an.

Als sie Alastair und Louisa entdeckte, die ganz hinten in einer Ecke die Köpfe zusammensteckten, fiel ihr ein Stein vom Herzen.

Alastair hatte sie ebenfalls bemerkt und winkte ihr. Er räumte Schreibhefte und Bücher zur Seite und schob ihr einen Stuhl hin.

»Und, wie ist es gestern noch mit dem Professor gelaufen?«, fragte er, als sie sich hingesetzt hatte.

Taylor nahm eine Gabel voll Rührei und kaute es gründlich durch. *Am besten,* überlegte sie, *erzähl ich ihnen alles sofort. Irgendwann erfahren sie's ja eh.*

»Er hat anscheinend was gefunden«, sagte sie vage. »Ist wohl gefährlich, aber er ist fest davon überzeugt, dass die Antwort in dem Buch steht.«

»Gut«, sagte Alastair. »Sehr gut.«

Doch er schien nur mit halbem Ohr zuzuhören. Irgendwie waren Alastair und Louisa nicht wirklich bei der Sache. Zwischen ihnen lag etwas Unausgesprochenes in der Luft. Besonders Louisa war ungewöhnlich kleinlaut und schaute Taylor kaum einmal an.

»Was ist los?«, fragte Taylor misstrauisch und musterte ihre Gesichter. »Ist was passiert?«

Erzähl's ihr, bedeutete Alastair Louisa, die der Aufforderung widerwillig nachkam.

»Mortimer hat neue Speichellecker«, begann sie. »Ziemlich groß und ziemlich hässlich. Und verdammt schwer kleinzukriegen.«

Sie wandte sich Taylor zu. Im Sonnenlicht, das durch die Fenster einströmte, sah man deutlich die Bandage über ihrem Auge und einen hässlichen blauen Fleck auf der Wange.

Taylor fiel die Gabel aus der Hand, sie landete laut klappernd auf ihrem Teller.

»Hat Mortimer wieder zugeschlagen?« Sie sah zwischen beiden hin und her. »Was ist passiert? Warum erfahre ich das erst jetzt? Ist jemand verletzt worden?«

Louisa hob die Hand, um den Strom aus Fragen abzuwehren. »War nicht hier im College.« Sie mied Alastairs anklagenden Blick. »Ich bin gestern Abend noch mal raus, um Mortimer zu suchen. Gefunden hab ich ihn zwar nicht, dafür aber diese *Dinger.*« Sie zeigte auf die Papiere und Bücher, die auf dem Tisch verstreut herumlagen. »Alastair und ich versuchen gerade herauszufinden, was das für Viecher sind und wie man sie töten kann.« Seufzend hob sie ihren Becher. »Bisher ohne Erfolg.«

»Tut's sehr weh?«, fragte Taylor mit Blick auf die Schramme. »Siehst ziemlich schlimm aus.«

»Könnt ihr vielleicht mal aufhören, mir dauernd zu sagen, wie scheiße ich aussehe?«, beschwerte Louisa sich. »Das ist schlecht für mein Ego.«

»Die Schrammen sind nicht das Schlimmste«, sagte Alastair, zu Taylor gewandt. »Das Schlimmste ist, dass wir nicht wissen, wie man diese Dinger bekämpfen kann.«

Er nahm eins der Blätter, die zwischen ihnen auf dem Tisch lagen, und drehte es so, dass Taylor das unscharfe Schwarz-Weiß-Bild sehen konnte. Offenbar stammte es von einer Überwachungskamera. Es zeigte einen bulligen Kerl mit übertrieben geformten Muskelpaketen und seltsamen Symbolen auf Gesicht und Armen. Auffällig kleine Augen guckten wütend aus dem fleischigen Gesicht.

»Von *dem* hast du die Schramme?«, fragte Taylor.

Louisa nickte. »Nicht gerade 'n Hingucker, was?«

»Was ist damit?« Taylor betrachtete die hünenhafte Gestalt.

Selbst auf dem körnigen Foto wirkten seine Augen wie dunkle Seen aus Hass und Qual.

»Das haben wir die ganze Nacht versucht herauszufinden.« Alastair nahm einen Schluck Kaffee. »Wie's aussieht, war der Typ mal ein Mensch wie du und ich – bis Mortimer ihn in dieses Etwas verwandelt hat.«

Er deutete auf die seltsamen Zeichen.

»Diese Symbole sind in seine Haut eingebrannt worden. Das ist Teil einer Reanimationszeremonie.«

»Reanimation?«

»Wenn jemand von den Toten zurückgeholt wird.«

»Jemand von den …?« Taylor war sprachlos. »Aber das ist doch nicht möglich … oder?«

Müde rieb Alastair sich die Augen.

»*Eigentlich* ist das alles nicht möglich«, sagte er. »Aber wie du siehst …«

»Mortimer kann Tote wiederauferstehen lassen?« Taylor wollte diese schreckliche Vorstellung nicht an sich heranlassen. »Aber das … das bedeutet, dass er vielleicht eine ganze Armee von diesen … Zombies hat.«

»Möglich wär's, aber das glauben wir nicht.« Louisa beugte sich vor. »Hätte er eine, hätte er sie uns längst auf den Hals gehetzt. Aber er hat nur zwei von den Dingern geschickt. Und jetzt ist nur noch eins übrig, dank Sacha.«

»*Sacha?*« Taylor machte große Augen. »Was hat Sacha damit zu tun?«

Louisa mied ihren Blick. »War mein Fehler«, gestand sie. »Ich hab ihn mit auf die Suche nach Mortimer genommen, und …«

»Du hast was?«

Taylor traute ihren Ohren nicht. Und sie hatte die ganze Zeit gedacht, er würde seelenruhig schlafen, dabei …

Panik ergriff sie. »Wo ist er? Ist ihm was passiert?«

»Alles in Ordnung«, schaltete Alastair sich besänftigend ein. »Nur Lou hat sich 'ne ordentliche Tracht Prügel abgeholt.«

Taylor war sichtlich überrascht, doch plötzlich kochte sie vor Wut.

»Warum hast du ihn mitgenommen?! Was, wenn er ihn erwischt hätte? Habt ihr den Verstand verloren?«

Louisa zog den Kopf ein und schaute ziemlich schuldbewusst. »War blöd von mir, okay?«, sagte sie kleinlaut im Versuch, sich zu verteidigen. »Ich kann nicht fahren. Und ich brauchte sein Motorrad.«

Taylor war so fassungslos, dass sie im ersten Moment nicht wusste, was sie sagen sollte. Ehe sie ihr weitere Vorwürfe an den Kopf werfen konnte, ging Alastair schnell dazwischen.

»Es war eine dumme Idee. Und ein ziemlich bescheuerter Grund für so eine unglaublich beschissene Idee. Aber wenigstens wissen wir jetzt, womit wir es zu tun bekommen.«

Louisa warf ihm einen dankbaren Blick zu und griff den Faden auf, um das Gespräch von ihr abzulenken.

»Diese Dinger haben irgendwelche besonderen Zauberkräfte, und das haben wir unserem Freund Mortimer zu verdanken«, fuhr sie schnell fort. »Er hat sie irgendwie so aufgepimpt, dass sie unsere Kräfte, die Energie, die wir gegen sie benutzen, einfach aufsaugen. Damit werden wir zu schwach zum Kämpfen und einfacher zu töten.«

»Und wie funktioniert das?«, fragte Taylor.

Alastair antwortete. »Die Dunklen Künste sind in jeder Hin-

142

sicht der Gegenpart zu unseren Kräften«, erläuterte er. »Das Yang zu unserem Yin, sozusagen. Es soll ein Spiegelbild unserer Fähigkeiten sein, allerdings in dämonischer Form. Genau zu diesem Zweck hat Mortimer diese Wesen erschaffen, und zwar äußerst effektiv. Wenn wir gegen sie kämpfen, werden sie immer stärker.«

»Und größer«, fügte Louisa finster hinzu. »Meine Kräfte haben sie wachsen lassen. Ich bin ganz sicher.«

»Ich begreife nur nicht, wie das möglich ist«, wandte er kopfschüttelnd ein.

»Du hast eben nicht gegen sie gekämpft«, fuhr Louisa ihn an, und er blitzte zurück.

»Hätte ich sofort, wenn du mich angerufen hättest.«

Jetzt wusste Taylor, worüber sie sich die ganze Zeit gestritten hatten.

»Aber wenn wir unsere Fähigkeiten nicht gegen sie einsetzen können«, sagte sie, ehe der Streit ausartete, »wie sollen wir sie dann besiegen?«

Louisa nahm das Foto und musterte die monströse Gestalt.

»Du tötest sie wie einen Menschen«, sagte sie ohne jedes Mitgefühl. »Nur so geht es. Schnell und brutal. Ein Stich direkt ins Herz.«

Den Rest des Tages verbrachte Taylor ungeduldig und immer noch unruhig und besorgt in Professor Zeitingers Arbeitszimmer.

Mit Sacha hatte sie noch nicht gesprochen. Nach dem Frühstück war sie kurz rauf in sein Zimmer, er war aber nicht da gewesen.

Sie hätte gern Sachas Version der Story gehört und wollte sich selbst davon überzeugen, dass ihm wirklich nichts passiert war. Und vielleicht hätte sie ihn auch zur Rede gestellt, warum er sich so in Gefahr gebracht hatte.

Doch das konnte sie nicht, weil sie die ganze Zeit hier bei dem Professor hockte.

Wäre auch nicht weiter schlimm gewesen, nur, dass sie überhaupt nicht wusste, weshalb sie eigentlich hier war. Den größten Teil des Tages hatte Zeitinger damit verbracht, vor sich hin zu murmeln und sich ausführliche Notizen zu machen.

Irgendwann hatte sie begonnen, Fluchtpläne zu schmieden.

»Darf ich vielleicht mal kurz verschwinden?«, schlug sie vor, nachdem die Mittagszeit bereits vorbei war.

Der Professor sah sie nur tadelnd an und schüttelte den Kopf.

»Wir sind nah dran«, sagte er immer wieder und tippte mit der leeren Pfeife auf das Buch. »Sehr nah.«

Dann vertiefte er sich wieder in seine Arbeit. In dem Zimmer im Obergeschoss des Geschichtsinstituts war es bis auf das Kratzen seines Stifts auf dem Papier totenstill. Manchmal, wenn er auf etwas Interessantes gestoßen war, redete er mit sich selbst.

»Genial, Herr Falkenstein«, sagte er einmal. Es hörte sich an, als wäre er aufrichtig beeindruckt.

Taylor lag auf dem Sofa und döste vor sich hin, als Zeitinger plötzlich energisch seinen Stuhl zurückstieß und sie schlagartig ins Hier und Jetzt zurückholte.

»So. Jetzt machen wir ein Experiment.«

Erleichtert richtete Taylor sich auf.

»Ich bin bereit«, sagte sie eifrig. »Was soll ich tun?«

Über seine Brille hinweg sah Zeitinger sie mit strengem Blick an.

»Ich warne Sie, Fräulein Montclair, das wird kein Zuckerschlecken. Alles, was mit diesem Buch zu tun hat, ist sehr gefährlich, besonders für Sie. Nehmen Sie es nicht auf die leichte Schulter.«

Mit methodischen Bewegungen befreite er eine Fläche auf seinem Schreibtisch von Papier und Schreibutensilien.

»Für mich ist dieses Buch nur als historische Quelle von Belang. Aber für Sie? Für Sie könnte es das Tor zur Hölle sein.«

Er schob ihr das aufgeschlagene Buch hin.

»Bitte sehr.«

Taylor, deren Eifer durch seine Worte im Keim erstickt worden war, trat vorsichtig näher. »Wie meinen Sie das mit der Hölle?«, fragte sie misstrauisch.

»In dem Buch wird ein Weg beschrieben, wie man mit dem Dämon in Kontakt treten kann.« Jegliche Wärme war aus Zeitingers Haltung gewichen. Es war ihm todernst. »Falkenstein hat im Verlauf seiner Forschungen einen Zugang gefunden – eine Methode der Kontaktaufnahme. Allerdings funktioniert sie nur bei jenen, mit denen der Dämon selbst zu kommunizieren wünscht.« Er beugte sich über den Tisch. »Der Vorfall mit dem Buch gestern Abend hat mir gezeigt, dass er mit Ihnen durchaus in Kontakt treten möchte.«

Taylor stockte der Atem.

Das Buch lag offen auf der dunklen Schreibtischplatte. Das alte Papier hatte einen matten Elfenbeinton – ähnlich der Farbe alter Knochen. Die Seiten waren mit Symbolen übersät. Manche kannte sie von den Alchemisten, andere waren ihr unbekannt. Die gewundenen Linien und dunklen, gebogenen Pfeile wirkten zugleich vertraut und gefährlich fremd. Wie ein alter Feind, dem man unerwartet wieder gegenübersteht.

»Was soll ich tun?« Sie hörte die Unsicherheit in ihrer Stimme.

»Hinter diesen Symbolen verbirgt sich eine Botschaft«, erläuterte der Professor. »Ich werde Ihnen erklären, was Sie sagen müssen. Das Buch wird Sie von ganz allein erkennen. Und der Dämon auch, nehme ich mal schwer an.«

Er sagte ihr einen Satz vor, den sie immer und immer wiederholen musste, bis sie ihn auswendig konnte. Dann trat er zurück.

»Wenn Sie bereit sind.«

Taylors Magen zog sich zusammen, als sie nach dem Buch tastete. Wenn's nach ihr gegangen wäre, hätte sie gern darauf verzichtet und mit all dem nie wieder was zu tun gehabt. Doch es blieb ihr nichts anderes übrig.

Wie am Abend zuvor konnte sie es wahrnehmen, ehe ihre Finger das Buch berührten. Es hatte seine eigene Schwerkraft, die sie unwiderstehlich anzog. Während sich ihre Hand dem Papier näherte, strich plötzlich ein eisiger Wind über ihren Nacken.

»Jetzt!«, rief Zeitinger.

Über das Geräusch des Windes hinweg rief sie:»Lord Abaddon, ich, Taylor Montclair, Nachfahrin von Isabelle, bitte demütig um Einlass. Erhört mich.«

Sie berührte die Seiten.

Alle Luft schien aus ihrer Lunge zu weichen. Zeitingers Arbeitszimmer verschwand, und sie stürzte in einen Abgrund. Hals über Kopf taumelte sie ins Leere. Sie sah und spürte nichts, außer der Luft, die im Fallen an ihr vorüberstrich.

Sie wollte schreien, brachte aber keinen Laut heraus. Suchte nach Halt, doch ihre Hände griffen ins Nichts.

Dann … plötzlich endete der Fall, und sie war von Finsternis umgeben. Die Zeit hatte aufgehört zu existieren.

Absolute Stille.

Zeitinger und sein Zimmer waren Ewigkeiten entfernt. Sie war völlig allein. Nicht mal ihr eigenes Atmen hörte sie.

Sie fiel weder, noch stand sie. Sie war nirgends. Sie war nichts.

Ein schreckliches Gefühl der Einsamkeit überkam sie. Isolation und Leid. Unaussprechliche Todesqualen bemächtigten sich ihrer. Und ein nach Rache dürstender, todbringender Zorn.

Jedes negative Gefühl, das sie je verspürt hatte, verschlimmerte sich ins Unermessliche. Sie fühlte Hass. Sie wollte töten. Und doch waren es nicht ihre eigenen Gefühle. Sie gehörten einem anderen. Dem Dämon.

Sie versuchte, sich in Erinnerung zu rufen, wer sie war und woran sie glaubte, doch die reale Welt schien zu fern, um real zu sein. Das hier war real. Dieser Hass.

Sie wusste nicht, wie lange sie in diesem Zustand verharrte – ein ganzes Leben, so kam es ihr vor –, als plötzlich eine Stimme ertönte.

»Tochter von Isabelle Montclair. Du wagst es, mich anzurufen?« Eine tiefe, dumpfe Stimme, die von allen Seiten gleichzeitig zu kommen schien. Aus allem.

Taylor wusste, wem sie gehörte.

»Ja«, antwortete sie, zuversichtlich und zugleich überschäumend vor Wut. Sie konnte sich nicht erklären, weshalb. Es war, als spräche ein anderer durch sie.

»Was suchst du?«

»Absolute Macht.«

Sie antwortete ohne Zögern, doch warum ausgerechnet das, hätte sie nicht erklären können. Der Professor hatte ihr keine Anweisungen gegeben für den Fall, dass man sie fragte.

Und doch war es die Wahrheit. Es dürstete sie nach Macht. Das Verlangen danach war grenzenlos.

»Aus welchem Grund?«, fragte die Stimme.

Wieder war die Antwort einfach da.

»Rache.«

»An wem?« Die Stimme des Dämons war so emotionslos wie ihre eigene.

»An jenen, die Sacha Winters Schaden zufügen wollen.« Irgendwie ahnte sie, dass der Dämon das nicht gerne hörte.

Und sie sollte recht behalten.

Ein ohrenbetäubendes Gebrüll erschallte, er tobte. Sie wollte zurückweichen, doch nirgends gab es ein Versteck.

»Sacha Winters gehört mir! Es ist dir verboten, ihn zu retten.«

So gern hätte sie nichts erwidert, sehnte sich danach, hier wegzukommen. Doch die Worte kamen von allein, kühl und klar.

»Und doch werde ich es. Ich werde den vernichten, der versucht, ihm etwas anzutun. Hört meine Worte, Abaddon. Ihr werdet ihn niemals bekommen.«

Wieder umhüllte sie dieses ohrenbetäubende Toben. »Lügen!« Die Worte waren scharf wie Rasiermesser. »Du willst es mit den Dunklen Künsten aufnehmen, Tochter von Isabelle? Du wagst es, mein Reich zu betreten und mich herauszufordern?«

Taylors ganzer Körper wurde von Todesangst gepackt. Sie war zu weit gegangen. Warum nur hatte sie all das gesagt? Warum geschah das alles? Wieso konnte sie sich nicht zurückhalten?

Doch Vernunft und Besonnenheit waren verstummt, was blieb, war einzig und allein diese unbändige Wut.

Wieder hörte sie ihre eigene Stimme. Aus ihr sprach keine Furcht.

»Wisset, Abaddon, dass ich die Wahrheit spreche.«

Offenbar hatte sie den Bogen überspannt. Aus der Dunkelheit heraus griff etwas nach ihrem Arm, Krallen gruben sich in Haut und Fleisch ihrer linken Hand und rissen an ihr. Es brannte wie Feuer.

Sie schrie auf und versuchte, sich aus dem unsichtbaren Griff zu befreien, doch sie konnte sich nicht rühren. Sie war wie erstarrt.

»Ich habe mein Zeichen auf deiner Hand hinterlassen«, sagte

die Stimme. »Vergiss nicht: Fordere mich heraus, und du wirst sterben.«

Taylor wehrte sich mit aller Kraft, doch sie konnte weder atmen noch denken.

Da plötzlich ohrfeigte sie jemand, und sie stürzte wieder in Finsternis hinab.

»Fräulein Montclair!«

Zeitinger.

Mit einem Mal fror sie nicht mehr. Unter sich spürte sie eine harte Fläche. Die Luft war warm. Am ganzen Körper zitternd, zwang sie sich, die Augen zu öffnen.

Die goldene Nachmittagssonne schien durchs Fenster, und sie musste blinzeln. Sie lag auf dem Boden in Zeitingers Arbeitszimmer, über sich das besorgte Gesicht des Professors.

Wie von der Tarantel gestochen, robbte Taylor zurück, bis sie mit dem Rücken gegen das Sofa stieß.

»Wo ist er?«, fragte sie und blickte sich panisch im Zimmer um. »Wo ist diese Stimme?«

»Du bist in Sicherheit«, versuchte Zeitinger, sie zu beruhigen. »Hier kann er dich nicht erreichen, das verspreche ich. Sag mir, was du erlebt hast.«

Erst stotternd, dann immer flüssiger erzählte sie ihm alles, woran sie sich erinnern konnte. Das Fallen. Die Finsternis. Der eigenartige Zorn. Das Gefühl, besessen zu sein. Leid.

Dann erst bemerkte sie das Brennen an ihrer linken Hand. Sie sah hinunter – und rang nach Luft.

Auf dem Handrücken klafften drei frische Schnitte. Blut rann ihr über die Finger. Als hätte ein Tier seine Pranke in ihr Fleisch geschlagen.

»Mein Gott«, wisperte sie. »Er hat gesagt, er würde ein Zeichen auf mir hinterlassen. Es ist wahr.«

»Absolut wahr, fürchte ich.«

Während sie dasaß und ungläubig auf ihre verletzte Hand starrte, verließ Zeitinger den Raum und kam gleich darauf mit Verbandszeug wieder. Er kniete sich neben sie, desinfizierte ihre Wunde und verband sie mit einer sauberen weißen Mullbinde.

Apathisch saß Taylor da und ließ ihn gewähren. Sie war überwältigt. Wie aus weiter Ferne registrierte sie, dass das Buch noch immer auf dem Tisch lag, allerdings zugeklappt. Doch selbst der Einband schien vor Bosheit zu pulsieren.

Als ihr nach und nach wieder einfiel, was sie während der Unterhaltung mit dem Dämon empfunden hatte – dieses unbändige Verlangen nach Macht, der totale Verlust ihrer moralischen Werte, der tobende Böse Geist, der von ihr Besitz ergriff –, fühlte sie sich verloren.

»Professor«, sagte sie leise, »was genau ist mit mir geschehen? Als ich mit diesem … Dämon sprach, da habe ich Sachen gesagt, die ich selbst kaum glauben kann. Das … das war nicht ich.«

Zeitinger schien keineswegs überrascht.

»Genau wie ich es vorhergesehen habe. Der Dämon kennt Sie. Es gibt eine Verbindung.« Er rappelte sich auf. »Bitte.« Er bedeutete Taylor, sich aufs Sofa zu setzen. »Erzählen Sie mir noch einmal, was er gesagt hat. Lassen Sie nichts aus.«

Wieder und wieder gingen sie Taylors Erlebnisse durch, Zeitinger an seinem Schreibtisch, wo er sich anfangs Notizen machte und irgendwann, die Pfeife vergessen in der Hand, nur noch dasaß und zuhörte; Taylor auf dem Sofa, die karierte Wolldecke an die Brust gedrückt, im Versuch, sich an jedes Detail zu erinnern. Als er schließlich zufrieden war, war die Sonne bereits untergegangen.

»Ich kann mir diese Gefühle einfach nicht erklären. Egal, wie lange ich auch darüber nachdenke. Oder was ich gesagt habe.« Taylor umfasste ihre verletzte Hand.

»Was Sie dort empfunden haben – Macht, Zorn –, ist jetzt in Ihnen«, erklärte der Professor ihr liebenswürdig. »In uns allen. Wir alle sind eine Mischung aus Gut und Böse. Der Dämon hat den Zorn in Ihnen aufgespürt und zu sich gezogen. Sie waren in seinem Reich. Dort, wo die Finsternis herrscht.« Er ließ seine Pfeife sinken. »In der Hölle dürfen Sie keinen Regenbogen erwarten, Fräulein Montclair. So etwas gibt es dort nicht.«

Sie hob ihren linken Arm. »Er hat sein Zeichen auf mir hinterlassen. Was bedeutet das?«

Zeitinger zögerte.

»Es bedeutet, dass er Sie sehr ernst nimmt. Er möchte Sie leichter erkennen, wo immer Sie ihm wiederbegegnen. Und die anderen sollen wissen, dass Sie ihm gehören.«

»Aber ich …«, versuchte Taylor einzuwenden, doch der Professor ließ sie nicht zu Wort kommen.

»Das Wichtige ist jetzt zunächst einmal, dass das Experiment gelungen ist«, wechselte er das Thema. »Ich weiß jetzt, wie wir Mortimer Pierce bekämpfen können. Als Erstes brauchen wir den Jungen.«

Sie runzelte die Stirn. »Sacha?«

»Bitte.« Zeitingers Brille funkelte. »Holen Sie ihn her. Und sagen Sie ihm, er soll das Buch mit seiner Familiengeschichte mitbringen. Er wird schon wissen, wovon ich spreche.«

»Was hat das Buch damit zu tun?«, fragte Taylor verwirrt. Doch Zeitinger machte nur eine ungeduldige Geste.

»Holen Sie den Jungen, dann kläre ich Sie auf.«

∗∗∗

Wie benebelt verließ Taylor kurz darauf das Gebäude. Unter dem provisorischen Verband pochte ihre verletzte Hand.

Sie wusste nicht, wie spät es war oder was Sacha gerade tat. Und weil sie auch ihr Handy nicht dabeihatte, beschloss sie in Ermangelung eines besseren Plans, die Suche im Schlaftrakt zu beginnen.

Es war dunkel geworden, und die Lichter in Newton Hall waren hell erleuchtet. Auf dem Flur auf Sachas Etage war es bereits still. Die meisten Türen waren mit persönlichen Zetteln und Bildern beklebt. An manchen hingen weiße Tafeln, auf denen Freunde Nachrichten hinterlassen hatten, meist obszöne oder beleidigende.

Nur Sachas Tür war komplett leer. Einzig die Zimmernummer prangte auf dem alten, dunklen Holz: 473.

Das hatten sie gemeinsam. An ihrer Tür war sonst auch nichts.

Vorsichtig klopfte sie. »Sacha, ich bin's.«

Sofort wurde die Tür aufgerissen.

Er trug ein graues T-Shirt und abgerissene Jeans. Seine Füße waren nackt.

»Taylor! Wo zum Teufel warst du? Ich hab dich tausendmal angerufen.« Er schien aufrichtig erleichtert, sie zu sehen.

»Ich war bei einem der Professoren, Zeitinger.« Sie suchte sein Gesicht nach Schrammen ab. »Alles okay mit dir? Louisa hat mir erzählt, was passiert ist.«

»Mir geht's gut«, sagte er ungeduldig. »Wieso bist du nicht ans Handy gegangen?«

»Der Akku war leer – ich hab's zum Laden in meinem Zimmer gelassen.«

»*Bon sang*, Taylor«, tadelte er sie. »Du hast mir eine Höllenangst eingejagt. Tu das nie wieder.« Nach all den Schrecken dieses Tages hinterließ seine Sorge ein warmes Gefühl in ihrem Bauch.

Wie gern hätte sie ihm alles erzählt – über den Professor und das Buch und die Dämonen. Doch Zeitinger hatte so einen Druck gemacht, dass sie sich all das verkniff.

»Tut mir leid, das Handy hol ich später. Hör zu, ich soll dich abholen«, sprudelte es aus ihr heraus. »Zeitinger – der Professor – hat etwas gefunden. Er möchte, dass du das Buch mitbringst. Du weißt schon, das über deine Familie.«

Seine Miene wurde düster. »Wozu?«

»Weiß ich nicht. Er hat nur gesagt, du sollst es mitbringen.«

Als sie die Hand hob, um ihre Worte mit einer Geste zu unterstreichen, entdeckte Sacha den Verband. Er ergriff ihr Handgelenk.

»Du bist verletzt. Was ist passiert?«

»Das ist eine lange Geschichte«, antwortete sie. »Komm, ich erzähl sie dir unterwegs.«

Sacha hätte natürlich alles lieber auf der Stelle erfahren, ließ dann aber ihre Hand los und trat zur Seite, um sie hereinzulassen.

»Bin gleich fertig. Muss mir nur Schuhe anziehen.«

Sein Zimmer war kleiner als ihres und viel unordentlicher. Klamotten lagen auf dem Boden herum, auf dem schmalen Bett mit dem dunkelgrauen Bezug stapelten sich Bücher und Papiere.

Ein aufgeklappter Laptop stand auf dem überfüllten Schreibtisch.

Als er sah, wie sie das Durcheinander begutachtete, zuckte Sacha nur die Achseln.

»Die Putzfrau hat heute frei.«

»Ach, deine auch?«, zog sie ihn auf. »Gutes Personal ist eben schwer zu kriegen, was?«

Er schenkte ihr ein ironisches Lächeln. »Wieso? Deine Putzfrau macht doch nie blau. So perfekt, wie dein Zimmer immer aussieht.«

Taylor unterdrückte den Impuls, die Papiere auf seinem Tisch zu ordnen, und erwiderte nichts.

Sacha ließ sich auf das zerwühlte Bett fallen und zog sich Socken und schwarze Converse an.

»Da ist es.«

Er nahm ein schmales, altes Bändchen von dem Stapel auf seinem Bett und reichte es ihr.

Während er sich die Schnürsenkel zuband, warf Taylor einen neugierigen Blick auf das Buch. Es handelte sich um eine handschriftlich verfasste Familienchronik.

Wozu der Professor die wohl braucht?

Sacha sprang auf, schnappte sich sein Hoodie vom Haken an der Tür und zog es über, während er sie sanft durch die Tür hinaus in den Flur schob.

Als sie ihm das Buch zurückgab, streiften sich ihre Finger. Sein Blick suchte ihren, und ihr wurde heiß.

Schnell schaute sie weg.

Sie liefen die Treppe hinunter.

»Wo bist du gestern Abend eigentlich gewesen? Ich war später noch mal bei dir, aber du warst nicht da.« Sein Ton war zu ungezwungen, um ungezwungen zu sein.

Taylors Herz schlug höher.

»Ich war die ganze Nacht im Arbeitszimmer des Professors und bin auf seinem Sofa eingeschlafen«, sagte sie, woraufhin Sacha wie angewurzelt stehen blieb und ihr einen Blick zuwarf, den sie nicht recht zu deuten wusste. War er etwa eifersüchtig?

»Du wolltest mir noch erzählen, was passiert ist. War er das?« Er zeigte auf den Verband.

Sie schüttelte so heftig den Kopf, dass ihre Locken hin und her flogen.

»Nein! Wir haben ein dämonisches Buch gefunden«, erklärte sie. »Das Buch hat mich verletzt.«

Er sah sie skeptisch an. »Ein *Buch* hat dich verletzt?«

Taylor musste lachen, so ungläubig klang er.

»Willkommen in der Welt der Alchemie und ihrer Killerbücher!«, sagte sie.

***

»Professor?«, rief Taylor, als sie Zeitingers Tür öffnete. »Wir sind wieder da.«

Sacha musterte das Arbeitszimmer mit scharfem Blick. In seinem Gesicht spiegelte sich eine Mischung aus Überraschung und Zweifel. Falls er tatsächlich eifersüchtig gewesen sein sollte – aber das konnte nicht sein, oder doch? –, so hatte der Anblick des tief gefurchten Gesichts und des schneeweißen Haarkranzes des Professors jede Spur davon schlagartig getilgt.

Trotzdem verharrte er an der Tür, offensichtlich unschlüssig, was er von all dem halten sollte.

Die Story mit dem Dämon, die Taylor ihm unterwegs erzählt hatte, hatte ihn zutiefst schockiert.

»War's schlimm?«, hatte er gefragt und sie dabei intensiv gemustert.

»Schlimmer.«

Irgendwo im Dunkel des Innenhofs waren sie stehen geblieben, und sie hatte ihm alles erzählt.

Sie hatte nach Worten gesucht, die erklären konnten, wie entsetzlich die Begegnung mit dem Dämon gewesen war.

»Es war die Hölle, Sacha, buchstäblich. Jetzt glaube ich, dass es sie wirklich gibt.«

Sie hatten sich angesehen.

»Und dagegen müssen wir kämpfen?« Sachas Übermut war verflogen.

Taylors Hand hatte gepocht – eine Erinnerung an die Macht und den Hass, dem sie hatte widerstehen müssen. Plötzlich hatte sie ein Gefühl grenzenloser Hoffnungslosigkeit überkommen, doch sie hatte sich auf keinen Fall etwas anmerken lassen wollen und nur genickt.

»Ja. Dagegen müssen wir kämpfen und gewinnen.«

Als sie das Geschichtsinstitut erreicht hatten, war ihre Stimmung auf dem Nullpunkt gewesen.

»Ah.« Zeitinger musterte Sacha über die Lesebrille hinweg. Seine Augen funkelten im Lampenlicht. »Sie sind Sacha Winters?«

»Yup.«

Der Professor betrachtete ihn eingehend.

»Ich bin Professor Wolfgang Zeitinger. Ich habe Ihren Vater gekannt.«

Taylor merkte, wie Sacha verkrampfte.

»Er war ein anständiger Mann«, fuhr Zeitinger fort.

In Sachas Gesichtsausdruck zeigte sich Verwirrung und Wehmut.

»Yup«, sagte er nach einer Weile noch einmal. »Das war er.«

»Und nun müssen wir versuchen, sein Werk zu Ende zu führen.« Zeitinger streckte eine Hand aus. »Kann ich bitte das Buch sehen?«

Sacha zögerte so lange, dass Taylor schon befürchtete, er könne sich weigern. Schließlich löste er sich aber doch von dem abgerissenen Bändchen und reichte es dem Professor.

Zeitinger legte es neben das Buch der Lösungen. Behutsam und voller Respekt gegenüber den fragilen alten Seiten schlug er es auf.

»Soweit ich weiß, enthält dieses Buch eine Darstellung des Ereignisses, in dessen Verlauf der Fluch ausgesprochen wurde«, sagte er. »Würden Sie bitte die richtige Seite aufschlagen?«

Sacha ging um den Tisch herum und stellte sich hinter den Professor. »Können Sie denn Französisch?«

Der Professor warf ihm einen Blick zu. »*Bien sûr.*«

»*Alors.*« Sacha blätterte durch das Buch und hielt nach etwa vierzig Seiten inne. Der Text war handgeschrieben, die schwarze Tinte verblasst.

»Hier geht es los.«

Rasch huschten die Augen des Professors über die feine Handschrift.

Soviel Taylor wusste, war das Buch im siebzehnten Jahrhundert von einem Vorfahren Sachas verfasst worden. Die Geschichte des Fluchs war die Lebensgeschichte ihrer eigenen Ahnin, der Alchemistin Isabelle Montclair, die sich an Schwarzer Magie versucht hatte und als Hexe verbrannt worden war. Sie war die Frau, die den Fluch ausgesprochen hatte, der Sacha an seinem achtzehnten Geburtstag töten würde.

Das Buch war der Beweis, dass ihre und Sachas Familien seit fast dreihundertfünfzig Jahren durch Tod und Blut miteinander verbunden waren. Zwölf erstgeborene Söhne in Sachas Familie waren deshalb bereits gestorben. Nachdem er zu Ende gelesen hatte, griff der Professor nach seiner Pfeife.

»Nun«, sagte er, »dann hätten wir ja alles beisammen, was wir brauchen.«

Sacha und Taylor tauschten einen verständnislosen Blick.

»Und das wäre?«

Mit der Spitze seiner erloschenen Pfeife deutete Zeitinger auf die erste Zeile. Taylor kam näher, um sie zu lesen.

Carcassonne 1673.

Der Professor sah sie an.

»Dorthin werden Sie gehen müssen, um den Fluch zu brechen«, sagte er. »Nach Carcassonne.«

»Wo genau liegt Carcassonne überhaupt?« Fragend sah Taylor die beiden an.

»Im Süden von Frankreich.« Sacha sah den Professor an. »Ich verstehe nicht. Was sollen wir da?«

Zeitinger schob Sachas Familienchronik beiseite und bugsierte mithilfe zweier Bleistifte ein anderes Buch an dessen Stelle. Es war mittendrin aufgeschlagen, die dicken, vergilbten Seiten waren mit bizarren Symbolen bedeckt – halb fertigen Dreiecken, zerbrochenen Sonnen, gewundenen und verschlungenen Linien.

»Dieses Buch hat ein Alchemist verfasst, der gelebt hat, bevor der Ärger begann, unter dem Ihre Familie bis heute leidet. Dieser Mann hat erreicht, was Sie beide nun versuchen sollen – er brach einen alten, mächtigen Dunklen Fluch. Er hat einen Dämon herausgefordert.« Sein Blick wanderte zu Taylors verbundener Hand. »Es gibt Regeln, die zu beachten sind, wenn man Dunkle Kunst auflösen will. Da Isabelle Montclair den Fluch ausgesprochen hat, muss unser Fräulein Montclair hier als Isabelles direkte Nachfahrin den Ritus vollziehen – und nur sie. Des Weiteren muss das Ritual an genau demselben Ort vollzogen werden, an dem der Fluch ausgesprochen wurde, und an dem Tag, an dem der Fluch sich erfüllen soll.«

Sacha war zunehmend unwohl bei dem Gedanken. Taylor hatte ihm sehr bildlich von der Begegnung mit dem Dämon erzählt – wie machtlos sie sich vorgekommen war, dass er sie mühelos verletzt hatte. Die Wunden auf ihrer Hand sollten eine Warnung sein.

Taylor kam seinen Einwänden zuvor.

»Aber wie, Professor? Der Dämon wird nicht einfach das tun, was wir ihm sagen.«

»Mit Blut.« Der Professor klopfte auf das Buch, das vor ihm lag. »›Blut wird das Tor zum Reich öffnen‹, steht hier geschrieben.«

Als er ihre fragenden Blicke sah, verfinsterte sich die Miene des Professors. »Verstehen Sie denn nicht? Hier geht es nicht um Alchemie. Hier bewegen wir uns fernab unserer eigenen Welt. Die Dunklen Künste sind Opferpraktiken. Mit Alchemie können Sie einen solchen Fluch nicht brechen. Blut verlangt nach Blut. Und die Zeremonie, die Sie durchführen werden, ist eine dämonische Zeremonie.«

Sacha stockte der Atem. Im Grunde wusste er das alles schon. Doch dass es jemand so deutlich aussprach, machte es unerträglich.

Taylor war ganz still geworden, alle Farbe war aus ihrem Gesicht gewichen.

»Aber wie sollen wir eine dämonische Zeremonie abhalten?« Sacha musste sich zu der Frage überwinden. »Das scheint mir unmöglich. Wir glauben doch nicht mal …«

»Ich schon«, unterbrach Taylor ihn. Sie hielt ihre Hand mit dem weißen Verband hoch. »Und du auch. Geht auch nicht anders, nach allem, was passiert ist.«

Sie hatte recht. Und doch war es schwer zu akzeptieren. Sacha verstummte.

»Und wie sollen wir uns auf diese Zeremonie vorbereiten, Professor?«, fragte Taylor. »So mächtig, wie der Dämon ist.«

»Ich werde Ihnen alles Nötige erklären«, antwortete Zeitinger. Über die Brille hinweg musterte er die beiden jungen Leute aus seinen stahlblauen Augen heraus. »Sie sind bereit, und das wissen Sie. In Ihnen ist Dunkelheit, in Ihnen beiden. Sie werden vor die Wahl gestellt, zu uns zu gehören oder den Pfad in die Dunkelheit zu betreten wie Ihre Vorfahrin«, fuhr er fort. »In Carcassonne müssen Sie sich entscheiden. Dunkelheit. Oder Licht.«

Beim letzten Wort hob er seine Pfeife. Sacha hatte gedacht, sie wäre leer, doch jetzt sah er, wie der Tabak im Kopf glühte. Dünner weißer, aromatischer Rauch schlängelte sich in die Höhe.

Der Professor lehnte sich zurück und paffte genüsslich.

Für Sacha war das Unausweichliche eingetreten. Tief in seinem Innern hatte er von Anfang an gewusst, dass das, was der Professor nun aussprach, die Wahrheit war.

Jetzt, da seine Vermutung bestätigt wurde, fühlte er sich fast erleichtert.

Taylor hingegen starrte Zeitinger an, als hätte er ihr erneut eine Ohrfeige verpasst. Stocksteif stand sie da und sah ihn ungläubig an.

Sacha konnte ruhig glauben, was der Professor über ihn gesagt hatte – bei ihr war das anders. Sie hatte keine dunklen Seiten.

Allein die Vorstellung, irgendwo in ihr gäbe es etwas Dunkles, erschien ihr unmöglich.

»Tragen wir das Böse … in uns?«, fragte sie mit dünner Stimme. »Wollen Sie das damit sagen?«

»Aber nein, meine Liebe«, antwortete der Professor sanft. »Sie missverstehen mich. Beide Welten stehen Ihnen offen. Das gilt in gewisser Hinsicht für uns alle, doch bei Ihnen ist es noch mal anders. Bei Ihnen sind sich beide Welten sehr nah. Aufgrund Ihrer Geschichte. Weil Sie sind, wer Sie sind. Die Entscheidung ist dringlicher.«

Er sah Sacha an, damit auch er sich angesprochen fühlte. »Wenn die Zeit gekommen ist, werden Sie sich entscheiden müssen.«

***

Später gingen Taylor und Sacha schweigsam zurück zu den Schlaftrakten. Es gab zu viel, über das sie nachdenken mussten.

Immer wieder klangen Sacha die Worte des Professors in den Ohren.

In Ihnen ist Dunkelheit, in Ihnen beiden.

Taylor, die die Arme um ihren Oberkörper geschlungen hatte, lief vor ihm durch die Eingangshalle und die Marmortreppe hinauf. Wie gewöhnlich roch es nach Bohnerwachs und Staub.

Im ersten Stock blieb Taylor so plötzlich stehen, dass Sacha nicht mehr reagieren konnte und in sie hineinlief. Einen Augenblick lang waren sie ineinander verfangen.

»'tschuldigung«, sagte er und versuchte, den Zitronenduft ihres Haars zu ignorieren, ihre samtweiche Haut.

Verlegen lösten sie sich voneinander. Taylor hatte schon die

Hand nach der Türklinke ausgestreckt, und Sacha wollte sich schon wieder zur Treppe drehen, um in sein Zimmer im oberen Stockwerk zu gehen, als sie ihn zurückhielt.

»Möchtest du mitkommen?«, fragte sie spontan. »In mein Zimmer, meine ich?«

Ihre Wangen waren gerötet, und sie schien irgendwie ängstlich. Nervös.

Sacha nickte möglichst beiläufig, doch insgeheim war er total erleichtert. Allein sein war das Letzte, was er jetzt wollte.

Taylors Zimmer war ordentlicher als seins und viel größer, mit drei Bogenfenstern – ein großes, zwei kleine –, die auf den Innenhof hinausgingen. Abgesehen von dem Bett, einer Kommode, einem Schreibtisch und einem fast leeren Bücherregal war der Raum leer. Alle Geräusche klangen hohl, als würde hier eigentlich niemand leben. Ein Gefühl, das ihm vertraut war – in seinem Zimmer war es genauso.

Beide hatten sie nie die Chance bekommen, in St. Wilfred's richtig anzukommen, doch das verwaiste Bücherregal beunruhigte ihn. Wenn eine Studentin ein übervolles Bücherregal hätte haben sollen, dann Taylor.

»Möchtest du was trinken?«, fragte sie. »Ich hätte … nichts.« Ihr hilfloses Lächeln rührte sein Herz.

»Kein Problem«, sagte er und hockte sich aufs Bett. »Ich hab eh keinen Durst.«

Zu Sachas Überraschung setzte Taylor sich neben ihn. Normalerweise hielt sie immer Distanz zwischen ihnen, wenn es möglich war – nur ein wenig, aber genug, dass er es bemerkte. Wenn an einem Tisch vier Stühle standen und der neben seinem frei war, wählte sie den ihm gegenüber.

»Wir fahren also nach Carcassonne«, sagte sie. Ihre englische Aussprache klang bezaubernd unfranzösisch.

»Sieht so aus«, antwortete Sacha scheinbar ungerührt. »Wie sagt man dazu auf Amerikanisch? Ein *Road trip*.«

»Ja«, sagte sie abwesend. »Ein toller *Road trip* wird das.«

Plötzlich, ohne Vorwarnung, begann sie zu weinen. Aber kein lautes Schluchzen, das den ganzen Körper schüttelte, sondern ganz leise. Widerstrebend. Als versuchte sie mit aller Kraft, es zu verhindern.

Sacha war völlig aufgeschmissen. »Taylor? Was ist los?«

Er streckte die Hand aus, zog sie aber gleich wieder zurück.

»Tut mir leid.« Mit der verbundenen Hand wischte sie sich die Tränen von den Wangen. »Das ist lächerlich. Ich bin gar nicht traurig. Nicht richtig. Ich hab nur Angst. Und was der Professor gesagt hat, das war … Das hätte ich nicht erwartet.«

Sacha liebte ihren Tonfall. Die präzise, klare Art, mit der sie jedes Wort aussprach. Ihre ganz eigene Art, sich auszudrücken. Taylor beim Reden zuzuhören, war irgendwie magisch.

Wieso hatte er ihr das noch nie gesagt? Wovor hatte er Angst?

»Hey.« Er rückte näher, aber berührte sie immer noch nicht. »Zeitinger könnte auch falschliegen, weißt du? Das Buch ist sehr alt, wir sollten nicht alles glauben, was drinsteht.«

»Ich weiß.« Sie holte tief Luft. »Es hat mich nur total aus der Fassung gebracht. Ich meine, die Vorstellung, wir könnten Schwarzmagier werden wie Mortimer, dass wir es vielleicht schon sind …« Fast flehentlich wandte sie ihm das Gesicht zu. »Das glaubst du doch nicht, oder?«

Tränen hingen an ihren Wimpern wie winzige Brillanten. Sehnsucht breitete sich in ihm aus. Wie in Zeitlupe griff er nach ihrer gesunden Hand und nahm sie vorsichtig in seine. Er hätte nicht sagen können, warum, doch irgendwie erwartete er, dass sie sie sofort zurückreißen würde. Aber das tat sie nicht.

»Nein«, sagte er, obwohl es nicht die ganze Wahrheit war, »nicht eine Minute. Zumindest nicht, was dich betrifft. Ich kenne keinen Menschen, der weniger böse wäre als du.«

Dankbar schenkte Taylor ihm ein Lächeln und drückte seine Hand. Dann wurde sie wieder ernst.

»Er hat mir noch mehr erzählt, Sacha«, sagte sie leise. »Bevor du gekommen bist.«

Sachas Miene verdüsterte sich. »Was?«

»Er hat gesagt, dass es möglich ist, dass wir beide bei dem Versuch, den Fluch zu brechen, sterben.«

Sie hatte Angst, er hörte es ihrer Stimme an. Und er wusste, dass er selbst auch Angst hätte haben sollen, doch er spürte nichts. Zumindest nicht seinetwegen. Er war schon so oft gestorben und schon so lange mit dem endgültigen Tod konfrontiert, dass er sich irgendwie gar nicht mehr davor fürchtete. Deshalb war die Möglichkeit zu sterben in etwa so schlimm, als hätte man ihm damit gedroht, ihn nachsitzen zu lassen. Lästig, mehr nicht.

Doch er wollte nicht, dass Taylor starb. Taylor mit ihren blonden Locken und den grünen Augen. Ihrem herzförmigen Gesicht und dem unglaublichen Verstand. Taylor, die die Welt verändern könnte – sofern die Geschichte sie nicht vorher tötete.

Sie durfte nicht sterben. Nicht, solange er es verhindern konnte.

»Du wirst nicht sterben«, brachte er tonlos hervor. Als wäre es eine unumstößliche Wahrheit.

»Und woher weißt du das?«

»Ich weiß es eben«, sagte er. »Und ich werde auch nicht sterben. Keiner von uns wird sterben. Wir sind zu schön, um zu sterben. Und zu clever.«

Eine Sekunde lang starrte sie ihn an, als wollte sie mit ihm streiten, brach dann aber nur in hilfloses Lachen aus, das ihn im Herzen rührte.

»Die Sache ist ernst, Sacha.«

Er zuckte die Schultern. »Alles ist ernst«, sagte er ungehalten. »Solange ich zurückdenken kann, war das Leben ernst. Aber du wirst nicht sterben, Taylor.« Vorsichtig ergriff er auch die andere Hand, die mit dem Verband, und sah sie an. »Du bist die beste Alchemistin, die es je gegeben hat. Unvergleichlich. Weiß ich von Louisa. Du bist stark, hat Jones gesagt. Dir passiert schon nichts«, sprudelte es so inbrünstig aus ihm heraus, dass er sich kaum wiedererkannte. »Wir werden nach Carcassonne fahren. Wir werden tun, was wir tun müssen. Und dann kommst du hierher zurück zu all deinen Büchern. Und ich fahre mit dem Motorrad um die Welt und mache Ärger. Wir werden *leben*. Und wir werden frei sein. Glaub mir. So wird es sein.«

Sie hielt seine Hände fest und sah ihm tief in die Augen. »Ich würde es so gern glauben, Sacha. So gern.«

Seine Daumen rieben die Innenflächen ihrer warmen, kleinen Hände. Ihre Haut war samtweich.

Sie seufzte überrascht.

Er spürte die Wärme, die von ihren Händen ausging. Roch den sanften Duft ihres Parfüms – zart und berauschend.

»Taylor«, flüsterte er und beugte sich vor. »Du musst es glauben.«

»Sacha …« Sie hielt ihm die Lippen hin. »Ich …«

Sie konnte den Satz nicht beenden.

Mit einem lauten Knall brach etwas Riesiges durch das große Fenster in ihr Zimmer. Glassplitter flogen in alle Richtungen durch den Raum wie kleine Kristalldolche.

Instinktiv warf Sacha sich schützend über Taylor und schirmte ihren Körper vor dem Glasregen ab. Die Splitter drangen durch den dünnen Stoff seines T-Shirts, ritzten die Haut an seinem Rücken und verursachten ihm brennende Schmerzen.

Ehe er aufstehen und sie beide durch die Tür in Sicherheit bringen konnte, spürte er, wie er im Rücken am T-Shirt gepackt und einem Spielzeug gleich in die Luft geschleudert wurde.

Das alles passierte so schnell, dass Sacha keine Chance hatte. Er hörte Taylor schreien. Spürte, wie ihre Finger aus seinen glitten. Dann schnürte der T-Shirt-Kragen seine Kehle ein, und er bekam keine Luft mehr.

Sacha trat mit aller Kraft um sich, wand sich in der unsichtbaren Umklammerung und kämpfte, bis er das riesige Ding erblickte, das ihn festhielt – abscheuliche, verbrannte Haut, ein irrer Blick voller Leid und Wut.

Das Monster aus der Bibliothek.

»Lauf weg, Taylor!«, keuchte er mit letztem Atem. »Lauf!«

Taylor schrie.
Die Attacke kam völlig überraschend. Bevor sie reagieren konnte, flog Sacha auch schon durch die Luft.
Sie sprang vom Bett.
»Lass ihn los!«, schrie sie den riesigen Mann an – denn offenbar war es irgendwann mal ein Mann gewesen.
Doch der Typ ignorierte sie. Er stampfte durch das Zimmer und trat mit solcher Wucht den Stuhl aus dem Weg, dass die Splitter in alle Richtungen flogen, als er auf dem Boden aufschlug.
Er schien nicht sonderlich beweglich zu sein – dauernd stolperte er und krachte gegen die Möbel, als könnte er nicht richtig sehen oder hätte keine Reflexe. Er war so riesig, dass er den Kopf einziehen musste, um nicht gegen die Decke zu stoßen.
Sachas Gesicht färbte sich langsam violett.
Taylor zwang sich zur Ruhe. Es blieb keine Zeit, um Hilfe zu rufen. Wie war das noch mal? Alchemistische Fähigkeiten können ihnen nichts anhaben, hatten Louisa und Alastair gesagt. Andere Waffen hatte sie aber nicht, sie musste es versuchen.
Überall um sie herum schwirrten Energiemoleküle, goldene

Stränge aus den Stromkabeln in der Wand. Winzige, tanzende Partikel aus dem Licht.

Mittendrin die Energie des Monsters, die ganz anders beschaffen war. Taylor spürte die Dunkle Energie in ihm – und noch etwas anderes. Einen Rest alchemistisches Gold, voller Pein und Qual. Eine widerliche Art von *Leere*, die sie nicht verstand. Was immer das zu bedeuten hatte, sie hatte keine Zeit, darüber nachzudenken. Sie griff nach dem dicksten Brocken elektrischer molekularer Energie, den sie finden konnte, und richtete ihn gegen die Kreatur.

Es passierte nichts.

Das Ding blieb neben dem Fenster stehen, zitternd und mit einem erstaunten Ausdruck im Gesicht. Die Augen waren leer. Offenbar nahm es Taylors Energie auf, genau wie Louisa es beschrieben hatte. Absorbierte, *verzehrte* sie.

Sacha, der in der eisernen Umklammerung fast erstickte, strampelte wild um sich. Verzweifelt krallte er die Hände in den Kragen seines T-Shirts. Doch ehe er sich losreißen konnte, gab die dünne Baumwolle plötzlich nach, riss mitten entzwei, und er war frei.

Mit einem dumpfen Schlag landete er auf den Knien, kauerte auf dem Boden und rang nach Luft.

Taylor eilte zu ihm, während die Kreatur auf die Tür zusteuerte. Offenbar hatte sie noch nicht mitgekriegt, dass Sacha ihr entkommen war.

Das Herz schlug ihr bis zum Hals, als sie Sachas Hand griff und ihn auf die Füße zog.

Sein schwarzes T-Shirt war vom Kragen bis zur Taille zerrissen, die Fetzen hingen lose an seinem schlanken Oberkörper. Sie hasteten zur Tür, vorbei an der Kreatur, die jetzt erst begriff, was passiert war, und enttäuscht aufheulte. Dann hörte Taylor die schweren Schritte, die sie verfolgten und die Wände erzittern ließen.

»Verdammt schnell, der Typ«, keuchte Sacha mit heiserer Stimme.

Taylor riss die Tür auf, und sie taumelten aus dem Zimmer in den Flur hinaus.

Sie knallte die Tür zu, fuhr herum und suchte nach etwas, womit sie sie blockieren konnte.

»Nicht nötig«, krächzte Sacha. »Es …«

In diesem Augenblick hob die Kreatur Taylors Zimmertür aus den Angeln und schleuderte sie mit wütendem Gebrüll zur Seite.

»… macht sowieso, was es will.«

Voller Grauen starrte Taylor auf die Riesengestalt, die sich nun ihnen zuwandte. Wahnsinnige Wut verdunkelte die verzerrten Züge.

»Und was jetzt?«, fragte sie.

»Abhauen.« Sacha ergriff ihre Hand und zog sie Richtung Treppe.

Sie flogen die Stufen hinunter und landeten unsanft auf dem Boden. In wenigen Sekunden hatten sie die Halle durchquert und waren draußen im Hof.

Unsicher, was sie als Nächstes tun sollten, hielten sie inne.

»Ich hol Hilfe.« Taylor zog ihr Handy heraus. »Bevor jemand verletzt wird.«

»Mach schnell!«, sagte Sacha.

Es kam ihnen wie eine Ewigkeit vor, bis eine Verbindung aufgebaut war. Taylor stand da, wartete und starrte auf die Tür von Newton Hall. Endlich klingelte irgendwo ein Telefon.

Einmal. Zweimal. Dreimal.

»Taylor?« Louisas Telefonstimme. »Was gibt's?«

»Lou …«, konnte Taylor gerade noch rufen, als krachend die Tür aufflog und sich die Kreatur unter klagendem Gejaule hindurchzwängte.

»Weg hier!« Sacha packte ihre Hand und zerrte sie so fest mit sich, dass sie fast das Handy fallen gelassen hätte.

Sie rannten über den Hof. Unter ihren Füßen spürten sie das kühle, samtweiche Gras.

»Wo sollen wir hin?«, rief Taylor.

»Keine Ahnung.« Sacha blickte über seine Schulter und suchte die Dunkelheit nach dem Kerl ab. »Auf keinen Fall in die Bibliothek. Mit diesem Ding will ich nie wieder in einer Bibliothek eingeschlossen sein.«

Taylor wagte nicht, zurückzuschauen, doch sie hörte das schwere Getrampel in ihrem Rücken.

Sie liefen genau auf die alte, solide Tür zum Speisesaal zu. Der Speisesaal war nie abgeschlossen, weil die Nachtwächter ihn als Pausenraum und dergleichen nutzten.

Sie hielt Sacha an und zeigte auf die Tür. »Da rein.«

Sacha hatte nichts einzuwenden.

Sie liefen hindurch und schoben hinter sich den schweren Messingriegel vor.

Einige Sekunden später donnerte von der anderen Seite etwas dagegen. Die Türflügel erzitterten, doch der Riegel hielt.

Misstrauisch prüfte Sacha die massiven Scharniere.

»Die werden nicht halten«, warnte er. »Die Typen geben nie auf. Wir müssen vorbereitet sein.«

Erneut warf sich der Riese gegen die Tür. Die mittelalterlichen

Bleifenster an der gegenüberliegenden Wand klirrten. Putz rieselte von der Decke.

Gedämpft vom dicken Holz der Tür, hörten sie das frustrierte Geheule.

»Ich besorg 'ne Waffe«, verkündete Sacha und stürzte in die Küche.

»Bring mir eine mit.« Taylor, die hinter einen schweren Holzsessel geflüchtet war, der schon seit Jahrhunderten in diesem prächtigen Raum stehen musste, zog erneut ihr Handy aus der Tasche und drückte auf den grünen Hörer.

Wieder donnerte die Gestalt gegen die Tür, und es gab einen schrecklichen Krach, als sie mit den Riesenfäusten gegen das Holz trommelte.

Die Ölgemälde an den Wänden wackelten. Das Kristallglas in der Anrichte hüpfte auf und ab und klirrte schrill.

»Wo seid ihr?«, rief Louisa. Ihrer Stimme hörte Taylor an, dass sie schon unterwegs war.

»Die Dinger aus der Bibliothek«, sagte Taylor hastig. »Sie sind hier.«

»Ich weiß. Seid ihr im Schlaftrakt? Dann bin ich gleich bei euch.«

»Nein, wir sind im Speisesaal. Das Ding steht draußen und will rein.« Wieder versuchte der Riese, die Tür einzurennen, und sie fügte hinzu: »Und wenn es so weitermacht, steht es gleich hier drin.«

»Im *Speisesaal?*«

Taylor hörte, wie Louisa stehen blieb.

»Alastair!«, rief sie. »Sie sind im Speisesaal. Es ist hinter Taylor und Sacha her.«

Aus der Ferne hörte Taylor Alastair fluchen.

Dann wieder Louisas Schritte, schneller als vorher.

»Sind auf dem Weg!«, rief sie.

Die Verbindung wurde unterbrochen.

Immer wieder donnerte die Kreatur gegen die Tür. Immer fester, bis das ganze Gebäude wackelte. Der Krach war zum Verrücktwerden. Es hörte sich an, als wollte sie das ganze Gebäude zum Einsturz bringen.

Plötzlich stand Sacha wieder neben Taylor. Seine Augen funkelten in der Dunkelheit des Saals. In einer Hand hielt er ein Tranchiermesser, in der anderen ein langes, schmales Messer mit tödlich aussehender Klinge.

Mit erstaunlicher Sicherheit warf er Letzteres in die Luft und fing es so auf, dass er es ihr mit dem Griff voran hinhielt.

»Nimm du das«, sagte er. »Nur für den Fall.«

Der geschnitzte Griff, der aussah wie aus Elfenbein, vermutlich aber nur aus Knochen war, fühlte sich kühl an. Die Klinge war tödlich.

Taylor legte das Messer neben sich auf den Tisch.

»Louisa ist auf dem Weg hierher. Vielleicht brauchen wir die ja gar nicht.«

Wieder bebte die Tür. Die uralte Schließvorrichtung begann sich zu verbiegen.

»Hoffentlich beeilt sie sich.« Sacha behielt sein Messer in der Hand.

Erneutes Gehämmer, so laut und so bösartig, dass Taylor es in ihrer Magengegend spürte und selbst in ihrem Kopf.

Bummbummbummbummbummbumm.

Und dann begann die Tür, in tausend Splitter zu zerbersten.

»Er kommt!«, brüllte Sacha über das Getöse hinweg. »Mach dich bereit.«

Taylor ließ die Augen nicht von der Tür. Das Herz schlug ihr bis zum Hals.

Der Weg ist zu weit. Louisa schafft das nie rechtzeitig.

Doch wie sollte sie ohne ihre alchemistischen Fähigkeiten Sacha retten – und sich selbst?

Ohne diese Kräfte war sie ein Nichts.

Plötzlich kam ihr eine Idee. Was hatte Alastair noch mal gesagt? Hoch konzentriert blickte sie auf das Messer hinunter, dann wieder zur Tür.

Während diese in ihre Einzelteile zerlegt wurde, nahm sie das Messer in die eine Hand und griff mit der anderen nach Sachas Hand. Er sah sie überrascht an, schloss aber instinktiv die Finger um ihre.

»Hilf mir«, sagte sie. »Ich will was ausprobieren.«

»Deine Energie macht es nur stärker«, erinnerte er sie. »So kriegst du es nicht klein.«

»Ich weiß. Aber ich hab eine Idee.«

Bevor er etwas erwidern konnte, warf sich das Ding mit unvorstellbarer Wucht ein letztes Mal gegen die Tür. Sie bebte, und dann verbog sich der Riegel mit einem schrecklichen, metallischen Kreischen.

Taylor holte tief Luft. Sie hob eine Hand und sammelte von ringsum Energie, Moleküle aus Wasser, Luft, Licht und Stromleitungen. Von der uralten Verbindung zwischen Sacha und ihr angezogen, strömte sie zu ihr und rauschte durch ihre Adern wie purer Alkohol.

Alle Angst war von ihr abgefallen.

Sie fürchtete sich vor nichts mehr.

Sie starrte auf die Tür und kanalisierte die goldenen Energiemoleküle dorthin.

Öffne dich.

Der verbogene Riegel wurde wieder gerade und schob sich knarzend zurück.

Die mächtige Doppeltür flog auf.

Dahinter kam die Kreatur zum Vorschein, hasserfüllt.

Knurrend stürzte sie ihnen entgegen.

Sacha erstarrte, doch Taylor ließ ihn nicht los. Während ihre gesunde Hand die von Sacha festhielt, hob sie die verbundene hoch, Innenfläche nach oben.

Messer.

Das lange, schmale Silbermesser, das neben ihr auf dem Tisch lag, erhob sich und schwebte wie ein glitzernder Pfeil in der Luft.

Taylor drehte die Hand und deutete auf die Gestalt, die auf sie zugetrampelt kam.

Dorthin.

Wie eine Pistolenkugel schoss die Klinge durch den Raum und drang geräuschlos in die massige Brust des Ungeheuers ein.

Mit einem fast menschlichen Laut des Erstaunens blieb der Kerl stehen und blickte mit vor Schreck hervorquellenden Augen hinunter auf das Messer.

Er sah zu Taylor, und plötzlich kam es ihr vor, als sähe sie Schmerz in seinem Blick.

Unerwartet überkam sie ein Gefühl der Trauer. Was immer dieses Wesen jetzt, in diesem Moment war, so war es nicht immer gewesen. Es hatte sich diese Existenz nicht ausgesucht.

Dennoch. Sie hatte keine Wahl. Sie musste es zu Ende bringen, wenn sie am Leben bleiben wollte.

Ohne die verdutzte Kreatur aus den Augen zu lassen, hob sie erneut ihre Handfläche.

Messer.

Das Tranchiermesser glitt einem überraschten Sacha aus den Fingern.

Silbern blitzend und rasiermesserscharf schwebte die Klinge vor ihnen.

Taylor deutete auf das Ziel.

Dorthin.

Der Riese machte keine Anstalten, wegzulaufen, und das zweite Messer drang neben dem ersten ein.

Schwarzes Blut sprudelte aus den Wunden in seiner Brust. Brummend sackte er auf die Knie.

Gequält sah er Taylor an und hob die massigen Arme. Als wollte er ihr etwas sagen, doch er konnte nicht sprechen. Nur einen unartikulierten Laut brachte er heraus, der wie ein Flehen klang.

»Verzeih mir«, wisperte Taylor.

Die Augen der Kreatur wurden glasig. Langsam, unaufhaltsam, fiel sie nach vorn und schlug mit einem lauten Knall auf dem Eichenparkett auf, dass die Stühle ein Stück vom Boden abhoben.

Dann bewegte sie sich nicht mehr.

Die Sonne tauchte den Himmel in glänzendes Gold, als Taylor und Sacha am nächsten Morgen das Verwaltungsgebäude betraten, jeder eine kleine Reisetasche in der Hand.

Taylors Füße fühlten sich seltsam leicht an, jeder Schritt ein Moonwalk ins Unbekannte. Weder sie noch Sacha hatten geschlafen. Zusammen mit den anderen hatten sie die Nacht damit verbracht, die anstehende Reise zu planen.

In Oxford hätten sie so oder so nicht bleiben können, das stand jetzt fest. Ihre Anwesenheit brachte alle in Gefahr. Mortimer würde nie aufgeben. Gestern hatte er wieder einen seiner Zombies geschickt, um sie zu töten. Und morgen? Würde er vielleicht zwanzig schicken. Oder hundert.

***

Als Louisa und Alastair am Vorabend den Speisesaal erreicht hatten, war die Kreatur bereits tot gewesen. Mit erhobenen Fäusten waren sie wie angewurzelt stehen geblieben und hatten Taylor, die neben dem leblosen Körper gekniet hatte, angestarrt, als käme sie vom Mars.

Alastair fasste sich als Erster. »Meine Fresse, wie habt ihr das denn angestellt?«

»Mit Messern.« Taylor wischte sich eine Träne von der Wange und stand auf. »Sacha hat den anderen doch getötet, indem er ihm irgendwas in die Brust gerammt hat. Also habe ich gedacht, ich probier das auch mal – und es hat funktioniert.« Sie atmete durch. »Also, wenn ihr mich fragt, ich glaube, das war mal ein Mensch.«

»Schlimmer.« Louisa hockte sich hin und zeigte auf die verblassten Tätowierungen der Gestalt. »Er war mal einer von uns.«

Sie hielt ihren Arm daneben, damit Taylor und Sacha sehen konnten, dass sie die gleichen Tattoos trug. Neben dem massigen Arm der Gestalt wirkte ihr eigener winzig.

»Offenbar hat Mortimer sich irgendwie die Körper von toten Alchemisten besorgt«, erklärte sie. »Leichenhallen, Friedhöfe, Krankenhäuser – was weiß ich. Wahrscheinlich macht er das schon eine halbe Ewigkeit.« Ihre Stimme hatte einen bitteren Unterton. »Es dauert eine Weile, bis sie so groß werden.«

Ihr Handy summte aufdringlich. Sie riss es aus der Tasche. »Was gibt's?«, fragte sie und schwieg dann einen Moment. »Gut. Das Ding ist tot. Sie haben ihm ein Messer in die Brust gerammt. Ich *wei-heiß*«, ihr Blick wanderte zu Taylor und Sacha, »bin gleich da.« Sie steckte das Handy weg.

»Wer war das?«, fragte Sacha.

»Jones. Die anderen suchen das Gelände ab, falls hier noch mehr von den Gestalten rumschleichen, doch wie's aussieht, ist der hier«, sie zeigte auf die riesige Leiche, »der Einzige.«

»Dann ist es vorbei?«, fragte Taylor hoffnungsvoll.

»Für heute Nacht vielleicht.« Louisa drehte sich zur Tür. »Jones möchte, dass ihr in sein Büro kommt. Alastair und ich sollen bei der Suche helfen. Kriegt ihr das allein hin?«

Sacha sah zu Taylor.

»Ja, kriegen wir hin«, versprach er ihr.

Als Louisa und Alastair weg waren, schaute Taylor wieder auf den riesigen Koloss, der zu ihren Füßen lag.

»Was sollen wir mit dem machen?«

»Die kümmern sich schon darum.« Sacha stieg vorsichtig über die Trümmer und ging zum Eingang. »Lass uns hier verschwinden. Wir müssen reden.«

So ernst hatte sie sein Gesicht noch nie gesehen. Draußen im stillen Innenhof standen sie dann eine Zeit lang und redeten. Und als sie kurz darauf ins Büro des Dekans traten, hatten sie den Entschluss gefasst: Sie würden fahren.

Jones war nicht gerade begeistert von der Idee.

»Wir sollten es nicht überstürzen«, mahnte er zur Vorsicht, als sie ihm ihren Entschluss mitgeteilt hatten. »Erst müssen wir einen Plan ausarbeiten. Habt Geduld.«

»Aber uns rennt die Zeit davon«, erwiderte Taylor. »In vier Tagen wird Sacha achtzehn. Wir müssen jetzt fahren.«

»Glaubt ihr wirklich, da draußen, ohne den Schutz des Colleges, wärt ihr sicher?«, gab Jones zu bedenken. »Heute Nacht seid ihr angegriffen worden, das halbe College war auf den Beinen, um euch zu retten. Wer wird euch in Frankreich helfen?«

»Na ja«, erinnerte Taylor ihn, »eben sind wir ja auch allein klargekommen.«

Und so ging es hin und her. Louisa saß still auf ihrem Stuhl und verfolgte, wie sie sich immer weiter im Kreis drehten. Bis sie schließlich genug hatte.

»Die beiden haben recht«, sagte sie zum Dekan. »Sie sollten am besten sofort fahren. Aber nicht allein. Ich komme mit.«

Alle starrten sie an. Sie wirkte müde, aber entschlossen, das ovale Gesicht glänzte immer noch von dem Sprint zum Speisesaal, dunkle Ringe betonten ihre erschöpften Augen.

»Du bist stark, Louisa. Aber du ersetzt keine Armee«, entgegnete der Dekan überraschend freundlich. »Du kannst nicht alle retten.«

»Dass ich nicht alle retten kann, weiß ich selbst«, blaffte sie zurück. »Aber die zwei vielleicht schon.« Sie sah Taylor und Sacha an. »Alastair kommt auch mit. Wir reisen getrennt, bleiben aber in Kontakt. Damit Pierce denkt, sie kommen allein. Wenn er glaubt, dass er sie hat, lässt er sie näher ran.«

Jetzt, da Louisa sich auf ihre Seite gestellt hatte, kam die Diskussion rasch zum Ende. Jones fügte sich ins Unvermeidbare und rief Zeitinger. Falls der deutsche Professor überrascht war, mitten in der Nacht zu einer Besprechung gerufen zu werden, so ließ er sich nichts anmerken, als er, unter dem Arm einen Stapel Bücher und Papiere, das Büro betrat.

Ohne die anderen eines Blickes zu würdigen, ging er schnurstracks auf Taylor zu und sah sie aus rot geränderten, aber wachsamen Augen an.

»Die Attacke hat Sie dazu bewegt, uns jetzt schon zu verlassen?«

»Ja.«

»Gut«, sagte er überzeugt. »Es ist die richtige Entscheidung.«

»Wie weit sind Sie mit Ihren Forschungen?« Der Dekan hatte die Krawatte abgelegt, sein Jackett über die Stuhllehne gehängt und die Hemdsärmel bis zu den Ellbogen aufgerollt. Auf seinem

Tisch lag ausgebreitet eine Straßenkarte von Frankreich, in die er gerade zusammen mit Louisa eine Route einzeichnete.

»Ich denke, ich habe alles zusammen, was wir brauchen«, antwortete Zeitinger. »An manchen Stellen ist das Buch nicht ganz leicht zu verstehen. Falkensteins Anweisungen sind nicht immer logisch. Aber das Wesentliche ist klar.«

Er ließ einen Notizblock auf die Landkarte fallen und deutete auf eine Reihe mit Symbolen: Dreiecke, Kreise, verschlungene Linien. Taylor war enttäuscht – sie konnte keines entziffern. Zeitinger hingegen war äußerst angetan.

»Falkenstein zufolge«, fuhr er fort, »ist es entscheidend, dass die Zeremonie an dem gleichen Ort stattfindet, an dem der Fluch ausgesprochen wurde.« Er klopfte mit dem Finger auf den Notizblock. »An exakt derselben Stelle.«

»Aber das mit dem Fluch ist gut dreihundertfünfzig Jahre her, Professor«, wandte Sacha voller Zweifel ein. »Wie sollen wir herausfinden, wo genau es passiert ist?«

Der Professor strahlte ihn an.

»Müsst ihr gar nicht. Ich habe es bereits herausgefunden.«

Er zog ein Blatt aus dem Papierstoß und faltete es auseinander. Es handelte sich um einen Touristenstadtplan von Carcassonne. Die lebhaften Farben darin schienen seltsam unpassend in dem nüchternen Raum.

»Dies ist der einzige Plan von Carcassonne, den ich in der Eile auftreiben konnte«, erläuterte Zeitinger. »Offenbar stellen die keine Pläne dieser Stadt in normalen Farben her, aber sei's drum. Nun, Hinrichtungsorte wurden oft nach heidnischen Methoden ausgesucht. Viele lagen absichtlich an Stellen, denen man mystische Kräfte zuschrieb. Später wurden diese Orte mit Kirchen überbaut. Der alte Glaube sollte vollständig ausgelöscht werden, und was hätte da effizienter sein können, als den alten mit einem neuen Tempel für den neuen Gott zu überbauen?«

Ohne abzuwarten, ob die anderen etwas zu erwidern hatten, zog er ein Blatt Papier heraus und fuhr fort.

»Hier haben wir die Beschreibung der Exekution aus Sachas Familienbuch. Darin ist die Rede von einer Richtstätte mitten in Carcassonne. Und dieses Buch«, er griff nach einem in Leder eingebundenen Band und hielt ihn hoch, »beschreibt denselben Ort. Das bedeutet, dass alle Verbrennungen zu jener Zeit auf der obersten Erhebung der Stadt stattfanden, innerhalb der alten Festungsmauer.« Sein Finger tippte auf eine bestimmte Stelle im Plan. »Fraglos ist dies der Ort, den Sie aufsuchen müssen.«

Er hob seine Hand und Taylor entdeckte ein Kreuz. Sie beugte sich vor, um die Beschriftung zu lesen.

»Die Basilika St. Nazaire?«

»Eine Kirche«, nickte der Professor eifrig. »Einst war sie sehr klein. Doch im achtzehnten und erneut im neunzehnten Jahrhundert wurde sie erweitert. Und zwar genau dort, wo einst die Hinrichtungen stattfanden.«

»Ich kann kaum glauben, dass man an einem so schrecklichen Ort eine Kirche gebaut hat.« Sacha war fassungslos.

»Erst wurde der Boden geweiht und so für Gott in Besitz genommen«, erläuterte Zeitinger. »Eine Art Reinigung, zwecklos offenbar, denn durch Gebete lässt sich Dunkle Energie nicht unschädlich machen. Aber den Priestern genügte das.«

»Und die Zeremonie?« Taylor sah ihn an. »Falls wir den Ort finden und in der Kirche drin sind – was sollen wir tun?«

183

Die Miene des Professors wurde ernst. »Ja, darüber müssen wir uns beraten.«

Er blickte in die Runde und dann wieder zu Taylor.

»Dürfte ich kurz unter vier Augen mit Ihnen sprechen? Die anderen können unterdessen weiter an der Route tüfteln.«

Niemand hatte Einwände, und Zeitinger führte sie aus dem Raum und den Gang hinunter in ein kleines Büro. Es war sauber und modern eingerichtet – ein seelenloser Kubus. Taylor fragte sich, wer hier wohl den Tag verbrachte, von so viel Leere umgeben.

»Ich habe Ihnen etwas zu sagen, Fräulein Montclair, wovon die anderen nichts mitbekommen sollen.«

Der Professor raschelte in seinen Papieren, bis er das Gesuchte gefunden hatte. Feierlich sah er sie an.

»Die Zeremonie, die Sie vollziehen sollen, wird ein sehr schwieriges und sehr gefährliches Unterfangen. Es tut mir leid, das sagen zu müssen, aber ich kann Ihnen nicht versprechen, dass Sie sie überleben werden. Sind Sie sicher, dass Sie unter diesen Umständen weitermachen wollen?«

Taylors Herz zog sich zusammen. Sie wollte nicht sterben. Aber hatte sie überhaupt eine Wahl? Vor wenigen Stunden hatte sie eigenhändig diese Kreatur getötet. Sie hatte Todbringer gesehen und einen Mann mit unvorstellbarer magischer Macht.

Es gab kein Zurück.

»Todsicher«, sagte sie mit Bestimmtheit.

Als hätte er keine andere Antwort erwartet, nickte Zeitinger.

»Nun denn.« Er räusperte sich und betrachtete das Blatt in seiner Hand. »Mit Blut werden Sie beginnen.«

In wenigen Minuten, die Taylor wie eine kleine Ewigkeit vorkamen, erklärte er ihr die dunkle Zeremonie, die sie durchführen musste – eine einzige Abfolge von Schrecklichkeiten.

»Schneiden Sie tief genug, damit ausreichend Blut fließt …«

»Sie müssen den Dämon anrufen …«

»Er hat Sie schon einmal verletzt, er wird Sie wieder verletzen …«

»Er wird Sie in Versuchung führen …«

»Und vergessen Sie nicht: Dämonen lügen.«

Als er mit der Auflistung des Schreckens fertig gewesen war, sah er sie eindringlich an.

»Da ist noch etwas, das Sie verinnerlichen müssen.« Sein Ton hatte etwas Sanftes, Entschuldigendes, wie ein Arzt, der seiner Patientin eine schlechte Nachricht mitteilen muss. »Eine dunkle Zeremonie wird Spuren in Ihrem Geist hinterlassen. Manchmal erfüllen sie sich. Manchmal ergreifen sie Besitz von einem, können einen Menschen besetzen, wie eine Armee der Finsternis. Etwas Derartiges könnte Mortimer Pierce widerfahren sein. Dass er mit dunklen Künsten experimentiert hat und sie Besitz von ihm ergriffen haben, meine ich.«

Sie brauchten einen Moment, ehe sie begriff.

»Wollen Sie damit sagen, es wäre möglich, dass ich so werde wie er?«, flüsterte sie. »Dass ich meine Seele verlieren könnte?«

»Es wäre *eine* Möglichkeit.« Der Professor nickte bedauernd. »Aber es wären auch andere denkbar. Dass Sie sterben. Oder dass Sie überleben. Vielleicht gelingt es Ihnen, die Spuren der Finsternis zurückzuweisen. Wie ich schon sagte, die Finsternis ist in Ihnen. Aber Sie selbst sind nicht dunkel. Tatsächlich wissen wir über diese Wirklichkeiten nur wenig. So viel Wissen ist verloren gegangen. Es wird ein äußerst gefährliches Experiment.«

Taylor hatte es langsam satt, dauernd gesagt zu bekommen, wie wenig Zeitinger und Konsorten wussten.

Wenn alles den Bach runtergeht, möchte man von den größten Experten der Welt eins wirklich als Allerletztes hören: »Tja, also ... dazu können wir leider gar nichts sagen.« Sie zwang sich, Ruhe zu bewahren. »Kann ich mich denn gar nicht schützen?«

»Befolgen Sie haargenau die Anweisungen«, erwiderte der Professor. »Das ist der Schlüssel. Lassen Sie nicht zu, dass der Dämon Sie in Versuchung führt. Er wird Ihnen versuchen einzureden, dass er auf Ihrer Seite steht. Oder Sie auf seiner. Er wird sehr überzeugend klingen. Bedenken Sie, wie normal Mortimer aussieht. Wie umgänglich er scheinen mag, wenn man ihn nicht kennt. Aber egal, was passiert, eins müssen Sie sich immer vor Augen halten: Pierce ist nicht, was er vorgibt zu sein. Er ist nicht mehr der, der er einst war – und er ist auf gar keinen Fall mehr einer von uns. Dieser Teil von ihm ist tot. In Mortimer Pierce ist nichts Menschliches mehr. Er ist ein Monster. Vergessen Sie das nie. Egal, was passiert.«

Als er zu Ende gesprochen hatte, legte Zeitinger seine runzlige Hand auf ihre. Sie war warm und trocken.

»Vergessen Sie nicht, Sie dürfen keinen einzigen Schritt auslassen. Befolgen Sie genau meine Anweisungen, oder alles ist verloren. Haben Sie das verstanden?«

Ihr Mund war staubtrocken, und sie schluckte schwer.

»Ja«, antwortete sie.

Er reichte ihr ein Blatt Papier. »Ich habe alles noch mal für Sie aufgeschrieben. Bitte lernen Sie es auswendig. Seien Sie vorbereitet.«

Sie nahm das Blatt, faltete es achtlos zusammen und steckte es in ihre Tasche.

Fürs Erste hatte sie genug erfahren.

»Ich wünsche Ihnen viel Glück, Fräulein Montclair.«

Der Professor sah sie ernst an.

»Vor Ihnen liegt eine schwere Prüfung. Sie sind eine sehr mutige junge Frau.«

***

Benommen lief Taylor den dunklen Gang mit den unzähligen Porträts einstiger Dekane entlang. Sacha konnte sie nicht erzählen, was Zeitinger zu ihr gesagt hatte. Hätte er gewusst, in welche Gefahr die Zeremonie sie bringen würde, hätte er ihr nie erlaubt, sie durchzuführen.

Sie musste es vorerst für sich behalten.

Als sie das Büro des Dekans erreichte, standen die anderen um den Tisch herum, damit beschäftigt, die Route auszuarbeiten.

»Ihr müsst die Nebenstraßen nehmen«, sagte der Dekan und zog eine Route auf der Karte nach. »Meidet die Autobahnen. Mortimer wird euch erwarten. Er weiß, dass ihr nach Carcassonne wollt, aber Frankreich ist von zahllosen Straßen durchzogen, die kann er nicht alle überwachen. Fahrt Richtung Süden durch die Berge. Meidet die Städte. Haltet euch an die kleinen Orte.«

Stundenlang besprachen sie das Für und Wider dieser oder jener Route und beendeten die Planung erst, als die Sonne aufging und Louisa darauf bestand, dass es Zeit zur Abfahrt sei.

Keine fünf Minuten brauchte Taylor, um eine kleine Tasche mit Wechselklamotten und ein paar Toilettenartikeln zu packen. Sie wusste nicht recht, was sie mitnehmen sollte und was hierlassen.

Was nimmt man mit in die Apokalypse? Bestimmt keine Wimperntusche.

Als sie ihre Haarbürste ergriff, warf sie kurz einen Blick in den Spiegel über der Kommode. Blass sah sie aus, aber ansonsten vollkommen normal, und das kam ihr irgendwie absurd vor. Wieso stand ihr die Panik nicht ins Gesicht geschrieben? Wie konnte sie immer noch aussehen wie sie selbst, obwohl sich alles verändert hatte?

Sie zwang sich, wegzuschauen, zog die Kommodenschublade auf und griff wahllos ein paar Klamotten heraus, die sie auf der Reise anziehen wollte: eine schwarze Hose und ein ebenfalls schwarzes, kurzärmeliges Top sowie Schuhe, in denen sie laufen konnte.

Wenige Minuten später traf sie sich mit Sacha unten im Treppenhaus von Newton Hall.

Als er ihr Outfit sah, sagte er: »Warte hier«, und rannte zurück in sein Zimmer.

Kurz darauf kehrte er mit einer abgewetzten Lederjacke zurück.

»Wird kalt auf so einem Motorrad.« Er hielt ihr die Jacke hin.

»Selbst an heißen Tagen.«

Die Jackenärmel waren so lang, dass sie sie umkrempeln musste. Doch das Leder war weich und warm. Außerdem roch es nach ihm – nach Seife und frischer Luft.

Irgendwie beruhigend.

In der stillen Eingangshalle wartete der Dekan mit Alastair und Louisa, die beide große Kaffeebecher und eine Tüte mit Gebäck in Händen hielten. Taylor war zu aufgeregt, um an Essen zu denken.

»Ich weiß, ich muss Ihnen nicht sagen, wie gefährlich es ist«, begann Jones. »Oder wie dankbar ich Ihnen bin für das, was Sie tun wollen.«

Da kam Professor Zeitinger angelaufen. »Einen Moment, bitte«, rief er. »Ich habe hier noch etwas für Sie, Fräulein Montclair.« Der Dekan guckte erstaunt und wartete geduldig mit den anderen, bis der weißhaarige Herr schnaufend zu ihnen gestoßen war. Er trug etwas etwas bei sich.

»Ich hatte große Mühe, dies zu finden«, sagte er zu ihr. »Ich denke, jemand hat es versteckt. Wie dem auch sei… Sie werden es brauchen.«

Mit diesen Worten drückte er ihr eine lange, schmale Box in die Hand, die in blassblauen, weichen Samt eingeschlagen war, wie ein Schmuckkästchen, doch seltsam schwer.

»Verwenden Sie dies in der Zeremonie.«

Als Taylor das Kästchen öffnen wollte, schüttelte er den Kopf und drückte seine Hände auf ihre.

»Nicht jetzt, Fräulein Montclair«, sagte er ruhig. »Vielleicht öffnen Sie es besser erst, wenn Sie allein sind.«

Verdutzt ließ sie das Kästchen in ihre Tasche gleiten. Die Geheimnistuerei belastete sie.

Was immer in diesem Samtkästchen war, es jagte ihr Angst ein.

Noch einmal nahm der Professor ihre Hand. »Ich wünsche Ihnen von ganzem Herzen Glück, meine Liebe.«

Sein Tonfall bestätigte noch einmal, was sie bereits wusste – dass sie es brauchen würde.

Louisa, die hinter ihm stand, machte Taylor ungeduldig Zeichen.

»Dann man los.« Ohne auf die Zustimmung der anderen zu

warten, hievte sie ihre Tasche auf die Schulter und machte sich, Kaffee und Kuchen in der Hand, auf den Weg Richtung Tiefgarage. »Da draußen wartet ein Dämon und will gekillt werden.«

Taylor gesellte sich zu den anderen, und gemeinsam gingen sie nach draußen, wo der Lieferwagen und das Motorrad nebeneinander auf der schmalen Auffahrt hinter dem Verwaltungsgebäude standen.

»›Erlegen‹ solltest du sagen«, belehrte Alastair Louisa, der neben ihnen ging. »Der Dämon will *erlegt* werden.«

»Ach, sagt man das so?« Sie zuckte die Achseln. »Mein Fehler!«

Alastairs Tonfall wurde herablassend. »Ich weiß, ich habe das schon einmal gesagt, aber du könntest wirklich etwas mehr für deine Bildung tun, Louisa.«

»Leck mich, Alastair.«

Sacha prustete los.

Taylor wusste, dass es nur aufgesetzt war und dass die anderen genauso viel Angst hatten wie sie selbst, doch sie war froh über diese Kabbelei. Wenigstens ein paar Leute waren hier noch normal.

Für sie selbst war normal sein inzwischen zu weit weg.

Sacha fuhr zu schnell, doch langsamer fahren wollte er nicht. Unter ihm dröhnte der Motor, er spürte Taylors warme Hände an seiner Taille, und vor ihnen erstreckte sich eine gerade französische Nationalstraße.

Endlich war er nicht mehr in diesem College gefangen. Endlich nicht mehr in Oxford! Und endlich auch mal kein Mortimer, zumindest nicht für den Moment.

Sie waren seit Stunden unterwegs. Ohne Zwischenfall hatten sie die Fähre auf den Kontinent erreicht und waren seitdem ausschließlich über Nebenstraßen gefahren, ohne auf irgendein Anzeichen von Dunkler Energie zu stoßen. Irgendwo nicht allzu weit entfernt folgten ihnen Louisa und Alastair über eine andere Strecke. In regelmäßigen Abständen sah Taylor sich um und checkte, ob alles in Ordnung war.

Bisher lief alles nach Plan. Das einzige Problem war menschlicher Natur – Sacha war todmüde.

Immer wieder verschwamm die Straße vor seinen Augen, und es fiel ihm zunehmend schwer, sich zu konzentrieren.

In der Nacht hatte er kein Auge zugetan, und jetzt war es schon später Nachmittag.

»Alles okay bei dir?«, rief Taylor über den Fahrtwind hinweg.

Sacha starrte auf die Straße und nickte. Ihm ging's gut.

Hervorragend.

Musste auch.

Zum x-ten Mal kamen sie an einem Wegweiser nach Paris vorbei. Einhundertfünfundsiebzig Kilometer – ein Katzensprung. In zwei Stunden hätte er zu Hause sein und zusammen mit seiner Mutter und Laura auf dem Sofa sitzen und ihnen Anekdoten über die Professoren in St. Wilfred's erzählen können.

Paris war wie ein Funkfeuer, das ihn rief.

Was, wenn er diese Reise nicht überlebte? Wenn er seine Familie nie wiedersehen würde?

Erneut verschwammen die Ränder der Straße, und er musste mehrfach blinzeln, damit sein Blick wieder klar wurde.

Er hätte nicht grübeln sollen, aber er war so hundemüde.

Tief in seine Gedanken versunken, nahm er die kleine Ortschaft, durch die sie fuhren, kaum wahr, als plötzlich ein rotes Licht sehr dicht vor ihm aufleuchtete und er nur durch eine Vollbremsung verhinderte, dass er auf den PKW vor ihnen auffuhr.

Taylor wurde gegen seinen Rücken geschleudert. Sacha setzte den Fuß ab, um das schlingernde Motorrad auszubalancieren.

»Sorry«, sagte er über die Schulter.

Besorgte grüne Augen sahen ihn durch das Visier an.

»Siehst ziemlich müde aus, Sacha.«

»Bin ich auch«, gab er, wenn auch widerstrebend, zu. »Vielleicht sollten wir eine Pause machen.«

Zustimmendes Wippen ihres Helms.

»Was meinst du?« Er deutete auf das Städtchen. »Ist es hier sicher?«

Die einsame Ampel hing über einer Kreuzung in einem typischen französischen Dorf. Alle Häuser waren aus dem gleichen blassgelben Stein gebaut. Leuchtende Rosen wucherten über alte Gartenmauern. Die Ortsmitte bildete eine Kirche mit hohem Turm.

Taylor zog den Helm ab, und ein Schwall blonder Locken fiel ihr auf die Schultern. Ihre Wangen waren rosafarben, und ein samtener Schweißfilm lag auf ihrem Nasenrücken.

Sie sahen sich auf dem winzigen Dorfplatz um, dessen Bäume im Sommerwind zitterten.

»Für mich sieht's sicher aus«, sagte sie nach einer Weile. »Kann keine fiesen Typen entdecken.«

Sacha parkte die Maschine in einer schmalen Gasse am Rand des Platzes. Als er den Motor abstellte, dröhnte es weiter in seinen Ohren. Doch als sie sich nach und nach an die Ruhe gewöhnt hatten, nahm er auch das Rauschen der Bäume wahr und die Vögel, die hoch über ihnen zwitscherten. Aus einem Garten kam Kindergelächter.

Und über all diesen Geräuschen knurrte sein Magen plötzlich so laut, dass sie es beide hörten. Seit sie vor vielen Stunden von der Fähre gefahren waren, hatten sie nichts mehr gegessen.

»Ich sterbe gleich vor Hunger«, sagte er.

»Ich auch.« Taylor streckte sich. »Ich glaub, da hinten hab ich eine Bäckerei gesehen. Komm, lass uns nachschauen, ob sie geöffnet hat.«

Mit größter Wachsamkeit überquerten sie den stillen Platz, doch alles wirkte erfrischend normal.

Eine ältere Dame, die einen winzigen Hund an einer langen Leine spazieren führte, nickte ihnen höflich zu, als sie aneinander vorbeigingen. Hingegen beachtete der stämmige Mann, der auf einem riesigen grünen Traktor durch den Ort bretterte, sie überhaupt nicht.

Ein verschlafenes Örtchen, mehr nicht, sagte Sacha sich. Trotzdem schaute er immer wieder über die Schulter nach hinten.

Die winzige Bäckerei befand sich in der Nähe der Kirche in einem kleinen, gelb und weiß angestrichenen Steinhaus. Fröhlich läutete die Glocke über der Tür, als sie eintraten.

Die Verkäuferin legte die Zeitung beiseite und sah zu ihnen auf. Sie trug eine Schürze über ihren Jeans, und ihr wettergegerbtes Gesicht warf tausend Falten, als sie ihnen zulächelte. Ihr schulterlanges Haar war unfassbar rot.

Sie bestellten Sandwiches und kalte Getränke. Während die Frau die Baguettes in Tüten packte, plapperte sie in schnellem Französisch drauflos. Sacha sah sehnsüchtig auf die Kuchen und Teilchen, die Wolken aus Baiser, die glänzenden Glasuren. Jetzt erst merkte er, wie hungrig er wirklich war. Am liebsten hätte er die ganze Auslage leer gefuttert.

Taylor beugte sich vor und betrachtete neugierig die Backwaren. »Und, was nimmst du?«

Ohne Zögern deutete er auf ein schmales Gebäck mit blassgrüner Glasur und Schokostreuseln an einem Ende.

»Das da.«

Skeptisch musterte sie das grüne Etwas. »Wirklich?«

»Schmeckt echt gut«, bestätigte er. »Innen ist es mit dieser Vanillecreme gefüllt, mmmm, die schmeckt einfach irre!«

Schon darüber zu reden, ließ ihm das Wasser im Mund zusammenlaufen.

Er drehte sich zu der Bäckerin, die ihnen amüsiert zuschaute.

»Zwei Salambos, bitte«, orderte er auf Französisch und zeigte auf die grünen Teilchen. »Und noch irgendwas anderes, falls sie die nicht mag.«

»Was, haben Sie etwa noch nie ein Salambo gegessen?« Kopfschüttelnd packte die Frau zwei davon in eine Pappschachtel.

»Das darf ja wohl nicht wahr sein.« Sacha hätte sie darüber aufklären können, dass es in England keine Salambos gab, doch er wollte lieber keine Informationen mit Fremden teilen, so unverdächtig sie auch sein mochten. Schnell lenkte er die Frau ab, indem er noch mehr bestellte.

Neben den Salambos kaufte er noch zwei klebrige Eclairs, etwas Kuchen und ein paar Minizitronentörtchen, denn, wie er Taylor mit entschuldigender Miene erklärte: »Wer weiß, wann wir wieder Gelegenheit haben, etwas zu essen? Auf dem Land machen die Geschäfte früh zu.«

Sie bezahlten und gingen nach draußen. Sacha wusste, dass sie eigentlich weitermussten – nie anhalten, so lautete der Plan, denn das war am sichersten, und Louisa und Alastair hatten jetzt bestimmt schon einen beträchtlichen Vorsprung. Doch er konnte einfach nicht mehr. Jeder Muskel seines Körpers schmerzte.

»Lass uns kurz ausruhen«, sagte er und steuerte auf eine Bank zu, die in einer geschützten Ecke des verlassenen Platzes stand.

Taylor protestierte nicht. Die Ringe unter ihren Augen verrieten, wie fertig sie selbst war.

Die Bank war warm, und mit einem wohligen Seufzer ließen sie sich darauf nieder.

Die Spätnachmittagssonne warf goldene Lichtflecke durch die Bäume. In einem davon nahm eine magere, getigerte Katze seelenruhig ein Sonnenbad.

»Bist du auch so müde wie ich?« Taylor rieb sich die Augen.

»Noch müder«, antwortete er und hielt inne. »Gibt's davon überhaupt eine Steigerung?«

»Von jetzt an ja.« Sie gähnte. »Ich könnte auf der Stelle einschlafen.«

Sacha starrte auf die Katze, die sich jetzt ganz ausgestreckt und die Augen geschlossen hatte. »Ich glaub, ich schlaf schon.«

Taylor schüttelte sich und streckte die Hand nach der Kuchenschachtel aus.

»Vielleicht hilft ja essen. Kann ich ein Eclair haben?«

»Nein«, sagte er bestimmt und nahm eins von den grünen Teilchen heraus. »Erst musst du das hier probieren. Das schmeckt super.«

Sie zog eine Grimasse. »Muss ich?«

»*Oui.*«

Sie machte ein dramatisches Gesicht, woraufhin er die Augen verdrehte. »Wenn's dir nicht schmeckt, kannst du es meinetwegen … ausspucken. Dann kann es die Katze fressen.«

Er hielt ihr ein Salambo hin.

Betont widerstrebend beugte sie sich vor, nagte vorsichtig ein bisschen ab und kaute darauf herum.

Dann weiteten sich ihre Augen.

»Mhm, das ist lecker! Schmeckt überhaupt nicht so, wie es aussieht.«

Grinsend steckte Sacha sich ein halbes Teilchen in den Mund.

»Hab ich doch gesagt«, sagte er mampfend.

Taylor griff nach der zweiten Hälfte. »Noch mal beißen, bit…«

Der letzte Teil des Satzes wurde vom dröhnenden Motor eines Autos übertönt, das wie aus dem Nichts angeschossen kam. Sie zogen die Köpfe ein. Ein schwarzer BMW raste die schmale Hauptstraße entlang und hielt mit quietschenden Reifen am Rand des Platzes an.

Sacha fluchte. Was hatten sie sich bloß gedacht? Wie konnten sie nur so dämlich sein! Total idiotisch.

Verzweifelt suchte er nach einem Fluchtweg, doch das Motorrad stand zu weit weg. Um es zu erreichen, hätten sie den Platz überqueren müssen, und das wäre sicherlich nicht unbemerkt geblieben.

Die Tür des Autos flog auf. Instinktiv wollte er Taylor packen, ohne recht zu wissen, was er dann tun sollte – wie er sie hätte beschützen sollen. Doch sie war schon aufgesprungen, die Augen auf den BMW gerichtet, und bereitete sich auf den Kampf vor. Um sie herum knisterte es elektrisch.

In diesem Augenblick wurde unter energischem Klingeln die Tür zur Bäckerei aufgerissen, und die Frau, die sie zuvor bedient hatte, kam laut schimpfend herausgerannt. Ein mittelalter Mann mit schütterem Haar und Plauze schälte sich aus dem Auto und wetterte zurück. So ging es eine Zeit lang hin und her – immer diese Trödelei, nun sei es zu spät für den Zucker, den sie für morgen brauchte, wie konnte er nur so verantwortungslos sein? –, dann setzte sich der Mann wütend wieder in sein Auto und brauste mit durchdrehenden Reifen davon.

Vor sich hin brummend, machte die Frau kehrt, ging wieder hinein und knallte die Tür hinter sich zu.

Mit klopfendem Herzen ließ Sacha sich auf die Bank zurückfallen.

»*Putain*«, fluchte er. »Der hat mir einen ganz schönen Schrecken eingejagt.«

Taylor, aus deren Gesicht alle Farbe gewichen war, sank neben ihm nieder.

»Um ein Haar hätte ich ihn getötet.«

Ihre Stimme bebte. Sie starrte auf ihre Hände, als gehörten sie nicht zu ihr.

Sacha wusste nicht, was er darauf sagen sollte. Wie sollte er ihr beichten, dass er in diesem kurzen Moment sogar *gewollt* hatte, dass sie diesen Mann tötete?

Wortlos nahm er ihre Hand. Ihre Finger klebten von dem Teilchen, das nun vor ihren Füßen im Dreck lag.

»Ich hasse das alles«, sagte sie leise.

»Ich auch.«

Sie sah zu ihm auf. »Was sollen wir jetzt tun?«

»Wir fahren nach Carcassonne«, erwiderte er. »Und wir werden dafür sorgen, dass das alles aufhört.«

Sie schloss ihre Hände um seine. Dann seufzte sie resigniert, ließ seine Hand wieder los und stand auf.

»Lass uns weiterfahren.«

Das Schockerlebnis hatte alles verändert. Als sie zum Motorrad zurückgingen, witterte Sacha überall Gefahr – im dunklen, länger werdenden Schatten des Kirchturms, in der lauten Musik, die aus den Fenstern eines vorbeifahrenden Autos schallte.

Warum hatten sie überhaupt hier angehalten? In diesem Ort hätten sie sich nirgends verstecken können.

Er verstaute die Backwaren in seiner Tasche und reichte Taylor ihren Helm. Schweigend zog sie ihn über.

Er wusste, dass sie genauso schnell hier wegwollte wie er, aber wohin? Das nächste sichere Versteck war mindestens zweihundert Kilometer entfernt. Das würden sie keinesfalls noch schaffen. Er war zu müde.

»Ich denke, wir sollten uns irgendwo draußen einen Platz zum Schlafen suchen«, sagte er, als sie hinter ihn geklettert war.

Zu seiner Überraschung willigte sie sofort ein.

»Gute Idee. Und wo?«

Er zog eine Landkarte aus der Tasche und faltete sie auf dem Tank auseinander. Taylor beugte sich über seine Schulter, damit sie mitgucken konnte.

»Wir sind hier«, sagte Sacha und tippte auf einen Punkt. »Irgendwo in der Nähe muss es doch was geben …«

Mit der Fingerspitze folgte er der geplanten Route und stoppte an einem riesigen dunkelgrünen Fleck.

»Bis zu diesem Naturschutzgebiet da ist es etwa noch eine halbe Stunde«, sagte er. »Da müssten wir eigentlich was finden.«

»Nachts ist da bestimmt keiner«, meinte Taylor nachdenklich.

»Also wird uns dort auch kaum jemand suchen.«

Ideal war es nicht, aber es musste reichen. Sacha hatte seinen Entschluss gefasst. »Sag Louisa Bescheid, was wir vorhaben«, sagte er und faltete die Karte zusammen.

Taylor zog ihr Handy heraus und drückte die Wähltaste.

»Wenn du mich fragst: Das ist keine gute Idee«, brummte Alastair, während er den Transporter wendete.

Louisa steckte ihr Handy ein. »Ich will mich nicht mit dir streiten, aber ich kann den beiden keinen Vorwurf machen. Die zwei sind völlig fertig. Sie haben seit über vierundzwanzig Stunden nicht geschlafen.«

»Wenn sie nur noch zwei Stunden durchgehalten hätten, hätten sie es bis zu einem sicheren Versteck geschafft.« Alastairs Stimme verriet keinen Ärger, doch seinem Gesicht sah man die Sorge an.

Louisa ging es ähnlich.

Sie waren so nah dran.

»Immerhin haben sie sich einen guten Ort ausgesucht«, sagte sie halb zu sich selbst. »Da können sie ein bisschen runterkommen und ein paar Stunden schlafen, und vor Sonnenaufgang fahren sie dann weiter.«

»Aber wir werden sie vielleicht nicht finden«, erinnerte Alastair sie. »Dabei sind wir doch beide der Ansicht, dass Mortimer uns folgt.«

Sie tauschten einen Blick.

»Wieso hast du ihr das nicht gesagt?«

Louisa sah durchs Fenster in den dichten Wald. »Wozu? Wenn er ihnen auf die Pelle rückt, kriegt Taylor das sowieso mit. Ich wollte sie nicht noch mehr stressen.« Insgeheim fragte sie sich, ob das die richtige Entscheidung gewesen war. Schon den ganzen Tag über hatten sie schwache Hinweise auf Dunkle Energie wahrgenommen. Etwa sechzig Kilometer hinter Calais hatte es plötzlich begonnen, und seitdem hatte sie sich immer mal wieder bemerkbar gemacht.

Woher sie kam, konnte Louisa nicht ausmachen, dazu hielt sie zu sehr Distanz. Als würde die Dunkle Energie ihnen in sicherem Abstand folgen. Obwohl sie alles beachtet hatten, was in dem Buch geraten wurde, um ihr zu entgehen, spürten beide sie in regelmäßigen Abständen.

»Entweder Mortimer hält sich bewusst zurück«, hatte Alastair gemutmaßt, »oder er ist ganz nah und schirmt sich irgendwie ab.«

»Wenn er uns folgt und nicht Sacha und Taylor«, überlegte Louisa, »dann wär's ja genau das, was wir erreichen wollten, oder?«

»Punkt für dich«, brummte Alastair.

Er sah wahnsinnig müde aus, tiefe Ringe betonten seine Augen.

Kein Wunder – er war ja auch die ganze Zeit gefahren. Louisa hatte nie einen Führerschein gemacht, bisher hatte sie auch nie einen gebraucht. Sie war ein Mädchen aus der Stadt und würde es immer bleiben. Ihr reichte es, wenn es Busse und Bahnen gab, das Autofahren überließ sie anderen.

Trotzdem musste auch sie todmüde sein, denn aus irgendeinem

Grund gelang es diesem Gedanken, ihre Sicherheitsbarrieren zu durchbrechen und das Bild ihrer Pflegeeltern heraufzubeschwören, wie sie die Kinder in ihren verbeulten braunen Kombi packten – eine Erinnerung, an die sie seit Jahren nicht mehr gedacht hatte. Soweit sie sich erinnerte, war sie mal wieder die Letzte im Auto gewesen. Immer vergessen. Immer im Weg.

»Muss sie sich eben irgendwie dazwischenquetschen«, hatte ihre Pflegemutter gesagt, während sie mit genervter Miene zugesehen hatte, wie Louisa sich zwischen den Maxi-Cosi und ihren Pflegebruder zu zwängen versucht hatte, der sie jedes Mal anblitzte, wenn sie ihn berührte.

Sie hatte gehört, wie ihre Pflegeeltern miteinander getuschelt hatten. »Jetzt, wo das Baby da ist, sollten wir vielleicht überlegen, ob sie nicht woanders unterkommen kann.«

Als hätte sie keine Ohren.

Als hätten sie kein Herz.

War sie ihnen denn völlig egal gewesen? Offenbar.

»Hier scheint es zu sein.«

Alastairs Worte rissen sie aus den Tiefen ihrer Erinnerung. Sie blinzelte und schüttelte den Kopf, um klar zu werden. Alastair bog von der Nationalstraße in eine schmale Seitenstraße ein, die in dichten Wald führte. Nur an dem kleinen Schild, das die verbotenen Aktivitäten auflistete, war erkennbar, dass sie einen Staatsforst betraten.

»Da steht, dass wir in den Knast kommen, wenn wir hier Feuer machen«, bemerkte sie.

»Da müssen sie uns aber erst mal kriegen«, antwortete er. »Dieser Transporter ist ziemlich schnell.«

»Oho.«

Auf steilen Straßen erklommen sie die bewaldeten Hügel, wo es, der Bäume wegen, fast schon Nacht war. Alastair schaltete die Scheinwerfer ein.

Immer höher wand ihr Weg sich hinauf, bis sie sich dem Gipfel näherten, wo der Wald sich lichtete und es plötzlich wieder heller wurde.

Louisa hielt nach einem schwarzen Motorrad Ausschau, doch bei den vielen Seitenwegen, die tiefer in den Wald hineinführten, hätten Sacha und Taylor überall sein können.

Es blieb ihr nichts anderes übrig, als noch einmal anzurufen und zu fragen, wo sie steckten, doch als sie ihr Handy herausholte, zeigte das Display nicht einen Balken.

»Mist, kein Empfang.«

Alastair musste sich ganz auf die Straße konzentrieren, die immer holpriger wurde und sich in steilen Spitzkehren hinaufwand.

»Und was sollen wir jetzt tun? Weiterfahren?«

Louisa überlegte. Zum Übernachten war der Wald eigentlich gut, doch die technischen Komplikationen hatte sie nicht bedacht.

Die ganze Nacht würden sie keinen Kontakt aufnehmen können.

Sie spürte in den Wald nach Anzeichen von Taylors besonderer alchemistischer Energie, aber keine Chance. So mächtig diese Energie sein mochte, so weit reichte sie nicht. Wenigstens nahm sie auch keine Dunkle Energie wahr. Soweit sie es beurteilen konnte, waren sie hier völlig allein.

Wieder ging es scharf in die Kurve. Alastair fluchte, denn auf einer Seite fiel der Berg tief und steil ins Dunkel ab, und es gab keine Leitplanke.

»Ziegenpfade sind das, aber keine Straßen«, schimpfte er und schielte in den Abgrund.

Eigentlich waren sie beide zu kaputt für solche Torturen. Es war zu riskant.

»Lass uns anhalten«, schlug Louisa vor.

»Großartig. Und wo?« Alastair sah sich um, als rechnete er fest damit, dass im nächsten Augenblick aus dem Nichts ein Parkplatz auftauchte.

»Irgendwo muss man hier doch parken können.«

»Lou …« Er warf ihr einen Seitenblick zu, während er knirschend einen Gang zurückschaltete. »Du weißt schon, dass wir hier mitten im Wald sind?«

»Ich halte nach einer guten Stelle Ausschau«, sagte sie ungerührt. »Kannst du mich bitte in Ruhe lassen?«

»Wie wär's da?« Er zeigte auf eine Stelle.

Sie hatten gerade einen Gipfel erreicht, und auf einer Seite öffnete sich eine flache Lichtung.

»Da könnte ich den Wagen wohl abstellen, ohne dass wir stecken bleiben, schätze ich.«

Die Stelle war zwar nicht sonderlich geschützt, aber sie mussten sich ja auch nicht richtig verstecken. Sie bezweifelte stark, dass die französischen Behörden nachts im Wald Jagd auf verirrte Lieferwagen machten. Abgesehen davon hatte man dort einen guten Ausblick auf das darunterliegende Tal. Falls jemand heraufkäme, würden sie ihn frühzeitig bemerken.

»Ich find's okay«, sagte sie. »Weit und breit keine Menschenseele, die sich über uns beschweren könnte.«

Sie holperten von der Straße herunter und kamen auf der kleinen Lichtung zum Stehen.

Alastair schaltete den Motor aus und lehnte sich mit einem Seufzer im Sitz zurück.

»Gott sei Dank ist das vorbei.« Er schaute nach oben, wo die letzten Sonnenstrahlen den Himmel bernsteinfarben und rotgelb färbten. »Und was nun?«

Louisa hielt ihr Handy so hoch sie konnte. Immer noch nichts.

»Gib mir eine Minute.« Sie kurbelte das Fenster herunter, kletterte hinaus, stieß sich fest ab und hievte sich auf das Dach des Lieferwagens.

»Lou …« Alastair lehnte sich aus seinem Fenster und schaute zu ihr herauf. »Was soll das denn werden, wenn's fertig ist?«

»Eine Minute.«

Sie hielt das Handy über ihren Kopf und schwenkte es nach links und rechts.

Nichts.

Als ihr klar wurde, dass sie nichts ausrichten würde, blieb sie noch eine Weile oben auf dem Transporter stehen und suchte das Tal nach Zeichen von Energie ab, Dunkler oder sonstiger. Aber alles war vollkommen ruhig. Die einzige Bewegung kam von einem Habicht, der am blauen Abendhimmel langsam seine Kreise zog.

Flink wie ein Reh sprang Louisa auf den Boden. Alastair sah ihr amüsiert zu.

»Und jetzt«, sagte sie, »warten wir.«

Sacha und Taylor hatten sich eine Stelle an einem Seeufer ausgesucht, ein gutes Stück abseits der Straße, versteckt am Ende eines Waldwegs. Verlassener ging's nicht.
Fast hätten auch sie den Fleck übersehen, hätte Taylor im Scheinwerferlicht nicht das winzige Hinweisschild entdeckt. »Lac Le Bac«, hieß es dort auf einem Pfeil, der in einen dichten Wald aus Nadelbäumen zeigte.
»Was ist damit?«
Sacha hatte gebremst und mit den Achseln gezuckt. Abgelegen genug war es.
»Checken wir's mal.«
Vorsichtig bog er in den steilen Pfad ein und steuerte gekonnt bergab.
Auf Erde war die Maschine instabiler und schwerer zu lenken, und Taylor klammerte sich noch mehr an Sachas Taille fest.
Nach einer halben Ewigkeit lichteten sich die Bäume plötzlich, und vor ihnen erstreckte sich ein kristallblauer, windstill daliegender See, der wie ein Spiegel den Abendhimmel reflektierte.
Sacha stieß einen Pfiff aus.
»Das nenne ich mal einen See.«

Der Motorenlärm erschreckte einen Schwarm Wasservögel, der sich nah am Ufer für die Nacht niedergelassen hatte. Ängstlich flatterten sie auf.

Langsam folgte Sacha dem Uferpfad ein kurzes Stück und bog dann in einen kurzen Stichweg ein, der hinunter zu einer winzigen, von Bäumen geschützten Bucht führte.

»Hier können wir die Maschine verstecken.«

Da es bereits kühl wurde, bot Taylor an, ein Feuer zu machen. Während Sacha das Motorrad hinter die Bäume schob und zur Tarnung lose Äste darum drapierte, sammelte Taylor trockene Äste und schichtete sie sorgfältig zu einem Haufen.

Der weiche Boden schluckte Sachas Schritte, weshalb sie ihn nicht hörte, als er näher kam, und er sie in Ruhe beobachten konnte, während sie kniend die Zweige arrangierte. Ihre Locken wippten dabei wild auf und ab, und ihr Gesicht war so ernst, so außerordentlich konzentriert, dass Sacha, so müde er auch war, unwillkürlich lächeln musste. Natürlich würde Taylor ein lehrbuchmäßiges Lagerfeuer machen. Natürlich hatte sie ein System.

Wie sollte er sie bloß beschützen? Konnte er sie überhaupt vor all dem beschützen, was sie erwartete?

Nicht zum ersten Mal hätte er fast dem Impuls nachgegeben, der Sache ein Ende zu machen. Sie einfach hier, gut versteckt, zurückzulassen und sich Mortimer zu stellen und ihm einen Tausch vorzuschlagen: ihre Sicherheit gegen sein eigenes Leben.

Nur, wenn die Alchemisten recht hatten, würde es niemanden retten, wenn er sein Leben opferte, im Gegenteil. Es würde die absolute Zerstörung entfesseln.

Sie saßen in der Falle.

Taylor musste etwas gespürt haben, denn unvermittelt sah sie zu ihm auf und musterte ihn eindringlich.

»Alles okay?«

Seine Züge wurden weicher, und er kniete sich neben sie.

»Und wie zünden wir das jetzt an?«, fragte er. »Ich hab keine Streichhölzer.«

Über ihnen blinkten die ersten Sterne. Die Sonne war längst untergegangen. Als Taylor ihn anlächelte, blitzten ihre Zähne weiß.

»Du brauchst keine Streichhölzer. Du hast doch mich.« Sie hielt ihre Hände über das trockene Holz.

Sacha spürte fast, wie die Energie ihr zuströmte, als könnte es die Erde gar nicht abwarten, ihren Wunsch zu erfüllen. Aber vielleicht bildete er sich das auch nur ein.

Im nächsten Augenblick leckte eine goldene Flamme an den Zweigen, und Rauch stieg gen Himmel.

Taylor hielt sich die Haare aus dem Gesicht, beugte sich vor und blies hinein, um das Feuer anzufachen.

Die Flamme tanzte und zitterte, dann griff sie auf die Zweige über und begann zu wachsen. Bald spürten sie ihre Wärme.

»Cool!« Voller Bewunderung sah Sacha Taylor an, die ihre Hände über das wärmende Feuer hielt. »Klappt doch mit der Kontrolle.«

»Jedenfalls spare ich so einen Haufen Streichhölzer.« Sie sah ihn an, das Gesicht von den Flammen erleuchtet. »Ich sterbe vor Hunger. Wenn ich doch nur was zu essen herbeizaubern könnte. Dann könnten wir uns jetzt was grillen.«

»Nicht nötig.«

Er stand auf, klopfte die Erde von den Knien und ging zurück zum Motorrad. Die Pappschachtel hatte ein wenig gelitten, war aber ganz geblieben.

»Schätze, jetzt freust du dich, dass ich die Teilchen nicht dagelassen habe …«, begann er und ging zum Feuer zurück. Er stoppte.

Das Feuer brannte lichterloh, aber Taylor war verschwunden.

»Taylor?« Er versuchte, seiner Stimme die Panik nicht anmerken zu lassen.

Er war nur eine Sekunde weg gewesen. Wie konnte das sein?

»*Taylor? Wo bist du?*« Diesmal klang die Angst durch.

»Ich bin hier«, rief sie vom See. Im nächsten Augenblick trat sie in den Feuerschein und schüttelte Wasser von den Händen. »Ich musste mich mal 'n bisschen waschen. Ich war so schmutzig.« Ihr Gesicht war feucht, die Locken hatte sie lose im Nacken zusammengedreht.

Sacha entspannte sich.

Ihr ging es gut, zum Glück.

Er war so erleichtert, dass er sie am liebsten umarmt hätte.

Nicht wissend, wie toll sie in diesem Moment aussah, wischte sie sich die Hände an der Hose trocken.

»Das Wasser ist eiskalt. Schade, dass wir keine Seife haben. Ich glaub, ich rieche ein bisschen.«

Sacha fehlten die Worte. Er wusste einfach nicht, was er darauf sagen sollte, und hielt ihr die zerknautschte Schachtel hin.

»Hier, unser Abendessen.«

»Wir hätten mehr mitnehmen sollen.« Sehnsüchtig blickte Louisa in die leere Packung Vollkornkekse.
»Konnte ja keiner ahnen, dass wir hier wie die Pfadfinder durchs Unterholz kriechen würden, oder?«, sagte Alastair beleidigt. »Laut Plan hätten wir jetzt in einem Safe House sein sollen.«
»Du kannst echt fies sein, wenn du Hunger hast«, neckte Louisa ihn.
Er lächelte nicht. »Mir ist kalt, Lou, und ich fühle mich abgeschnitten. Das gefällt mir nicht.«
»Ich find's auch nicht wirklich toll«, sagte sie. »Ich musste zum Pinkeln in die Büsche. Wie ein Bär.«
Er zuckte unbeeindruckt mit den Achseln.
»Wie spät ist es?«, fragte Louisa, obwohl ihr Handy neben ihr lag und sie einfach hätte draufschauen können.
Er sah auf seine Armbanduhr. »Kurz nach neun.«
»Erst neun?« Sie blickte erstaunt auf. »Dachte, es ist später. Mir kommt's vor, als wären wir hier schon Jahre.«
»Sind aber erst zwei Stunden.« Alastair verschränkte die Arme. »Tut mir leid, dass meine Gegenwart dich langweilt.«
Überrascht sah sie ihn an. Er war sonst nicht so empfindlich.

Eigentlich hätten sie beide dringend etwas zu essen und Schlaf gebraucht, doch das Adrenalin hielt sie wach, und offensichtlich litt darunter auch ihre Laune.

»Ich dachte, du magst Camping«, sagte sie. »*Du* bist hier das Landei. Müsstest dich hier doch pudelwohl fühlen.«

»*Meine Großeltern* hatten eine Farm«, sagte er sehr bedächtig. »Ich selbst bin in Chichester aufgewachsen.«

Chichester? Nie gehört.

»Ist das nicht auf dem Land?«

»Meine Güte.« Er ließ sich vom Sitz rutschen und legte das Kinn auf seine Brust wie ein kleiner Junge. »Chichester ist eine Stadt in Südengland mit einer hübschen Kathedrale. Kann ich dir auf der Landkarte zeigen.«

»Brauchst du nicht, ich glaub's dir«, sagte sie. »Finde es nur krass, dass ich gar nicht wusste, von wo du kommst. Warum nicht?«

»Hast nie gefragt.«

Louisa wusste nicht, was sie darauf sagen sollte. Also schwiegen sie.

Niemandem fühlte sie sich so nah wie Alastair. Dass seine Lieblingsfarbe Grün war, dass er Hunde mochte und gern wanderte, wusste sie. Auch dass seine Eltern beide Alchemisten und in jungen Jahren nach St. Wilfred's gekommen waren. Er hatte eine Schwester, die ein kleines bisschen jünger war als Taylor und die er vergötterte. Aber mehr als diese Informationen, die hier und da im Gespräch gefallen waren, hatte er freiwillig nicht preisgegeben. Und sie hatte nie nachgefragt.

»Dann bin ich halt 'n Arsch!«, platzte sie heraus. »Los, erzähl mir von deiner Familie. Ich will das jetzt wissen.«

Er zog die Brauen hoch. »Geht's dir gut, Lou? Bist du krank?«

»Mir geht's super. Ich versuche nur, mich zu entarschen.« Sie setzte sich so hin, dass sie ihm im Schneidersitz gegenübersaß. »Fang an.«

»Na ja«, sagte er zurückhaltend. »Mein Vater ist Rechtsanwalt, meine Mutter Psychologin. Bis ich zwölf war, bin ich auf eine staatliche Schule gegangen. Danach haben sie mich in eine Privatschule gesteckt, weil ich mehr Bücher lesen wollte, als in ihrer Bibliothek standen.«

»Das überrascht mich nicht«, sagte Louisa und lächelte. »Erzähl weiter.«

»Was soll ich noch erzählen?« Er hob fragend die Hände. »Wir hatten einen Hund namens Pepper, aber der ist vor drei Jahren gestorben.«

»Wie sieht euer Haus aus?«, drängte sie ihn. »Neu oder alt?«

»Eher alt.« Er schaute aus dem Fenster, als würde es da direkt vor seinen Augen entstehen. »Es ist eins dieser großzügigen Häuser aus den Dreißigern, in denen es nie warm wird, außer in der Küche. Deshalb halten sich alle immer in der Küche auf. Kennst du bestimmt.«

Kannte sie natürlich nicht. Sie hatte null Ahnung, was für eine Art Haus er meinte. Abgesehen von den Jahren, die sie bei diversen Pflegeeltern in Liverpooler Vororten verbracht hatte, hatte sie immer nur in Mietwohnungen und besetzten Häusern gelebt, und an ihre frühe Kindheit konnte sie sich nicht erinnern.

Für Erinnerungen an ein liebevolles Familienleben in einem großzügigen Zuhause hätte sie sonst was gegeben.

»Kenne ich, klar.«

Ihr Tonfall machte ihn stutzig.

»Lou …« Er sah ihr in die Augen. »Was ist los? Wieso fragst du mich das alles?«

»Ach, ich …« Sie seufzte. Die Stille war unheimlich. Es war so dunkel. Als säßen sie in einem U-Boot 20 000 Meilen unter dem Meer.

»Ich habe gesehen, was Mortimer draufhat. Kann sein, dass ich das nicht überlebe.« Sie sah ihn an. »Na ja, und wenn ich dabei schon draufgehe, dann will ich vorher noch ein bisschen mehr über dich erfahren.«

Rasch griff er nach ihrer Hand und hielt sie fest, als fürchtete er, sie würde sie ihm entreißen.

»Du wirst nicht dabei draufgehen.«

»Wer weiß«, widersprach sie. »Aber wenn, dann will ich vorher wenigstens das tun, was ich gern getan hätte. Und es nicht lassen, nur weil ich Schiss habe.«

»Und das wäre?«

Seine Stimme war leise, seine Hand warm.

»Na, das.« Ohne Vorwarnung packte sie sein T-Shirt am Kragen, zog ihn zu sich heran und drückte ihre Lippen auf seine. Küsste ihn leidenschaftlich und in der Erwartung, er könne sich jeden Moment zurückziehen und ihr sagen, dass er ihre Gefühle nicht erwiderte.

Doch er zog sich nicht zurück.

Im Gegenteil. Er schlang seine Arme um sie, zog sie fest an sich und erwiderte den Kuss mit der gleichen Leidenschaft. Ihr blieb fast die Luft weg.

Sie spürte seine starken Hände an ihrem Rücken. Er hielt sie fest, doch er wäre wohl auch stark genug gewesen, sie loszulassen, wenn sie das gebraucht hätte.

Nach dem Kuss musste Alastair erst einmal durchatmen. Er fuhr die Konturen ihres Gesichts entlang.

»Zur Hölle, Lou, warum hast du so lange gebraucht?«

Louisa, deren Hände noch immer auf seinen breiten Schultern lagen, schüttelte den Kopf. Wie sollte sie das erklären?

»Weiß nicht … Vielleicht, weil ich nicht viel über dich weiß, du aber alles über mich. Du kennst meine Familienverhältnisse, oder?«

Er zögerte mit der Antwort, dann nickte er. »Aldrich hat es mir gleich am Anfang erzählt. Als er dich nach St. Wilfred's mitbrachte, hat er sich Sorgen gemacht, du könntest gleich wieder weglaufen und auf der Straße landen.«

Das kam für Louisa nicht überraschend. Aldrich hatte sie damals aufgegabelt, als sie aus dem Gefängnis abgehauen war. Mit siebzehn hatte sie einen Mann getötet, in Notwehr, weil er versucht hatte, sie zu vergewaltigen.

Während einer Tagung in Liverpool war Aldrich zufällig auf der Straße in der Nähe des Bahnhofs über sie gestolpert. »Ihre alchemistischen Kräfte«, pflegte er zu sagen, »haben heller gestrahlt als ein Stern.«

Er hatte sich ziemlich ins Zeug legen müssen, bis er sie von seiner Identität überzeugt hatte. Sie wollte ihm erst nicht glauben. Hatte ihn bedroht und angeschrien und war immer wieder weggelaufen. Doch er hatte nicht lockergelassen.

Schließlich war es ihm gelungen, sie von ihren besonderen Fähigkeiten zu überzeugen.

Was nicht bedeutet hatte, dass sie in sein Auto gestiegen und mit ihm nach Oxford gefahren war. Aldrich hatte erst seine Assistentin, eine freundliche junge Frau namens Joanne, bitten müssen, den weiten Weg nach Liverpool zu kommen, um sie abzuholen.

Louisa hatte auf dem Rücksitz von Aldrichs altem Jaguar gesessen, eine Hand immer am Türgriff, um jederzeit fliehen zu können, falls sich herausgestellt hätte, dass doch alles nur ein Fake war. Aber nichts dergleichen war geschehen. Aldrich hatte zur Jazzmusik aus dem Radio gesummt, während Joanne sich immer wieder zu ihr umgedreht und ihr versichert hatte, dass sie sich keine Sorgen machen musste.

Auch nach der Ankunft in Oxford, als Louisa ein eigenes warmes und trockenes Zimmer bekommen hatte, hatten sie alle Mühe gehabt, sie davon zu überzeugen, die Nacht zu bleiben. Schließlich war sie aus Erschöpfung einfach eingeschlafen.

Am darauffolgenden Morgen hatte Alastair plötzlich auf dem Flur vor ihrem Zimmer gestanden, über eins achtzig groß, in zerrissenen Jeans, eine Tasse Kaffee und eine Tüte Donuts in der Hand.

»Aldrich hat mich gebeten, dir das hier zu bringen«, hatte er sie begrüßt. »Das Essen aus der Cafeteria könnte dich umbringen, und wir wollen nicht, dass du stirbst, bevor du uns kennengelernt hast.«

Louisa hatte sofort gewusst, dass das Ganze inszeniert gewesen war und Aldrich nicht rein zufällig den klügsten und witzigsten Studenten aus seiner Gruppe geschickt hatte. Er hatte gehofft, dass sie aufeinander aufpassen würden.

Und jetzt, vier Jahre später, saßen sie hier in diesem Lieferwagen.

Sie war verzweifelt. Sie wollte Alastair nicht verlieren. Jetzt, da Aldrich tot war, hatte sie nur noch ihn.

Sie schaute ihm in die Augen, die sie voller Zuneigung und Sorge ansahen.

»Ich hab keine Ahnung, wie man liebt«, flüsterte sie. »Aber ich glaube, ich liebe dich.« Wie aus heiterem Himmel brannten ihr plötzlich die Tränen in den Augen. Ihre Stimme bebte. »Alastair, was soll ich nur tun?«

Sein Griff verstärkte sich, und er zog sie über die Mittelkonsole zu sich heran, bis sie auf seinem Schoß saß, umfangen von seinen warmen Armen.

»Du weißt sehr gut, wie man liebt«, erwiderte er und drückte seine Stirn leicht gegen ihre. »Und was du nicht weißt, werde ich dir beibringen.«

Dann küssten sie sich wieder, und wenigstens eine Weile lang vergaß Louisa ihre Angst.

Taylor und Sacha saßen nebeneinander am Feuer. Weil der Mond nicht schien, herrschte um sie herum so tiefe Dunkelheit, dass man sie fast mit Händen greifen konnte.

Sacha genoss die friedliche Atmosphäre. Sie erinnerte ihn an den Weinberg seiner Tante. Leise zirpten die Grillen, ein Käuzchen rief nicht weit entfernt im Wald. Die Luft roch angenehm nach verbranntem Holz.

Und das Beste war, dass niemand wusste, wo sie waren, zumindest für diesen Moment. Es gab ihnen ein Gefühl von Sicherheit. Nachdem sie die Sandwiches und ein paar der Teilchen verschlungen hatten, hatten sie sich die Flasche Wasser, die sie noch besaßen, geteilt und es sich am Lagerfeuer gemütlich gemacht.

Zum Schutz gegen die kalte Abendluft hatte Taylor Sachas Lederjacke angezogen. Sie legte den Kopf in den Nacken, um in den Himmel zu schauen.

»So viele Sterne.« Ihre Stimme war kaum mehr als ein Flüstern. »Mir war gar nicht klar, dass es so viele Sterne im Universum gibt.«

Nun sah auch Sacha hinauf. Das Sternenlicht überzog den dunklen Himmel mit silbernem Glanz. Plötzlich wirkte die Nacht gar nicht mehr so finster.

Als er wieder zu Taylor schaute, sah diese immer noch nachdenklich nach oben. Den ganzen Abend lang hatte sie ihren Gedanken nachgehangen und kaum etwas gesagt. Sie wirkte so einsam.

»Erzähl mir was über dich«, brach er die Stille. »Etwas, das ich noch nicht weiß.«

Amüsiert drehte sie ihm den Kopf zu. »Da gibt es nichts zu erzählen. Ich bin langweilig. Meine Familie ist langweilig.«

Er gab einen ungeduldigen Laut von sich.

»Jede Familie ist langweilig. Ich hab auch nicht gesagt, dass du mir was Interessantes erzählen sollst. Erzähl einfach irgendwas.«

Taylor reckte sich und legte Holz nach. Die Flammen knisterten und spuckten Funken zu den Sternen.

Sacha merkte, dass sie Zeit gewinnen wollte, und drängte nicht weiter.

»Ich hab mal was geklaut«, sagte sie schließlich. »Einen Lippenstift. Es war das Schlimmste, was ich je gemacht habe – bis ...«

Sie beendete den Satz nicht, doch er wusste auch so, was sie sagen wollte: *Bis jetzt.*

»*Du* hast was geklaut? Das glaube ich nicht.« Er klang amüsiert. »Du würdest nie klauen. Das ist gegen deine Natur. Ich erkenne einen Dieb, wenn ich ihn sehe.«

»Hab ich, echt«, beharrte sie. »War Georgies Idee. Sie ist von Herausforderungen geradezu besessen. Von Dingen, die man auf keinen Fall tun sollte. ›Du musst aus deiner Kuschelecke raus, Tay‹, hat sie immer gesagt, ›leb endlich mal.‹« Ein Lächeln

218

huschte über ihr Gesicht. »Wahrscheinlich hatte sie Angst, ich würde auf ewig in Woodbury zwischen meinen Büchern hängen bleiben.«

»Und wie hast du's durchgezogen?« Sacha wechselte seine Position und nutzte die Bewegung, um ein winziges Stück näher zu rücken.

»Ich hab's nicht *durchgezogen*, Sacha. Ich bin doch kein Gangster.« Sie lächelte ihn schief an. »Es war jetzt nicht wirklich schlimm, glaube ich, aber ich erinnere mich noch genau. Ich bin in die Drogerie gegangen, in der meine Mutter immer Pflaster und Haargummis für uns gekauft hat, und hab einen Lippenstift eingesteckt.« Ihr Blick wanderte in die Ferne. »Den erstbesten, auf die Farbe hab ich nicht geachtet. Meine Hände haben so gezittert, dass ich ihn fast hab fallen lassen. Und dann bin ich wieder raus. Keiner hat mich beachtet – die ach so perfekte Taylor Montclair klaut doch nicht. Ich hab mich so schlecht dabei gefühlt. Als hätte ich den Menschen, die dort gearbeitet haben, einen Dolch in den Rücken gestoßen. Trotzdem hab ich's gemacht. Um es mir selbst zu beweisen.«

»Und die haben dich nicht erwischt?«

»Das war das Schlimmste, schätze ich. Dass ich damit durchgekommen bin.« Sie schlang die Arme um ihre Knie. »Ich wollte ihn zurückbringen, aber Georgie hat gesagt, das würde mich in die Kuschelecke zurückkatapultieren. Ich solle ihn behalten. Ich hab die ganze Zeit dagesessen und gewartet, dass jeden Moment die Polizei an unserer Tür klingelt und mich verhaftet. Aber nichts ist passiert.«

»Tut mir leid, dass euer Justizsystem dich so enttäuscht hat«, sagte er pathetisch.

Sie schlug nach ihm. »Ich war vierzehn! Hab bitte Verständnis für mein Trauma.«

Er wich ihr aus und lachte. »Muss dich wahnsinnig mitgenommen haben.«

»Okay, du Klugscheißer.« Sie sah ihn herausfordernd an. »Dann erzähl doch mal was von dir, von dem ich noch nichts weiß.«

»Würde dir ja gern all meine Verbrechen gestehen«, sagte er lässig. »Aber wir haben nur acht Stunden, und das reicht nicht.«

Taylors Lachen war sanft und angenehm.

»Schon gut. Erzähl mir von deinem Lieblingsverbrechen. Oder deinem schlimmsten. Oder dem denkwürdigsten. Such dir was aus.«

Sacha nahm einen Zweig und kratzte damit in der Erde herum, während er überlegte, welche seiner vielen Heldentaten er erzählen sollte. Das mit der endlosen Liste von Verbrechen hatte er nur halb im Spaß gesagt – es waren tatsächlich ziemlich viele. Zum Beispiel hatte er ihr nie von Antoine erzählt und dass er für Geld von einem Lagerhaus in den »Tod« gesprungen war. Nur war dafür jetzt vielleicht auch nicht der richtige Zeitpunkt …

Wenn sie das erfahren hätte, hätte sie sofort aufgehört zu lachen, und das wollte er unter keinen Umständen.

»Ich hab mich eine Zeit lang mit so Typen eingelassen«, sagte er nach einer Weile. »Ihr nennt das Gang. Die waren ziemlich hart drauf. Ich fand's cool, mit ihnen abzuhängen. Die haben immer gepokert und dabei alles aufs Spiel gesetzt, ihre Autos, ihre Häuser … Total irre. Da habe ich das Motorrad her.«

»Du hast es *gewonnen*?«, fragte Taylor fassungslos.

Sacha nickte.

»Allerdings war der Typ, der es gesetzt hat, ziemlich besoffen«, sagte er bescheiden. »Er hätte das nicht tun sollen. Ich bin nicht besonders gut im Pokern, aber eins hab ich immer gecheckt, nämlich wenn der andere es noch schlechter konnte.«

»Wie viel ist die Maschine wert? Sieht ziemlich teuer aus.«

»Viel.« Er konnte seinen Stolz nicht verbergen. »Einer meiner höchsten Gewinne.«

Sie sah ihn mit neuem Misstrauen an. »Ist das denn legal?«

»Kommt darauf an, was man unter legal versteht.« Bevor sie noch mehr heikle Fragen stellen konnte, erzählte er weiter. »Eines Nachts wollten die Jungs unbedingt wetten, dass ich es nicht schaffe, die Karre von ihrem Boss zu klauen. Ihr Boss ist eine ziemlich große Nummer, hat immer zig Bodyguards dabei. Fast unmöglich. Aber ich hab's trotzdem geschafft.«

Taylor hing an seinen Lippen. »Und wie?«

»Jeder in der Gang kannte mich, wir hingen ja ständig zusammen rum. Also bin ich einfach wie immer in die Garage und hab gesagt, ich sollte für Antoine, einen von den Jungs, ein Auto abholen. Ich war total lässig. Supercool. Aber ich war auch ein bisschen nervös, die Typen hatten alle Knarren. Sie haben Antoine angerufen, um die Sache zu überprüfen, und er hat gesagt: ›Alles klar, gebt Sacha das Auto.‹« Sein Grinsen wurde immer breiter. »Aber stattdessen bin ich einfach mit dem Auto vom Boss abgehauen. Die waren stinksauer. Und Antoine hat eine Menge Schwierigkeiten gekriegt.«

»Haben sie dich verfolgt?«

»Na klar. Ich hab das Auto zwar zurückgegeben, aber …« Sacha musste an Antoine denken, der ihn mit der Pistole in der Hand an den Rand des Lagerhausdaches gezwungen hatte. »Ich hab ein paar Probleme mit denen gekriegt.«

»Waren das die gleichen Typen, die dich … angegriffen haben, als ich in Paris war?«

Er zögerte mit der Antwort. Er wollte nicht, dass das Gespräch in diese Richtung abdriftete.

»Ja«, gab er zu. »Aber das war was anderes. Die waren eigentlich hinter Antoine her, nicht hinter mir.«

Einen Moment herrschte Schweigen, dann sagte Taylor sanft: »Warum tust du das?«

»Tu ich was?«

»Na, dieses Risiko eingehen. Mit Kriminellen rumhängen, die dich umbringen wollen.«

Sacha schleuderte einen Zweig so doll ins Feuer, dass die Glut aufwirbelte.

»Mir war es einfach egal, ob ich jemandem wehtat«, sagte er. »Ich hab nur an mich selbst gedacht.«

»Und deine Mutter, deine Schwester?«

»Was hat das Leben für einen Sinn, wenn du den Tag kennst, an dem du sterben wirst?« Sacha sah sie provozierend an. »Du musst verstehen … Ich hatte keine Ahnung. Ich wusste nicht, warum es so war. Ich wusste nur, dass es nicht fair war. Mir war alles egal, Taylor. Die anderen, vor allem aber ich selbst. Und außerdem …«

Er stoppte, weil er es nicht über sich brachte, den Gedanken zu Ende zu führen.

»Und außerdem was?«, drängte sie ihn sanft. »Du kannst es ruhig sagen. Egal was.«

Er sah sie an. »Außerdem *wollte* ich sterben.«

Als sie zusammenzuckte, fuhr er rasch fort.

»Verstehst du das denn nicht? Wäre ich vor meinem achtzehnten

Geburtstag gestorben, hätte ich wenigstens ein bisschen Kontrolle über mein eigenes Leben gehabt, über diesen bescheuerten Fluch. Ich wäre ein normaler Mensch gewesen und kein … *Monster*, dem man ins Gesicht schießen oder in den Rücken stechen kann und der ein paar Minuten später einfach wieder aufsteht und geht. Keiner, der sich eine Ader aufschneiden und zusehen kann, wie sie sofort von selbst wieder heilt.« Er schluckte schwer. »Ich hab versucht, mein Schicksal zu ändern. Aber ich hab's nicht gepackt.«

Schüchtern warf er ihr einen Blick zu. Nur der Glanz in ihren Augen verriet, was sie wirklich empfand.

»Ich verstehe«, sagte sie so leise, dass er im ersten Augenblick glaubte, er habe sich verhört.

»Was?«

»Ich verstehe«, wiederholte sie. »Darüber hab ich auch schon nachgedacht. Über so einen Ausweg. Einen Weg, nicht ich zu sein – dabei sind meine Probleme nichts im Vergleich zu deinen. Mir hat niemand gesagt, dass ich sterben muss, zumindest nicht bis vor ein paar Tagen. Aber«, eine Träne rollte leise über ihre Wange, »ich möchte, dass du eins weißt: Ich werde alles tun, was ich kann, damit du lebst.«

Sacha konnte sich nicht länger zurückhalten. Er schloss sie in seine Arme und drückte sie an sich. Sie schlang die Arme eng um seinen Hals und zog ihn an sich.

»Bitte stirb nicht, Sacha«, flüsterte sie leidenschaftlich. »Bitte stirb nicht.«

»Ich will ja gar nicht mehr sterben«, sagte er, und seine Stimme überschlug sich. »Jetzt nicht mehr.« Er zog sich zurück, damit er ihr Gesicht sehen konnte – diese grünen Augen. »Jetzt will ich leben. Mehr als alles auf der Welt möchte ich leben. Mit dir.«

Taylor hielt eine Sekunde inne, dann presste sie ihre Lippen auf seine. Er zögerte nicht und erwiderte den Kuss.

Ihr Mund war weich und warm. Sie schmeckte nach dem Salz ihrer Tränen und dem Zucker des Gebäcks.

Mit beiden Händen zog sie ihn noch fester an sich, und er spürte ihren weichen Körper, der sich an seinen presste.

Ein leises Geräusch entwand sich seiner Kehle, als seine Hände unter die Lederjacke fuhren, über ihren warmen Rücken, über die Hügel ihrer Wirbelsäule und die schmale, waagerechte Linie ihres BHs, ehe sie sich in den samtenen Wellen ihres Haars verloren. So ineinander verschlungen, sanken sie auf die weiche Erde neben das Feuer.

Ohne sich dessen bewusst zu sein, flüsterte er ihr französische Wörter ins Ohr. Wie schön sie war, wie sehr er sich danach gesehnt hatte, sie zu küssen, dass er sie liebte. Er küsste die federweiche Haut ihrer Wangen, Stirn und Lider.

Jeder Kuss war ein weiterer Beweis, dass er nicht mehr allein war.

Er ließ sich auf den Rücken rollen und zog sie mit sich, bis sie über ihm war. Mit den Lippen fuhr sie die markante Linie seines Kiefers entlang, über die Wange bis zu seinem Ohr, und als sie ihn dort küsste, setzten seine Gedanken endgültig aus. Er wollte sie nur noch in seinen Armen halten.

Ohne Vorwarnung raste ein elektrischer Schlag durch seinen Körper und schüttelte ihn durch, nahm ihm fast den Atem, so wie wenn Taylor seine Energie nutzte, um die Kräfte der Umgebung zu sammeln.

Im selben Augenblick kam Wind auf. Die Bäume beugten sich zu ihnen herunter. Selbst die Flammen schienen sich auf eine Art zu ihnen zu neigen, die nicht natürlich war. Seine Haare stellten sich auf.

»Taylor«, flüsterte er. Er wollte nicht, dass ihre Küsse aufhörten. »Machst du irgendwas?«

Verständnislos sah sie ihn an, dann erst bemerkte sie das Feuer und die Bäume.

Sie sprang zur Seite und kroch von ihm weg, sichtlich beschämt.

»Mein Gott«, sagte sie fassungslos. »Das wollte ich nicht. Ich wusste nicht …«

»Was ist passiert?« Er versuchte, ernst zu bleiben, doch sie sah so süß aus, ihre Lippen noch rosig vom Küssen, das Haar wild durcheinander, die Wangen gerötet.

»Nichts«, sagte sie, wenig überzeugend.

Er machte ein strenges Gesicht.

»Ich … ich hab wohl zufällig deine Energie angezogen«, gab sie widerwillig zu. Es war ihr unendlich peinlich. »Ich weiß wirklich nicht, wie ich das gemacht habe.«

Sacha lachte laut los und wollte ihre Hand greifen. Sie versuchte, sich zu entziehen, doch irgendwann gab sie nach und ließ zu, dass er sie wieder in seine Arme zog.

»Also, meine Energie kannst du haben«, sagte Sacha, »jederzeit.«

24

Als die ersten schwach goldenen Sonnenstrahlen das Schwarz vom Nachthimmel verdrängten, wachte Taylor eingekuschelt in Sachas Armen auf.
Eine Weile lag sie still da und sah ihn nur an.
Wie wunderschön er war. Der Schlaf hatte alles Zynische aus seinem Gesicht gewischt. Jung und verletzlich sah er nun aus. Seine dichten, dunklen Wimpern warfen Schatten auf seine Wangen.
Sie wusste nicht, wie lange sie ihn so voller Verwunderung betrachtete. Irgendwann regte er sich und hob, von der Morgensonne geblendet, eine Hand vor die Augen.
Ob sich jetzt zwischen ihnen etwas ändern würde? Waren *sie* jetzt verändert?
Doch als er endgültig erwachte, war er immer noch der alte Sacha: Er rieb sich die Augen und blinzelte zu den Vögeln, die über ihnen am Himmel schrien.
»Doofe Viecher«, krächzte er heiser zurück, »*vos gueules les piafs!* Könnt ihr vielleicht mal den Schnabel halten?«
Sie lachte, und er wandte sich ihr zu. Er stützte sich auf einen Ellbogen und schob ihr eine Locke von der Wange.

»Guten Morgen«, sagte er. »Gut geschlafen?«

»Ein bisschen.«

Dann lächelten sie sich an, und dieses Lächeln sprach Bände. Er beugte sich zu ihr herunter und küsste sie mit sanften, zärtlichen Lippen.

Die schon warmen Sonnenstrahlen auf ihrem Gesicht erinnerten Taylor daran, dass ihnen die Zeit davonlief. Widerstrebend zog sie sich zurück.

»Lass uns weiterfahren. Louisa meinte, bei Tagesanbruch sollen wir wieder auf der Straße sein.«

»Sklaventreiber«, brummte er, stand aber auf.

Sie wuschen sich, so gut es ging. Weil ihre Trinkflasche fast leer war, putzten sie sich die Zähne mit Wasser aus dem See.

Taylor war völlig überdreht und gab die ganze Zeit alberne Bemerkungen von sich.

»Hoffentlich töten uns nicht vorher schon die Bakterien«, plapperte sie fröhlich daher und schämte sich noch im selben Moment, als die Worte aus ihrem Mund kamen, für diesen Unsinn.

Doch Sacha lächelte sie nur mit schäumendem Mund an und sah dabei so süß aus, dass sie wieder entspannte und jede Selbstkritik vergaß.

Als sie wieder bei der Feuerstelle waren, checkte sie ihr Handy, aber der Akku war komplett leer.

»Mist«, sagte sie und hielt es hoch, damit Sacha das schwarze Display sehen konnte. »Funktioniert deins?«

Er sah nach und schüttelte den Kopf. »Meins ist auch tot.«

Leichte Panik regte sich in Taylors Brust. Sacha jedoch schien nicht im Geringsten beunruhigt.

»Wir haben die Adresse von dem Safe House, und da treffen wir Louisa. Alles okay.«

Taylor konnte sich nicht erklären, woher er seine Zuversicht nahm. Nichts schien ihn aus der Fassung zu bringen. Wenn er nicht hinschaute, betrachtete sie ihn verstohlen, bewunderte die ausgeprägten Wangenknochen oder seine Augen, die die gleiche Farbe hatten wie der See. Sie mochte es, dass er so groß und schlank war, und auch die Art, wie ihm seine glatten braunen Haare in die Augen fielen und er sie dann wegblies.

Als sie ihre Sachen aufs Motorrad packten, bemerkte er einen dieser Blicke und schaute nicht weg. Sie fragte sich, ob er sie genauso anschaute, wenn sie nicht hinsah.

Ihn zu küssen, war unglaublich gewesen. Schöner, als sie es sich je vorgestellt hatte. Vielleicht hatte es damit zu tun, dass er Franzose war. Vielleicht lag es aber auch nur an ihm selbst. Jedenfalls, im Vergleich dazu verblasste jeder Kuss mit Tom.

Er hatte es sogar geschafft, dass diese Sache mit ihren Kräften nicht total peinlich geworden war.

»Du bist wie ein Akku in Mädchenform«, hatte er gesagt und dabei ihren Hals mit Küssen bedeckt. »Mit dem Stecker in der Erde.«

Sie hatte etwas dagegen sagen wollen, aber da sie gleichzeitig nicht wollte, dass er aufhörte, sie zu küssen, hatte sie sich's verkniffen.

Als es ihr jetzt wieder einfiel, wurde sie knallrot. *Vielleicht sollte ich aufhören, ständig ans Küssen zu denken.*

Mit vereinten Kräften schoben sie das Motorrad aus seinem Versteck – die Räder waren in den weichen Boden eingesunken, sodass sie beide kräftig anpacken mussten. Als Taylor hinter ihn auf die Sitzbank kletterte, drehte er den Kopf zu ihr. Durchs Visier waren seine Augen noch schöner.

»Bereit?«

Sie schlang die Arme um seine Taille – fester, als sie sich gestern noch getraut hatte. Ehe er den Gang einlegte, griff Sacha nach ihrer Hand und drückte sie. Ihr Herz hüpfte.

Was immer sie am Ende ihres Wegs erwartete, sie würden es zusammen durchstehen.

»Bereit.«

***

Es war fast Mittag, als Taylor und Sacha endlich die Stadt erreichten, in der sich das Safe House befand. Da sie die Hauptstraßen mieden, war es ein bisschen kompliziert gewesen, es zu finden – auf den schmalen Nebenstraßen hatten sie sich mehrmals verfahren.

Schließlich landeten sie in einem Städtchen, dessen enge Gassen von blassrosa Steinhäusern gesäumt wurden. Wegen der Hitze waren die meisten Fensterläden geschlossen, was den Ort schläfrig und verlassen wirken ließ.

In dieser Umgebung schien plötzlich auch der Motor lauter zu dröhnen, und bald fuhr Sacha in einer Seitenstraße rechts ran, nahm den Helm ab und zog einen Zettel aus der Tasche, um die Adresse zu prüfen.

»Rue des Abbesses, da müssen wir hin«, sagte er.

Nun streifte auch Taylor ihren Helm ab und atmete durch. Nach den vielen Stunden, die ihr Kopf in Plastik eingesperrt gewesen war, fühlte sich selbst die heiße Luft gut auf der Haut an.

»Irgendwelche näheren Angaben?«

Er schüttelte den Kopf.»Nein. Nur Rue des Abbesses.«

Taylor sah sich um.»Dann müssen wir jede Straße einzeln checken.«

»Warte.«Nachdenklich rieb Sacha sich das Kinn.»Eine Straße, die so heißt, führt normalerweise zu einer Kirche oder einem Kloster.«Er drehte sich um und deutete auf einen Kirchturm, der wie ein Ofenrohr über die Baumkronen ragte.»Müsste also irgendwo dahinten sein.«

»Klingt logisch.«Taylor zog den Helm wieder auf.»Dann los.«

Sie fuhren den Weg, den sie gekommen waren, zurück und drosselten bei jedem Straßenschild das Tempo.

Es dauerte ein bisschen, aber dann entdeckten sie ein Kloster, das aus grauem Naturstein errichtet war. *Rue des Abbesses*, stand auf dem Straßenschild.

»Endlich«, sagte Taylor.

Im Schneckentempo fuhr Sacha Haus für Haus ab, bis er schließlich das richtige fand. Es war hoch und schmal und stand gleich neben dem imposanten Gittertor der Abtei.

Taylor schloss die Augen, um den Ort zu *sehen*. Überall entdeckte sie molekulare Energie, zarte goldene Fäden von den Pflanzen in den Gärten, dickere Stränge von den Stromleitungen über ihnen und etwas unter ihren Füßen – fließendes Wasser, nahm sie an.

In den Häusern war alles ruhig. In manchen nahm sie die roten Spuren menschlicher Energie wahr, in anderen gar nichts. Von Mortimer keine Spur.

»Scheint sicher zu sein«, sagte sie.

Sacha stellte den Motor aus.

Wie alle Gebäude der Straße war auch dieses Haus aus dem

gleichen Stein wie die Abtei errichtet worden – solide und grau. Es hatte drei Stockwerke und zahlreiche Schornsteine auf dem Dach. Dünne Vorhänge verdeckten die oberen Fenster, während die unteren durch Läden fest verschlossen waren. Eine niedrige Mauer umgab das Anwesen, an einer Seite befand sich ein alter Stall. Das Gartentor stand offen, als würden sie erwartet.

In diesem Haus konnte Taylor überhaupt nichts wahrnehmen – weder menschliche noch alchemistische Energie.

»Verrückt«, sagte sie leise. »Als wäre das Haus leer – nur, dass es leerer als leer ist. Ich kann weder Strom noch Wasser oder sonst was spüren.« Sie starrte auf das hohe, alte Gebäude. »Als wäre das Haus gar nicht da.«

Sacha gefiel die Sache nicht. Aber die Adresse stimmte, es musste der richtige Ort sein.

»Checken wir's aus.«

Er bedeutete ihr, ihm zu folgen, und stieg von der Maschine. Ihre Taschen ließen sie auf dem Gepäckträger.

»Die bleiben erst mal hier. Nur für den Fall …«, sagte er.

Vorsichtig überquerten sie den kleinen Hof. Auf einer Seite plätscherte ein Springbrunnen, die Statue eines schönen Mädchens, das langsam und unablässig Wasser aus einem Gefäß goss.

Auf halber Strecke fiel plötzlich hinter ihnen mit einem dumpfen Schlag das Gartentor zu.

Wie angewurzelt blieben sie stehen, hin- und hergerissen, ob sie weglaufen oder anklopfen sollten.

»Vielleicht waren sie das«, mutmaßte Taylor. »Damit wir in Sicherheit sind.«

»Oder Mortimer hat das Tor geschlossen, und jetzt sind wir

gefangen«, wandte Sacha ein.»Abgesehen davon steht die Maschine auf der anderen Seite.«

Er sah nicht wirklich glücklich aus.

»Lass uns anklopfen«, entschied sie.»Es muss einen Grund geben, warum ich nichts in diesem Haus spüren kann. Vielleicht bedeutet es nur, dass das Versteck wirklich sicher ist.«

»Gut, aber halt dich bereit, falls wir abhauen müssen«, mahnte Sacha sie.»Und warte nicht auf mich. Wenn er es ist, lauf, so schnell du kannst. Der soll uns nicht beide kriegen.«

Taylor griff nach seiner Hand.»Der kriegt keinen von uns.«

Plötzlich näherten sich von drinnen Schritte. Taylor spürte in sich hinein, doch das Haus gab nichts preis.

Ihr Herz schlug wie wahnsinnig in ihrer Brust.

Sacha fasste sie fest an der Hand.»Sei bereit«, flüsterte er.

Dann hörten sie, wie Schlüssel gedreht und Riegel zurückgeschoben wurden. Es war zu spät, um wegzulaufen.

Lautlos öffnete sich die Tür, und vor ihnen erschien ein Mann, das schwarze Haar sorgfältig nach hinten gekämmt, eckiger, glatt rasierter Kiefer, auf der Nase eine modische Brille.

»Da seid ihr ja«, sagte er auf Englisch, aber mit französischem Akzent.»Wir haben uns schon Sorgen gemacht.«

Verblüfft atmete Sacha auf.

»Monsieur Deide?!«

»Ich kann euch gar nicht sagen, wie froh ich bin, euch beide heil hierzuhaben«, sagte Deide und reichte Sacha eine Tasse Kaffee.
Immer noch völlig verwirrt, nahm der sie in Empfang.
Sie standen in einer hellen, geräumigen Küche, die sich im hinteren Teil des eleganten Hauses befand.
Sacha wusste nicht, was er denken sollte. Das letzte Mal hatte er seinen Englischlehrer in einem Klassenzimmer in Paris gesehen, als er Taylor gewarnt hatte, sie sei in Gefahr.
Deide sah genauso aus wie damals – geknöpftes Hemd, modische Brille, Dreitagebart. Nur älter wirkte er, als hätten die vergangenen Wochen ihn Jahre gekostet.
»Ich bin total verwirrt«, sagte Sacha. »Ich dachte, Sie wären in Paris. Was ist passiert?«
»Tja.« Deides Augen versteckten sich hinter der Brille. »Das ist eine lange Geschichte.«
»Wo sind Louisa und Alastair?«, fragte Taylor, die etwas abseits stand und die beiden mit Sorge betrachtete.
»Die sind wohlauf«, versicherte der Lehrer ihr. »Sie hatten Probleme mit dem Lieferwagen, müssten aber bald hier eintreffen.

Funktionieren eure Handys eigentlich nicht? Sie haben dauernd versucht, euch zu erreichen. Wir haben uns wirklich Sorgen gemacht.«

»Unsere Akkus sind leer«, rechtfertigte sich Taylor.

Deide nickte und goss dampfendes Wasser aus dem Kessel in eine Tasse. Die Küche sah aus wie aus dem Katalog – die Arbeitsplatte war aus Kiefernholz, an den Wänden standen und hingen weiße Schränke. Ansprechend, aber unpersönlich.

»Das haben wir uns dann auch gedacht.«

»Monsieur Deide«, sagte Sacha, »ich verstehe immer noch nicht, warum Sie hier sind.«

Der Lehrer reichte Taylor eine Tasse Tee.

»Ich werde es euch erklären«, sagte er. »Kommt mit.«

Er führte sie zurück durch den weitläufigen Flur ins Wohnzimmer, einen großen, teuer eingerichteten Raum mit Parkettboden und tiefen weißen Sofas. Doch wie die Küche hatte er etwas Leeres an sich, etwas Einsames.

Sacha und Taylor hockten sich nebeneinander auf eins der Sofas, Deide nahm gegenüber Platz, in der Hand eine Tasse Kaffee.

»Als du aus Paris geflohen bist, Sacha«, begann er, »wollte ich mich sofort auf die Suche nach dir machen. Doch in St. Wilfred's war man der Ansicht, das sei keine gute Idee.«

Sacha sah ihn fragend an. »Und warum nicht?«

»Du musst wissen«, antwortete der Lehrer, »dass ich beschattet wurde, aber nicht wusste, von wem. Inzwischen wissen wir ja leider, dass es Mortimer Pierce war, aber damals wussten wir nur, dass es etwas mit Dunklen Mächten zu tun hat. Aldrich hielt es für besser, wenn ich in Paris blieb, um Mortimer nicht auf deine

Spur zu bringen. Er sollte denken, ich würde dich bei mir verstecken. Wir hofften, so hättest du eine größere Chance. Leider hat es nicht so funktioniert wie erhofft. Und dann wurde Aldrich ja selbst getötet.«

Seine Miene wurde düster. Er hielt kurz inne und wandte sich dann an Taylor. »Die Sache mit Ihrem Großvater tut mir unendlich leid. Ich bin ihm zwar nur ein paar Mal begegnet, aber ich habe ihn sehr bewundert.«

»Danke«, antwortete sie schmerzlich berührt.

Eine Weile sagten sie nichts.

»Wie ist das eigentlich, Monsieur Deide«, brach Taylor schließlich das Schweigen, »sind wir hier sicher? Wieso konnte ich Sie in diesem Haus nicht spüren? Das ganze Gebäude hab ich nicht gespürt.«

Die Frage schien den Lehrer zu freuen. »Dann haben wir einen guten Job gemacht. Wie all unsere Häuser ist auch dieses durch alte Methoden geschützt.« Er deutete über das Fenster. Jetzt erst fielen Sacha die Symbole auf, die dort eingraviert waren – Dreiecke in einem Kreis, eine Schlange, die sich in den eigenen Schwanz beißt.

»Diese spezielle Kombination alchemistischer Symbole wirkt als Barriere – keine Energie kommt herein oder gelangt hinaus.«

»Aber was ist mit Mortimer Pierce?«, fragte Sacha. »Würde diese Barriere auch ihn aufhalten?«

Deides Ausdruck verdüsterte sich. »Ich fürchte, diese Frage kann ich leider nicht mit Gewissheit beantworten. Mortimer hat sich mit Dämonologie beschäftigt. Seine Kräfte übersteigen all unsere Erfahrungen …«

Er verstummte und hob die Hand, um sie zum Schweigen zu bringen. Dann wandte er sich zum Fenster und lauschte. Im nächsten Augenblick hörte Sacha es auch. Ein Motorengeräusch, das näher kam. Anhielt.

Der Lehrer sprang auf und lief aus dem Zimmer. Taylor und Sacha warteten nicht auf eine Einladung und folgten ihm auf den Fersen. Deide riss die Eingangstür auf.

Neben Sachas glänzendem Motorrad stand ein ziemlich zerbeulter blauer Lieferwagen.

Die Beifahrertür gab ein rostiges Knarzen von sich, und im nächsten Moment kam Louisa herausgeklettert. Ihr türkisfarbenes Haar blitzte in der Nachmittagssonne.

»Verdammt«, schimpfte sie los und warf sich eine abgewetzte Ledertasche über die Schulter. »Wo zur Hölle habt ihr gesteckt?«

»Louisa!« Taylor stürzte die Treppe hinunter und warf sich in ihre Arme. »Ich hab mir solche Sorgen gemacht.«

Reflexartig erwiderte Louisa die Umarmung. Sacha konnte sich nicht erinnern, sie schon einmal derart unbeholfen gesehen zu haben.

»Ist noch lange kein Grund für so 'n Getue«, sagte sie abwehrend.

Doch Sacha durchschaute sie mittlerweile und wusste, dass sie wirklich froh war.

Nun kam auch Alastair von der Fahrerseite, zerzauster denn je, in den Händen ihr restliches Gepäck.

»Die verdammte Kiste ist heiß gelaufen.« In seinem glasklaren englischen Akzent klang alles so bedeutend. »Wenn Blicke töten könnten, Louisa hätte die Karre gekillt.«

»Verdient hätte sie's«, bestätigte Louisa.

Alastair legte Sacha einen Arm um die Schulter und drückte ihn an sich.

»Gut, dich heil wiederzusehen.«

»Ebenso«, sagte Sacha grinsend.

Alle redeten jetzt durcheinander – die schlechten Straßen! der Transporter! –, bis Monsieur Deide die Hände hob und sie zur Ordnung rief:

»Alle mal herhören, *s'il vous plaît*. Hier draußen sind wir nicht sicher. Bitte stellen Sie die Fahrzeuge im Hof ab und schließen Sie das Tor. Danach ist immer noch genug Zeit, alles zu besprechen.«

***

Ein paar Minuten später saßen alle im Wohnzimmer und erzählten, was sie in der vergangenen Nacht erlebt hatten.

»… und deshalb haben wir einfach unten am See übernachtet«, schloss Sacha. »Keine Zwischenfälle. Und bei euch?«

»Wir haben im Transporter geschlafen.« Beiläufig, als ob sonst nichts gewesen wäre, zuckte Louisa die Schultern. »Böse Jungs ebenfalls Fehlanzeige.«

»Na ja, so ganz stimmt das ja nicht«, warf Alastair ein. Die beiden tauschten einen Blick.

»Ach ja«, sagte sie. »Das.«

»Was das?«, fragte Taylor.

Louisa zögerte.

»Dunkle Energie. Haben den ganzen Tag über welche wahrgenommen.« Sie blickte zu Deide. »Mal war sie da, dann wieder nicht, aber nie konstant genug, dass ich sie greifen oder identifizieren konnte. Kann sein, dass es nur irgendein anderer Typ mit dunklen Kräften war, aber ich hatte das Gefühl, dass wir verfolgt werden.«

»Und damit rückst du erst jetzt raus?« Deide sah nicht sehr erfreut aus.

»Also, es war so«, mischte Alastair sich schnell ein. »Sobald wir in den Wald eingebogen sind, haben wir sie komplett verloren. Nicht ein einziges Mal haben wir sie noch wahrgenommen. Wir haben gehofft, dass wir sie vielleicht schon ganz abgeschüttelt haben.«

Deide lehnte sich zurück. »Kaum«, sagte er mit besorgter Miene. »Ich denke nicht, dass man Pierce auf diese Weise abschütteln kann. Mir gefällt das ganz und gar nicht.«

»Wie macht er das nur?«, fragte Taylor. »Wie hat er uns bloß gefunden? Wie schafft er das alles, die Zombies, den Angriff? Ich begreife das nicht. Wir haben alles richtig gemacht. Ist er kein Mensch mehr, oder was?«

Sie biss sich fest auf die Lippe, als wollte sie sich selbst zum Schweigen bringen.

»Da ist was dran. Was er geschafft hat, wurde lange für unmöglich gehalten«, sagte Deide. Und mit Bedacht fuhr er fort: »Und ich bin nicht sicher, wie menschlich er mittlerweile noch ist.«

Er blickte zu Louisa, die aufmerksam zuhörte.

»In St. Wilfred's glauben sie, dass das, wozu er imstande ist – seine ungeheure Macht –, möglicherweise bedeutet, dass er ganz nah dran ist, einen Dämon zu erschaffen. Näher, als wir dachten. Es ist, als würden sie schon zusammenwirken.«

Sacha spürte wieder die Angst in seiner Brust.

»Wieso? Ich denke, er braucht mich, um den Dämon zu erschaffen. Darum ging's doch die ganze Zeit, oder? Und jetzt erzählen Sie, er hätte es schon getan. Sind wir etwa zu spät?«

»Es handelt sich eher darum, dass er einen Weg gefunden hat, mit dem Dämon zu kommunizieren«, erläuterte Deide. »Und jetzt hilft der Dämon ihm.«

»Aber … warum?«, stammelte Sacha. »Wie …«

»Warum?« Alastair übernahm das Antworten. »Weil es im Interesse des Dämons liegt, wenn Mortimer gewinnt. Wie? Nun, das versuchen wir ja herauszufinden.«

»Wir sind nicht zu spät, Sacha.« Deide stützte die Hände auf seine Knie. »Der Dämon lebt nicht in unserer Dimension. Nur seine Energie sickert zu uns durch, auf welche Weise auch immer. Möglicherweise ist es nur eine Frage der Zeit – immerhin erfüllt sich der Fluch bald –, bis die Trennung zwischen unserer Welt und anderen Dimensionen aufgehoben wird. Das würde auch erklären, wie es Mortimer gelingt, diese Kreaturen zu erschaffen. Und weshalb unsere Kräfte ihnen nichts anhaben können, weshalb unsere Methoden, die uns gewöhnlich schützen, gegen sie nichts ausrichten.«

»Und was jetzt?«, fragte Taylor. »Wie lange können wir hierbleiben? Wann müssen wir weiter?«

»Ich denke, es ist für alle das Sicherste, wenn ihr hier die Nacht verbringt«, sagte Deide. »Morgen jedoch müsst ihr weiter, nach Carcassonne. Dort in der Nähe gibt es ein weiteres Haus, das euch erwartet. Es ist abgeschiedener als dieses hier und besser geschützt.«

»Aber hier sind wir für heute Nacht sicher?«, fragte Sacha nach.

Deide warf ihm einen bedauernden Blick zu.

»Dieses Haus ist das beste, was wir haben. Aber so leid es mir tut, das sagen zu müssen: Von nun an ist es nirgends mehr sicher.«

Nachdem sie das Wichtigste besprochen hatten, besserte sich die Stimmung, und es wurde sogar herumgealbert. Der Stress der letzten Tage und Stunden forderte seinen Tribut, die Anspannung fiel allmählich von ihnen ab.

Das Abendessen nahmen sie an einer langen Tafel im Speisezimmer ein. Alle redeten und lachten durcheinander. Zu ihrer eigenen Überraschung genoss selbst Taylor die ausgelassene Atmosphäre. Was zum größten Teil sicherlich daran lag, dass sie das Thema Mortimer weitgehend mieden.

Louisa erzählte von den Qualen der Nacht im Transporter und wie laut Alastair geschnarcht hatte.

»Was fällt dir ein«, echauffierte sich Alastair mit gekünstelter Empörung.

»Wie so'n verdammter Rasenmäher«, zog Louisa ihn auf und machte das Geräusch nach, bis er ein Stück Brot nach ihr warf.

Taylor und Sacha erzählten, wie sie zerquetschte Teilchen gegessen und ihre Zähne mit Seewasser geputzt hatten.

»Und die Vögel haben vielleicht einen Lärm gemacht«, rief Sacha.

»Ja, unglaublich laut«, stimmte Taylor mit übertriebener Begeisterung zu. »Total irre.«

Deide hörte zu und lächelte, lachte an den richtigen Stellen und schenkte nach, wenn die Gläser leer waren. Und wenn einmal der Gesprächsstoff auszugehen drohte, regte er die Unterhaltung immer wieder an.

Doch so gesellig es auch war – alle waren erschöpft, und so war es noch früh, als Deide ihnen ihre Zimmer zeigte. Taylor und Louisa teilten sich ein geräumiges Zimmer im Obergeschoss mit weiß lasierten Dielen und zwei altmodischen Betten, auf denen makellose Tagesdecken aus Matelassé lagen. Auf dem Tischchen dazwischen stand eine kleine Porzellanlampe, und darüber hing ein Ölgemälde, das ein Bauernhaus unter lebhaftem blauem Himmel zeigte.

Louisa ließ ihre Tasche neben der Tür zu Boden plumpsen und warf sich auf das erste Bett.

»Ein richtiges Bett«, seufzte sie. »Jetzt einschlafen und nie mehr aufwachen.«

Gleich nachdem sie sich die Zähne geputzt und sich umgezogen hatten, schalteten sie das Licht aus. Doch so müde sie auch war, Taylor fand keine Ruhe.

Vor dem Fenster tanzten Schatten umher, und in ihrem Kopf hallten Deides Worte nach: *Von nun an ist es nirgends mehr sicher.* Immer wenn sie die Augen schloss, sah sie Mortimer vor sich, der dabei war, alles zu zerstören, was ihr etwas bedeutete. Monster mit Brandmalen tappten auf sie zu, und Todbringer hielten ihr die Hände entgegen und fügten ihr Schmerzen zu.

Sie verabschiedete sich von dem Vorhaben, einzuschlafen, und setzte sich auf.

Louisa schlummerte seelenruhig in ihrem Bett. Im Haus war es totenstill, nur eine Uhr tickte irgendwo langsam und unaufhörlich.

Nur mal schnell einen Blick nach draußen werfen. Danach kann ich bestimmt einschlafen.

Vorsichtig, um Louisa nicht zu wecken, schlüpfte sie aus dem Bett und ging auf Zehenspitzen zum Fenster.

Draußen lag der kleine Hof verlassen. Noch immer sprudelte Wasser aus dem Gefäß der Statue.

Vor der niedrigen Mauer stand eine einzelne Laterne und beleuchtete so gut sie konnte die eleganten Stadthäuser und die leere Straße. Alles war still.

Taylor atmete tief ein.

Alles gut. Nichts Auffälliges.

Gerade als sie sich umdrehen und zurück ins Bett wollte, erfasste sie aus dem Augenwinkel eine Bewegung.

Blitzschnell fuhr sie herum und drückte ihr Gesicht gegen die Fensterscheibe.

Mit wachsendem Grauen entdeckte sie im Schatten der Klostermauer eine Gestalt, die sich dem Haus näherte.

Erst war sie nur schwer zu erkennen, doch dann meinte Taylor, den langen Schatten eines Spazierstocks auszumachen.

Erschrocken wich sie zurück und stolperte dabei über einen niedrigen Hocker, dessen Existenz sie ganz vergessen hatte. Sie ruderte mit den Armen, um die Balance wiederzufinden.

»Verflixt«, schimpfte sie leise. Dann schlich sie zurück zum Fenster und zwang sich, noch einmal hinauszuschauen. Das Herz klopfte ihr bis zum Hals, und sie presste ihre Hände dagegen, als könnte es aus ihrer Brust springen.

Niemand zu sehen. Plötzlich legte sich eine Hand auf ihre Schulter.

»Pssst«, flüsterte Louisa. »War er das?«

Taylor brachte keinen Ton heraus. Ihr Gesicht war wie eingefroren. Jedes Wort musste sie einzeln herauspressen.

»Ich hab gedacht, ich hätte ihn gesehen. Aber jetzt …«

Louisa stellte sich neben sie und sah nach draußen. Taylor, die immer noch kaum zu atmen wagte, sah ihr bang zu.

»Da ist nichts. Was hast du gesehen?«

Taylor beschrieb die Schattengestalt, die Art, wie sie sich bewegt hatte.

»Ich hab gedacht … das wäre er. Sein Stock.« Sie schluchzte und rang nach Luft. »Aber plötzlich war er nicht mehr da. Er ist einfach verschwunden.«

Louisa überlegte nicht lange. »Komm mit.« Sie nahm Taylor bei der Hand und zog sie aus dem Zimmer. Barfuß liefen sie die Holztreppe hinunter und durch den dunklen, stillen Flur im Erdgeschoss zur Eingangstür, wo sie innehielten.

Louisa presste die Hand dagegen, diverse Schlösser öffneten sich und die Türflügel schwangen auf.

Die kühle, frische Nachtluft kündigte baldigen Regen an. Sonst war alles ruhig, nichts regte sich.

Nebeneinander standen sie im Hof und guckten auf die Straße. Taylor konnte nichts wahrnehmen außer einer schwachen Spur von Dunkler Energie. Aber vielleicht bildete sie sich das auch nur ein.

»Was ist los?« Hinter ihnen tauchte ein schlaftrunkener Alastair in der Tür auf, auch barfuß und in Jeans und einem T-Shirt aus St. Wilfred's. »Wollt ihr die Fliege machen, oder was?«

»Taylor meint, sie hätte Pierce gesehen«, klärte Louisa ihn auf.

Sofort war Alastair hellwach. Er trat einen Schritt vor. »Wo? Irgendwelche Anzeichen, dass er hier ist?«

»Na, wie die ganze Zeit schon.« Louisa warf ihm einen vielsagenden Blick zu. »Ganz schwach halt.«

Seine Miene verdüsterte sich. »Verdammt. Wie stellt er das bloß an? Und was bedeutet es? Hat er uns aufgespürt? Oder hat er sich was Neues einfallen lassen?«

»Keine Ahnung. Aber besser, wir bringen Taylor rein, nur für den Fall.« Louisa nahm Taylor beim Arm und führte sie Richtung Tür. »Wo ist Sacha?«

»In unserem Zimmer. Er schläft«, antwortete Alastair.

Louisa zog ihre Motoradstiefel an.

»Wo willst du hin?«, fragte Taylor besorgt.

»Bisschen umsehen. Ich will sichergehen, dass er wirklich nicht mehr da ist.«

»Ich komme mit«, sagte Alastair.

»Ich auch.« Taylor griff schon nach ihren Schuhen, doch Louisa hielt sie zurück.

»Du kannst nicht mitkommen, Taylor«, sagte sie energisch. »Du würdest gern, ich weiß, aber da draußen ist es nicht sicher für dich. Und das ist das Entscheidende. Du bleibst hier.«

Taylor war empört. Es waren *ihre* Kräfte, die die Todbringer und den Zombie bezwungen hatten, *ihren* Kräften hatten sie es zu verdanken, dass sie überhaupt noch am Leben waren!

Doch jetzt war nicht der richtige Zeitpunkt für einen Streit, und deshalb sagte sie nichts.

Vorsichtig öffnete Louisa die Tür. Taylor erhaschte einen Blick auf die Straße, wo alles ruhig schien.

Einen Augenblick später waren Louisa und Alastair im Dunkel der Nacht verschwunden.

***

Stunden blieben sie weg.

Taylor ging ins Wohnzimmer, legte sich aufs Sofa und wartete. Es war so still.

Ungeachtet der Gefahr, musste sie irgendwann vor Erschöpfung eingeschlafen sein, denn als sie die Augen wieder öffnete, fiel Tageslicht durchs Fenster, und sie hörte Stimmen, die sich leise unterhielten.

Hellwach sprang sie auf und folgte den Stimmen in die Küche.

Sacha, Alastair und Deide saßen auf Hockern um eine Kochinsel, vor sich Tassen mit Kaffee. Nur Louisa fehlte. Auf der massiven Holzanrichte lagen die Reste eines Frühstücks: Brot, Käse, Obst.

»Da ist sie ja«, sagte Deide, als sie zur Tür hereinkam. Er trug ein frisch gebügeltes weißes Hemd und Jeans und wirkte sehr entspannt. Wie nach einer ganz normalen Nacht.

»Wieso habt ihr mich nicht geweckt?«, fragte Taylor vorwurfsvoll. »Ist alles okay? Wo ist Louisa?«

»Draußen.« Alastair gähnte und rieb sich die Augen. »Wache stehen.«

»Alles bestens«, sagte Deide. »Von Pierce keine Spur.«

»Ich kann nicht glauben, dass ich überhaupt nichts mitbekommen habe.« Sacha machte ein finsteres Gesicht. »Ihr habt mich einfach weiterschlafen lassen.«

»Gab ja auch gar nichts zu sehen«, rechtfertigte sich Alastair und nahm einen Schluck Kaffee.

Sacha schob Taylor ein Baguette und ein Messer hin. »Wir haben dir was übrig gelassen.«

Sein dunkles Haar war zerzaust. Er trug ein frisches T-Shirt und Jeans ohne Gürtel. Als sie ihn sah, ging es ihr gleich besser. Und sie fühlte sich sicherer.

Taylor zog sich einen leeren Hocker heran und setzte sich neben ihn. Sie zwang sich, von dem Brot abzubeißen, konnte es aber nicht genießen. Kein Appetit.

»Aber wenn er es nicht war, was habe ich dann gesehen?«, fragte sie. »Hab ich das nur geträumt?«

»Das können wir nicht mit Gewissheit sagen«, antwortete Deide ernst. »Wir vermuten, dass er irgendwie Alastair und Louisa aufgespürt hat und ihnen gefolgt ist. Möglich, dass deine besonderen Fähigkeiten dir erlaubt haben, ihn anders wahrzunehmen. Die beiden haben Dunkle Energie wahrgenommen, du hast Schatten gesehen.« Er zuckte die Achseln. »Wir können nur hoffen, dass unsere Schutzmaßnahmen funktioniert haben und er deine und Sachas Anwesenheit im Haus nicht bemerkt hat.«

»Und wenn er *uns* heute folgt?«, fragte Sacha. »Wenn er euch gestern schon gefolgt ist, führen wir ihn dann nicht direkt zum nächsten Safe House?«

»Lou und ich haben die ganze Stadt von einem Ende zum anderen abgesucht«, sagte Alastair. »Sollte Mortimer hier sein, dann ist er vollkommen unsichtbar.«

Deide stellte seine Tasse hin. »So oder so bedeutet es, dass wir wieder verschiedene Routen nehmen müssen. Wir fahren alle zur selben Zeit los, dann kann er uns unmöglich allen gleichzeitig folgen.«

»Und was, wenn wir ihn wahrnehmen?«, fragte Taylor.

»Wenn ihr merkt, dass ihr verfolgt werdet, meidet das Safe House«, sagte Deide. »Das gilt für alle. Haltet irgendwo an und nehmt Kontakt mit uns auf. Wir überlegen dann, wie wir euch sicher zu uns holen.«

»Auf keinen Fall dürfen wir ihn noch einmal auf unsere Fährte führen«, stimmte Alastair zu.

In diesem Augenblick flog mit lautem Schlag die Eingangstür auf, und alle sprangen auf.

Louisas Motorradstiefel kamen herein gestampft. Sie trug ein schwarzes Hoodie und eine schwarze Hose, ihre verquollenen Augen verrieten den Schlafmangel.

»Es regnet«, sagte sie nur.

Deide sah sie an. »Alles in Ordnung?«

»Wie leer gefegt«, antwortete sie. »Keine Spur von ihm. Wir sollten jetzt fahren, bevor der miese Bastard aufwacht und uns wieder stalkt.«

Deide sah auf seine Armbanduhr, dann wandte er sich den anderen zu.

»*Allons-y.* Es ist gleich sechs«, sagte er. »In fünfzehn Minuten sollten wir hier raus sein. Ich schlage vor, ihr packt schnell eure Sachen und dann los. Auf nach Carcassonne.«

Auf ihrem Weg nach Süden hielten Sacha und Taylor sich weiterhin auf Nebenstraßen.

Den ganzen Vormittag regnete es, was das Fahren schwieriger machte und Sacha zwang, das Tempo zu drosseln. Und so krochen sie durch verschlafene Dörfer und eine Landschaft voller weiter, leerer Viehweiden.

Nach den Erlebnissen der Nacht kam Taylor sich verwundbar und ausgeliefert vor. Sie fühlte sich beobachtet, doch immer, wenn sie sich umdrehte, war niemand zu sehen. Nicht ein einziges Mal nahm sie Mortimer in irgendeiner Weise wahr.

Was natürlich nicht bedeutete, dass er nicht doch da war.

Wie geplant, waren sie alle gleichzeitig aufgebrochen. Louisa hatte Taylor kurz in die Arme genommen, bevor sie in den Transporter geklettert war.

»Passt gut auf euch auf«, hatte sie sie noch ermahnt. »Kein Risiko.«

»Ihr auch«, hatte Taylor geantwortet.

Deide war in einen schwarzen Sportwagen gestiegen, der nicht zu sehr auffiel, trotzdem aber doch viel eleganter war, als man es bei einem Englischlehrer erwartet hätte.

»Wir sehen uns in Carcassonne«, hatte er gerufen und eine verspiegelte Sonnenbrille aufgesetzt.

An der Hauptkreuzung im Ort war jeder dann in eine andere Richtung gefahren.

Seitdem hatten sie nicht mehr miteinander kommuniziert. Taylor konnte nur hoffen, dass bei den anderen alles gut ging.

Je näher sie Carcassonne kamen, desto mehr Anzeichen gab es, dass sie sich einem Touristenort näherten. Auf den Straßen wimmelte es von Tourbussen und Mietwagen. Die schöne französische Landschaft wurde zunehmend von großformatigen Hinweisschildern verdeckt, die billige Hotels, Fast-Food-Restaurants und Jugendherbergen bewarben.

Auf einer ruhigen Landstraße fuhren sie durch sanfte Hügel, auf denen überall Wein wuchs. Soweit das Auge reichte, nichts als üppige dunkelgrüne Trauben.

An einer günstigen Stelle hielt Sacha an, streifte den Helm ab und musterte die Landschaft. Er holte die Wegbeschreibung heraus.

»Hier müsste es sein«, sagte er. »An der Windmühle links. Siehst du irgendwo eine Windmühle?«

Die Sonne neigte sich bereits dem Horizont zu, das Blau des Himmels war einem lebendigen Magenta gewichen. Ein kühler Wind blies über die lang gestreckten Hügel. Taylor sah nur Reben, Reben und sonst nichts.

»Nee«, sagte sie.

Sacha rieb sich das Kinn. »Vielleicht sind wir vorhin falsch abgebogen?«

Kein schöner Gedanke. Bald würde es dunkel werden, und dann ließen sich Ortsmarken noch schwerer finden. Hier auf dem platten Land gab es keine Straßenbeleuchtung und nur wenige Häuser.

»Lass uns ein Stück weiter fahren«, schlug sie vor. »Nur bis ins nächste Dorf. Wenn wir sie dann nicht gefunden haben, drehen wir um und versuchen es noch mal.«

Aber die Windmühle schien unauffindbar, bis Taylor sie schließlich doch entdeckte, als die Sonne bereits tiefrot am Horizont stand.

Sie tippte Sacha auf die Schulter und zeigte in die Richtung.

Fernab der Landstraße, am Ende eines Feldwegs, stand tatsächlich still und stumm eine kleine, alte Windmühle aus Holz. Sie ähnelte in nichts den Windmühlen, die sie aus England kannte.

Sacha hielt an.

Eigentlich sollten sie hier abbiegen und dem Feldweg vorbei an der Mühle bis zu dem Versteck folgen, das gleich dahinter kam. Doch außer der Mühle und Bäumen konnten sie nichts erkennen, das ein Versteck hätte sein können.

»Trotzdem, das muss sie sein.« Man hörte ihm den Zweifel an. »Probieren wir es.«

Er bog in den steinigen Weg ein. Das Sträßchen war so uneben, dass sie nur Schritttempo fahren konnten. Die niedrig stehende Sonne warf lange Schatten, die wie Klauen nach ihnen griffen.

Erst als sie an der Mühle vorbeigefahren waren, entdeckten sie das Safe House, so versteckt lag es zwischen Bäumen.

Das Château d'Orbay war ein imposanter dreigeschossiger Bau, der aus zwei lang gestreckten Flügeln bestand. Einst war es vornehm grau gewesen, doch mittlerweile waren die Mauern derart abgeblättert und von dunkelgrünem Efeu überwuchert, dass man die ursprüngliche Farbe kaum noch erkennen konnte.

Vom Motorrad aus schauten sie zu der Eingangstür am Ende einer Freitreppe. Eine Sonne und ein Mond waren rechts und links in den Stein eingraviert, darüber prangte ein Dreieck in einem Kreis.

Keine Frage, sie waren am Ziel. Taylor nahm eine seltsame Energie wahr, die von dem Gebäude ausging. Es schien irgendwie zu … *summen.*

»Sieht ziemlich tot aus«, meinte Sacha.

»Es ist nicht tot«, sagte sie. »Im Gegenteil. Ich glaube, es lebt.«

Bevor sie es erklären konnte, wurde die Tür aufgerissen, und Louisa schaute auf sie herunter.

»Wollt ihr heute Nacht da draußen sitzen bleiben, oder kommt ihr jetzt vielleicht mal rein?«

***

Sie parkten das Motorrad neben Alastairs Lieferwagen in einem baufälligen Schuppen und folgten Louisa zur Vorderseite des Châteaus.

Sie brauchte nur die Hand an das Holz zu legen, und die schwere Eingangstür öffnete sich. Drinnen war es stockdunkel, und es roch streng nach Staub und Schimmel. Es dauerte einen Augenblick, bis Taylors Augen sich an die Dunkelheit gewöhnt hatten. Was sie dann sah, verschlug ihr den Atem.

Die Zimmer hatten hohe Decken und waren mit Möbeln eingerichtet, die einst exquisit gewesen sein mussten, nun aber allein vom Anschauen in sich zusammenzufallen drohten. Kostbare Seidentapeten begannen sich von den Wänden zu schälen. Der aufwendige Stuck an den Decken war noch immer schön, rieselte hier und da aber bereits als Staub zu Boden, und das Holz rings um die massiven, von der Decke bis zum Boden reichenden Fenster wies Flecken von eindringendem Wasser auf.

Überall nichts als der welke Glanz vergangener Zeiten. Wohlgeformte griechische Nacktskulpturen strahlten aus dem Dunkel, die marmornen Schultern weiß und schmal, die Augen starr ins Nichts gerichtet.

Hoch über ihnen in der Eingangshalle hing ein Kronleuchter, dessen kristallener Glanz unter grauen Staubschichten und feinen Spinnweben kaum mehr zu erkennen war.

Und die ganze Zeit spürte Taylor dieses seltsame, unterschwellige Vibrieren, das sie schon draußen wahrgenommen hatte. Ein komisches Gefühl, wie in einem Flugzeug – als wären irgendwo unsichtbare Motoren am Werk.

Sie und Sacha blieben stehen, um die einstige Pracht zu bestaunen, doch Louisa stapfte ungerührt weiter, als gäb's hier nichts Besonderes zu sehen.

»Hier lang«, sagte sie und betrat einen langen, spärlich erleuchteten Gang.

»Das ist der sicherste Ort in der Gegend«, erklärte sie. »Es gibt keinen anderen, der so versteckt liegt. Sieht zwar nicht so aus, aber vertrau mir: Die Schlösser sind unglaublich.«

Sie öffnete eine große Flügeltür.

»Was zur Hölle?«, murmelte Sacha verblüfft und folgte ihr.

Taylor ging es genauso. Es war, als hätten sie eine andere Welt betreten. In diesem Raum waren die Wände sauber und das Parkett frisch gebohnert. Die riesigen Fenster glänzten. Alte Sessel mit kunstvoll gedrechselten Beinen waren in Gruppen zusammengestellt. In den Ecken standen große Kandelaber, und auf den Tischen brannten Petroleumlampen.

Der Anblick war so überwältigend, dass Taylor beinahe Alastair übersehen hätte, der auf einer Chaiselongue lag und, einen Arm über den Augen, leise vor sich hin schnarchte.

»Kerzen dürfen wir nur hier anzünden«, erklärte Louisa und griff nach einer alten Laterne. Die flackernde Flamme ließ Schatten über ihr Gesicht huschen. »Der vordere Teil muss dunkel bleiben. Strom gibt's keinen, aber Wasser. Stellt euer Gepäck hier ab. Tee?«

Ohne ihre Antwort abzuwarten, steuerte sie auf die Tür am Ende des Raums zu. Sacha und Taylor tauschten einen fragenden Blick und folgten ihr.

»Die Hütte ist der Wahnsinn«, sagte Louisa über die Schulter. »In den Keller geht ihr besser nicht, der gehört den Ratten. Aber der Rest ist okay – solange es nicht regnet. Ach, und passt auf die Treppen auf, die haben's in sich.«

»Wo ist Deide?«, fragte Sacha.

Louisa stieß die Küchentür auf. »In der Stadt.«

»In Carcassonne?«, fragte Taylor erstaunt. »Ganz allein?«

»Er hält Ausschau nach Mortimer.« Louisa sah sie forschend an. »Ich geh mal davon aus, dass ihr zwei ihn heute nicht zu Gesicht bekommen habt, oder?«

Taylor schüttelte den Kopf.

»Wir auch nicht.« Die Tatsache schien Louisa nicht zu gefallen.

Das Tageslicht war jetzt fast erloschen, und die Küche wurde lediglich von Louisas Petroleumlampe erhellt. Trotzdem erkannte Taylor, dass es ein großer, rechteckiger Raum war mit einem stabilen Eichentisch an einer Seite. Die andere dominierte ein alter, gusseiserner Herd, der mit Holz befeuert wurde und auf dem ein altmodischer schwarzer Kessel stand. Es roch schwach nach Feuer.

Louisa setzte die Laterne auf der blitzsauberen Theke ab, öffnete einen Schrank und entnahm ihm drei dünne Porzellantassen sowie Teebeutel.

»Ist 'n bisschen riskant, den Ofen zu benutzen«, gestand sie, während sie mithilfe eines Handtuchs den Teekessel vom Feuer nahm. »Der Rauch könnte uns verraten. Aber Engländer funktionieren einfach nicht ohne Tee.«

Nachdem sie die Tassen gefüllt hatte, suchte sie in einer Kühlbox, die in dieser Umgebung unpassend und schrecklich modern wirkte, nach Milch.

»Ist ja echt der Hammer hier«, sagte Sacha, als sie ihm seine Tasse reichte. »Was ist das für ein Haus?«

»Ich nehm die ganze Zeit so eine merkwürdige Energie wahr«, ergänzte Taylor. »Als würde das Gebäude summen oder so.«

Louisa deutete mit dem Kopf zur Tür. »Lasst uns drin reden, wo es Licht gibt. Wegen Alastair braucht ihr euch keine Sorgen zu machen, der würde auch bei einem Orkan weiterschnarchen.«

Louisa führte sie zu einer Sitzecke, wo sie sich auf spindeldürren Stühlen niederließen und die zerbrechlichen Tassen auf ihren Knien balancierten.

»Hier hat früher mal ein berühmter französischer Alchemist gelebt, im siebzehnten Jahrhundert oder so. Marquis d'Orbay hieß er. Schon mal gehört?«

Sacha und Taylor schüttelten die Köpfe.

»Er war ein Freund von Isaac Newton, ein Wissenschaftler und Erfinder, der seiner Zeit um Jahre voraus war. Er hat Dinge erfunden, die wir heute noch nutzen, einen Vorgänger des Reagenzglases und ein Verfahren, um Alkohol zu destillieren. Aber wichtiger ist, dass er einer der besten Ärzte seiner Zeit war und wusste, wie man Knochenbrüche schient oder Infektionen richtig behandelt. Er war so populär, dass die Leute in Paris Schlange standen, um sich von ihm behandeln zu lassen. Als es zu viele wurden, kam er hierher auf dieses Landgut, das dadurch praktisch zum Krankenhaus wurde. Die Leute glaubten, er hätte mystische Kräfte – hatte er auch, um ehrlich zu sein. Dummerweise rief sein Erfolg die Behörden auf den Plan, die ihn der Hexerei bezichtigten. Sie drohten ihm mit einem öffentlichen Prozess. Um dem Scheiterhaufen zu entgehen, versteckte er das Château.«

»Er hat es versteckt?«, fragte Sacha erstaunt. »Wie?«

»Mit der Windmühle.«

Als sie ihre verständnislosen Blicke sah, musste Louisa lächeln.

»Die Windmühle pumpt Wasser aus einem unterirdischen Speicher. Wasser hat enorm viel Energie, für uns Alchemisten ist das wie ein Atomkraftwerk. Und er saß direkt drauf. Mithilfe einer komplexen alchemistischen Formel, die er selbst erfunden hatte, nutzte er die Energie aus dem Wasser, um anderen Menschen vorzumachen, dass hier nichts ist außer Bäumen. Für normale Menschen sah es aus, als wäre das Château über Nacht verschwunden. Die Behörden ließen ihn natürlich suchen, und alle fragten sich, was aus ihm geworden war, aber irgendwann wuchs Gras über die Sache, und man hat ihn vergessen.«

Sie kippelte mit ihrem Stuhl nach hinten gegen die Wand. Es knirschte bedenklich.

»Weil er offiziell verschwunden war, konnte er natürlich keine Kranken mehr behandeln, aber mit seinen Forschungen hat er

256

bis zu seinem Tod weitergemacht. Als er starb, ging das Schloss an den französischen Zweig unserer Organisation über. Bis vor hundert Jahren war es ein Forschungsinstitut, aber das ist irgendwann in ein moderneres Gebäude umgezogen. Heute steht es die meiste Zeit leer. Außer«, sie warf Sacha einen Blick zu, »außer wir müssen etwas verstecken.«

Taylor legte eine Hand an die Wand, und das Summen wurde deutlicher. Nun ergab es einen Sinn.

Sacha wollte mehr wissen. »Wenn er tot ist, wieso ist das Haus dann immer noch unsichtbar?«

»Das ist ja das Komische«, sagte Louisa. »Wir wissen es nicht.«

Taylor sah sie skeptisch an. »Du meinst, ihr wisst nicht, wie es funktioniert?«

»Keine Ahnung.«

»Aber … wie kann das sein?«

»Er war Erfinder, schon vergessen?« Ohne dass sie es mitbekommen hatten, war Alastair aufgewacht. Er kam rüber und rieb sich die Augen. »Schön, dass ihr hier seid.«

Er zog einen Stuhl heran, setzte sich neben Louisa und griff mit einem fragenden Blick nach ihrer Tasse. Sie nickte, und er trank einen Schluck.

»Wir glauben, dass er eine Technik oder ein Gerät erfunden hat, das einfach immer weiterarbeitet, eine Art Perpetuum mobile«, erläuterte er. »Es braucht uns nicht. Und wir wissen bis heute nicht, wie es funktioniert. Entsprechende Pläne oder Notizen haben wir nie gefunden. Möglich, dass es irgendwie seine Energie weiternutzt, obwohl er tot ist. Er ist im Keller begraben.«

»Was, er liegt hier unten?« Taylor schauderte.

»Offenbar war es sein letzter Wille, in diesem Haus beerdigt zu werden.« Louisa gähnte und streckte sich. »Und jetzt liegt er da.«

»Wenn dieses Haus wirklich unsichtbar ist, wieso hab ich es dann gesehen, als wir hergefahren sind?« Sacha war immer noch nicht überzeugt.

»Du konntest es sehen«, antwortete Louisa, »weil wir es wollten.«

Alastair trank den letzten Schluck aus Louisas Tasse und setzte sie dann auf dem Tischchen ab.

»Unsere Kräfte vermögen die des Hauses zu neutralisieren«, erklärte er. »Dadurch wird es für kurze Zeit sichtbar. Sobald wir damit aufhören, greift d'Orbays Erfindung, und es verschwindet wieder.«

Taylor blickte zur hohen Decke, die kaum noch auszumachen war, und dachte über den verfolgten Marquis nach. Nach allem, was sie in letzter Zeit durchgemacht hatte, konnte sie sehr gut nachvollziehen, wie es sich anfühlte, derart verfolgt zu werden, den Tod immer im Nacken. Und warum jemand dann einfach verschwand.

»Ein schönes Versteck«, sagte sie.

»Wir haben ein bisschen renoviert«, sagte Louisa. »Aber wir müssen vorsichtig sein, damit wir keine Aufmerksamkeit auf uns ziehen. Das Schloss muss unsichtbar bleiben. Deshalb gibt es hier auch keinen Strom. Wie sollten wir uns ans öffentliche Stromnetz anschließen, ohne dass jemand von der Existenz des Châteaus erfährt?«

»Und warum können wir die vorderen Räume nicht nutzen?«, fragte Sacha.

»Wasser fließt und verlagert sich – seine Energie ist nicht überall gleich«, erklärte Alastair. »Abgesehen davon besitzt Licht eigene Kräfte, und die beiden können in Konflikt miteinander geraten. Es gibt vereinzelte Berichte von Anwohnern, sie hätten hinter der Windmühle Licht und die Umrisse eines Schlosses gesehen«, sagte er mit einem schelmischen Lächeln. »Seitdem glaubt man, dass es hier spukt. Was uns sehr entgegenkommt. Wenn die Leute Angst haben, halten sie sich fern. Trotzdem müssen wir aufpassen, dass wir nicht auffallen, besonders jetzt, wo Mortimer irgendwo da draußen rumschleicht.«

Unwillkürlich schoss Taylors Blick zu den Fenstern, doch die warfen ihr nur das Flackern der Kerzen zurück.

Draußen war es jetzt Nacht.

Bald darauf kehrte Deide aus Carcassonne zurück.
Sie saßen gerade bei Kerzenlicht um den Küchentisch herum und aßen die Spaghetti, die Alastair auf dem alten Herd gekocht hatte, als der Lehrer hereinkam und schwungvoll seine Umhängetasche auf den Boden fallen ließ. In seinem weißen T-Shirt und der Kakihose musste er für Außenstehende aussehen wie ein stinknormaler Vater, der von der Arbeit nach Hause kommt.
Als er Sacha und Taylor erblickte, lächelte er.
»Wusste ich doch, dass ihr es schafft. Irgendwelche Vorkommnisse?«, fragte er dann Louisa, doch die schüttelte den Kopf.
»Still wie ein Grab.«
»Gut.«
Der Lehrer schaufelte sich Pasta auf einen zerbrechlichen Porzellanteller. Taylor hatte mittlerweile feststellt, dass es im Château ausschließlich unglaublich alte und unglaublich schöne Gegenstände gab. Ihre Gabel zum Beispiel war aus massivem Silber und lag wie ein Stein in ihrer Hand.
Sie warteten, bis Deide sich an den Tisch gesetzt und aus der Weinflasche bedient hatte.
»Und, wie ist es in der Stadt gelaufen?«, fragte Louisa.

Deide trank einen Schluck von dem Wein, der im Kerzenlicht fast schwarz aussah.

»Komisch war's da«, sagte er und setzte das Glas ab. »Irgendwie zu sauber. In ganz Carcassonne habe ich nicht einen Hinweis auf Mortimer gefunden.«

»Nicht einen?« Alastair sah ihn überrascht an. »Das verstehe ich nicht.«

»Ich auch nicht«, erwiderte Deide. »Und es gefällt mir ganz und gar nicht.«

»Er muss da sein.« Mit grimmigem Gesicht griff Louisa nach der Flasche. »Ich weiß, dass er da ist.«

»Ich auch. Trotzdem kann ich ihn nicht aufspüren. Und wenn ihr's genau wissen wollt – ich kann überhaupt *niemanden* spüren. Schwer zu erklären, aber die Stadt fühlt sich völlig leer an, obwohl sie voller Menschen ist. Vermutlich ist das ein Trick von Mortimer, mit dem er sich selbst zu verbergen versucht.«

Taylor wollte etwas einwenden, doch Sacha kam ihr zuvor.

»Ist es nicht doch möglich, dass er gar nicht da ist? Vielleicht hat er aufgegeben.«

»Der gibt nie auf«, sagte Louisa. »Kann er gar nicht, weil er nämlich an seinen Pakt mit dem Dämon gebunden ist. Der kann sich nicht einfach verabschieden, selbst wenn er wollte.«

»Mich wundert's eigentlich nicht, dass wir ihn nicht aufspüren können«, sagte Alastair und lehnte sich zurück. »Mortimer dürfte alles daransetzen, unentdeckt zu bleiben – genau wie wir. Vielleicht irgend so ein dämonischer Schnickschnack, mit dem er sich unsichtbar macht.« Er schaute aus dem Fenster in die dunkle Nacht. »Ich befürchte nur, wenn wir ihn nicht bald finden, dann wird er uns finden. Wir können nicht länger warten.

In zwei Tagen wird Sacha achtzehn. Mortimer wird alle Hebel in Bewegung setzen, um uns aufzuspüren.«

»Waren Sie in der Kirche?«, fragte Taylor und erinnerte sich an den Stadtplan in Jones' Büro. An das Kreuz, das den Ort markierte.

Deide nickte. »Da ist es noch eigenartiger als in der Stadt. Es gibt da eine Kraft, die ich nicht identifizieren konnte. Keine Dunkle, eher … wie soll ich sagen? Eine unbeschreiblich böse. Ich hätte sie mir gern näher angeschaut, wollte aber unsere Anwesenheit nicht verraten.«

Er blickte zu Louisa. »Morgen sollten wir alle gemeinsam noch einmal hinfahren und die Suche fortsetzen. Damit die Zeremonie stattfinden kann, müssen wir die genaue Stelle finden, wo Isabelle Montclair hingerichtet wurde, und das dürfte kein leichtes Unterfangen werden: Soweit ich weiß, liegt dieser Ort sehr gut versteckt. Aber die Zeremonie muss derart präzise abgehalten werden, dass wir nicht bis zu Sachas Geburtstag warten können. Wir müssen die Stelle *vorher* finden. Und deshalb müssen wir noch einmal hinfahren und uns gemeinsam auf die Suche machen.«

Die Zeremonie.

Taylor hatte sie die ganze Zeit so gut es ging verdrängt. Der Zettel mit Zeitingers Instruktionen steckte noch immer in ihrer Tasche – zerknittert, aber verstörend eindeutig. Sacha hatte sie noch nicht erzählt, was von ihnen erwartet wurde. Dieses Gespräch stand ihr noch bevor.

Bis zu seinem Geburtstag waren es noch zwei Tage. Sie musste ihn endlich aufklären, lange konnte sie es nicht mehr aufschieben.

»Gut.« Louisa schob ihren halb vollen Teller von sich, als wäre ihr der Appetit vergangen. »Dann fahren wir morgen also zusammen in die Stadt. Irgendwie finden wir diesen Raum schon. Falls der Ort überwacht wird, kriegt Pierce mit, dass wir da sind, und wird alles aufbringen, was er hat. Er will Sacha unbedingt noch vor seinem Geburtstag kriegen, und wenn er morgen die Gelegenheit dazu bekommt, wird er zupacken.« Sie blickte in die Runde. »Bin ich hier etwa die Einzige, die den Plan scheiße findet?«

Taylor sah zu Sacha, der scheinbar regungslos zuhörte, als ginge ihn all das nichts an.

Alastair räusperte sich. »Hm, soweit ich sehe, ist der Schlüssel zu dem Ganzen, dass wir Mortimer loswerden. Das heißt … wir müssen Mortimer loswerden.«

Louisa fiel es wirklich schwer, sich zu beherrschen. »Ja, ja. Und wenn wir ihn ganz lieb bitten, erledigt das der Weihnachtsmann für uns.«

»Ich mein's ernst«, sagte Alastair eingeschnappt. »Hört mir doch erst mal zu. Mortimer rechnet nicht damit, dass wir zum Angriff übergehen. Er glaubt, dass wir alles daransetzen werden, Sacha an seinem Geburtstag in die Kirche zu bringen und die Zeremonie abzuhalten. Sein Ziel wiederum ist es, uns mit allen Kräften daran zu hindern. Wenn wir also einen Weg finden, ihn morgen aus seiner Deckung zu locken und zu vernichten …«

»… dann wäre niemand mehr da, um uns aufzuhalten, wenn es Zeit für die Zeremonie wird.« Deide richtete sich langsam auf. »Keine schlechte Idee.«

»Aber wie?« Louisa wirkte gar nicht überzeugt. »Wir können nicht einfach sagen: ›Hurra, jetzt killen wir Mortimer Pierce‹, und dann passiert das auch. Der Kerl ist ja nicht gerade scharf darauf, vernichtet zu werden.«

»Natürlich nicht«, gab Deide zu. »Aber, wie Alastair schon sagte, wir sind im Vorteil, weil er so was nicht erwartet. Wir haben das Überraschungsmoment auf unserer Seite.«

»Genau«, sagte Alastair aufgekratzt. »Wir können es schaffen!« Die Idee, Mortimer zu vernichten, elektrisierte sie. Alle Müdigkeit war verflogen.

Taylor fröstelte es bei dem Gedanken.

»Und wie machen wir das?«, grübelte sie. »Wir können Mortimer doch nicht einfach … ich weiß nicht … erschießen. Oder so.«

Louisa und Alastair tauschten einen Blick, doch keiner antwortete.

»Im Grunde ist es einfach, jemanden zu töten«, sagte Deide leichthin.

Er nahm eins der schweren Silbermesser und hielt es in die Höhe. Das flackernde Licht der Kerzen spiegelte sich darin und verlieh ihm einen tödlichen Glanz.

»Mit diesem Messer könnte ich, wenn ich wollte, jemanden in zwei Sekunden töten.« Er schleuderte das Messer in die Luft und fing es am Griff wieder auf.

»Ich mach es«, sagte Sacha plötzlich.

Taylor fuhr herum und sah ihn entgeistert an. Sein Blick war wild und voller Hass.

»Lasst mich es machen.«

Deide knallte das Messer auf den Tisch.

»Wir alle werden in den Plan einbezogen sein«, sagte er. »Aber zunächst einmal müssen wir ihn finden. Heute ist mir das nicht

264

gelungen, und uns bleiben nur noch zwei Tage. Wir müssen es schaffen, sonst haben wir verloren.«

Louisa schien noch nicht überzeugt. »Du hast gesagt, er schützt sich irgendwie. Wie sollen wir ihn finden, wenn er nicht gefunden werden will?«

Deides Blick wanderte zu Sacha und Taylor.

»Indem wir einen Köder auslegen.«

***

Am nächsten Morgen schreckte Taylor aus dem Schlaf hoch. Sie lag in einem fremden Zimmer.

Durch die dichten, geblümten Vorhänge, die früher einmal gelb gewesen, über die Jahrhunderte aber zu einem matten Gold gedunkelt waren, sickerte fahles Licht ein.

Langsam setzte sie sich auf. Das Zimmer war gigantisch – mindestens viermal so groß wie das in St. Wilfred's. Ein riesiger Marmorkamin dominierte eine Wand, gegenüber ragte ein gewaltiger Kleiderschrank in die Höhe. Bahnen aus dem Stoff der Vorhänge verbanden die vier Pfosten ihres Himmelbetts.

Früher musste der Raum hell und freundlich gewesen sein, doch nun löste sich der Stoff an mehreren Stellen auf, es roch muffig.

Spät in der Nacht waren sie schließlich ins Bett gegangen. Kerzen hatten ihnen den Weg über die einst prachtvolle Treppe hinauf zu den Zimmern geleuchtet. Die Stufen hatten besorgniserregend geknarrt, doch solange sie sich am Rand gehalten hatten, konnte nichts passieren, hatte Louisa ihnen versichert.

»Bis jetzt ist noch keiner durchgebrochen«, hatte sie gesagt und dabei alles andere als überzeugend geklungen.

Taylors Zimmer lag zwischen denen von Sacha und Louisa.

Es herrschte eine unheimliche Stille, dafür glaubte sie von unten Kaffeeduft zu riechen.

Sie wusste, dass die anderen vermutlich schon auf sie warteten; trotzdem stand sie nicht gleich auf, sondern blieb noch eine Weile in dem erstaunlich bequemen Bett liegen und rief sich ins Gedächtnis, was sie am Vorabend besprochen hatten.

Sie wollte vorbereitet sein, wenn sie den anderen gegenübertrat.

Sie durfte keine Zweifel haben.

***

Nach dem Abendessen waren sie wieder in den Salon gegangen. Taylor hatte es sich in der Ecke auf einem der Sofas bequem gemacht, Sacha saß unbeweglich am anderen Ende. Den ganzen Abend hatte er kaum ein Wort gesagt und die meiste Zeit nur düster vor sich hin gestarrt.

»Ich schlage Folgendes vor«, sagte Deide. »Morgen früh fahren wir nach Carcassonne. Ihr beiden«, er deutete auf Taylor und Sacha, »fahrt zusammen. Ihr braucht euch nicht zu verstecken, aber ihr solltet auch nicht zu sehr auffallen. Tarnt euch in der Menge. Wir anderen folgen euch in sicherem Abstand. Wenn ihr uns braucht, werden wir da sein.«

»Und was machen wir da?«, fragte Sacha. »Außer, uns unter die Leute zu mischen.«

»Wir haben zwei Ziele. Erstens sollt ihr anhand der Anweisungen, die ihr in Oxford bekommen habt, den genauen Ort für die Zeremonie finden. Ihr sucht nach bestimmten Symbolen, nicht wahr?«

»Nach dem Uroboros, hat Professor Zeitinger gesagt – wir sollen nach einer Schlange Ausschau halten, die ihren eigenen Schwanz frisst«, sagte Taylor. »Er meinte, er ist in das Mauerwerk eingraviert, wo die … wo wir die Zeremonie abhalten sollen.«

»Richtig«, nickte Deide. »Eure Aufgabe ist also, diese Stelle zu finden, damit ihr morgen Nacht wisst, wo ihr hinmüsst. Zudem sollt ihr dafür sorgen, dass ihr gesehen werdet. Das Wichtigste ist, dass Mortimer euch sieht. Er soll wissen, dass ihr da seid. Wir hoffen, dass er dann seine Deckung verlässt und versucht, sich Sacha zu schnappen. Und sobald er das tut …«

»Vernichten wir ihn«, sagte Sacha matt.

»Genau so ist es.«

»Am helllichten Tag?«, wandte Taylor ein. »Da sind doch unheimlich viele Leute. Wie soll das gehen?«

Der Lehrer zuckte die Schultern. »Wir werden tun, was zu tun ist. Lieber für einen Mörder gehalten werden als in der Hölle schmoren, denke ich.«

Wo er recht hatte …

»Dann wollen wir uns mal die Örtlichkeiten anschauen.« Aus der Tasche seines Jacketts zog Deide einen Stadtplan, faltete ihn auf einem zerkratzten Beistelltischchen auseinander und schob eine Kerze näher, damit man etwas erkennen konnte. Alle scharrten sich um den Tisch.

Im Salon war es warm gewesen, es roch angenehm nach geschmolzenem Wachs und vaporisiertem Lampenöl.

Deide deutete auf eine grüne Fläche auf der Karte und sagte: »Am Fuß der Festungsstadt gibt es einen Parkplatz. Dort werden Sacha und Taylor das Motorrad abstellen. Es gibt noch einen weiteren Parkplatz am Stadtrand, aber von diesem hier kommt ihr am schnellsten zur Kirche. Mortimer wird das wissen und ihn überwachen. Also haltet euch nicht unnötig lange dort auf.«

»Wie soll Mortimer denn diesen Parkplatz und all die kleinen Sträßchen gleichzeitig überwachen?«, fragte Taylor.

Louisa sah auf. »Er ist nicht allein.«

Taylors Magen zog sich zusammen. »Woher willst du das …«

In diesem Augenblick meldete sich ihr Handy lautstark, das ein Stück entfernt in ihrer Tasche lag. Es war Georgies Klingelton – ihr aktueller Lieblingssong. Das unbeschwerte Gedudel wirkte in dem kerzenbeschienenen, alten Raum total deplatziert.

»Sorry«, murmelte Taylor mit roten Wangen. Sie lief quer durch den Raum und fummelte am Reißverschluss ihrer Tasche. Als sie das Handy schließlich aus deren Tiefen gefischt hatte, hatte das Klingeln aufgehört.

Georgies Gesicht mit den hohen Wangenknochen und dem dunklen Teint erschien, und während die anderen wieder die Köpfe zusammensteckten und ihre Unterhaltung fortsetzten, starrte Taylor auf das wunderschöne Gesicht, bis es wieder verschwand.

Sie schaltete das Telefon auf lautlos und steckte es wieder in die Tasche.

»Wo waren wir?«, fragte sie.

Louisa warf ihr einen leicht genervten Blick zu.

»Wenn ihr in der Kirche seid«, sagte sie, »sucht ihr sofort diesen Raum. Könnte sein, dass es eine der Seitenkapellen ist, die vom Mittelschiff abgehen. Vielleicht ist es auch die Krypta, oder er liegt hinter irgendeiner verschlossenen Tür. Es muss irgendwo im vorderen Bereich des Gebäudes sein. Guckt nach dem Symbol.«

Deide übernahm das Wort. »Die Basilika ist eine berühmte Sehenswürdigkeit, es wird dort von Touristen nur so wimmeln, und das dürfte euch schützen. Passt nur auf, dass ihr nicht allein in der Kirche eingesperrt werdet. Macht euch bemerkbar, aber lasst euch nicht gefangen nehmen.«

Taylor schluckte schwer. Von Mortimer und seinen Dämonen in eine Falle gelockt zu werden – diese Möglichkeit hatte sie noch gar nicht bedacht.

»Anschließend geht ihr so schnell wie möglich zurück zum Motorrad und kommt wieder hierher«, fuhr Deide fort. »Wir können nur hoffen, dass Mortimer den Köder schluckt. Und wenn er das tut, werden wir ihn gebührend empfangen.« Er hielt inne. »Ich möchte aufrichtig zu euch sein – ich glaube nicht, dass Mortimer euch bei Tag angreift. Ich hoffe es, aber ich glaube es nicht. Falls nicht, müssen wir nachts zurückkehren und es noch mal versuchen. Immer wieder, bis zu Sachas Geburtstag.«

Er blickte in die Runde.

»Wir werden nie aufgeben.«

***

Taylor ließ sich Zeit. Gemächlich ging sie die Treppe hinunter und bewunderte das Gebäude im Tageslicht. Am Abend war es zu dunkel gewesen, doch jetzt, da die Sonne durch die Fenster schien, sah sie all die Pracht, die ihr gestern verborgen geblieben war.

Der Korridor war breit und mit Eichenparkett ausgelegt, das einst auf Hochglanz poliert gewesen sein musste, nun aber abgenutzt und stumpf war. Steinerne Gefäße, in denen vermutlich einmal Blumen gestanden hatten, thronten leer auf hohen Sockeln. Der

Salon war einfach grandios. An den Wänden hingen zerfledderte Seidentapeten, am Ende des langen, rechteckigen Raums über zwei offenen Kaminen prangten riesige Spiegel. Möglicherweise war dies einmal der Ballsaal gewesen – es war nicht schwer, sich Damen in luxuriösen Kleidern vorzustellen, die im Schein der Lüster tanzten.

Als sie die Küche betrat, hatten die anderen bereits das Frühstück beendet.

Taylor staunte nicht schlecht.

Alle hatten sich als Touristen verkleidet. Deide trug ein viel zu weites T-Shirt und Jeans. Aus Alastairs Cargoshorts ragten zwei bleiche, muskulöse Beine, die von zartgoldenem Flaum bedeckt waren. Darüber trug er ein T-Shirt mit dem Union Jack vorne drauf. Als er ihren Gesichtsausdruck sah, grinste er und brachte sich in Position. »Gefällt's dir?«

»Sehr schick«, sagte sie.

Louisa hatte die auffälligste Verwandlung durchgemacht. Ein langärmeliges weißes Top sowie eine lange Hose bedeckten die Tätowierungen auf ihren Armen und Beinen. Die blauen Haare hatte sie unter Alastairs Oxford-Baseballkappe versteckt.

»Du siehst ja total normal aus«, kreischte Taylor.

»Soll's ja auch«, erwiderte Louisa trocken.

Taylor selbst trug schwarze Shorts und ein weißes T-Shirt mit dem Schriftzug »Accio Book«. Ihr Alltagslook. *Heißt das, ich seh immer aus wie ein Touri?*

Louisa sammelte Tassen und Gläser ein und stellte sie ins Spülbecken. »Du hast das Frühstück verpasst. Du solltest schnell noch was essen.«

»Ich hab keinen Hunger.«

Zum Essen war ihr Magen viel zu nervös.

»Wo ist Sacha?«, fragte sie. Er war der Einzige, der fehlte.

»Er prüft noch mal das Motorrad.« Louisa wandte sich zur Tür.

»In fünf Minuten geht's los. Ich hol schnell meine Sachen.«

Taylor goss sich ein Glas Wasser ein und ging hinüber zu Deide, der an dem großen Küchenfenster stand und hinausschaute. Die Aussicht war atemberaubend. Von der Sonne vertrocknete Weinberge fielen in ein tiefes Tal hinab. In der Ferne erkannte Taylor eine weiße Stadt mit runden Türmen, die in der Sonne erstrahlten. Sie sah aus wie aus einem Märchen.

Fast zu schön, um wahr zu sein.

»Was ist das?«, fragte sie.

»Das«, sagte Deide, »ist Carcassonne.«

Es war schon später Vormittag, als Sacha das schwarze Motorrad zwischen einem ellenlangen Touristenbus und einem Minivan abstellte.
Der Parkplatz war übervoll. So weit das Auge reichte, nichts als Autos und Busse, in Massen wälzten sich die Menschen durch die Straßen von Carcassonne hinauf zur Festungsstadt. Die Luft roch nach Karamellzucker und Dieselabgasen.
Sacha zog den Helm ab und sah über die Schulter zu Taylor. »Irre.«
»Das ist ja schlimmer als Disneyland.« Taylor reichte ihm ihren Helm. »Dass es voll sein würde, wusste ich, aber dass es so voll ist … Wo kommen die bloß alle her?«
»Von überall.«
Sacha schüttelte den Kopf. »So schlimm hatte ich es nicht in Erinnerung.«
Obwohl es noch nicht mal Mittag war, herrschte bereits große Hitze. Unterhalb des Festungshügels lag die moderne Stadt – alltägliche Sandsteinhäuser mit roten Ziegeldächern –, die man von ihrem Standort aber kaum sehen konnte. Gegenüber erhob sich die mittelalterliche Stadt mit ihren erhabenen weißen

Steinmauern, die von Dutzenden Wachtürmen mit malerischen Spitzdächern gegliedert wurde.

Zeitlos wirkte die Festung. Ewig.

Im Angesicht dieser Mauern fiel es plötzlich gar nicht mehr schwer, an Flüche und Alchemisten zu glauben, sich Kerker und Scheiterhaufen vorzustellen.

»Ist das schön«, murmelte Taylor. »Kaum zu glauben, dass es so etwas noch gibt.«

Doch Sacha hatte keine Augen für das prachtvolle Bauwerk. Achtlos hängte er die Helme an den Lenker.

»Alles gefakt«, sagte er.

Sie sah ihn überrascht an. »Was meinst du mit gefakt?«

»Die mittelalterliche Stadt da.« Er stieg von der Maschine und wartete, dass sie ihm folgte. »Sieht zwar alles mittelalterlich aus, wurde aber vor etwa hundertfünfzig Jahren von irgendeinem Spinner neu gebaut. Was du da siehst, ist alles, bloß nicht mittelalterlich. Die Stadt ist ein einziger Fake.«

Die Hände in die Hüften gestützt, stand Taylor da und betrachtete die strahlende Burgstadt auf dem Hügel.

»Ist aber trotzdem eine tolle Burg.«

Dass sie sich auch mal über etwas Normales unterhielten, milderte ein wenig die Spannung, die die kurze Fahrt vom Château in die Stadt überschattet hatte. Sie verließen den Parkplatz und schlossen sich der Menge an, die auf den gewaltigen Torbau und in die Festung strebte. Hier fühlte Sacha sich sicherer. Als Kind war er schon einmal mit der Schulklasse in Carcassonne gewesen.

Vielleicht würde er es durchstehen, wenn er die Sache einfach als stinknormalen Ausflug betrachtete.

Sie gingen durch das Tor und fanden sich in einem Gewirr von gepflasterten Gassen wieder. Interessiert sah Sacha sich um. Von seinem ersten Besuch hatte er das meiste vergessen – er erinnerte sich nur noch an Streitereien im Bus und Kinder, die sich übergeben mussten, weil sie zu viel Süßes gegessen hatten.

Im Pulk passierten sie die Brücke, die einst einen breiten Graben überspannt hatte, von dem heute nur noch eine grasbewachsene Senke übrig war. Es stimmte, die Stadt war vor nicht allzu langer Zeit restauriert worden, doch zuvor hatte sie jahrhundertelang in ähnlicher Form existiert. Allerdings war sie mehr als eine Festung. Hinter den dicken, starken Mauern verbarg sich eine richtige Stadt.

Die Häuser der Menschen, die einst hier gelebt hatten, standen noch immer. Eben diese Menschen hatten Isabelle Montclair verbrannt. In der Nacht ihrer Hinrichtung war sie durch diese Straßen gezerrt worden.

Vielleicht hatten ja sogar seine eigenen Vorfahren in einem dieser Häuser gelebt.

Vermutlich hätte er über seinen Besuch als Kind hinaus eine Verbindung zu diesem Ort spüren müssen. Immerhin war sie eng mit seiner Familiengeschichte verwoben, vielleicht würde er deshalb sterben müssen.

Aber er spürte nicht das Geringste.

Die kleinen Läden mit den Bleiglasfenstern und den hölzernen Ladenschildern, die Süßigkeiten und handgemachte Seife verkauften, waren für ihn nur gewöhnliche Geschäfte. Die engen Gassen, deren Pflaster zur Mitte hin absank, waren ausgesprochen hübsch, doch er hatte nicht das Gefühl, sie schon einmal betreten zu haben.

Er sah hinüber zu Taylor, um ihr von seinen Gedanken zu erzählen, aber ihr Blick war konzentriert in die Ferne gerichtet, und da wusste er sofort, weshalb.

»Spürst du was?«

»Es ist komisch.« Zwischen ihren Augen hatte sich eine Falte gebildet. »Ich nehme so gut wie gar nichts wahr.«

Ein Mann in rotem T-Shirt und Shorts drängte sich grob an ihnen vorbei, und Sacha zog Taylor zur Seite.

»Was? Gar nichts?« fragte er verblüfft.

»Fast wie in dem Safe House«, versuchte sie zu beschreiben. »Nur so, als hätte jemand etwas getan, um es nicht mehr wahrnehmbar zu machen. Um es zu schützen.«

Sie drehte sich im Kreis und betrachtete die Gesichter der Menschen um sie herum. Als sie sich wieder Sacha zuwandte, konnte sie ihre Panik nicht mehr verbergen.

»Ich kann's nicht beschreiben, Sacha. So viele Menschen hier, und ich kann keinen von ihnen *sehen* – also ihre Energie, meine ich. Da ist einfach keine. Als wären sie Gespenster. Nicht mal deine kann ich wahrnehmen. Dabei muss sie da sein. Es ist … als wäre ich ganz allein hier, aber das kann nicht sein.« Sie wirkte sehr beunruhigt. »Etwas blockiert meine Wahrnehmung.«

»Und was bedeutet das?«

»Ich weiß es nicht.« Sie sah ihn hilflos an. »Aber jetzt verstehe ich, wie Monsieur Deide das gestern Abend gemeint hat. Wir können Mortimer nicht aufspüren, weil wir überhaupt nichts wahrnehmen können.«

Sacha sah sich in der Gasse um. Überall waren Leute – Familien, Händchen haltende Pärchen, ältere Menschen mit Gehstöcken. Was Taylor sagte, ergab keinen Sinn.

All diese Menschen waren real. Der kleine Nugatladen, vor dem sie standen, war hundertprozentig real. Sacha konnte hören, was drinnen gesprochen wurde, und der Duft von Puderzucker und Mandeln in der kühlen Luft aus der Klimaanlage, die durch die offen stehende Tür entwich, war ebenfalls real.

»Da ist noch etwas anderes.« Taylor biss sich auf die Unterlippe, als überlegte sie, wie viel sie ihm erzählen konnte. Dann gab sie sich einen Ruck, beugte sich zu ihm und sprach ganz schnell. »Hier ist irgendwo etwas ganz Grässliches, Sacha. Etwas Dunkles, Schreckliches. Ich kann es nicht sehen, aber ich spüre es. Es fühlt sich an wie … der Tod.«

»Kommt das von Mortimer?«, flüsterte Sacha ihr ins Ohr.

Die Antwort kam ohne Zögern. »Es ist viel schlimmer als Dunkle Energie.«

Sacha suchte die Umgebung ab, als könnte er so die Quelle dessen, was Taylor wahrnahm, entdecken. Instinktiv ahnte er, was sie meinte. Auch wenn es vielleicht nur die Angst war, seine Nerven waren kurz vor dem Zerreißen.

Auf einmal wirkte alles bedrohlich. Der Brunnen, wo steinerne Nymphen aus Krügen Wasser in kleine Becken zu ihren Füßen plätschern ließen. Die kleinen Gruppen mittelalterlich gekleideter Schausteller auf dem Platz gegenüber, die Zaubertricks vorführten und Fackeln jonglierten und mit ihren Sprüchen die Zuschauer unterhielten.

Er wollte nur noch weg hier. Aber das ging nicht.

»Wir müssen weiter«, sagte er grimmig.

Taylor nickte, ihr Gesichtsausdruck sorgenvoll.

Noch vorsichtiger als zuvor reihten sie sich wieder in den Strom der Touristen ein. Aus einer stillen Seitengasse erregte ausgelassen heiteres Gelächter ihre Aufmerksamkeit. Es kam von einem winzigen, steinernen Häuschen, in dem offenbar altmodische Holzpuppen verkauft wurden. Vor dem Haus hatte man eine kleine, mit schwarzem Stoff ausgekleidete Bühne aufgebaut, Kinder hatten sich davor versammelt, um dem Puppentheater zuzuschauen.

Im Schatten einer Platane blieben Taylor und Sacha stehen und guckten zu.

Die weibliche Puppe trug ein zerlumptes schwarzes Kleid, die andere, ein Reiter mit dichtem braunem Bart, spielte den Bösewicht. Sacha brauchte eine Weile, bis er begriff, worum es ging. Die männliche Puppe war ein Richter, die weibliche stand vor Gericht, weil sie der Hexerei bezichtigt wurde. Am Schluss verurteilte der Richter sie zum Tod auf dem Scheiterhaufen.

Sacha verzog das Gesicht und beugte sich zu Taylor herunter, um es ihr zu erklären.

»Hab schon verstanden«, kam sie ihm zuvor. »Schrecklich.«

Man hatte viele Hexen in Carcassonne verbrannt, wie Isabelle Montclair. In dieser Umgebung, die sich über Jahrhunderte kaum verändert hatte, fiel es nicht schwer, sich die Hufe auf dem Pflaster, die Rufe der Häscher, die schrecklichen Schreie der Verbrennenden vorzustellen.

Eilig gingen sie weiter.

Das Letzte, was sie von dem Puppentheater mitbekamen, war, wie die Frau auf einem Miniaturscheiterhaufen stand, während »Flammen« aus gelbem und orangefarbenem Stoff, die von einem kleinen Fön bewegt wurden, unter ihren hölzernen Füßen emporschlugen.

Sie waren noch nicht weit gekommen, als Taylor abrupt stehen blieb.

»Da, Sacha«, sagte sie.

Sacha blickte in die angegebene Richtung und sah eingraviert in einen alten Mauerstein ein Symbol. Ein Dreieck in einem Kreis, das alchemistische Zeichen für Sicherheit. In St. Wilfred's hatte er Dutzende davon gesehen.

»Was hat das hier zu suchen?«, fragte er.

»Weiß nicht. Aber es sieht verdammt alt aus. Vielleicht haben die Alchemisten vor Urzeiten die Stadt mit diesen Symbolen markiert«, mutmaßte sie. »Zum Schutz gegen die Dunklen Mächte.«

Sie gingen weiter und suchten von nun an die Gebäude nach weiteren Symbolen ab. Sie mussten nicht lange suchen. Überall fanden sich welche.

»Da«, sagte Taylor und deutete auf Sonne und Mond, die über einem Laden eingraviert waren. »Und da.« Nur wenige Meter entfernt prangte auf einem anderen Stein das Unendlichkeitssymbol.

Eins schien zum nächsten zu führen.

Sacha staunte nicht schlecht. »Das ist ja die reinste Schnitzeljagd.«

Immer weiter folgten sie den Zeichen, vorbei an Geschäften und kleinen Restaurants. Sie waren so beschäftigt mit der Suche, dass Sacha im ersten Moment gar nicht begriff, wohin die Symbole sie geführt hatten.

Plötzlich standen sie auf einem kleinen, gepflasterten Platz vor der Basilika St. Nazaire – jener Kirche, die genau über der Stelle stand, wo Isabelle Montclair hingerichtet worden war. Und wo er sterben sollte.

Der massive Bau überragte die niedrigen mittelalterlichen Häu-

278

ser, ein Glockenturm stach in den blauen Himmel. Abscheuliche Wasserspeier mit außergewöhnlich langen, verdrehten Hälsen ragten über ihren Köpfen ins Freie. Sie hatten menschliche Hände, doch ihre Gesichter glichen Hundeschnauzen mit fletschenden Zähnen.

Vorsichtig näherten sie sich der Eingangstür der Kirche, die offen stand.

»Schätze, wir gehen dann mal rein«, sagte Taylor.

»Schätz ich auch.«

Obwohl auch hier viele Touristen um sie herum waren, befiel Sacha plötzlich ein sonderbares Gefühl der Isolation – als wäre er völlig allein.

Ohne dass er sich dessen bewusst wurde, nahm er Taylors Hand, und so betraten sie die Kirche.

Drinnen war es deutlich kühler – beinahe kalt. Und erstaunlich dunkel.

Die Kirche wirkte ungefährlich. Alles war, wie man es erwartet hätte: dunkle Bänke in akkuraten Reihen, ein Tischaltar, der mit bunt gemustertem Tuch bedeckt war, schwertförmige Fenster mit Bleiverglasungen, die scharf umrissene Lichtflecke auf den Steinboden warfen.

Die meisten Touristen blieben draußen auf dem Platz, nur wenige bestaunten drinnen die Fenster. Auf einer der Bänke saßen zwei Männer, offensichtlich ins Gebet vertieft. Erst nach einer Weile merkte Sacha, dass es sich bei dem einen um Alastair handelte. Er hatte den Kopf über die gefalteten Hände gesenkt und schaute kein einziges Mal zu ihnen herüber.

Bei seinem Anblick fühlte Sacha sich sicherer. *Wir kriegen das hin.*

Sie begannen die Suche in dem gewaltigen Langschiff.

Zeitinger hatte gesagt, die Hinrichtung habe auf dem alten Stadt-platz stattgefunden und dieser Platz sei bei einer späteren Erwei-terung der Kirche überbaut worden. Das bedeutete, dass sich der Raum, nach dem sie suchten, irgendwo in der Nähe der heutigen Außenmauern befinden musste.

Diese Mauer wurde von mehreren Nebenkapellen gesäumt, die verschiedenen Heiligen geweiht waren. Vor jeder blieben sie ste-hen und suchten auf den Steinen nach dem Uroboros.

Sie waren so in die Suche vertieft, dass sie erst gar nicht bemerk-ten, wie sich die Atmosphäre veränderte.

Es war totenstill geworden, und zu dem Geruch von Weihrauch und Lilien, der von Anfang an in der Luft gehangen hatte, war noch etwas hinzugekommen, eine süße Fäulnis, die an Verwe-sungsgestank erinnerte.

Schwer und verhangen fühlte sich die Luft an, und Sacha ver-spürte plötzlich den unbändigen Drang, wegzulaufen.

Taylor war ganz bleich geworden. Der kalte Schweiß an ihren Fingern verriet ihm, dass sie es auch wahrnahm.

Irgendetwas stimmte hier nicht, und zwar ganz gewaltig.

Die Kirche hatte sich geleert, ohne dass sie es mitbekommen hat-ten. Nur Alastair war noch da. Er war aufgestanden und sah sich verwirrt um. Sie alle konnten es spüren, was immer es war.

»Was ist das?«, wisperte Taylor.

Sacha schüttelte den Kopf. Er war ratlos.

»Lass uns weitersuchen«, sagte er grimmig, obwohl sich ihm der Magen umdrehte und sein Herz wie wild schlug.

Sie wandten sich der nächsten Kapelle zu, der letzten an der Mauer. Bisher hatten sie nichts gefunden.

Wortlos gesellte Alastair sich zu ihnen. Er sah sie nicht direkt an und tat ganz ungezwungen, doch Sacha entging nicht, dass sein ganzer Körper angespannt war und seine Augen in Erwartung einer Attacke den Raum absuchten.

Plötzlich ertönten von oben Orgelklänge, eine unheilvolle, nichts Gutes ahnen lassende Musik. Die Mauern der Kirche schienen näher zu rücken. Die Luft war erdrückend und mit jedem Atemzug schwerer zu ertragen.

Auch die Musik wurde immer lauter und baute sich zu einer Klangmauer auf, die einem jede Orientierung nahm. Gleichzeitig wurde der faulige Geruch nach Verwesung immer intensiver. Sacha musste würgen.

Welches Wesen auch immer in dieser Kirche war, es schien, als würde es ihn erkennen und gierig die Hände nach ihm ausstrecken.

Er zwang sich, weiterzugehen, als würde er gegen einen Schneesturm ankämpfen.

Plötzlich knallte irgendwo eine Tür zu. Ein eisiger Windhauch blies durch das Gebäude, und er hörte eine tiefe, kehlige Stimme, die ihm direkt ins Ohr flüsterte.

»Hier begann es mit Feuer und Blut. Hier wird es enden. Morgen Nacht. In diesem Raum, auf diesem Boden … wirst du sterben.«

Sacha wurde übel.

Plötzlich trat Alastair zu ihnen und drängte sie Richtung Ausgang.

»Raus hier, *sofort*!«

Sacha musste er nicht zweimal bitten. Er griff nach Taylors Hand und lief los.

Als sie aus der Kirche hinaus in die warme Sonne stolperten, glaubte Sacha, höhnisches Gelächter hinter sich zu hören. Er achtete nicht darauf und rannte immer weiter, über den Platz, weg von den hässlichen Wasserspeiern, die auf sie herunterglotzten.

Im Schatten eines Baumes sank er auf die Knie und übergab sich.

Als er schließlich wieder aufstand und sich mit dem Handrücken den Mund abwischte, tauchte wie aus dem Nichts Louisa neben ihnen auf und behielt wachsam die Menschenmenge im Auge.

»Alles okay mit dir?«, fragte Taylor noch ganz außer Atem.

»Ich hab ihn gehört«, sagte Sacha. »Den Dämon. Ich hab seine Stimme gehört. Er hat gesagt, ich werde sterben.« Seine Stimme überschlug sich, er war außer sich. »Wie kommt ein Dämon in die Kirche?!«, schrie er die anderen an.

»Ich weiß es nicht«, antwortete Alastair finster. »Aber er ist da, und er hat uns erwartet.«

Völlig deprimiert kehrten sie nachmittags zurück ins Château, wo sie sich im Salon zur Lagebesprechung versammelten.
»Es war, als wäre ich durch eine unsichtbare Wand von allen anderen getrennt«, berichtete Taylor. »Mortimer hätte direkt neben mir stehen können, und ich hätte ihn nicht wahrgenommen.«
»Wir haben es auch gespürt«, sagte Louisa. »So was hab ich noch nie erlebt.«
»Der Dämon wächst.« Mit versteinerter Miene zählte Deide die Fakten ihres Scheiterns auf. »Wir haben den Raum für die Zeremonie nicht gefunden, und Mortimer ist nicht aus seiner Deckung gekommen. Er hat mit uns gespielt. Ich bin untröstlich, aber wir müssen heute Nacht wieder nach Carcassonne fahren und es noch einmal versuchen. Wir müssen ihn vernichten, koste es, was es wolle. Viel Gelegenheit dazu werden wir nicht mehr haben.«
Der Gedanke, noch einmal in die Basilika zurückzukehren, war für Sacha unerträglich.
Zurück an den Ort, an dem er seinen Tod so deutlich wahrgenommen hatte?

»Wie sollen wir das machen?«, klagte Taylor. »Die Kräfte in dieser Kirche waren überwältigend. Dagegen sind wir machtlos.«
Niemand widersprach.
Sacha blickte in die verzweifelten Gesichter und stellte fest, dass keiner von ihnen wusste, was sie tun sollten. Es war alles noch viel schlimmer, als sie es sich ausgemalt hatten.
»Sie hat recht«, sagte Louisa schließlich. »Wie können wir die beiden heute Nacht zurückgehen lassen, wo wir nicht mal wissen, gegen was oder wen wir kämpfen? Da drinnen können wir nichts wahrnehmen, wir sind vollkommen blind.«
»Uns bleibt nichts anderes übrig.« Deide nahm die Brille ab und warf sie auf den Tisch. »Versteht ihr denn nicht? Wir *müssen* uns dem stellen. Wir müssen diesen Raum vor Sachas Geburtstag finden, und wir müssen Mortimer vernichten. Und deshalb werden wir zurück in die Stadt fahren und diese Schlacht antreten. Denn wenn nicht, werden wir morgen auf jeden Fall sterben.«
Seine Worte hallten durch den alten Landsitz.
Sterben … Sterben … Sterben …
Keiner sagte etwas.
Schließlich ergriff Taylor das Wort.
»Gut, Monsieur Deide«, sagte sie ruhig. »Wir müssen also heute Nacht noch einmal hin und Mortimer töten. Und können Sie uns bitte auch sagen, wie?«
Der Lehrer zog seinen Stadtplan heraus und breitete ihn auf dem Tisch aus. Ohne Brille sah er jünger aus. Seine Miene war entschlossen.
»Ich habe da eine Idee.«

***

Als die Besprechung zu Ende war, ging Sacha in sein Zimmer.

Über eine Stunde lang hatten sie den Plan diskutiert. Jeder wusste jetzt, was er zu tun hatte.

Sacha war sicher, dass keiner der Anwesenden ernsthaft daran glaubte, dass der Plan funktionieren würde.

Ausgesprochen hatte er es zwar nicht, doch insgeheim war er davon überzeugt, dass sie diesen Kampf verloren hatten. Die Stimme des Dämons in seinem Ohr war zu deutlich gewesen.

Seit er Taylor zum ersten Mal begegnet war, hatte er sich immer wieder eingeredet, dass er eine Chance hatte. Dass man den Fluch brechen konnte, dass er leben würde. Jetzt wusste er, dass er sich nur etwas vorgemacht hatte.

Er legte sich auf das Himmelbett. Er hatte morgens die Vorhänge zugelassen, sodass der Raum nun abgedunkelt und angenehm kühl war.

Er schloss die Augen. Nur noch schlafen, bloß nicht mehr nachdenken müssen.

Doch wie so oft in den letzten Tagen fand er nicht in den Schlaf. Vor seinem inneren Auge spielten sich grässliche Szenen ab.

Um dem ein Ende zu machen, setzte er sich nach einer Weile wieder auf und griff nach seinem Handy, das auf dem Nachttisch lag.

Er checkte die Uhrzeit. Kurz nach drei. Nach Carcassonne wollten sie erst spät am Abend fahren. Ihm blieben noch viele Stunden, in denen er sich ausmalen konnte, wie sie kläglich scheitern würden.

Aus Gewohnheit scrollte er durch die Nachrichten. Die meisten waren von seiner Mutter, wie immer. Seine Tante Annie sei aus dem Krankenhaus entlassen worden, schrieb sie, und erhole sich nun zu Hause allmählich von ihren Verletzungen. Pikachu, ihr Hund, leiste ihr Gesellschaft.

Der Hund ist nicht mehr der Alte. Dauernd bellt er. Und zum Schlafen legt er sich vor dein altes Zimmer. Als würde er darauf warten, dass du zurückkommst. Wie wir alle.

Eine Träne lief über Sachas Wange, die er mit dem Handrücken wegwischte.

Seit ihrem Aufbruch aus Oxford hatte er vermieden, seine Mutter anzurufen.

Aber jetzt drückte er doch den Anrufknopf.

Er wusste zwar nicht, was er ihr sagen sollte, aber das spielte jetzt keine Rolle. Er wollte nur ihre Stimme hören.

»Hallo?«

Sachas Herz hüpfte. »Laura?«

Seine Schwester stieß einen leisen Schrei aus. »*Sacha!* Echt, bist du das?«

»Ja, ich bin's.« Er zwang sich, zu lachen. »Wie geht's meiner kleinen Lieblingsschwester?«

»He – hast du etwa noch mehr kleine Schwestern?!«, rief sie vorwurfsvoll, und er sah es vor sich, wie sie die Augen verdrehte. Sie hielt den Hörer vom Ohr weg und rief: »Maman, *Sacha* ist dran!«

Er ließ sich zurück aufs Bett fallen, schloss die Augen und stellte sich ihre Wohnung vor, lichtdurchflutet an einem Sommertag. Laura saß bestimmt auf dem alten Sofa im Wohnzimmer, vermutlich mit der kuscheligen Decke über ihren mageren Beinen, und schaute Musikvideos.

Aus der Ferne hörte er den Freudenschrei seiner Mutter. Falls sie zurzeit wieder Nachtschicht im Krankenhaus hatte, war sie gerade erst aufgestanden.

»Sacha?« Die vertraute Stimme seiner Mutter klang ganz außer Atem und so sehr nach Zuhause und Geborgenheit, dass er glaubte, sein Herz würde zerspringen. »Ich kann's kaum glauben. Wo bist du, *mon chéri?* Du fehlst uns so.«

Er holte tief Luft und zwang sich, normal zu klingen.

»Mir geht's gut, *Maman*«, log er. »Ich bin in Frankreich. Wo, kann ich nicht sagen. Aber alles in Ordnung.«

»Ich hab solche Angst um dich«, sagte sie. »Bitte, komm nach Hause. Es bleibt doch nur noch so wenig Zeit, und wir möchten … Ich möchte …«

Sacha versuchte, seine Tränen zu unterdrücken.

»Hör mir genau zu, *Maman*, denn es könnte sein, dass dies das allerletzte Mal ist, dass wir miteinander sprechen.«

Sie verstummte.

»Hier ist alles ziemlich kompliziert«, fuhr er fort. »Aber ich kann jetzt nicht nach Hause kommen. Das würde euch nur in Gefahr bringen. Du weißt das.«

Sie gab ein missbilligendes Geräusch von sich, erhob aber keine Einwände.

»Die Leute, mit denen ich zusammen bin, glauben, sie können vielleicht verhindern, dass diese Sache passiert. Ich …« Er atmete tief durch. »Ich weiß nicht, ob sie recht haben. Es ist so … unwahrscheinlich. Aber wir müssen es versuchen. *Papa* kannte sie, und er hat ihnen vertraut. Und jetzt … tja … muss *ich* ihnen vertrauen.«

»Meinst du dieses englische Mädchen?«, fragte sie misstrauisch. »Diese Taylor Montclair?«

»Sie ist auch hier, ja«, bestätigte er. »Aber es sind noch andere da. Und sie tun alles, was in ihrer Macht steht, um mir zu helfen.«

»Na dann.«

Wie konnten diese zwei Wörter bloß so viel ausdrücken?

»Hol Laura ans Telefon«, wechselte er das Thema. »Ich möchte euch beiden etwas sagen.«

»Er will mit uns beiden sprechen«, hörte er seine Mutter sagen. »Wie stellt man das auf Mithören?«

Laura seufzte resigniert. »Das hab ich dir doch schon tausendmal gezeigt, *Maman*. Den Knopf hier, den musst du drücken.«

»Ach so …« Die Stimme seiner Mutter, jetzt aber ferner. »Kannst du uns hören?«

Er lächelte. »Ja, kann ich.«

»Hi, Sacha!« Lauras aufgeregte Stimme klang näher als die seiner Mutter. »Ich hoffe, du trittst den Monstern ordentlich in den Arsch.«

»Tu ich«, sagte er und wünschte, es wäre wahr. »Hört zu, ich kann nicht lange reden, aber ich möchte, dass ihr Folgendes wisst: Ich schwöre, dass ich alles tun werde, um zu überleben. Und dass ich eines Tages nach Hause komme und euch beide in die Arme nehme. Und dass wir dann meinen achtzehnten Geburtstag feiern.« Die Wehmut überwältigte ihn fast. »Und falls ich es nicht hinkriege, dann glaubt mir bitte, dass ich alles versuchte habe, okay? Ich werde alles tun, was ich kann, um zu leben. Weil ich euch beide wiedersehen möchte.«

Durch den Lautsprecher hörte er ein leises Geräusch, das sich anhörte wie Weinen, doch diesen Gedanken wollte er gar nicht erst an sich heranlassen.

»Und Laura – wenn ich nicht zurückkomme, dann kümmerst du dich um *Maman*, okay?«

Es dauerte eine Weile, ehe sie sich gefasst hatte.

»Ich verspreche es.«

Der Kloß in seiner Kehle war jetzt so groß, dass er die nächsten Worte kaum herausbrachte. »Ich liebe euch beide. Vergesst das nicht. Jetzt muss ich aufhören. Die anderen … warten auf mich.«

»Wir lieben dich auch, Sacha«, sagte seine Mutter noch hastig. »Wir sehen dich dann an deinem Geburtstag.«

Mehr ertrug Sacha nicht und beendete rasch das Gespräch.

Dann rollte er auf den Rücken, einen Arm über den Augen, und versuchte, an nichts zu denken.

Sacha war nicht der Einzige, der nicht schlafen konnte.
Eine Tür weiter lag Taylor hellwach auf ihrem Bett. Sie starrte auf den staubigen Stuck der Zimmerdecke, doch mit den Gedanken war sie ganz woanders – in Carcassonne, in der alten Kirche, bei der Dunklen Energie, die sie dort die ganze Zeit über wahrgenommen hatte. Und bei Georgie, ihrer Mutter, in Oxford, St. Wilfred's …
Als ihr das Durcheinander in ihrem Kopf zu viel wurde, sprang sie aus dem Bett und ging die knarzende Treppe hinunter, auf der Suche nach Ablenkung. Wie gern hätte sie ihre Mutter angerufen! Doch das ging nicht, was hätte sie ihr auch sagen sollen?
Außer Lügen hätte sie ihr kaum etwas erzählen können. Und der Gedanke, sich verabschieden zu müssen, war unerträglich.
Im Haus war alles leise. Staub tanzte im Sonnenlicht, aus den Ecken starrten sie die Marmorfiguren ausdruckslos an, als hätten sie ihre Schritte gehört und fragten sich, was sie hier tue.
Der Salon lag verlassen da. Alastair hatte seine Baseballkappe auf dem Tisch vergessen, neben einer leeren Weinflasche, die noch vom Vorabend dastand. Eine unwirkliche Stille schien durch die

Dielen hindurch nach oben zu dringen. Als würde niemand in diesem Haus atmen.

Rasch ging Taylor weiter in die Küche. Auch hier war kein Mensch.

Ein Windhauch fuhr ihr ins Haar, und da erst bemerkte sie, dass die Hintertür nur angelehnt war. Neugierig stieß sie sie auf.

Der warme Tag kühlte sich rasch ab. Die Luft duftete nach lila Lavendel, der wild hinten um das Haus herum wuchs.

Auf einem wackeligen Holzstuhl nahe der Tür saß Louisa und blickte über das Tal hinweg zu den weißen Türmen von Carcassonne.

Aufgeschreckt durch das Geräusch der sich öffnenden Tür, schaute sie auf. In der Nachmittagssonne schimmerten ihre Augen karamellbraun. Anstelle ihrer Touri-Verkleidung trug sie nun wieder ein schwarzes, kurzärmeliges Top und Shorts. Die schwarze Tinte ihrer alchemistischen Tattoos hob sich deutlich von ihrer blassen Haut ab.

»Kannst du auch nicht schlafen?«

Taylor schüttelte den Kopf.

Louisa schien nicht überrascht.

Taylor setzte sich neben sie auf die Treppenstufe und zog die Knie an.

»Was ich einfach nicht kapiere«, sagte Louisa umstandslos, als wäre ihr Gespräch vom Mittag nie unterbrochen worden, »ist, warum der Dämon schon so mächtig ist. Eigentlich haben wir doch noch mehr als vierundzwanzig Stunden. Sachas Geburtstag ist erst morgen um Mitternacht.«

»Vielleicht hat es mit dem Zeitpunkt der Zeremonie zu tun«, sagte Taylor. »Je näher der heranrückt, desto stärker wird er.«

»Da ist was dran«, erwiderte Louisa. »So 'n Pech auch.«

Eine Weile sagte keine was, dann fuhr sie fort. »Ich hab dir das nie gesagt, aber bevor wir aus St. Wilfred's abgefahren sind, hab ich in Aldrichs Arbeitszimmer ein Buch gefunden, eine Übersetzung aus dem sechzehnten Jahrhundert. Das wurde aber schon dreihundert Jahre vorher geschrieben oder so. *Über die Erschaffung des Dämons*, lautet der Titel.«

Taylor starrte sie mit offenem Mund an, doch Louisa hob nur die Hand und fuhr fort.

»Großer Mist, hab ich erst gedacht. Aber jetzt sehe ich das anders. Ich glaub nämlich, dass es erklärt, was hier grad abgeht.«

»Wieso Mist?«, fragte Taylor.

»Wegen der Notiz von Aldrich«, sagte Louisa, als würde das alles erklären.

»Was für eine Notiz?«

Louisa schaute sie an. »Also, er hatte ja verdammt viele Bücher, stimmt's?«

Taylor nickte.

»Na ja, und irgendwann hatte er halt so viele gelesen, dass er nicht mehr behalten konnte, was er von dem oder dem hielt, also ob er mit dem Autor einer Meinung war oder nicht. Dauernd musste er nachlesen, und das behinderte ihn in seiner Arbeit. Schließlich kam er auf die Idee, in jedem Buch, das er gelesen hatte, eine Notiz zu hinterlassen, als Gedankenstütze für sich selbst. Natürlich mit System: ›G‹ stand für glaubwürdig, ›A‹ für absurd. Und so weiter.« Ein Lächeln huschte über ihr Gesicht. »Typisch Aldrich.«

Ihre Stimme brach ab, das Lächeln verschwand.

»Und was ist jetzt mit diesem Buch?«, holte Taylor sie aus der

Erinnerung zurück. »Dem über den Dämon. Was hat er da rein-geschrieben?«

»›U‹ für unwahrscheinlich. Was bedeutet, dass er dem Autor nicht getraut hat, seine Aussagen aber auch nicht total verwerfen wollte. Jedenfalls, in dem Buch steht, wenn ein Dämon mit ei-nem menschlichen Wirt Kontakt hat und beide einem Austausch zustimmen, dann wird der Raum zwischen den Dimensionen allmählich kleiner. Der Dämon hat zwar keinen direkten Zugang zu unserer Welt, aber er kann uns wahrnehmen.« Sie blickte wie-der zur Festungsstadt. »Und wir nehmen ihn wahr.«

Taylors Mund wurde ganz trocken. Sie musste daran denken, was sie am Vormittag in der Stadt empfunden hatte – ein leises und doch überwältigendes Gefühl einer unbestimmten Angst. Als wäre sie umhüllt von einer Dunklen Macht, die aus den Mauern sickerte und sich an ihre Fußsohlen heftete wie Teer.

Aber das war noch nicht alles.

»Und am Tag des vereinbarten Austauschs«, fuhr Louisa fort, »entsteht eine Art Portal oder so was. Und durch dieses Portal kann der Dämon durch.« Sie machte eine Pause. Die nächsten Worte sprach sie so leise, dass man sie kaum verstand. »Und dann sterben wir. Alle.«

»Und, kannst du dir das vorstellen?«

»Kannst du es?«

So schrecklich es sein mochte, Taylor konnte es allmählich.

Bis zu ihrer ersten Begegnung hätte sie sich nie vorstellen kön-nen, was ein Dämon wirklich war, welche Kräfte er hatte. Die monströse, leere Gewalt, die er in seiner Seele mit sich trug. Da-von las man vielleicht mal in alten Büchern, wie von Drachen oder Feen. Märchen halt.

Aber jetzt hatte sie es endlich begriffen.

Die roten, halb verheilten Male auf ihrem Handrücken waren der Beweis, dass Dämonen real waren.

»Verdammt, Louisa«, sagte sie. »Was sollen wir nur tun?«

Louisas Antwort kam wie aus der Pistole geschossen.

»Noch mal hinfahren«, sagte sie entschlossen. »Mortimer Pierce finden und ihn erledigen.«

»Aber wie denn? Du warst doch selbst dabei heute.«

»Ja, war ich.« Louisa beugte sich vor, stützte die Ellbogen auf die Knie und sah Taylor fest in die Augen. »Und dabei ist mir noch etwas aufgefallen: Ich hab's dir schon mal gesagt, Taylor, du bist ein wandelnder Atomreaktor. Warum wohl hat Mortimer es auch auf dich abgesehen? Weil er *Angst* vor dir hat, kapierst du das nicht?«, versuchte Louisa, ihr auf die Sprünge zu helfen. »Er glaubt, dass du gewinnen kannst.«

Taylor blieb die Spucke weg. »Nein, Lou. Mir fehlt doch die Erfahrung.«

»Die brauchst du gar nicht«, sagte Louisa überzeugt. »Du musst nur endlich mal deine Angst vergessen. Heute Nacht in der Kirche, wenn Mortimer kommt, um Sacha zu holen, dann sei einfach *du*. Entfessele alles, was du hast, und richte es gegen ihn. Du musst es nur zulassen.«

Feierlich schloss sie: »Erledige ihn, heute Nacht, Taylor. Du kannst es.«

***

Nach diesem Gespräch war Taylor noch nervöser. Rastlos hetzte sie durch die verstaubten Flure des Châteaus, von einem Raum zum anderen.

Immer wieder klangen ihr Louisas Worte in den Ohren.

Entfessle alles, was du hast … Erledige ihn … Du kannst es.

Bisher war sie davon ausgegangen, das mit dem »Erledigen« würden Louisa oder Deide übernehmen, wenn überhaupt. Jetzt sah die Sache ganz anders aus: *Sie* sollte Mortimer töten, so wie zuvor die Todbringer und den Zombie.

Doch die Kräfte, die sie heute in der Kirche gespürt hatte, hatten ihr klargemacht, dass sie niemals die Chance dazu bekäme.

Also, falls ich ihre einzige Hoffnung bin, dann gute Nacht.

Der Gedanke, dass sie alle sterben mussten, war zu viel für sie.

Sie würde ihr Studium nicht beenden, die Welt nicht bereisen. Nicht mal den Führerschein würde sie machen, geschweige denn all die Dinge, die Menschen normalerweise so tun im Verlauf ihres Lebens.

Das ist nicht fair. Ich hab doch mein Leben noch vor *mir.*

Der Gedanke an all das, was sie nicht erleben würde, lähmte sie, und vielleicht war das der Grund, warum sie immer weiter lief. Sie zwang sich, Schritt auf Schritt zu gehen, damit weiter Blut durch ihren Körper gepumpt wurde. Zum Beweis, dass sie noch *lebte*.

Am Ende des Flurs angekommen, öffnete sie die letzte Tür links. Nicht, weil sie wissen wollte, was dahinterlag. Sondern allein deshalb, weil sie da war.

Die Tür quietschte laut, als wollte sie gegen die Störung protestieren. Dahinter öffnete sich ein großer, dunkler Raum, dessen Wände vom Boden bis zur Decke mit vergoldeten alten Buchrücken vollgestellt waren.

Eine Bibliothek.

Sofort war Taylors Neugier geweckt, und sie schlüpfte hinein.

Die Welt konnte untergehen – beim Anblick so vieler Bücher ging es ihr schlagartig besser.

Es waren ausschließlich französische Bücher, natürlich. Aus der Ferne sahen sie unheimlich edel aus, in Leder gebunden und mit langen, vergoldeten Titeln. Von Nahem jedoch stellte sie fest, dass fast alle durch Licht und Feuchtigkeit beschädigt waren.

Immerhin, es waren Bücher.

Die Möbel im Zimmer waren zum Schutz gegen den Staub mit weißen Laken abgedeckt.

Taylor nahm ein paar interessant wirkende Bücher aus den Regalen und setzte sich auf eins der abgedeckten Sofas, ohne die Staubwolke zur Kenntnis zu nehmen, die sich dabei erhob.

»Je m'appelle Jacques«, las sie laut aus einem Buch vor, bei dem es sich offenbar um ein Kinderbuch handelte.

Sie machte es sich mit dem Buch auf dem Sofa bequem. Die ihr unbekannten Vokabeln musste sie ohne Hilfe eines Wörterbuchs enträtseln. So versunken war sie in die Geschichte von Jacques' Reise auf einem Walfänger, dass sie sich erst nicht erklären konnte, woher das seltsame Summen kam, und auf der Suche nach der Quelle für das Geräusch zuerst in die Zimmerecken sah.

Schließlich begriff sie, dass es ihr Handy war, das da vibrierte. Am Morgen hatte sie es wie gewöhnlich eingesteckt und dann völlig vergessen.

Sie holte es heraus, und Georgies Gesicht erschien auf dem Display.

Taylor starrte in die vertrauten braunen Augen und drückte auf Annehmen.

»O mein Gott.« Georgies aufgeregte Stimme schallte durch das stille Gebäude. »Ich glaub's ja nicht. Was ist bloß los in Oxford? Haben die dich in den Kerker geworfen und in Ketten gelegt, oder warum antwortest du nicht auf meine Anrufe?«

Taylor musste lachen.

»Ich liege nicht in Ketten. Du übertreibst mal wieder maßlos.«

»Na, wenn du nicht auf meine Nachrichten antwortest, dann wär's allerdings besser für dich, wenn du in Ketten liegst.«

»Klappe«, erwiderte Taylor »Hast du eigentlich nur angerufen, um rumzumeckern? Ich bin in der Bibliothek, und wenn die mich erwischen, wie ich hier mit dir telefoniere, gibt's richtig Ärger. Also mach schnell.«

Sie lehnte sich auf dem Sofa zurück.

Georgie seufzte übertrieben. »Okay. Es gibt Neuigkeiten, deshalb ruf ich an. Wie du weißt, fahre ich mit meiner Familie nächstes Wochenende nach Spanien, und jetzt kommt's: Meine Mutter hat gesagt, ich darf dich mitnehmen! Falls du willst, natürlich … Meine Eltern spendieren dir sogar die Fahrt.« Offenbar um einer Absage zuvorzukommen, fuhr sie zurückhaltender fort: »Klar, ich weiß, du bist superbeschäftigt. Aber wenn du Samstag kommst und Montag früh zurückfährst, würde keiner von deinen ollen Oxford-Professoren was davon mitbekommen. Was meinst du? Taylor und Georgie endlich wieder vereint. Die Jungs an der Costa del Sol werden tot umfallen. Na, kriegen wir das hin?«

Taylors Brust schnürte sich ein vor Sehnsucht nach einer Welt, in der Freundinnen einfach übers Wochenende wegfahren konnten. Eine Welt ohne Ungeheuer. Eine Welt ohne Tod und Teufel. Und ohne Alchemisten oder Mortimer Pierce.

Warum konnte sie das nicht haben?

»Ja«, hörte sie sich sagen. »Ist gebongt.«

Georgie kreischte begeistert auf.

»Ehrlich? Mein Gott, das muss ich sofort Mum sagen. Bleib dran.«

Sie ließ das Telefon fallen. Aus der Ferne hörte Taylor Georgie durch ihr pinkes Zimmer laufen, die Tür aufreißen und rufen: »Mum! Taylor sagt, sie kommt mit!«

Georgies Mutter erwiderte irgendwas.

Noch ganz außer Atem, kam Georgie zurück. »Das wird sen-sa-tio-nell. Mum lässt fragen, ob du deinen Pass dabeihast?«

Taylor nickte durch ihre Tränen hindurch.

»Ja«, wisperte sie. »Ich hab meinen Pass dabei.«

Und das stimmte sogar. Tatsächlich hatte sie Georgie im Laufe des Gesprächs nicht ein einziges Mal angelogen. Falls dies das letzte Mal sein sollte, dass sie miteinander redeten, wollte sie wenigstens das: nicht lügen.

Und falls sie diese Mission wider Erwarten überlebte, würde sie wirklich nach Spanien fahren. Aber so was von!

»Das ist so super«, seufzte Georgie. »Ich vermisse dich so, Tay. Ich weiß, Oxford ist der Traum deines Lebens, aber hier ist es oberöde ohne dich. Wieso kann man nicht an zwei Orten gleichzeitig sein?«

»Ja, das wäre schön.«

Georgie hielt inne, als hätte sie die Brüchigkeit in Taylors Stimme bemerkt. Doch als sie antwortete, war sie fröhlich wie immer.

»Ich kann's kaum glauben, dass wir uns nächste Woche sehen. Meine und deine Mutter werden alles arrangieren.« Sie stieß noch einen Juchzer aus. »Mann, bin ich froh, dass du endlich mal drangegangen bist. Jetzt muss ich Schluss machen. Mum will mit mir einkaufen fahren. Bis bald …«

»Bis bald …«, sagte Taylor, doch Georgie hatte bereits ihr Handy ausgeschaltet. Ihre Worte verhallten ins Nichts.

»Ich hab dich so lieb.«

Nach ihrem Gespräch mit Taylor machte Louisa sich auf die Suche nach Alastair. In der Küche war er nicht, also ging sie wieder nach draußen, um das Gebäude herum.
Schließlich fand sie ihn im Schuppen, unter der Motorhaube seines geliebten blauen Transporters.
»Hier hast du dich versteckt«, sagte sie und lehnte sich neben einem alten, ledernen Pferdegeschirr gegen die Wand. »Ich hab dich gesucht.«
Alastair sah auf. »Ich versteck mich doch nicht.«
Im Schuppen war es kühl und schattig, es roch nach Benzin und Staub. In einer Ecke bemerkte Louisa eine beunruhigend große Spinne, die gerade ein enormes Netz webte.
Neben Sachas glänzendem Motorrad und Deides schickem Sportwagen wirkte der Transporter, den Alastair eigenhändig lackiert hatte, verbeult und klapprig. Aber er war robust, das wusste sie. Abgesehen von dem überhitzten Motor war er gelaufen wie eine Eins.
»Hauptsache, er gibt heute Nacht nicht den Geist auf«, sagte er, während er mit einem alten Schraubenschlüssel fachmännisch eine ölverschmierte Schraube festzog.

»Schön wär's«, sagte Louisa. »Dieser blöde Dämon muss nur einmal pusten, und die blaue Klapperkiste gibt den Geist auf.«

Er richtete sich auf und wischte sich mit einem Lappen das Öl von den Händen.

»Nicht, solange ich ein Wörtchen mitzureden habe.« Durch die offene Schuppentür warf er einen Blick auf das still daliegende Château. »Schlafen die anderen?«

Sie schüttelte den Kopf. »Nee. Schlagen alle die Zeit tot.«

»Bleibt uns auch nix anderes übrig.« Alastair wischte sich den Schweiß ab, und seine Hand hinterließ eine Schmierspur auf der Stirn. »Und was ist mit dir? Findest du auch keine Ruhe?«

»Ich mach mir Sorgen, Al«, sagte sie auf einmal sehr ernst. »Was da heute Vormittag passiert ist, ändert alles. Wir wissen jetzt, womit wir es zu tun haben – und dass es nichts Gutes ist. Ich versuche, den anderen Mut zu machen, aber die Sache ist die: Wie ich es auch drehe und wende, es geht böse aus.«

»Aber zusammen haben Taylor und Sacha eine unglaubliche Kraft, Lou«, erinnerte er sie. »So etwas haben wir noch nie erlebt. Wir müssen ihnen eine Chance geben.«

»Ich weiß.« Sie seufzte. »Aber du hast es doch auch gefühlt. Diese dämonischen Kräfte. Das sprengt alles Dagewesene. Das war der Tod.«

Damit war Alastair überhaupt nicht einverstanden. Missbilligend schüttelte er den Kopf.

»Du weißt doch, wie das läuft. Der will nur, dass wir so fühlen, damit wir den Mut verlieren. Er spielt mit uns.«

»Und woher willst du das so genau wissen?« Sie versuchte, ihren Frust zu verbergen.

»Denk dran«, sagte er sanft. »Regel Nr. 1: Dämonen lügen.«

Er reichte ihr seine ölverschmierte Hand, und sie nahm sie, ohne zu zögern. Als er sie zu sich heranzog und die Arme um sie schlang, fühlte sie sich sofort sicherer.

Seit jenem ersten Tag im Flur vor ihrem Schlafzimmer liebte sie Alastair. All die Zeit hatte sie die Zuneigung, die sie für ihn empfand, für sich behalten, doch jedes Mal, wenn sie ihn gesehen hatte, hatte ihr Herz schneller geschlagen, und sie hatte Schmetterlinge im Bauch gehabt.

Mit der Zeit waren sie Verbündete geworden, schließlich Freunde.

Egal, wie schroff sie war, egal, wie hart ihre Schale, Alastair verstand es, sie ganz tief im Innern zu berühren. Was sie auch tat – er ließ sich nicht vertreiben.

Wenn sie rumpampte, lachte er. Und wenn sie etwas kaputt machte, machte er es wieder heil – was es auch war. Nie hätte sie für möglich gehalten, dass jemand das für sie tun würde.

Jeder braucht jemanden, der ihm hilft, die Scherben aufzusammeln.

Auf dieser Reise hatte er endlich die Mauer überwunden, die sie um sich herum errichtet hatte. Sie hatte ihn reingelassen.

Und jetzt sollte sie ihn gleich wieder verlieren.

Am Vormittag in Carcassonne waren sie dem Tod so nahe gewesen, hatten seine unerträgliche Schwere gespürt. Und dieses unglaubliche Gefühl der Leere.

Der Dämon wartete auf sie.

»Wir stehen das durch«, versprach Alastair und hielt sie ganz fest.

Louisa schenkte ihm ein trauriges Lächeln. Selbst jetzt, da alles verloren schien, weigerte er sich, die Hoffnung aufzugeben.

Sie drückte die Nase gegen seine Brust und atmete seinen Duft ein. Er roch nach frischer Luft, Öl und nach warmer, sonnengesättigter Haut.

»Wenn der Dämon dich auch nur berührt«, murmelte sie, »dann mach ich ihn kalt.«

Er musste lachen. »Hoffentlich weiß er, mit wem er sich anlegt.«

Louisa hob den Kopf und sah ihn an. »Wie sollen wir das bloß schaffen, Alastair? Wie können wir das überleben?«

Sanft streifte er ihr einen Kuss auf die Lippen.

»Wir halten uns an den Plan«, sagte er. »Wir halten zusammen. Und wir geben nicht auf.«

Als sie spätabends die Stadt erreichten, bot sich ihnen ein völlig anderes Bild als am Nachmittag. Die Touristenhorden, die tagsüber die engen Gassen verstopft hatten, waren weg, ebenso wie die Busse, die Autos und auch die Einheimischen.
Die verwinkelten Gassen waren menschenleer.
Sacha lenkte das dröhnende Motorrad hügelaufwärts durch die Stille.
Die riesige Festungsstadt wurde von allen Seiten angestrahlt. Unzählige Scheinwerfer tauchten die Mauern in leuchtendes Weiß.
Die Parkplätze nahe der Burg waren alle frei, doch Sacha ignorierte sie und fuhr direkt vor das gewaltige Stadttor, wo er die Maschine unter einem Halteverbotsschild stoppte.
Taylor zog den Helm ab und betrachtete verstohlen das Verkehrsschild.
Sacha bemerkte es und winkte achtlos ab. »Glaub nicht, dass heute Nacht Politessen unterwegs sind.«
Der beeindruckende Torbau mit dem Fallgitter stand offen, doch sie gingen daran vorbei und folgten der Mauer bis zu einer Stelle, die im Schatten lag, wo sie auf das Signal für ihren Einsatz warteten.

Es dauerte nicht lange. Ohne Vorwarnung und völlig geräuschlos erloschen die Scheinwerfer, alle auf einmal. Eine Zeit lang noch blitzten hier und da die Lichter der modernen Stadt wieder auf, dann erloschen auch sie, lautlos.

Dann lag Carcassonne im Dunkeln.

Beeindruckt stieß Sacha einen leisen Pfiff aus.

»*Félicitations*, Louisa«, flüsterte er.

Taylor wollte lächeln, konnte es aber nicht. Vor Anspannung zitterte sie am ganzen Körper.

Die Nacht war ruhig und dunkel – kein Mond erhellte ihnen den Weg, und ihre Augen hatten sich noch nicht genug an das Sternenlicht gewöhnt. Trotzdem, das allein erklärte nicht die Angst, die durch ihre Adern pulsierte.

Irgendwo jenseits dieser Mauern wartete Mortimer auf sie.

»Bereit?« Sacha sah sie erwartungsvoll an.

Er war es. Selbst im Dunkeln konnte Taylor nicht die geringsten Anzeichen von Angst in seinen blauen Augen erkennen.

In gewissem Maße konnte sie das sogar verstehen. Dieses Datum und dieser Ort hatten ihn sein Leben lang gequält. Nun endlich war das Ende in Sicht. Entweder würden sie den Fluch brechen – oder ihm zum Opfer fallen.

So oder so, bald wäre es vorbei. Sie wusste, wie sehr er sich danach sehnte.

Taylor zwang sich, zu nicken.

Vorsichtig folgten sie dem staubigen Pfad über den grasbewachsenen Abhang. Zur einen Seite ging es steil hinunter. Ein falscher Schritt, und sie würden hinabstürzen.

In der Theorie schien der Weg kurz und einfach zu sein, doch jetzt kam er ihnen endlos vor. Während sie immer weiter an der Mauer entlanggingen, verlor Taylor jegliches Zeitgefühl. Einmal stolperte sie über einen Stein und konnte sich gerade noch fangen.

Sacha drehte sich um. »Alles okay?«

Sie nickte, und als ihr klar wurde, dass er es wahrscheinlich nicht sehen konnte, sagte sie zur Sicherheit: »Ja.«

Er drehte sich wieder nach vorn. »Gut. Ich glaube, wir sind fast …«

In diesem Augenblick ertönten Polizeisirenen aus der Stadt unter ihnen.

Sie erstarrten.

»*Merde*«, flüsterte Sacha.

Gegen den samtschwarzen Hintergrund der lichtlosen Nacht hoben sich die blitzenden Blaulichter der Streifenwagen klar und deutlich ab.

»Beeil dich.« Sacha war bereits weitergegangen – Taylor hatte es gar nicht gemerkt. »Wir müssen in die Stadt.«

Sie eilte ihm nach und holte ihn auf Höhe eines verrosteten Metalltörchens ein, das sich am Fuß eines der Rundtürme in der Mauer öffnete.

»Hier«, flüsterte Sacha und deutete auf ein schweres Vorhängeschloss.

Taylor holte tief Luft und hielt ihre Hand ein kleines Stück oberhalb. Dann schloss sie die Augen und suchte nach molekularer Energie, konnte seltsamerweise aber kaum welche wahrnehmen. Hier oben floss kein Wasser. In den alten Steinmauern verliefen auch keine Stromleitungen. Nur aus dem Gras unter ihren Füßen konnte sie ein zartes goldenes Band an sich ziehen und gegen das Schloss richten.

Öffne dich.

Sie war sich nicht sicher, ob die Energie reichen würde, doch dann machte es plötzlich *klick*, und das Schloss fiel mit einem dumpfen Schlag zu Boden.

»Danke«, wisperte Taylor der Erde zu, ohne dass Sacha es mitbekam, der schon dabei war, das Tor aufzustoßen. Quietschend, aber ohne Widerstand zu leisten, schwang es auf, obwohl es allem Anschein nach schon lange nicht mehr benutzt worden war. Wie Deide prophezeit hatte.

Sie schlüpften hindurch.

Taylors Herz raste, als sie das Steinpflaster der Festung betraten.

Überall nahm sie die Energie des Dämons wahr. Stärker noch als am Vormittag.

Sie schloss die Augen und suchte nach Anzeichen von Leben, doch wieder nahm sie nicht das Geringste wahr. Weder Sacha noch die anderen. Auch Mortimer nicht. Als wären sie ganz allein.

Die Kehle schnürte sich ihr zu, und sie unterdrückte die aufsteigende Panik.

Ich muss mich konzentrieren. Wir schaffen das.

Ihre Augen hatten sich inzwischen an die Dunkelheit gewöhnt, sodass sie die Details der Altstadt erkennen konnte, die ganz anders wirkte als bei Tag. Taylor erkannte Touristengeschäfte, die Süßwaren und Spielzeugschwerter verkauft hatten und im Sonnenlicht hell und aufdringlich gewesen waren, nun in der Dunkelheit jedoch unheilvoll und bedrohlich wirkten.

Ein Windstoß fuhr ihr ins Haar und ließ die altmodischen Holzschilder über ihren Köpfen hin und her schaukeln. Es roch muffig und nach Tod.

Konzentriert, die Augen fest auf die Straße vor ihnen geheftet, ging Sacha sicheren Schrittes voran – als würde er diese Gassen in- und auswendig kennen. Er nahm den direkten Weg, und ein paar Minuten später tauchte vor ihnen die Kirche auf.

Als sie den Vorplatz zum Eingang überquerten, begannen Taylors Zähne plötzlich heftig zu klappern.

Anders als am Vormittag waren die großen Türen diesmal fest verschlossen.

Taylor schloss die Augen und richtete ihre Wahrnehmung auf die umliegenden Energien. Am Gittertor, durch das sie in die Stadt gekommen waren, hatte sie immerhin noch etwas gespürt. Hier aber nahm sie gar nichts mehr wahr.

Sie konzentrierte sich und versuchte es noch einmal. Ihre Hand schwebte über der Tür, und während sie noch verzweifelt versuchte, von irgendwo her Energie zu sammeln, öffnete sich der Riegel plötzlich wie von Geisterhand mit einem lauten, metallischen Klicken.

Sacha sah sie fragend an.

»Ich war das nicht.«

Kaum hatte sie das gesagt, wurde auch schon die Tür aufgerissen und mit solcher Gewalt gegen die Kirchenwände geschleudert, dass Holzsplitter durch die Luft flogen. Taylor duckte sich, und auch Sacha ging, so schnell er konnte, in Deckung.

Plötzlich begannen hoch über ihnen sämtliche Kirchenglocken zu läuten – ein chaotischer, kreischender Lärm.

Dunkle Energie strömte die Steinmauern herab und schoss aus allen Richtungen auf Taylor zu.

Sie griff nach Sachas Handgelenk. »Wir müssen hier weg, sofort!«

Er protestierte nicht, und so rannten sie im nächsten Augenblick bereits über das Kopfsteinpflaster, während das irre Läuten der Kirchenglocken ihre Schritte übertönte.

Sie hatten es bis halb über den Platz geschafft, als sich aus dem Dunkel vor ihnen eine Gestalt löste.

»Da seid ihr ja.« Mortimer, wie aus dem Ei gepellt. Knisternd vor Spannung. »Ich hab euch schon überall gesucht.«

Auch diesmal verbarg Mortimer das graue Haar unter einer Schiebermütze, seine Oberlippe zierte ein schmaler silberner Schnurrbart. In seinem Tweedjackett und der akkurat gebügelten Hose hätte er auch gut zu einem Fest auf dem Land unterwegs sein können. Nur seine Augen verrieten ihn, hasserfüllt starrten sie Sacha an.
Taylor schnappte nach Luft. Genau, was sie erhofft hatten – Mortimer war hier.
Jetzt musste sie ihn nur noch erledigen.
Den Stock lässig in der Hand, kam er auf sie zuspaziert. Er wirkte weder freudig überrascht noch irgendwie aufgeregt. Er sah einfach nur aus wie immer – wie ein Universitätsprofessor, der in Gedanken versunken zur Vorlesung schlendert.
Taylor blieb wie angewurzelt stehen, doch Sacha wich zurück und zog sie mit sich.
»Bleib weg.« Er blitzte Mortimer an.
»Ts, ts«, machte Mortimer. »Ich hatte wirklich gehofft, du würdest es uns nicht so schwer machen, mein Lieber. Ich meine, es ist doch sinnlos, weiterzukämpfen, wenn die Niederlage feststeht. Du würdest es uns beiden leichter machen, wenn

du einfach aufgibst und wir mit der Arbeit fortfahren könnten.«

Er hob die Hand. Taylor nahm die Dunklen Kräfte wahr, die von ihm ausströmten wie eine Flutwelle aus purem Hass.

»Nein!«, rief sie und richtete ihre Handfläche gegen ihn. Verzweifelt suchte sie nach etwas, aus dem sie Energie ziehen konnte, um sich vor ihm zu schützen.

Doch da war nichts.

Den Steinen konnte sie keine molekulare Energien entziehen. Hier wuchs kein Gras, und Bäume gab es auch fast keine. Kein Sonnenlicht, kein fließendes Wasser. Und dank ihres bescheuerten Plans auch keinen Strom.

Es war nichts da, womit sie sich hätte schützen können. Ungehindert umströmten Mortimers Dunkle Kräfte sie. Sosehr Taylor auch versuchte, sich Mortimers Dunklen Energien zu entziehen, sie konnte nicht verhindern, dass ihr Sachas Hände entglitten und eine unsichtbare Kraft sie nach hinten schleuderte.

Ihr blieb keine Zeit, zu reagieren.

Irgendwo schrie jemand auf, sie knallte mit voller Wucht gegen etwas Hartes.

Dann wurde es dunkel.

***

Als sie ihre Augen wieder öffnete, wusste sie im ersten Moment nicht, wo sie war. Um sie herum war alles pechschwarz. Sie lag auf Stein, so viel wusste sie, und ihr ganzer Körper tat weh.

In der Ferne hörte sie Rufe und Schreie, sah einen Lichtschein aufblitzen, hörte einen Knall.

Was war das – ein Schuss?

Sie versuchte sich aufzurappeln, doch in ihrem Kopf drehte sich alles, und sie musste sich wieder hinlegen.

Im nächsten Moment war Sacha an ihrer Seite.

»Taylor? Gott sei Dank. Bist du okay?«, rief er voller Sorge.

Mehrfach musste sie ansetzen, ehe sie die Wörter bilden konnte – ihre Lippen versagten ihr den Dienst. »Ich bin okay«, brachte sie schließlich hervor.

Ihr Kopf fühlte sich an, als wäre sie mit einem Laster kollidiert. Als sie mit der Hand nach oben tastete, um herauszufinden, weshalb, fassten ihre Fingerspitzen in etwas Nasses, Klebriges.

Blut.

Mit einem Schlag sah sie wieder klar.

»Ich bin okay«, sagte sie noch mal, obwohl sie selbst nicht sicher war. »Hilf mir mal.«

Erleichtert zog er sie auf die Füße und drückte sie an sich.

»Ich dachte schon, ich hätte dich verloren.«

Durch ihre Kleider hindurch spürte sie die Wärme seines Körpers. Die Welt um sie herum drehte sich, und sie blieb so lange in seinen Armen, bis sie ihr Gleichgewicht wiedergefunden hatte.

Er musterte ihr Gesicht. »Du blutest ja. Bist du sicher, dass du okay bist?«

»Links von dir, Alastair!«

Eine vertraute Stimme schallte über den Kirchplatz.

»Ist das Louisa? Wie lange war ich bewusstlos? Was ist passiert?«

Taylor streckte sich, um nachzuschauen, was geschah. Ihr Herz wummerte, doch inzwischen hatte sie sich einigermaßen erholt. Alles schmerzte, aber sonst ging es ihr gut.

»Schalt endlich das Licht wieder an.« Deides Stimme – wütend und angespannt. »Ich kann ihn nicht viel länger halten.«

»Ich *versuch's* ja.« Wieder Louisa.

Ein vor Schmerz – oder vor Anstrengung? – verzerrtes Grunzen, dann das platschende Geräusch einer Faust gegen Fleisch.

»Verdammte Scheiße«, hörte sie Alastair fluchen. »Gibt der denn nie auf?«

Der? Wer, der?

»Mortimer hat ein paar Freunde mitgebracht«, sagte Sacha düster. »Neue Zombies.«

Zombies. Deshalb die Schüsse. Alchemistische Fähigkeiten konnten ihnen ja nichts anhaben. Offenbar hatte Deide eine Pistole mitgebracht.

Sie musste an den umherstolpernden Riesen denken, der sie in St. Wilfred's angegriffen hatte. An seine unglaubliche Kraft. Die Hilflosigkeit, die sie ihm gegenüber empfunden hatte. Und jetzt waren es mehrere.

Sie wollte sich aus Sachas Umarmung befreien. »Wir müssen ihnen helfen!«

»Louisa hat gesagt, ich soll dich hier wegbringen«, entgegnete er und hielt sie zurück. »Außerdem bist du verletzt, die Wunde sieht ziemlich übel aus.«

»Ist doch nur ein bisschen Blut«, schnappte sie zurück.

Irgendwo hinter ihnen schlug ein Körper – ein ziemlich großer – mit lautem Knall auf dem Boden auf. Alastair fluchte. An seiner Stimme merkte Taylor, wie angespannt er war.

»Daneben, du Wichser.«

Sacha hielt sie fest an der Hand und zog sie in einen Türbogen, wo sie sich versteckten. Auf dem Platz kniete Louisa und hatte die Arme um einen Laternenmast geschlungen. Offensichtlich versuchte sie, genug Energie zu sammeln, um die Elektrizität zurückzuholen und mit ihr Kräftewellen, die sie zu sich heranziehen konnte.

Taylor bemerkte den Schweiß, der ihr über die Stirn lief, spürte ihren Frust.

Auf einmal stürzte sich eine riesengroße, klobige Gestalt mit ausgestreckten Händen auf Louisa.

»*Arrête!*«, rief Deide und warf sein Messer. Präzise und geräuschlos bohrte es sich in den Rücken des Kolosses.

Der stoppte. Wie ein Mensch nach einer Mücke schlug er nach dem Griff und versuchte vergeblich, das Messer zu fassen zu bekommen.

Taylor wollte den Moment nutzen und Louisa zur Seite springen, doch Sacha hielt sie mit aller Kraft zurück.

»Aber ich muss ihr doch helfen«, rief Taylor und wand sich aus der Umklammerung.

»Taylor, warte …« Doch da war sie schon weg.

Sie rannte über den Platz und fiel neben Louisa auf die Knie.

Die blitzte sie an. »Was zur Hölle machst du hier?!«

Im nächsten Moment kauerte sich auch Sacha neben sie. »Ich hab sie nicht zurückhalten können.«

»Verdammt, Taylor.« Louisa schäumte. »Willst du unbedingt krepieren?«

»Ich will dir helfen. Allein schaffst du das nicht.« Taylor platzierte ihre Hände auf den Kasten unten an dem Laternenmast, der die Stromzufuhr regulierte. »Zusammen auf drei – eins, zwei, drei!«

Sie sammelte alle Kraft, die ihr geblieben war, und suchte.

Und fand tatsächlich ein Energieband, das sie aus den wenigen Bäumen auf dem Platz zog und auf das Licht richtete, um so die Elektrizität der ganzen Stadt herbeizuziehen.

Doch es funktionierte nicht. Das Licht blieb weg. Vor Anstrengung begann es in ihrem Kopf, besorgniserregend zu hämmern.

»Mist.« Sie wischte sich den Schweiß von der Stirn. »Wieso klappt das nicht?«

Unvermittelt nahm Sacha ihre Hand und schaute sie an.

»Versuch's noch mal.«

Taylor sah ihn verblüfft an. Er hatte recht. So konnte es klappen. Sie griff nach Louisas Hand. Nun war sie mit zwei weiteren Körpern verbunden.

»Also los«, sagte sie.

Diesmal spürte sie die warme Woge von Louisas Kräften.

Taylor holte tief Luft, schloss die Augen, rief Erde und Himmel an und forderte jedes noch so kleine Energiemolekül auf, zu ihr zu kommen. Weder den Steinboden unter ihren Füßen noch das kalte Metall an ihren Fingerspitzen nahm sie noch wahr. Die Schmerzen in ihrem Kopf waren wie weggeblasen. Sie war stark. Unglaublich stark.

Sie nahm die Kabel in den Häuserwänden ringsum wahr, konnte sie fast sehen, leer und voller Erwartung, endlich wieder Strom – *Energie* – zu transportieren. Sie würde sie zum Fließen bringen.

Alles rief sie zu sich heran.

Licht.

Von weit weg hörte sie ein Klicken, dann ein Summen und plötzlich … blendendes Licht.

»Gott sei Dank.« Louisa sprang auf. Überall um sie herum gingen die Lichter an – in den Geschäften, über ihnen, in der Stadt am Fuß der Festung. Auch die Kirche war nun wieder hell erleuchtet, die Straßenbeleuchtung brannte wieder.

Es war wunderschön.

Plötzlich hinter ihnen ein Schrei. »Achtung!«

Instinktiv warfen sie sich zur Seite.

Dort, wo sie eben noch gestanden hatten, brach einer der Zombies zusammen – aufgedunsen, unförmig und mit kleinen, leeren Augen. Vergeblich klatschte er mit der Hand auf seinen blutüberströmten Rücken. Stöhnend sah er zu Taylor.

Er war noch nicht tot.

Plötzlich hörte sie schwere Schritte näher kommen. Sie fuhr herum und bekam gerade noch mit, wie ein anderer Riese ausholte und nach Alastair schlug. Blut rann ihm aus Brust und Gesicht, doch noch immer besaß er unglaubliche Kräfte.

Alastair duckte sich und wirbelte herum, in der Hand ein Tranchiermesser.

»Krepier endlich, beschissener Zombie! Du warst doch schon tot.«

In diesem Moment sprang Deide ihm zu Hilfe und rammte ein Messer in den Rücken des Riesen. Der brüllte vor Schmerz auf, hielt inne und wirbelte herum.

»Wo ist Mortimer?«, rief Sacha Louisa zu.

»Weiß nicht«, antwortete sie. »Wir müssen ihn suchen. Aber erst mal müssen wir die Kerle hier erledigen. Und ihr zwei müsst hier weg.«

Doch Taylor blieb stur. »Ich lass dich nicht allein.«

»Zur Hölle mit dir.«

»Ich mein's ernst, Louisa …«, hob Taylor an, als plötzlich eine eiskalte Stimme über den Platz schallte.

»Dieses Gezanke, da kriegt man ja Kopfschmerzen.«

Sie fuhren herum. Nicht weit entfernt stand Mortimer, als wäre er die ganze Zeit da gewesen.

Louisa hatte sich als Erste wieder gefangen.

»Mensch, Pierce. Erschreck mich doch nicht so.«

Sie gab sich gelassen, doch zugleich beäugte sie ihn misstrauisch, als würde sie einer Klapperschlange gegenüberstehen, die jeden Moment zubeißen konnte.

»Louisa!«, rief Alastair. »Pass auf.«

Hinter ihnen hörte Taylor wilde Kampfgeräusche, vermutlich Deide, der mit den Zombies kämpfte, doch sie wagte nicht, sich umzudrehen.

Sacha war einen Schritt vorgetreten. Er hatte die Fäuste erhoben und wollte Mortimer zur Rede stellen, doch der blitzte ihn nur an, und Sacha fiel wie von einem unsichtbaren Schlag getroffen nach hinten und blieb regungslos liegen.

»Sacha!« Taylor rannte zu ihm. Sie hatte nicht das Geringste wahrgenommen, als Mortimer seine Kräfte gegen ihn gerichtet hatte. Ihre Wahrnehmung war wie ausgeschaltet. Taylor umklammerte Sachas Hand, der sich immer noch nicht bewegte. Wut schoss ihr durch die Adern und schwemmte die Angst weg.

»Was hast du mit ihm gemacht, du Monster?«, schrie sie.

Mortimer warf ihr einen herablassenden Blick zu.

»Hochinteressant, Miss Montclair«, sagte er. »Sie scheinen wirklich wild entschlossen, etwas zu verhindern, das sich einfach nicht aufhalten lässt. Aldrich hat ja große Stücke auf Sie gehalten, aber ist es nicht gerade ein Hinweis auf mangelnde Intelligenz, dass Sie es immer und immer wieder versuchen, obwohl Sie mehrfach auf die Unmöglichkeit Ihres Unterfangens hingewiesen wurden?«

»Kommt darauf an«, erwiderte Taylor frostig, »ob es wirklich unmöglich ist.«

Die ganze Zeit über ließ sie Sachas Hand nicht los und sammelte aus ihrer Verbindung Energie. Hinzu kam die Elektrizität aus den Kabeln, die unter ihren Füßen im Boden verliefen. Taylor zog nun alles mühelos zu sich heran und schleuderte es gegen Mortimer.

Jeden anderen hätte sie damit getötet. Doch er parierte den Angriff mit einem Schnippen seiner Finger.

Louisa trat vor und stellte ihren Körper schützend zwischen Mortimer und sie.

»Ist das Teufelspisse, Mortimer?«, fragte sie herausfordernd.

»Na, wie war das, als du deine Seele verkauft hast, du widerlicher Perverser? Hast du *geheult*?«

Seine Miene verfinsterte sich. »Dein Ton gefällt mir nicht.«

Er hob seine Hand, doch Louisa war schneller und wehrte die Dunkle Energie ab, die er ihr mit erstaunlicher Geschwindigkeit und Heftigkeit entgegenschleuderte.

Taylor konnte den ätzenden Geruch ihrer Energien wahrnehmen.

»Austeilen kannst du ja, aber wetten, dass du nicht einstecken kannst?«, höhnte Louisa.

Doch so cool sie ihm entgegentrat, Taylor entging nicht, dass sie schwankte. Er war einfach zu stark.

»Hört auf!«, rief sie.

Mortimer wandte seine Aufmerksamkeit nun wieder ihr zu. Im Halbdunkel sah es aus, als besäßen seine Augen keine Lider.

»Wollen Sie mir vielleicht einen Handel anbieten, Miss Montclair? Sie wissen ja, dass ich dem hier sofort ein Ende bereiten könnte.«

»Falls Sie wissen wollen, ob ich Ihnen Sacha ausliefere – vergessen Sie's«, blaffte sie ihn an. »Er ist nicht zu verkaufen. Sie werden ihn nie bekommen, das verspreche ich Ihnen.«

Unterdessen suchte sie den Platz nach irgendetwas ab, aus dem sie genug Energie schöpfen konnte, um ihn zu töten. Ihren mächtigsten Schlag hatte er ja mit Leichtigkeit pariert. Sie brauchte etwas anderes. Sie musste kreativ sein.

Sie brauchte Sacha.

Während sie Mortimer nicht aus den Augen ließ und inständig hoffte, dass er es nicht mitbekam, lenkte sie ein zartes Energieband zu Sacha.

Aufwachen.

Mortimer indes grinste nur und musterte sie humorlos.

»Ach, ich denke, Sie merken schon noch, dass hier nur einer gewinnen wird – und zwar ich. Ich bin nicht so weit gekommen, um jetzt zu scheitern, und außerdem bieten Sie ihn mir hier ja quasi auf dem Präsentierteller an.«

»Noch hast du mich nicht«, mischte sich da plötzlich Sacha ein. »Und du wirst mich auch nie kriegen.«

Taylor grinste. Es hatte funktioniert.

Mortimer sah sie kalt an.

»Machen Sie sich keine falschen Hoffnungen«, sagte er. »Vielleicht sollte ich Ihnen einmal die Situation vor Augen führen. Vielleicht kommen wir so weiter.«

Ehe sie begriffen, wie ihnen geschah, richtete Mortimer seine Hand gegen Louisa, die damit nicht gerechnet hatte und aufschrie, als sie gepackt und in hohem Bogen weggeschleudert wurde.

Mortimer machte eine kleine Bewegung mit der Hand, die Taylor nur aus dem Augenwinkel mitbekam, und Louisas Körper verharrte schwebend in der Luft. Dort hing sie einfach und baumelte grässlich am dunklen Firmament.

Mortimer machte einen Schritt auf Taylor zu.

»Verstehen Sie jetzt, Miss Montclair? Sie haben verloren.«

Er ließ den Finger kreisen, und Louisa machte einen Salto. Einmal. Zweimal.

Taylor schluchzte auf.

Und plötzlich ließ er Louisa los, und ihr Körper knallte ungebremst zu Boden – wie ein Vogel, der im Flug von einer Kugel getroffen wird. Es knackte fürchterlich.

Alastair schrie auf.

Taylor spürte den Aufschlag in ihrem eigenen Körper. Tränen schossen ihr in die Augen, doch sosehr es sie drängte, nachzusehen, was mit Louisa war, ob sie noch lebte – sie ließ Mortimer nicht aus den Augen.

»Du Bastard«, flüsterte sie. Mortimer zuckte mit keiner Wimper.

»Ich pflege mir zu nehmen, was ich will, Miss Montclair. Ich dachte, Ihr Herr Großpapa hätte Ihnen das gesagt.«

Sacha griff nach Taylors Hand und zog sie an sich.

»Wag es nicht, sie anzufassen«, zischte er, doch selbst Taylor entging die Angst in seiner Stimme nicht.

Mortimer grinste nur.

Plötzlich hörten sie hinter sich Schritte. Diesmal drehte Taylor sich um. Sie hatte Alastair erwartet, der sich rächen wollte, doch es war Deide. In der Hand hielt er eine Pistole.

»Mortimer«, rief er und dann noch etwas so schnell auf Französisch, dass Taylor es nicht verstand. Irgendwas mit Hölle und Tod.

Nun geschah alles wie in Zeitlupe.

Deide schoss. Taylor hörte die Detonation. Sah das Mündungsfeuer. Und im Nachhinein meinte sie sogar, die Kugel selbst gesehen zu haben, die aus dem Lauf katapultiert wurde.

Mortimer betrachtete das Geschehen interessiert. Dann hob er lässig eine Hand und pflückte das glänzende Stück Metall aus der Luft.

Einen kurzen, schrecklichen Augenblick lang sah er die Kugel prüfend an. Dann schleuderte er sie zurück gegen Deide.

Direkt oberhalb der Brille bohrte sie sich in die Stirn des Lehrers, der wie vom Blitz getroffen zusammenbrach und sich nicht mehr rührte.

»*Non!*« Sacha stürzte zu ihm, doch Taylor wusste sofort, dass man nichts mehr für ihn tun konnte.

Deide war tot. Und Louisa womöglich auch.

Und wenn sie Sacha nicht von hier wegbrachte, würden sie vielleicht alle sterben. Hier und jetzt.

Sie widerstand dem Drang, sich auf die Knie fallen zu lassen und loszuheulen, streckte ihre Hand aus und zog die Energie ringsum an sich.

Schutz.

Sie gab alles. Ihr war, als hörte sie Louisas Stimme sagen: *Nu leg mal 'nen Zahn zu, Taylor. Hör auf zu spielen.*

Der Laternenmast, neben dem Mortimer stand, explodierte in einem Lichtblitz aus Funken und Flammen, und im nächsten Augenblick waren die Lichter wieder erloschen.

Im Schutz der Dunkelheit packte Taylor Sachas Hand und zog ihn von Deides Leiche weg.

»Aber ich kann ihn doch nicht hier liegen lassen«, protestierte er und versuchte, sich aus ihrem Griff zu winden.

»Er ist tot, Sacha.« Mit aller Kraft hielt sie ihn fest, während ihr die Tränen über die Wangen strömten. »Wir müssen hier weg.«

Sie rannten einen schmalen Nebenweg entlang, vorbei an dem kleinen Haus, wo sie am Vormittag dem Puppentheater zugeschaut hatten, an den Geschäften und dann immer weiter über das Kopfsteinpflaster bis zum Haupttor.
Die ganze Zeit lauschte Sacha darauf, ob ihnen jemand folgte, doch er hörte nur ihre eigenen Schritte und ihren keuchenden Atem.
Ständig sah er Deides Gesicht vor sich, den Ausdruck des Erstaunens, als die Kugel ihn traf. Immer wieder spulte sich diese Szene vor ihm ab.
Das Motorrad stand noch an seinem Platz. Wie auf Autopilot sprang er auf, und hob in einer Bewegung die beiden Helme auf und reichte einen davon Taylor, die hinter ihm auf den Rücksitz kletterte. Sie zitterte heftig.
»Ob Louisa und Alastair es geschafft haben?«
Sie warf ihm einen verzweifelten Blick zu. »Ich weiß es nicht.«
Sacha gab sich damit zufrieden. Er ließ den Motor an, gab Gas, und schon dröhnten sie den Hügel hinunter. Irgendwie schaffte er es, sich auf die Straße zu konzentrieren und das Gemetzel, das hinter ihnen lag, auszublenden.

Ohne auf rote Ampeln und Straßenschilder zu achten, fuhren sie durch die verlassene Stadt zu dem vereinbarten Treffpunkt an einem breiten, langsam dahinfließenden Fluss am Rand von Carcassonne.

Obwohl die Straßenbeleuchtung jetzt wieder funktionierte, war es dort dunkel, und sie blieben lieber auf der laufenden Maschine sitzen, bereit, jederzeit zu fliehen. Sacha starrte auf seine Hände und versuchte, Deides Gesicht aus seinen Gedanken zu vertreiben.

Sein Tod hatte ihm das Herz gebrochen.

Sie waren komplett gescheitert. Weder hatten sie Mortimer getötet, noch hatten sie den Ort gefunden, an dem die Zeremonie stattfinden sollte, mit deren Hilfe sie den Fluch brechen wollten.

Nur eins hatten sie erreicht. Sie hatten einen Mann verloren. Und vielleicht sogar nicht nur den einen.

Taylor zitterte am ganzen Leib.

»Monsieur Deide«, flüsterte sie. »Louisa.«

Sacha nickte und versuchte irgendwie, die Tränen wegzublinzeln. »Ich weiß.«

Sie wussten nicht, wie viel Zeit vergangen war, bis sie den Transporter hörten – vermutlich nur ein paar Minuten, vielleicht sogar weniger. Doch ihnen kam es wie eine Ewigkeit vor, bis er endlich auf der Straße auftauchte und neben ihnen anhielt.

Sacha und Taylor sprangen vom Motorrad.

Alastair stieg gar nicht erst aus. Er streckte nur den Kopf aus dem Fenster.

»Sie lebt«, sagte er knapp. »Zumindest atmet sie.«

»Ich will sie sehen.« Taylor riss die Seitentür des Transporters auf.

Louisa lag bewusstlos auf der Rückbank. Alastair hatte ein T-Shirt um ihren Kopf gewickelt, um das Blut zu stillen, und Kopf und Hals fixiert, damit sie sich nicht bewegen konnte.

Sie wirkte zerbrechlich, wie sie so dalag.

»Louisa«, sagte Taylor mit erstickter Stimme und schlug die Hand vor den Mund. »O nein.«

»Ich fahre sie ins Krankenhaus. Ich weiß nicht, ob sie durchkommt, aber ich tu, was ich kann.« Als Alastair sich eine Locke aus dem Gesicht strich, bemerkte Sacha über seinem linken Auge eine lila blutverkrustete Schramme.

»Was ist mit Mortimer?«, fragte er.

Alastair schüttelte den Kopf. »Keine Ahnung. Als die Laterne explodiert ist, hab ich mir Lou geschnappt und bin weg.« Er atmete tief durch. »Wie soll's jetzt weitergehen?«

Keiner hatte eine Antwort. Dann warf Taylor die Tür zu, stellte sich wieder neben Sacha und nahm seine Hand. Sie strahlte plötzlich eine Ruhe aus, als hätte sie dort in dem Transporter einen Entschluss gefasst.

Sacha ahnte, welchen. Er war zum selben Schluss gekommen.

»Bring Louisa ins Krankenhaus. Und sorg dafür, dass sie durchkommt«, sagte sie zu Alastair. »Das mit Mortimer regeln wir. Du hast genug getan.«

»Wir kommen schon klar«, log Sacha und drückte ihre Hand.

Alastair warf ihnen einen bedauernden Blick zu, doch er erhob keine Einwände.

»Verdammt«, sagte er. »Gern lass ich euch damit nicht allein.«

»Wir mussten es von Anfang an machen«, sagte Taylor. »Oder?«

»Auf *uns* hat er es abgesehen«, sagte Sacha. »Und meinetwegen stirbt keiner mehr.«

»Tut mir einen Gefallen«, sagte Alastair grimmig, während er den Gang einlegte. »Macht den Bastard kalt. Tut es für Louisa.«

Dann gab er Gas und lenkte den Transporter mit quietschenden Reifen zurück auf die Straße.

Als das Motorengeräusch verebbt und sie wieder allein waren, sahen sie sich an.

»Und jetzt?«, fragte Taylor.

Darauf hatte er auch keine Antwort. Er wusste nur, dass sie hier nicht bleiben konnten.

»Lass uns zurück ins Château fahren.«

Sie schauderte, und es war ihr nicht zu verdenken. Die Vorstellung, ohne die anderen dorthin zurückzukehren, war einfach nur schrecklich. Aber was blieb ihnen übrig? Sie brauchten einen sicheren Ort, um sich zu sammeln.

Sie kletterten auf die Sitzbank, und Taylor klammerte sich an ihn.

Sacha klappte das Visier herunter.

Am liebsten hätte er um sich geschlagen. Geschrien.

Aber er war kein kleiner Junge mehr.

Also lenkte er die Maschine auf die schmale Straße, und sie verließen Carcassonne.

✳✳✳

Als sie das Château erreichten, sollten sie erfahren, wie schlimm die Dinge wirklich standen.

Sacha war gerade auf den Feldweg zur Windmühle eingebogen, als Taylor es wahrnahm. Etwas wie Teer oder Schlimmeres, klebrig und verdorben. Es saugte ihr die Luft aus der Lunge.

»Dreh um, Sacha. Dreh sofort um!«

Er kannte sie gut genug, um keine Fragen zu stellen. Er machte einen U-Turn und bretterte zurück Richtung Landstraße.

Erst als sie in sicherer Entfernung waren, hielt er an und schaute sich um. Die verwitterten, efeubedeckten Steinmauern des Châteaus zeichneten sich drohend vor der Dunkelheit ab wie ein Schiff, das aus dem Nebel auftaucht – ein Schiff, das über und über bevölkert war von einer neuen Art von Kreaturen. Aus der Ferne konnte er zwar nicht sehen, um was genau es sich handelte, doch wenn ihn nicht alles täuschte, bewegten sie sich wie Spinnen.

Während er noch angewidert die verstörende Szene betrachtete, züngelten plötzlich Flammen aus dem Boden, schnell und gierig. Im Nu brannte das ganze Gebäude.

Taylor schluchzte auf und drückte ihren behelmten Kopf an seinen Rücken. Sie konnte den Anblick nicht ertragen.

Sacha gab Gas.

Ziellos fuhren sie über dunkle Landstraßen. Sosehr er sich auch bemühte, er konnte keinen klaren Gedanken fassen. Erst Deide, dann Louisa. Und jetzt das Château.

Mortimer nimmt sich alles.

Nachdem sie etwa eine Stunde gefahren waren, fuhr er rechts ran, schaltete den Motor aus und zog den Helm ab.

»Wir brauchen einen sicheren Ort, wo wir bis morgen Abend bleiben können«, sagte er matt. »Du kennst nicht zufällig noch ein anderes Safe House in der Gegend?«

Sie wischte sich die Tränen von den Wangen und schüttelte nur den Kopf.

»Die kannten nur Monsieur Deide und Louisa. Vielleicht sollten wir in St. Wilfred's anrufen und fragen?«

»Lieber nicht«, erwiderte er. »Ich möchte nicht, dass da noch mehr Leute mit reingezogen werden – zu gefährlich.« Er dachte laut nach. »Ich hab ein bisschen Geld, aber ein Hotel wäre vermutlich keine gute Idee … Außerdem müssen wir die Maschine verstecken.«

Eine Weile saßen sie einfach nur da und grübelten vor sich hin, während der abkühlende Motor tickte und irgendwo ein hungriger Nachtvogel rief.

»Wir bräuchten ein leer stehendes Haus«, sagte Sacha ohne großen Optimismus. »Ein verlassenes Gebäude oder so. Irgendeinen Ort, wo wir uns eine Weile verstecken können.«

Taylor richtete sich auf.

»Vorhin hab ich eine Autowerkstatt gesehen«, sagte sie mit neuem Elan. »Am Stadtrand von Carcassonne. Da hing ein ›Zu verkaufen‹-Schild dran, und ich glaub, es war mit Brettern zugenagelt.«

Jetzt erinnerte sich auch Sacha an die schmuddelige, alte Tankstelle mit dem windschiefen Schild, deren Zapfsäulen bereits abmontiert waren.

»Ich glaub, ich weiß, was du meinst«, sagte er. »Das finde ich. Probieren wir's aus.«

***

Die alte Tankstelle war dann doch schwieriger zu finden, als er in Erinnerung hatte, und sie mussten erst eine ganze Weile durch die Peripherie kurven, bevor sie ankamen.

Die Fenster waren sorgsam mit Brettern vernagelt und die Tür mit drei Schlössern gesichert, doch Taylor hatte sie im Handumdrehen geöffnet.

Drinnen herrschte gähnende Leere. Ein Stapel vergilbter Werbepost auf dem Boden bezeugte, dass hier schon seit Langem niemand mehr gewesen war.

Sacha rollte die Maschine in die Werkstatt, während Taylor sich nach Essen und Wasser umsah – Fehlanzeige. Weder Möbel noch Strom.

Sie hockten sich auf den staubigen Betonfußboden. Jetzt, da sie fürs Erste in Sicherheit waren, übermannte auch Sacha die Erschöpfung. Taylor schlang die Arme um ihre Knie. Sie zitterte.

»Hey«, sagte Sacha und zog sie an sich. »Alles wird gut.«

»Glaub ich nicht«, erwiderte sie.

»Hm.« Irgendwo in seinen müden Hirnwindungen suchte er nach einem positiven Gedanken. »Wenigstens für die nächsten fünf Minuten sind wir in Sicherheit.«

Sie rang sich ein müdes Lächeln ab. »Wenigstens werden es gute fünf Minuten.«

Sie schwiegen. Dann sprach Taylor aus, was auch Sacha die ganze Zeit keine Ruhe gelassen hatte.

»Monsieur Deide.« Sie wischte eine Träne weg. »Ich kann's einfach nicht fassen.«

»Ich auch nicht.«

Die Erinnerung an die Kugel aus Mortimers Hand jagte ihm einen eiskalten Schauder über den Rücken.

»Ich mach mir solche Sorgen um Louisa«, fuhr Taylor fort. »Ich würde gern Alastair anrufen, aber ich trau mich nicht. Mortimer scheint echt alles über uns zu wissen!«

»Ruf nicht an«, sagte Sacha sanft. »Wir müssen einfach hoffen.«

Wieder wischte Taylor sich die Tränen von den Wangen.

»Ich glaub, ich weiß gar nicht mehr, was das ist, Hoffnung.«
Statt einer Antwort drückte er seine Lippen auf ihr Haar. Es war voller angetrocknetem, klebrigem Blut. Das hatte er ganz vergessen.

»Dein Kopf!« Wütend über seine Nachlässigkeit, versuchte er, in der Dunkelheit herauszufinden, wie schwer die Verletzung war. »Das muss behandelt werden. Gibt's hier irgendwo einen Erste-Hilfe-Kasten?«

Dumme Frage, das wusste er selbst – in der Garage gab es nichts außer Abfällen und ungeöffneter Post –, doch das machte ihn nur noch wütender. Den Gedanken, Taylor müsse womöglich die Nacht auf einem dreckigen Betonboden mit blutigen Haaren verbringen, konnte er einfach nicht ertragen.

»*Bordel!*«, rief er und schlug mit der Faust auf den Beton. »Das ist doch kein Zustand.«

»Hey.« Taylor nahm seine Hand und küsste sie. »Lass.« Er spürte ihren warmen, samtweichen Atem auf seiner Haut. »Mir geht's gut, ehrlich«, versuchte sie, ihn zu besänftigen.

»Dir geht's überhaupt nicht gut.«

Er presste sich die Fäuste auf die Augen und versuchte krampfhaft, nachzudenken.

»Nicht weit von hier habe ich einen Laden gesehen, der rund um die Uhr geöffnet hat«, sagte er. »Da war Licht im Schaufenster. Viel wird's vermutlich nicht geben, aber besser als nix.«

Sie schüttelte den Kopf. »Nein, Sacha. Das ist zu gefährlich.«

Doch er war schon aufgesprungen. »Wir brauchen Wasser und was zu essen, und außerdem Verbandszeug. Irgendwas werden die schon haben. Ich lass die Maschine stehen und lauf schnell hin.«

»Sacha …«

Er hob die Hand.

»Es muss sein, Taylor, das weißt du. Zum Überleben braucht es mehr als Luft zum Atmen. Wir müssen stark sein. Und dazu brauchen wir etwas zu essen und trinken.«

Sie verkniff sich eine Antwort und hob resignierend die Hände.

»Gut. Aber sei bitte, bitte vorsichtig.«

Er versuchte ein verwegenes Lächeln, aber seine Lippen versagten.

»Schließ hinter mir ab«, sagte er, und als er ihren verzweifelten Blick sah, fügte er hinzu: »Ich bin wirklich vorsichtig, versprochen.«

Nur zwanzig Minuten war Sacha weg, doch es wurden die längsten zwanzig Minuten in Taylors Leben.
Ununterbrochen lief sie in der Garage auf und ab. Ihr Herz fühlte sich in der Brust kalt an wie ein Stein.
Wenn Mortimer ihn kriegt, werde ich mir das nie verzeihen.
Als sie dann endlich wahrnahm, dass Sacha vor der Tür stand, befahl sie den Schlössern, sich zu öffnen, und warf sich ihm, ehe er die Chance hatte, reinzukommen, mit solchem Schwung in die Arme, dass sie ihn fast umgeworfen hätte.
»Gott sei Dank, du lebst.«
Er schlang seine Arme um sie.
»Wir beide leben«, erwiderte er.
Drinnen setzte sie sich still auf den Boden und wartete geduldig, während er im Schein einer kleinen Taschenlampe ihren Kopf untersuchte, das Blut von der Wunde mit Mineralwasser wegwischte und ein Antiseptikum auftrug.
»Halb so schlimm«, stellte er fest.
Es tat weh, doch Taylor spürte es kaum. Wichtig war nur, dass sie beide noch hier waren.
Als er fertig war, zog er Brot und Käsescheiben aus der Tasche

und zauberte daraus improvisierte Sandwiches, die sie ohne Appetit aßen.

Später kauerten sie sich auf dem Boden aneinander, die Köpfe auf einer der Reisetaschen, die Sacha vom Gepäckträger des Motorrads geholt hatte.

Taylor war so kaputt, dass sie nicht mal mehr die Hände heben konnte, doch ihre Gedanken ratterten unentwegt weiter und ließen die Bilder des Tages immer wieder aufs Neue entstehen, bis sie sich nur noch danach sehnte, das Bewusstsein zu verlieren.

Vielleicht konnte sie so den Bildern entkommen, wie Louisas Körper auf den Boden knallte, wie Deides Blick leer wurde, als die Kugel ihn traf.

»Hoffentlich wird Louisa wieder«, murmelte sie, obwohl sie kaum noch die Augen aufhalten konnte.

»Ja«, flüsterte Sacha.

Seine Stimme war das Letzte, was sie hörte, ehe sie schließlich in tiefen Schlaf fiel.

***

Als sie aufwachte, sickerte Tageslicht durch die Risse im Sperrholz vor den Fenstern. Sacha lag auf dem Rücken, einen Arm lose um ihre Hüfte gelegt. Ihr Kopf ruhte auf seiner Brust.

Ihr ganzer Körper tat weh. Dafür fühlte sich ihr Kopf etwas besser an als in der Nacht.

Außerdem war sie unglaublich durstig. Ganz vorsichtig, um ihn nicht zu wecken, wand sie sich aus seinen Armen und rappelte sich auf.

Abgesehen von einem vorbeifahrenden Auto ab und an war

draußen alles völlig still, und während sie auf Zehenspitzen durch den Raum schlich und nach etwas zu trinken suchte, fragte sie sich, wie spät es wohl war. Nachdem sie einen Schluck aus der Wasserflasche getrunken hatte, zog sie ihr Handy aus der Tasche. Der Akku war fast leer, die Uhr zeigte, dass es bereits nach Mittag war.

Ihr Herz fing schon wieder an zu rasen. Nur noch knapp zwölf Stunden.

Sie fragte sich, ob sie Sacha aufwecken sollte, doch er schlief so friedlich, dass sie es nicht über sich brachte, ihn aus dem Schlaf zu reißen. Er hatte sich auf die Seite gerollt und den Kopf auf einen Arm gelegt.

Sie streckte sich und setzte sich irgendwo mit dem Rücken zur Wand auf den Boden, um ihre Nachrichten zu checken.

Eine von Georgie:

Spanien ist megaaufregend!!! Deine Mutter hat gesagt, du sollst dich bei ihr wegen Flügen melden usw. xxxx

Und noch eine von Alastair, die erst vor Kurzem gekommen war – endlich:

Sie lebt.

Taylor schluchzte auf. Louisa hatte die Nacht überlebt.

Sie drückte das Handy fest an ihre Brust und versuchte, ihre Freudentränen zu unterdrücken.

Kämpf weiter, Liverpool girl.

Der erste kleine Hoffnungsschimmer seit so langer Zeit. Daran würde sie sich klammern.

»Was ist?«

Sie schaute auf. Sacha hatte sich auf einen Ellbogen gestützt und beobachtete sie.

»Louisa«, sagte sie und lächelte durch ihre Tränen hindurch. »Sie lebt.«

»Gott sei Dank.« Er streckte die Arme nach ihr aus. »Komm her.«

Wieder Schmetterlinge. Sacha sah so gut aus, wie er da mitten im Staub lag, mit seinen hohen Wangenknochen und den sehnigen Muskeln.

Er zog sie zu sich herunter, bis sie wieder auf seiner Brust lag.

»Jedes Mal, wenn ich heute Nacht aufgewacht bin, hast du so dagelegen«, sagte er und blies ihr dabei sanft durchs Haar. »Hat mir gefallen.«

»Mir auch«, flüsterte sie.

Es fiel ihr leichter, das zu sagen, wenn sie ihn dabei nicht ansah, deshalb verbarg sie ihr Gesicht an seiner Brust.

»Wieso versteckst du dich vor mir?«, Sacha lächelte.

Er zog sie hoch, bis sie ganz auf ihm lag, ihr Gesicht über seinem, keine Chance mehr zum Verstecken.

Die Art, wie sein Blick über ihre Gesichtszüge strich, machte es ihr noch schwerer, die richtigen Worte zu finden.

»Tu ich gar nicht«, sagte sie kleinlaut.

»Dann ist ja gut«, sagte er sanft. »Ich schau dich nämlich gern an.«

Langsam glitt seine Hand hinauf und legte sich um ihren Hinterkopf, führte ihn sanft nach unten, bis ihre Lippen auf seinen lagen.

Der Kuss war so zärtlich und weich, dass Taylor mehr wollte. Sie presste ihren Körper an seinen und erwiderte den Kuss leidenschaftlich.

Er stöhnte leise auf, schlang fest die Arme um sie und drehte sich mit ihr, bis er, auf seine Unterarme gestützt, über ihr lag.

Sie sah ihm in die Augen.

»Ich bin so froh, dass du hier bist«, flüsterte sie. »Mit mir.«

Eine kleine Wolke verdüsterte seinen strahlenden Gesichtsausdruck. Zärtlich fuhr er mit seinem Daumen an ihrer Unterlippe entlang.

»Es gibt niemanden sonst, mit dem ich hier sein wollte«, sagte er.

Sie griff ihm in sein glattes hellbraunes Haar. Fuhr die Linien seiner Wangenknochen nach, seiner weichen, geraden Brauen und seiner Nase, als wollte sie sich jeden Zentimeter seines Gesichts einprägen.

»Du bist wunderschön«, flüsterte sie.

Er wurde ganz verlegen. »Übertreib nicht.«

»Echt«, beharrte sie. »Und das Beste ist, du weißt es nicht mal.«

»Komisch«, sagte er. »Genau das habe ich eben über dich gedacht.«

Dann küsste er sie wieder, leidenschaftlich, drückte sich an sie und hielt sie ganz fest. Nichts konnte ihn mehr zurückhalten. Ein verzweifelter Kuss voller Sehnsucht.

Ihre Hände strichen über seinen Körper, bis sie den Rand seines T-Shirt fanden und sie die Wärme seiner Haut spürte.

Taylor inhalierte seinen Atem, füllte ihre Lunge mit ihm.

Auch wenn das Ende der Welt bevorstand – sie waren nicht allein. Sie hatten sich. Konnten gemeinsam eine Weile lang den Schrecken vergessen, der vor ihnen lag, und sich dem Leben hingeben, das sie sich so sehnlich wünschten.

***

Später saßen sie an die Rückwand der Garage gelehnt und aßen alte Schokocroissants.

Taylor hatte ihr rechtes Bein über sein linkes gelegt, während seine Hand besitzergreifend auf ihrem Knie lag. Zum ersten Mal seit Tagen empfand sie ein Gefühl von Wärme und Sicherheit – natürlich war es eine Illusion, das wusste sie selbst, doch diesen Moment ließ sie sich nicht kaputt machen.

In der Abgeschiedenheit ihres Verstecks schien die Zeit langsamer zu vergehen, und irgendwann begannen sie, einander Dinge zu erzählen, die sie vorher noch nie jemandem gesagt hatten. Über ihre Familie. Ihr Zuhause.

»Gestern hab ich meine Mutter und meine Schwester angerufen und mich von ihnen verabschiedet«, erzählte Sacha. »Für den Fall, dass ich sie nicht mehr wiedersehe.«

»Wollte ich auch, aber ich hab's nicht über mich gebracht«, gestand sie. »Ich hatte Angst, dass ich sofort nach Hause renne, wenn ich die Stimme meiner Mutter höre.« Sie fuhr sich mit der Hand über die Augen. »Besser, wenn ich nicht sterbe. Das würde meine Mutter mir nie verzeihen. Sie glaubt doch immer noch, ich fahre nächsten Freitag nach Spanien.«

»Vielleicht ist es ja auch so.«

Er senkte sich zu ihr herab und drückte einen Kuss auf ihr Haar. Sie zog ihn fester an sich. »Wie fühlst du dich?«, fragte sie leise. »Jetzt, wo es endlich so weit ist?«

Er schnaubte.

»Ich hätte nicht gedacht, dass sich das so anfühlen würde«, sagte er nach einer Weile. »Dass ich solche Angst haben könnte.« Er mied ihren Blick. »Wenn du's genau wissen willst: Ich hab eine Scheißangst.«

Taylor drückte ihn noch fester an sich. »Du kannst das.«

Plötzlich sah er sehr alt aus – so unglaublich reif. Es versetzte ihrem Herzen einen Stich.

»Woher willst du das wissen? Vielleicht bin ich ja gar nicht der, für den du mich hältst.«

»Ich kenne dich, Sacha Winters«, erwiderte sie feierlich. »Du bist der tapferste Mensch, dem ich je begegnet bin. Natürlich kannst du das.«

»*Wir* können das«, korrigierte er sie. »Zusammen.«

Er küsste sie, und sein Mund schmeckte nach Schokolade.

Später, als draußen langsam die Sonne unterging und die Minuten heruntertickten, machten sie einen Plan.

»Wir dürfen auf keinen Fall zu früh da sein«, sagte Sacha. »Wir sollten genau zur richtigen Uhrzeit auftauchen, direkt in der Kirche, und nicht versuchen, Mortimer zu töten. Lass uns einfach hingehen und diese Zeremonie abhalten.«

»Aber wir müssen doch noch den Ort finden«, erinnerte Taylor ihn. »Sonst funktioniert das mit der Zeremonie nicht, hat Zeitinger gesagt. Es muss genau an der richtigen Stelle geschehen.«

»Wir werden sie finden«, versicherte Sacha ihr. »Immerhin wissen wir ja schon, wo sie nicht ist. Den größten Teil haben wir schon abgesucht.« Er dachte nach. »Gestern, als wir aus der Kirche geflohen sind, haben wir auf dieser Seite alle Kapellen bis auf die eine ganz rechts am Ende abgesucht. Erinnerst du dich?«

Taylor überlegte. Sie war so in Sorge um Sacha gewesen, dass alles andere verschwommen war. Aber doch, jetzt erinnerte sie sich. Eine eiserne Halterung, auf der Dutzende Votivkerzen brannten. Dahinter eine niedrige, verschlossene Tür, die von einem Samtvorhang verborgen wurde.

»Meinst du die mit den Kerzen davor?«

Sacha nickte. »Das ist der einzige Raum auf dieser Seite der Kirche, wo wir nicht nachgeschaut haben.«

Sie sah ihn an. »Dann muss dort die Stelle sein.«

Endlich mal was Brauchbares. Die letzte Seitenkapelle hätte sehr gut der Ort sein können. Wenn sie direkt dort hingehen würden, wären sie vielleicht vor Mortimer da.

Blieb nur noch eins.

»Ich muss dich in die Zeremonie einweihen.« Taylor griff in ihre Tasche und zog den zusammengefalteten Zettel heraus, den Zeitinger ihr gegeben hatte. »Lies das.«

Mit fragendem Blick nahm Sacha den handgeschriebenen Zettel entgegen.

Als er zu Ende gelesen hatte, wurde er sehr ernst.

»Ist er sich da ganz sicher?«

»Denke schon.«

Sie holte die Tasche hervor, die sie als Kissen benutzt hatten, und kramte darin herum, bis sie das lange, schmale Kästchen gefunden hatte, dass der Professor ihr in die Hand gedrückt hatte, bevor sie St. Wilfred's verlassen hatten.

Sie öffnete es und setzte es auf dem schmutzigen Betonboden ab.

»Das sollen wir benutzen.«

Ein silberner Dolch lag glänzend auf einem Bett aus blauem Samt. In den Griff war der Abdruck einer Hand eingraviert, und jede Fingerspitze war mit je einem alchemistischen Symbol verziert.

»Damit sollen wir uns in die Hände schneiden?« Sacha beugte
sich vor, um nach dem Dolch zu greifen, ließ es dann aber doch
lieber bleiben.

»Ist am besten so, hat er gesagt.«

Sie schwiegen.

»Tja«, sagte Sacha schließlich sehr ruhig, »dann sind wir jetzt
wohl bereit.«

Draußen hing die Sonne tief über dem Horizont.

Die Nacht kam schneller, als ihnen lieb war.

Als es Zeit wurde, ließen sie Sachas Motorrad in der Garage, der Zündschlüssel steckte. Ihre Taschen und Helme – alles, was sie hatten – legten sie daneben auf den Boden. Nur den Dolch und den Zettel mit Zeitingers Anweisungen nahmen sie mit.
Als sie die Tür schloss, strich sich Taylor eine Träne aus dem Gesicht.
Es fühlte sich so endgültig an. Wie das Ende von allem.
Hand in Hand gingen sie durch die gewundenen Straßen von Carcassonne. Eine Kirchturmuhr zeigte halb zwölf.
Dreißig Minuten noch bis zu Sachas achtzehntem Geburtstag. Dreißig Minuten, um einen Fluch zu brechen, der vor über dreihundertfünfzig Jahren, zu einer Zeit des Hasses und der Angst, ausgesprochen worden war. Dreißig Minuten Leben.
Viel zu wenig.
Taylors Herz raste mehr denn je, sie war zu verschreckt, um auch nur einen Ton herauszubekommen.
Sacha drückte ihre Hand.
Wie viel Angst musste er erst haben? Für ihn musste es ja noch viel schlimmer sein. Und doch hielt er den Blick starr geradeaus gerichtet und setzte einen Fuß vor den anderen.

Sie musste sich am Riemen reißen.

Wenn er es schafft, schaff ich es auch.

Ihre Sinne waren seltsam wach, jedes noch so leise Geräusch nahm sie wahr – Wasser, das aus einem Fallrohr tropfte, der Flügelschlag eines Nachtvogels über ihren Köpfen, ihre unsynchronen Schritte.

Nach ein paar Minuten tauchte hoch über ihnen die Festung auf. Wunderschön schimmerten die runden Türme im Scheinwerferlicht – die perfekte Bühne für ihren letzten Auftritt.

Sie nahmen einen Nebenweg über die grasbewachsenen Hänge, weit entfernt vom großen Tor für die Touristen. Taylor konzentrierte sich auf ihre Füße, auf ihre Atmung, auf Sachas Hand in ihrer. Sie versuchte, nicht an den Dolch zu denken, der im Bund ihrer Jeans steckte und ihr ins Kreuz drückte. Oder an das, was sie auf diesem Hügel erwartete.

Während sie sich also bemühte, an nichts von all dem zu denken, brach Sacha plötzlich die Stille.

»Spürst du irgendwas?«

Taylor schüttelte den Kopf. Je näher sie der Festung kamen, desto mehr verstummten ihre alchemistischen Sinne. Was bedeutete, dass sie auch Mortimer nicht wahrnehmen würde.

Der Pfad führte auf direktem Weg zu einem alten Gittertor. Als Taylor es berührte, öffnete es sich geräuschlos.

Wie Schatten schlüpften sie hindurch.

Taylor blickte zu Sacha herüber und bemerkte, dass jeder Muskel seines Körpers angespannt war. In den scharfen Linien seines Kiefers zuckte ein Nerv.

Ihr Plan war lebensgefährlich, das wussten sie beide. Er basierte nur auf Zeitingers Vermutungen und den Phantastereien eines längst verstorbenen deutschen Wissenschaftlers, dessen Name verdammt an Frankenstein erinnerte.

Nicht gerade viel, um sein Leben davon abhängig zu machen.

Und uns, erinnerte sie sich. *Wir haben uns.*

Bald hatten sie den Platz vor der Basilika erreicht.

Taylor mied die Stelle, wo Deide gestorben war. Sie fragte sich, was die wohl mit seinem Körper gemacht hatten, verdrängte den Gedanken aber gleich wieder.

Überall auf dem Platz tanzten gefährliche Schatten wild umher. Vielleicht bildete sie es sich nur ein, doch es kam ihr so vor, als gierten die Wasserspeier wütend hoch oben am Dach. Einen Augenblick lang glaubte sie sogar, das Knurren hören zu können und wie sie die Zähne fletschten.

Plötzlich blieb Sacha wie angewurzelt stehen: Die riesige Tür der Kirche stand weit offen. Eine Einladung, nur für sie.

Sacha nahm Taylors Hand und hielt sie ganz fest.

»Bereit?«

Sie atmete tief durch. »Bereit – wenn du es bist.«

»Okay«, sagte er grimmig. »Lass uns reingehen und den Dämon erledigen.«

Sie betraten die Kirche.

***

Sie waren keine fünf Schritte gegangen, als die Tür krachend hinter ihnen zufiel. Panisch wirbelten sie herum und rannten zurück. Mit Schrecken hörte Sacha, wie sich die Riegel vorschoben.

Er schlug mit der Faust gegen das massive Holz.

»Hey«, sagte Taylor sanft. »Du weißt, dass ich die Tür jederzeit öffnen kann, wenn du willst. Kein Grund, sie einzuschlagen.«

343

Unwillig ließ er von der Tür ab.

Zum Glück war Taylor hier. Er musste das Ende nicht allein durchstehen.

»Sorry«, sagte er und hätte am liebsten noch viel mehr gesagt.

Ich liebe dich. Lass mich bitte nicht sterben.

Nur ihr Blick verriet ihm, dass sie ihn verstand. Sie holte kurz Luft, doch ehe sie etwas sagen konnte, zerriss plötzlich ein Geräusch die Stille. Ein schlurfendes Geräusch, als würde sich etwas langsam durch die Dunkelheit auf sie zubewegen.

Sacha lief es eiskalt den Rücken herunter.

Es war zu dunkel, um etwas zu erkennen.

Taylor flüsterte etwas, und plötzlich entzündeten sich alle Kerzen in der Kirche.

Jetzt konnte Sacha den weiten Mittelgang erkennen, der zwischen den Kirchenbänken hindurchführte. Riesige, schwere Leuchter hingen an Ketten von der Decke, jeder mit Dutzenden, nun brennenden Kerzen. Kerzen brannten auch in den Wandnischen, auf dem Altar und in den ornamentreichen Ständern in den Ecken.

Vorsichtig sahen sie sich um, konnten aber sonst nichts erkennen.

»Wo ist er?«, wisperte Taylor und rückte näher an Sacha heran.

»Weiß nicht«, antwortete Sacha. »Lass uns schnell zur Kapelle gehen.«

Vorsichtig huschten sie über den alten Steinfußboden, der über die Jahrhunderte von den Füßen der Kirchgänger und Priester, der Nonnen und Gläubigen abgewetzt worden war.

Wie konnte hier die Hölle sein?

Es fühlte sich falsch an, abscheulich. Machte ihn wütend, und die Wut half. Sie gab ihm Kraft. Sie verdrängte die Angst aus seinem Herzen.

Taylor entdeckte die Tür zuerst. »Da.«

Genau, wie sie in Erinnerung hatten, lag hinter einem halb zugezogenen Samtvorhang versteckt eine Tür. Davor brannten in mehreren Reihen auf einem Metallständer Gebetskerzen.

Sacha wollte nach der Klinke greifen, doch Taylor hielt seine Hand zurück.

Sie warf ihm einen warnenden Blick zu und schüttelte den Kopf.

Hinter ihnen war nun wieder das schreckliche Schlurfen zu hören, gefolgt von einem anderen, klar erkennbaren Geräusch: Schritte.

Sacha schluckte.

»Schnell«, flüsterte er.

Taylor hielt ihre Handfläche hoch – der Riegel schob sich zurück, und die Tür ging auf.

Dahinter führte eine schmale Treppe hinunter in abgrundtiefe Dunkelheit.

Sacha musste fluchen. Sie waren sich so sicher gewesen, hinter dieser Tür die richtige Kapelle zu finden. Aber das hier sah einfach nur aus wie eine Kellertreppe. Und wie eine Falle.

Die Schritte kamen immer näher. Taylor warf Sacha einen verzweifelten Blick zu. Sie hatten keine Wahl.

»Lauf«, sagte er.

Sie rannten los.

Taylor schloss die Tür hinter ihnen und verriegelte sie mit einer geschmeidigen Handbewegung.

Eng aneinandergedrängt, standen sie oben auf der Treppe und wagten kaum zu atmen. Es war so dunkel, dass man die Hand nicht vor Augen sah.

Plötzlich merkte Sacha, dass Taylor sich bewegte, hörte, wie sie etwas vor sich hin murmelte. Im nächsten Moment entzündeten sich zischend Fackeln, die an den Wänden angebracht waren.

Zwischen feuchten Steinmauern schraubte sich die alte Treppe nach unten. Das Ende war nicht zu erkennen, doch ihnen blieb keine andere Möglichkeit – außer hinabzusteigen.

Vorsichtig folgten sie den unebenen Stufen, immer darauf achtend, ob sie verfolgt wurden. Aber da war nichts, und sie gingen weiter, bis die Treppe in einer geräumigen, kahlen Krypta endete.

Es war kalt in diesem fensterlosen Raum mit Wänden und Fußboden aus Stein. Vor zwei Reihen völlig verstaubter Kirchenbänke stand ein Altartisch. Große Kerzenständer beleuchteten ihn. Es roch muffig und einsam, irgendwie nach Friedhof.

Offenbar war hier seit vielen Jahren niemand mehr gewesen.

»Was ist das?«, flüsterte Taylor.

»Ich weiß es nicht«, sagte er. »Spürst du etwas? Also … nimmst du irgendwas wahr?«

Sie schloss die Augen und öffnete sie sofort wieder.

»Ja, hier ist was.« Er sah die Aufregung in ihren Augen. »Hilf mir. Ich glaube, das könnte der Raum sein, nach dem wir suchen. Ich kann seine Energie spüren.«

Mit dumpf hallenden Schritten gingen sie durch die Krypta und sahen gründlich auf jedem Stein nach, ob sich dort das Zeichen fand.

Nichts.

Sacha wollte schon aufgeben, als er Taylor flüstern hörte.

»Hier ist es, Sacha!«

Er lief zu ihr und kniete sich neben sie vor den Altartisch.

Taylor tastete sich voran und fuhr mit den Fingerspitzen die Gravur nach – ein großes, verziertes Kreuz.

»Zeitinger hat doch gesagt, wir wüssten, wenn es das richtige Kreuz wäre …«

Sie unterbrach sich und deutete auf eine Stelle über dem Kreuz. Sacha versuchte zu erkennen, was sie meinte. Da sah er es auch. Selbst im matten Kerzenschein war das Schlangensymbol nicht zu übersehen – tief in den Fels war ein Uroboros eingraviert worden.

Ihm blieb das Herz stehen. Das war der Ort.

Jetzt würden sie es schaffen.

Taylor sah auf ihre Uhr.

»Gleich ist es so weit. Zeitinger hat gesagt, wir sollen genau um Mitternacht beginnen«, sagte sie. »Wir müssen uns beeilen.«

Sacha sah über seine Schulter. Die Stille gefiel ihm gar nicht.

»Wo zum Teufel ist Mortimer?«

Sie sah ihn an. »Keine Ahnung. Wir müssen weitermachen.«

Sie griff hinter sich und zog den Dolch aus dem Hosenbund. Das verzierte Silber glitzerte unheilvoll. Sacha konnte den Blick kaum abwenden.

»Wir brauchen dreizehn Kerzen.« Sie deutete auf einen Kerzenständer. »Bring mir die da.«

Sacha zog die brennenden Kerzen aus ihren Halterungen. Er kümmerte sich nicht um das heiße Wachs, das auf seine Haut tropfte, und trug sie rasch hinüber zu Taylor, die immer noch vor dem Symbol kniete und den Zettel mit Zeitingers Anweisungen las.

Sie deutete auf die Gravur im Steinboden. »Dort stelle sternförmig zwölf Kerzen auf.«

Sie demonstrierte ihm, wie er die Kerzen platzieren sollte, indem sie mit ihren Fingern einen Stern in den staubigen Boden zeichnete.

»Die letzte Kerze setze in die Mitte.«

Er tat, was sie sagte, und ließ immer ein wenig Wachs auf den Stein tropfen, um die Kerzen zu befestigen.

Sie zog den Dolch aus seiner verzierten Hülle und legte die nackte Klinge an das untere Ende des brennenden Sterns.

»Jetzt müssen wir uns in die Hände schneiden«, erklärte sie ihm mit ruhiger Stimme. »Damit beginnt die Zeremonie. Bist du bereit?«

»Taylor?«, schallte es da von der Treppe.

Sacha sprang auf und ballte die Hände zu Fäusten. Doch es war nicht Mortimers Stimme. Es war eine Mädchenstimme.

Taylor kniete noch immer auf dem Steinboden. Ihr Gesicht war leichenblass, und sie starrte in die Dunkelheit, aus der die Stimme gekommen war.

»Nein«, wisperte sie. »Bitte nicht, nein, nein …«

Plötzlich hörten sie Schritte – leichte Schritte, die die Treppe heruntereilten.

Ein Mädchen trat aus dem Schatten. Sie war in ihrem Alter, trug einen kurzen, dunklen Rock und eine taillierte weiße Bluse. Sie hatte dunkle Haut und wohlgeformte Beine, und ihr kräftiges schwarzes Haar war zu einem Pferdeschwanz gebunden, der bei jedem Schritt wippte.

»Georgie«, wisperte Taylor. »Was machst du hier? Das ist doch nicht möglich …«

Sie sah aus, als hätte man ihr gerade das Herz gebrochen.

Sacha sah zwischen den beiden hin und her. Taylor hatte oft von Georgie erzählt und ihm auch ein Foto von ihr auf ihrem Smartphone gezeigt. Dieses Mädchen sah genauso aus. Aus Taylors panischem Gesichtsausdruck schloss er, dass es auch ihre Stimme war.

Aber das konnte doch nicht möglich sein, oder?

»Ich hab überall nach dir gesucht«, sagte das Mädchen zu Taylor auf Englisch. »Ich hab gerufen und gerufen.« Georgie trat einen Schritt näher. Sie hatte die Arme fest um ihren Oberkörper geschlungen und sah sehr ängstlich aus. »Ein Mann hat mir gesagt, du bräuchtest meine Hilfe, und da bin ich mit ihm gekommen. Taylor, wer war das?«

»Sacha.« Taylor war völlig verwirrt. »Das ist doch nicht Georgie, oder? Das ist eine Illusion.«

»Das glaub ich auch.« Doch er war sich keineswegs sicher. »Aber ich kann's nicht hundertprozentig sagen.«

Kurz vor ihnen blieb Georgie stehen und sah sie vorwurfsvoll an. Ihre Tränen schimmerten im Kerzenschein.

»Wieso benimmst du dich so, Taylor? Ich hab solche Angst. Wo bin ich? Wieso müssen wir uns hier im Dunkeln treffen?« Sie streckte eine Hand aus. »Bitte hilf mir.«

Sacha sah, wie Taylors Hände zuckten, so sehr schien sie sich danach zu sehnen, Georgies Hand zu berühren.

Er wusste nicht, was er tun sollte. Was, wenn das tatsächlich Georgie war? Mortimer schreckte vor nichts zurück, das wussten sie beide.

Taylor bebte, doch als sie sprach, klang sie sehr bestimmt.

»In der Neunten haben wir uns Nachrichten geschrieben und sie versteckt – weißt du noch, wo?«

Tränen rollten über Georgies Wangen. Flehend hielt sie Taylor die Hand hin.

»Warum fragst du das, Taylor? Ich weiß nicht, wie ich hergekommen bin. Wieso hilfst du mir nicht? Ich hab solche Angst!«

Taylor krallte die Finger so heftig in die dunkle Mahagonilehne der Kirchenbank, dass ihre Knöchel sich weiß abzeichneten.

»Beantworte meine Frage, Georgie«, flüsterte sie.

»Wieso glaubst du mir nicht?«, klagte Georgie. »Wie kannst du mir das antun?«

Zuerst dachte Sacha, Taylor würde wirres Zeug reden, doch dann begriff er, was sie vorhatte. Es war ein Test.

Und Georgie hatte ihn nicht bestanden.

Ihm fiel auf, wie Taylor die Schultern hängen ließ, nur ganz wenig – ob aus Erleichterung oder Enttäuschung, hätte er nicht sagen können.

»Wir haben sie in dem Loch in der Mauer vor eurem Haus versteckt«, sagte Taylor. »Ein ganzes Jahr lang jeden Tag haben wir dort Nachrichten füreinander deponiert. Georgie hätte das gewusst. Aber du bist nicht Georgie, stimmt's?«

In diesem Augenblick trat Mortimer aus dem Dunkel neben das Mädchen, das zu schluchzen begonnen hatte.

Er wirkte verärgert, ansonsten aber genauso wie immer: adrett geknöpftes Hemd, perfekt geknotete Krawatte.

»Das dauert mir hier zu lange«, sagte er.

Im letzten Moment bemerkte Sacha die Klinge in Mortimers Hand.

Instinktiv packte er Taylor, als die sich gerade auf Mortimer stürzen wollte, und hielt sie zurück.

»Nein«, schrie sie.

Geschmeidig fuhr Mortimers Messer an Georgies zartem Hals entlang. Wie aus einem Wasserfall spritzte ihr Blut auf den Steinboden.

Das Mädchen packte sich an die Kehle und starrte Taylor fassungslos an. Sie versuchte, etwas zu sagen, brachte aber nur ein widerliches Gurgeln heraus. Als würde sie ertrinken.

Dieses Geräusch würde er nie vergessen, das wusste Sacha.

Taylor stieß einen schrecklichen Schrei aus, der ihm das Herz zerriss. Er drückte sie ganz fest an sich.

»Lass mich los«, flehte sie und versuchte, sich aus seinem Griff zu winden. »Ich muss ihr doch helfen … Lass mich los, Sacha.«

»Das ist nicht Georgie, Taylor. Schau sie an. Schau *wirklich* hin«, insistierte er.

Er war sich zunächst nicht sicher, ob sie ihn verstanden hatte, doch dann löste sie den Blick von der sterbenden Georgie und wandte sich allmählich Mortimer zu, während ihre Schultern immer noch unter den Schluchzern bebten.

Ihr Körper schmiegte sich in Sachas Umarmung.

»Das ist sie nicht, das ist sie nicht«, flüsterte sie. »Das ist Schwarze Magie. Was auch immer das ist, es ist Schwarze Magie.«

Mortimer seufzte genervt. »Na, das hätte ich mir dann auch sparen können.«

Mit ebenso gründlichen wie geübten Bewegungen säuberte er die Klinge an einem weißen Taschentuch.

Sacha starrte auf den toten Körper. Nun konnte man erkennen, dass es tatsächlich nicht Georgie war – es war ein Mann. Ein

351

Mann in Anzug und mit grauem Haar, der Georgie in keiner
Weise ähnlich sah, und diese Erkenntnis ließ Sacha das Blut in
den Adern gefrieren.

Wie hat Mortimer das nur gemacht?

Taylor hatte aufgehört, zu weinen.

»Das finden Sie wohl witzig, was?«, blaffte sie Mortimer an.

»Keineswegs, Miss Montclair.« Mortimer bedachte sie mit einem
eisigen Blick. »Nichts von alledem amüsiert mich wirklich.«

»Das glaube ich Ihnen nicht.«

Blitzschnell griff Taylor hinter sich und packte so schnell, dass
Sacha keine Chance gehabt hätte, es zu verhindern, den Dolch.

»Dann ist das vielleicht auch nur ein Witz.« Sie hob ihre linke
Hand und schnitt sich tief in die Handfläche.

Mortimers Miene verfinsterte sich.

»Mir scheint, Sie sind ein wenig überfordert, kleines Mädchen.
Spielt in einer Welt, von der es keine Ahnung hat.«

»Sacha.« Wild entschlossen wandte Taylor sich ihm zu. »Gib mir
deine Hand.«

Ohne zu zögern, hielt Sacha ihr seine rechte Hand hin, und Taylor packte sein Handgelenk. In ihrem Blick lag weder Mitgefühl
noch Angst, nur grenzenlose Wut.

Sie senkte das Messer und schnitt in das Fleisch seiner Hand. Es
brannte wie Feuer, Sacha zuckte unwillkürlich zusammen, doch
Taylor ließ nicht los und zog einen präzisen Schnitt.

Dann ließ sie den Dolch einfach fallen, während sie ihre blu-
tende Hand auf Sachas presste.

»Ihr verschwendet nur eure Zeit.« Mortimer klang gelangweilt.
»Diese kleinen, blutigen Teufelsspielchen sind gefährlich, wisst
ihr. Bei dir wird Sacha mehr leiden als bei mir.«

Blut lief aus ihren verschränkten Händen, dunkle Tropfen besprengten den Boden, so tief waren die Schnitte.

Taylor spürte keinen Schmerz. Mit der unverletzten Hand griff sie in ihre Tasche und zog einen Streifen weißen Stoff heraus – Sacha erinnerte sich nicht, dass sie ihn eingepackt hatte.

Ohne auf Mortimer zu achten, wickelte sie den Stoff um ihre Hände. Jetzt waren sie fest miteinander verbunden.

»Möge unser vereinigtes Blut uns für immer binden«, sagte sie, während sie mit ihrer heilen Hand immer mehr Stoff abwickelte. »Möge dein Fluch zu meinem Schicksal werden, mögen meine Kräfte in deine fließen. Vereint bin ich du, und du bist ich, und doch ist ein jeder er selbst. Vereint nun zweifach stark als zuvor.«

Es waren genau die Worte, die auf Zeitingers Zettel geschrieben standen – eine Zauberformel.

Als sie das Ende der Stoffbahn festgeklemmt hatte, sah sie Sacha an.

»Nimmst du die Herausforderung an?«

Sie hatte sich sichtlich verändert. Ihre Tränen waren getrocknet, die grünen Augen strahlten klar und wild.

»Schluss jetzt.« Mortimers Stimme hallte durch den unterirdischen Raum. Zum ersten Mal klang er wirklich böse.

Genau in diesem Augenblick begannen hoch über ihnen im Kirchturm die Glocken Mitternacht zu schlagen.

Sachas Hand brannte noch immer, sein Herz hämmerte. Er hatte mehr Angst denn je.

»Ja.«

Sie musste die Unsicherheit in seiner Stimme gehört haben, denn sie hielt inne.

»Vertrau mir, Sacha«, hauchte sie so leise, dass er sie im Lärm der Glocken fast nicht verstanden hätte.

»Das tu ich«, versprach er.

Sie schlang ihre Finger um seine und flüsterte eilig weiter.

»Was immer geschieht, du darfst unter keinen Umständen meine Hand loslassen. Solange wir unser Blut teilen, sind wir eins, und der Fluch kann sich nicht erfüllen. Montclair'sches Blut in den Adern eines Winters. Winters'sches Blut in den Adern einer Montclair. Wenn der eine stirbt, muss auch die andere sterben. Ist das klar?«

Er nickte.

Dann erhob sie ihre Stimme. »Ist doch so, Mortimer, nicht wahr? Solange Sacha lebt, können Sie den Dämon nicht erschaffen. Und der Fluch kann Sacha nicht töten, solange mein Blut durch seine Adern fließt.«

»Wenn Sie sich da mal nicht zu sicher wähnen, kleines Fräulein«, höhnte Mortimer.

Plötzlich wirkte er größer, und Sacha brauchte einen Moment, bis er begriff, dass Mortimer abgehoben war und nun über dem Boden schwebte. Er hob die Hände zu beiden Seiten, wie ein Priester, der eine Grabrede hält.

»Sehen Sie das, Miss Montclair? Die Macht des Dämons wächst mit mir, trotz Ihrer albernen Spielchen.« Er lächelte. »Mein Gefährte wird gleich hier eintreffen, um Sie persönlich davon zu überzeugen, sich eines anderen zu besinnen. Nehmen Sie ihn schon wahr, Miss Montclair? Er ist sehr daran interessiert, Sie wiederzusehen, wo sie doch eine direkte Nachfahrin der grandiosen Isabelle Montclair sind. Er möchte sich persönlich bei Ihnen bedanken. Es hat ihn sehr erfreut, Ihnen in seiner Welt zu begegnen. Jetzt würde er sich gern revanchieren und Sie in Ihrer Welt heimsuchen.«

Ein eiskalter Schauder lief Sacha über den Rücken.

Taylor antwortete nicht. Stattdessen bückte sie sich und hob den Zettel auf, um ihn weiterzulesen.

Mortimer seufzte dramatisch auf.

»Wie ermüdend«, sagte er nur und schnippte mit den Fingern in ihre Richtung, und das Papier fing urplötzlich Feuer.

Vor Schreck ließ Taylor den Zettel fallen und wich einen Schritt zurück, während er zu ihren Füßen verbrannte.

Als Sacha das blanke Entsetzen in ihrem Gesicht sah, drückte er ihre Hand noch fester.

»Den brauchst du nicht«, erinnerte er sie. »Du kannst es doch auswendig.«

Doch sie schüttelte nur stumm den Kopf.

Irgendwie dämmerte es Sacha. Die Worte allein waren es nicht gewesen. Zeitingers Handschrift, das Stück Papier aus St. Wilfred's – der Zettel an sich war ihr eine Stütze gewesen.

Und nun war er nur noch Asche.

Die Glocken läuteten jetzt so laut, dass Sacha die Vibration durch seine Füße hindurch im ganzen Körper spürte. So heftig rüttelte es ihn durch, dass seine Zähne klapperten und er die Balance verlor.

Woher nahmen die Glocken solche Kraft?

Während sie mit der einen Hand immer noch Sacha festhielt, klammerte sich Taylor mit der anderen an die Lehne der Kirchenbank.

»*Sacha.*«

Mehr sagte sie nicht, doch er wusste, was sie meinte.

»Endlich«, seufzte Mortimer und erhob sich noch ein wenig höher. »Sie haben zu lange mit Ihrer kleinen Zeremonie gewartet, Miss Montclair. Der Augenblick ist gekommen.«

Er deutete auf eine Stelle vor dem Altar, wo plötzlich der Steinfußboden in der Mitte aufriss, als wäre er aus Stoff, und sich unaufhaltsam zu weiten begann. Sacha wollte auf keinen Fall hineinschauen, er wollte auf keinen Fall sehen, was dort heraufgekrochen kam.

Starr vor Schreck stand Taylor neben ihm.

»Taylor …«, begann er und hob seine Stimme, um den Lärm zu übertönen. »Tu es, jetzt!«

Ihre Blicke trafen sich. Einen Moment lang fürchtete er, sie könne zu verschreckt sein, um sich der Worte zu erinnern.

Doch dann richtete sie sich auf und balancierte auf dem schwankenden Boden.

Sie holte tief Luft und hob ihre verbundenen Hände in die Höhe.

Im selben Augenblick spürte Sacha so etwas wie Elektrizität – ein Knistern, das ihn durchdrang und ihm den Atem nahm.

Ein plötzlicher Windstoß, dessen Herkunft er sich nicht erklären konnte, wirbelte Taylors Haar durcheinander und hüllte ihr Gesicht in eine Wolke aus Locken. Ihre grünen Augen leuchteten.

Als sie sprach, erhob sich ihre Stimme über das Geläut der Glocken, über den Lärm der fallenden und berstenden Steine. Über das Heulen, das aus dem Spalt im Fußboden zu ihnen heraufdrang.

»Ich fordere Euch auf, Dämonen der Finsternis, haltet Euch an die Abmachung der Zeiten. Ich bin die Tochter von Isabelle

356

Montclair. Seht hier den Sohn von Matthieu L'Hiver. L'Hiver und Montclair, beide vereint durch ihr Blut. Wir flehen Euch an.«

Unbeirrt fuhr sie fort, Zeitingers Worte aus dem Gedächtnis zu zitieren.

»Ich rufe Euch, Azazel und Luzifer. Ich rufe Euch, Moloch und Beelzebub. Ich rufe Euch, Dämonen der Hölle, erhört mein Flehen. Gebt diesen Jungen frei, entbindet ihn von dem Fluch. Haltet die Abmachung der Zeiten in Ehren. Ich rufe Euch – herbei, herbei!«

»Wer ruft mich?« Es war immer noch Mortimer, der da sprach, doch seine Stimme klang nun ganz anders, unheilvoller und tiefer. Sacha und Taylor schauten nach oben, wo er noch immer mit ausgebreiteten Armen über ihren Köpfen schwebte. Seine Augen waren schwarz wie der Abgrund unter ihnen.

»Tochter von Isabelle Montclair. Ich bin hier.«

Ein heulender Windstoß traf sie wie eine Faust. Alle Kerzen im Raum erloschen bis auf jene, die auf dem Boden einen Stern bildeten. Diese leuchteten nun heller als zuvor.
Der Boden schwankte so sehr, dass Taylor Mühe hatte, sich auf den Füßen zu halten.
Damals in St. Wilfred's, als sie dem Dämon zum ersten Mal gegenübergetreten war, hatte sie ihn nicht gesehen. Seitdem hatte sie sich gefragt, welche Gestalt er wohl annehmen würde, wie ein Dämon in Wirklichkeit aussehen würde?
Sie hätte es sich denken können – er kam einfach in Menschengestalt. Von Zeitinger wusste sie zwar, dass er Mortimer zu seinem Vehikel gemacht hatte, doch damals hatte sie es noch nicht verstanden. Erst jetzt erkannte sie die grausame Wahrheit von Mortimers Tauschhandel: Er selbst war zum Dämon geworden.
In seinen pechschwarzen Augen erblickte sie den Tod, die kalte Unbarmherzigkeit. Spürte die maßlose Gier, die nur absolute Vernichtung zuließ.
Sie musste all ihren Mut zusammennehmen, um dem unmenschlichen Blick des Dämons in Mortimers Gestalt standzuhalten, ihrer eigenen Angst.

In ihrer Not stellte sie sich Louisas Stimme vor.

Vertraue deinen Kräften. Du bist stark.

Und sie fühlte sich stark. Die Vermischung ihres eigenen Blutes mit dem von Sacha hatte ihre Macht um ein Vielfaches vergrößert. Sie hatte es sofort gespürt, hatte den energetischen Strom wahrgenommen, der wie Elektrizität, wie eine Droge durch sie hindurchfloss.

Aber würde es reichen?

»Wir begegnen uns erneut, Tochter von Isabelle Montclair«, sprach der Dämon, der immer noch einige Meter über ihnen schwebte. Seine schmierige Stimme jagte ihr eine Gänsehaut über den Rücken. »Du wagst es, mich zu rufen?«

»Ich rufe Euch, damit Ihr diesen Jungen freigebt«, rief Taylor über den Sturm hinweg die Worte, die Zeitinger ihr aufgeschrieben hatte. »Wie es die Abmachung der Zeiten verlangt.«

»Verlangt – von wem?« Der Dämon lachte. »Von *mir*?«

Sein hasserfülltes Lachen und die Dunkelheit, die von ihm ausging, hüllten sie fast ein.

Mit unglaublichem Kraftaufwand hielt sie dagegen und fuhr fort. »Die Abmachung der Zeiten fordert Euch auf, diesen Jungen von dem Fluch zu entbinden. Unser vereintes Blut ist der Beweis, dass er gebrochen ist.«

Der Dämon zog eine Grimasse. Ein gespenstisches, widernatürliches Grinsen.

»Glaubst du wirklich, du hättest die Macht, mich zu besiegen, Tochter von Isabelle? Hat dir das dein deutscher Professor erzählt?« Er blickte sie voller Hohn an. »Dieser Trottel. Nachdem ich mit dir fertig bin, werde ich mich um ihn kümmern.«

Taylor gefror das Blut in den Adern.

Dämonen lügen, erinnerte Louisas Stimme sie.

»Wollt Ihr etwa die Auflösung des Fluches verweigern?« Taylor zwang sich, kalt und furchtlos zu klingen. »Gilt die Abmachung der Zeiten etwa nicht für Euch? Wollt Ihr Euch den Gesetzen entziehen?«

»*Genug.*« Der Dämon sah ihr direkt in die Augen. »Als du zu mir kamst, in mein Reich, habe ich dich da nicht vor den Folgen gewarnt, solltest du diesen Pfad beschreiten? Habe ich nicht ein Mal, mein Zeichen, auf deiner Haut hinterlassen?«

Er senkte den Blick zu ihrer verbundenen Hand, zu den fast verheilten Narben seiner Klauen. Im selben Augenblick löste sich der Verband, und die Narben rissen wieder auf. Schmerz schoss in Taylors Arm.

Sie unterdrückte einen Schrei und zwang sich, ihre Angst zu verbergen.

»Wer spielt jetzt hier die Spielchen?« Sie wunderte sich selbst über ihre Kühnheit.

Die pechschwarzen Augen des Dämons hatten sich zu schmalen Schlitzen verengt.

»Ach, Tochter von Isabelle. Was weißt du schon von *meinen* Spielchen? Erlaube mir eine kleine Kostprobe.«

Er hob eine Hand, und im nächsten Augenblick entglitten ihr Sachas Finger.

Wie von einem Tornado gepackt, flog sein Körper durch den Raum und krachte mit einem grässlichen Geräusch gegen die Mauer, wo er zu Boden fiel.

Es passierte so unglaublich schnell, dass Taylor nicht die geringste Chance hatte, zu reagieren.

Eben noch hatte er hier neben ihr gestanden, und nun lag er dort und rührte sich nicht mehr.

»*Nein!*« Ungläubig starrte sie auf ihre leere Hand. Der blutgetränkte Stoff, der sie verbunden hatte, flatterte zerrissen und lose im Wind, der sie nach wie vor umwehte.

Plötzlich war ihre Hand eiskalt.

Sie starrte auf Sachas zerschlagenen Körper.

»Sacha.« Ein Flüstern, mehr bekam sie nicht heraus.

In ihrer Brust breitete sich ein taubes Gefühl aus. Die Lunge schien ihr den Dienst zu verweigern.

Mortimer und der Dämon zählten nicht mehr. Auch wo sie sich befand, war ihr nun völlig egal. Sie hatte nur noch Augen für diese Gestalt, deren Arme noch immer vorgestreckt waren, wie um einen Angriff abzuwehren, der längst erfolgt war.

»Ich habe dich gewarnt, Tochter von Isabelle«, dröhnte es durch die Krypta. »Sagte ich es nicht? Der Junge gehört mir. Und dennoch wagst du es, den Fluch der Zeiten brechen zu wollen?«

Etwas in ihr sagte Taylor, dass sie weiterkämpfen musste, bis zum bitteren Ende, dass sie um keinen Preis aufgeben durfte. Doch ihre Stimme gehorchte ihr nicht.

Wozu auch?

Zeitingers Buch hatte sich geirrt. Ganz offenbar hatten die Worte keinerlei Effekt auf den Dämon.

»Sacha«, sagte sie daher nur in ihrer Verzweiflung.

Unter quälenden Schmerzen ging sie auf ihn zu. Sie wollte ihn einfach nur berühren. Nachschauen, ob noch Leben in ihm war.

Der Dämon in Mortimers Gestalt stellte sich ihr in den Weg.

Er musste wieder gelandet sein, ohne dass sie es mitbekommen hatte.

»Es ist vorbei«, sagte er. »Endlich hat sich der Fluch erfüllt. Das Ende naht.«

Taylor hob den Blick und sah ihn an. Irgendwie fing der Schmerz in ihr an, sich in Zorn zu verwandeln. Aus jeder Pore ihres Körpers krochen nun Wut und Hass, wie Dolche durchdrangen sie ihre Seele.

Wenn Sacha tot war, dann wollte sie ihn wenigstens rächen. Immerhin das konnte sie für ihn tun.

»Ich hab's Euch gesagt. Ich – werde – ihn – retten.« Und mit diesen Worten trat sie auf Mortimer zu.

Bevor er etwas erwidern konnte, hob sie ihre Hand, um ihm Einhalt zu gebieten.

Still.

Er hielt inne.

»Ich hab's Euch gesagt«, wiederholte sie, während die reinigende Hitze der Wut sie ganz erfüllte. »Jeden werde ich vernichten, der ihm etwas antut.«

Der Dämon neigte den Kopf zur Seite und musterte sie mit neuem Interesse.

»Du bist stärker, als ich vermutet hatte, Tochter von Isabelle.«

»Ja«, sagte sie. »Das bin ich.«

Klinge.

Der Zeremoniendolch, der unbeachtet auf dem Boden lag, sprang gehorsam in ihre Hand.

Sie konzentrierte sich genau auf die Stelle in Mortimers Brust, wo das Herz hätte sein müssen – wenn er noch eins besessen hätte.

Töte.

Schneller als eine Pistolenkugel schoss die Klinge los, doch Mortimer schnippte sie einfach mit den Fingern beiseite, und sie landete harmlos klimpernd auf dem Boden.

Unverwandt sah er sie aus seinen schwarzen, toten Augen an.

»Interessant, Tochter von Isabelle. Warum kämpfst du weiter? Der Junge ist doch schon tot.«

Taylor würdigte ihn keines Blickes. Sie streckte ihre Arme aus und nahm die Kräfte des Raums in sich auf, die ihr aus dem Kerzenstern auf dem Boden zuzufließen schienen.

»Ich rufe Euch, Moloch und Beelzebub«, begann sie erneut. »Ich rufe Euch an, gebt diesen Jungen frei. Die Abmachung der Zeiten …«

»Der Junge ist tot, Miss Montclair.«

Taylor hielt inne. Schwarze Augen brannten sich in ihre.

»Sie sollten mit mir mitkommen, Miss Montclair. Grenzenlose Macht ist …« Plötzlich kippte Mortimers Kopf nach hinten, weiter, als ein Mensch es gekonnt hätte, und schnappte dann mit widerlicher Geschwindigkeit wieder nach vorn. »… unvorstellbar.«

»*Niemals* werde ich mit Euch gehen«, fauchte sie. »Nie im Leben. Ich verabscheue Euch.«

Sie machte einen schnellen Schritt auf ihn zu und spuckte ihm ins Gesicht.

Die Zeit schien stillzustehen. Schließlich sprach er wieder, doch nun war die Stimme in ihrem Kopf.

»Du bist zu weit gegangen. Ich habe dich gewarnt, Tochter von Isabelle.«

Und dann, ohne Vorwarnung, wurde sie plötzlich von einer unsichtbaren Kraft gepackt und durch die Luft geschleudert. Ihre Füße verließen den Boden, und einen kurzen Augenblick lang war sie schwerelos, doch sie wusste, was das bedeutete. Was sie erwartete.

Jetzt, dachte sie benommen, werde ich wissen, wie sich der Tod anfühlt.

Der Aufprall auf dem Boden vor dem Altar war so heftig, dass die gesamte Atemluft aus ihrem Körper wich. Ein brennender Schmerz fuhr durch ihre Rippen, und sie hörte es knacken.

Beim nächsten Atemzug brannte es in ihrer Brust wie Feuer, und sie hörte ein Pfeifen. Instinktiv wusste sie, dass dieses Geräusch nichts Gutes zu bedeuten hatte, doch sie konnte nicht mehr klar denken. In ihren Ohren klingelte es, sie hatte völlig die Orientierung verloren.

Alles war verschwommen, nur eins war sonnenklar. Es war vorbei.

Sie hatte versagt.

Mühsam zwang sie sich, die Augen zu öffnen. Sachas Körper lag nicht weit entfernt. Sie sah seine Hände – die Finger zusammengerollt wie bei einem Baby.

Wo der Dämon war, wusste sie nicht. Es war ihr auch völlig egal.

Sacha war alles, was jetzt noch zählte.

Unendlich langsam robbte sie über den rauen Steinfußboden. Jede Bewegung bereitete ihr Höllenqualen. Mit letzter Kraft presste sie ihre Hand auf seine, bis sie schließlich neben ihm zusammenbrach.

Seine Haut war so kalt.

»Es tut mir so leid, Sacha«, flüsterte sie, »ich hab's versucht.« Und dann noch einmal: »Es tut mir so unendlich leid.« Und bei jedem Atemzug wieder dieses Pfeifen.

Er antwortete nicht. Sein Gesicht war ihr zugewandt, die langen, dunklen Wimpern lagen auf seinen marmorblassen Wangen.

Hinter sich hörte sie jemanden rufen, der Dämon vermutlich, doch sie verstand nicht, was. Alles, was ihr wichtig war, lag vor ihr.

Plötzlich öffnete Sacha die Augen.

Taylor starrte ihn an wie einen Geist.

Das ist ein Traum. Ich bin bewusstlos. Vielleicht bin ich auch schon tot. Das muss es ein.

Doch wenn sie tot war – warum dann diese Schmerzen?

Sachas blaue Augen sahen sie an, als suchte er nach etwas. Eine Zeit lang rührte sich keiner von beiden.

Ganz langsam schlossen sich seine Finger um ihre – so fest, dass es schmerzte.

Das ist kein Traum.

Eine Woge der Elektrizität rauschte durch sie hindurch.

Und dann spürte sie, wie ihre Rippen zusammenwuchsen. Sofort fiel ihr das Atmen wieder leichter, das Pfeifen war weg.

Während ihr Körper in Windeseile heilte, sah Sacha sie mit seinen intelligenten, aufmerksamen meerblauen Augen an, als wüsste er ganz genau, was mit ihr geschah.

»Wintersblut«, hauchte er fast unhörbar.

Da begriff sie.

Es hatte funktioniert. Die Vereinigung war vollzogen. Sie hatten nicht versagt. Noch nicht.

Dämonen lügen.

Der Dämon hatte ihr vorgemacht, Sacha sei tot und der Kampf vorbei. Damit sie aufgab.

Aber es war noch nicht vorbei.

Plötzlich sah sie überall um sich herum alchemistische Energie. Dicke goldene Stränge umgaben sie wie Flüsse, sammelten sich zu Seen.

Überall war sie, diese Energie, die ganze Basilika schien daraus gemacht.

Bisher hatte der Dämon es mit seinen Zauberkräften vor ihr verborgen. Doch nun sah sie klar.

Auch Sacha bemerkte es. Weil er wusste, was in ihr vorging. Sie hatte keine Erklärung dafür, aber es war so. Und sie wusste, was in ihm vorging.

Sacha war nun völlig furchtlos, er hatte keine Schmerzen mehr.

Er war nur noch wütend.

Als er sicher war, dass sie verstanden hatte, flüsterte er: »Bereit?«

Und dann: »Jetzt!«

Taylor musste nicht nachfragen, was er meinte. Sie wusste es.

Sie schloss die Augen und zog so viele Energiestränge zu sich heran wie möglich. Und kein Zweifel: Sacha tat es ihr nach. Sie visualisierte, wie die Energie sie beide abheben ließ.

Hinauf.

Plötzlich standen sie mit beiden Füßen auf dem Boden, und im nächsten Augenblick begannen sie zu schweben, nur wenige Zentimeter, aber sie schwebten. Die Energien durchströmten sie beide, legten sich schützend um sie, durchdrangen sie. Und sie spürten, wie sie durch ihre Finger hin- und herjagten, von einem zum anderen.

Der vom Dämon besetzte Mortimer hatte von all dem nichts

mitbekommen. Er hatte ihnen den Rücken zugewandt, einen der Steine hochgehoben und begonnen, darunter herumzukramen.

Taylor und Sacha sahen sich fragend an.

Dann sprachen sie beide wie aus einem Mund. »Löst ihn auf, den Fluch der Zeiten.«

Mortimer fuhr herum, und auf seinem Gesicht zeichnete sich ein beinahe witziger Ausdruck der Überraschung ab. In den Händen hielt er ein abgewetztes, altes Buch. In dem Loch, aus dem er es geholt hatte, erkannten sie die zerbrochenen Überreste eines alten Sargs und darin ein Skelett, das ein Schwert hielt.

»Die Abmachung der Zeiten gebietet Euch: Gebt diesen Jungen frei«, sagten Taylor und Sacha im Chor. »Entbindet ihn von seinem Fluch.«

Der Dämon schien sich erholt zu haben.

»Eure Spielchen fangen an, mich zu langweilen«, sagte er.

Doch seine Stimme hatte ihre Furcht einflößende Wirkung verloren.

Als er die Hand hob, nahm Taylor seine Kräfte als ölige schwarze Tröpfchen wahr. Neugierig beobachtete sie, wie sie näher kamen.

Sie und Sacha machten eine Bewegung mit den freien Händen, und die alchemistischen Energien lenkten die schmierigen Tröpfchen ab.

Mortimer starrte sie ungläubig an.

»Das ist doch nicht möglich …«

Der Dolch.

Nicht Taylor dachte das, sondern Sacha. Und sie hörte den Gedanken in ihrem Kopf, als wäre es ihrer. Sie sahen zu der Stelle, wo Zeitingers Zeremonienmesser unbeachtet auf dem Boden lag.

Den nächsten Befehl dachten sie gemeinsam.

Klinge.

Sofort kam der Dolch angeflogen und verharrte in der Luft vor ihnen, unbeweglich und tödlich.

Sie blickten zu Mortimer.

»Nein«, stammelte der und wich zurück. »Wir hatten eine Abmachung.«

»Gebt diesen Jungen frei«, sagten sie wie aus einem Mund. »Gemäß der Abmachung der Zeiten. Wir befehlen es Euch. Wir befehlen es Euch. Wir befehlen es Euch.«

Der Dolch schoss durch den Raum und bohrte sich in Mortimers Brust. Die Heftigkeit des Aufpralls warf ihn gegen die Mauer, wo er aufgespießt hängen blieb.

Schwarzes Blut rann ihm zähflüssig über den Bauch und sammelte sich unter seinen Füßen in einer Pfütze.

Er öffnete den Mund, und ein ohrenbetäubender Schrei kam aus seiner Kehle.

Fassungslos starrte er sie an.

Das Buch entglitt seinen Fingern.

Plötzlich wand sich ein langer schwarzer Schatten aus seinem geöffneten Mund, kroch schäumend und sich windend über den steinernen Boden.

Der Schatten hatte keine feste Gestalt, doch irgendwie wussten Taylor und Sacha auch so, dass dies die Seele des Dämons war.

Angewidert sahen sie zu, wie sie in den klaffenden Spalt im Boden zurückglitt.

Sekunden später erschütterte ein Beben die Fundamente des alten Gebäudes, Steine lösten sich aus der Decke. Die Glocken läuteten wild durcheinander.

Der Boden hatte sich wieder geschlossen, doch die Erde bebte noch immer.

Ein Stück Mauer löste sich aus der Wand, stürzte neben sie und zerbarst in tausend Stücke.

Sacha zog Taylor zur Treppe.

»Raus hier.«

Er musste es nicht mal aussprechen, das tat er nur aus Gewohnheit. Sie konnte jetzt ja seine Gedanken hören.

Dem einstürzenden Mauerwerk ausweichend, rannten sie Hand in Hand durch die Krypta. An der Treppe schaute Taylor sich noch einmal um.

Mortimers aufgespießter Körper schwang langsam mit jedem Beben der Erde mit. Der Verwesungsprozess schritt unglaublich schnell voran. Er sah aus, als wäre er schon ewig tot.

»Komm schon«, rief Sacha und zog sie an der Hand. Taylor ließ sich nicht zweimal bitten.

Während um sie herum das gesamte Gebäude erbebte, stolperten sie die Treppe hinauf. Als sie das Kirchenschiff erreichten, loderte dort, wo die Kerzen umgestürzt waren, ein Feuer. Ein Kreuz, das an einer Wand hing, schwang bedrohlich hin und her. Um sie herum wackelten die Säulen gefährlich. Die Glocken läuteten wild und aufgebracht.

»Schnell!«, rief Sacha und zog sie an der Wand mit den Seitenkapellen entlang zum Haupteingang. Die Tür, die von unsichtbaren Kräften verschlossen worden war, nachdem sie die Kirche betreten hatten, stand nun sperrangelweit offen. Sie rannten hindurch und hinaus auf den Vorplatz. Eine Sekunde später krachte einer der Wasserspeier hinter ihnen aufs Pflaster.

Aus den umliegenden Hotels und Wohnungen kamen die Leute zusammengelaufen, die meisten in Schlafanzügen und Morgenmänteln, und redeten aufgeregt durcheinander.

»Ein Erdbeben«, schrie einer.

»Bleibt weg von den Mauern«, rief ein anderer auf Französisch.

»Was hat er gesagt?«, fragte jemand mit amerikanischem Akzent auf Englisch.

»Schnell weglaufen?«, schlug sein Freund vor.

Hand in Hand mit Sacha stolperte Taylor wie benommen durch die immer größer werdende Menge.

Hatten diese Menschen denn nicht mitbekommen, dass beinahe die Welt untergegangen war? Hatten sie überhaupt eine Vorstellung davon, wie nahe sie dem Ende gewesen waren?

Mitten in der Menge blieben sie stehen und verschmolzen mit ihr.

Als sich ein paar Minuten später die Erde beruhigt hatte, jubelten die Touristen.

»Nächstes Jahr fahre ich wieder nach Frankreich«, sagte einer. »Die wissen, wie man eine Show aufzieht.«

Taylor bekam davon nichts mehr mit. Sie schmiegte sich an Sacha, der neben ihr stand, seinen warmen Körper an ihren drückte und sie aus seinen meerblauen klaren Augen ansah.

Voller Verwunderung berührte sie sein Gesicht.

»Versprich mir, dass du wirklich lebst.«

»Glaub mir«, sagte er, »ich lebe.«

»Und ich dachte schon, ich hätte dich verloren.«

Er zog sie an sich und presste ihre Hand auf seine Brust, damit sie das wahrhaftige Klopfen seines Herzens fühlte.

»Niemals.«

»Könnt ruhig reinkommen.« Louisa winkte sie ungeduldig herein.
Ihr Krankenzimmer war strahlend weiß und sauber wie ein Labor. Der scharfe Geruch nach Desinfektionsmitteln kitzelte Taylor in der Nase.
Louisa lag im Bett, ihr Kopf wurde von einem komplexen Stützapparat aus Metall und Plastik gehalten, der an Stirn und Brust fixiert war und wie ein Käfig aussah. Entlang des Haaransatzes auf einer Seite ihres zerschlagenen Gesichts schlängelte sich eine lange Reihe von Stichen nach unten, doch ihre Augen waren hellwach.
Taylor strich sich mit einer nervösen Geste übers Haar. Sacha hatte die Hände tief in die Taschen seiner Jeans gesteckt und war nicht weniger verlegen.
»Hi.«
Wie geht's?, verkniff sie sich gerade noch so eben, das hätte angesichts von Louisas Zustand einfach nur lächerlich geklungen.
»Alastair meinte, du wärst schon wieder okay, aber wir wollten uns selbst überzeugen«, sagte sie stattdessen.
Louisa musterte sie und entdeckte die dunkle Schramme an

Taylors Schläfe. Alle anderen Verletzungen waren schon wieder verheilt – die Schrammen heilen immer als Letztes, hatte Sacha ihr erklärt.

»Wäre nicht nötig gewesen.«

Louisa ließ sich nichts anmerken, doch Taylor wusste, dass sie sich freute.

Eine Krankenschwester in grünem Kittel kam herein und drückte ein paar Knöpfe, woraufhin ein paar Plastikapparate wild piepten und sie etwas vor sich hin brummend noch mehr Knöpfe drückte, um den Lärm wieder zu unterbinden.

Louisa verdrehte die Augen. »Das macht sie immer. War echt schon auf ruhigeren Rollatorderbys.« Die Frau verließ ungerührt das Zimmer, wobei sie etwas in schnellem Französisch sagte.

Sacha musste grinsen.

»Was hat sie gesagt?«, fragte Louisa aufgebracht. »Das macht sie die ganze Zeit mit mir. Immer dieses Gequatsche.«

Sachas Lächeln wurde noch breiter. Taylor spürte, dass er Louisa fast genauso gern hatte wie sie selbst.

»›Die macht nur Ärger‹, hat sie gesagt.«

»Ach so.« Louisa versuchte, sich unter einem Metallstab zu kratzen, der mit ihrem Kopf verbunden war. »Gar nicht so dumm, wie sie aussieht. Aua!«

Unwillkürlich streckte Sacha die Hand aus, steckte sie aber gleich wieder in die Hosentasche.

»Vielleicht solltest du das besser lassen«, schlug er vor.

»Wie fühlt sich das eigentlich an?« Schüchtern deutete Taylor auf den Metallapparat. »Wenn man sich das Genick gebrochen hat, meine ich.«

»Großartig«, erwiderte Louisa trocken. »Wir lassen es hier so richtig krachen.«

Taylor musste grinsen. »Blöde Frage, ich weiß.«

»Nein, überhaupt nicht«, seufzte Louisa. »Ich hab nur keinen Bock mehr, hier zu sein. Davon krieg ich schlechte Laune.« Vorsichtig betastete sie die Metallstäbe. »Mittlerweile tut es eigentlich nicht mehr sehr weh. Fühlt sich halt nur so an, als wäre mein Kopf im Knast.« Behutsam veränderte sie ihre Stellung. »Aber noch ein paar Monate, und ich bin das Ding wieder los. Ansonsten völlig harmlos.«

»Ich hab deinen Kaffee, aber in diesem Land scheinen sie nicht sonderlich viel von Mokka …« Alastair platzte ins Zimmer, in jeder Hand einen Plastikbecher. Als er Taylor und Sacha sah, blieb er so abrupt stehen, dass er fast den Kaffee verschüttete.

»Da seid ihr ja.« Ein erfreutes Lächeln zeichnete sich auf seinem rötlichen Gesicht ab. »Gesund und munter.«

»Hast du etwas anderes erwartet?«, fragte Sacha.

»Selbstverständlich nicht.«

Alastair gab Louisa ihren Kaffee und setzte sich neben sie aufs Bett. Mit erwartungsvoller Miene sahen sie Sacha und Taylor an, als warteten sie auf große Verkündungen.

»Was ist?«, fragte Taylor, obwohl sie es schon ahnte.

»Nun seid mal nicht so schüchtern.« Louisa wedelte ungeduldig mit der Hand. »Jones hat heute Morgen angerufen und uns alles gesteckt. Stimmt das?«

Sacha und Taylor wechselten einen Blick.

Also dann, dachten sie beide.

»Es stimmt«, sagte Taylor schließlich.

»Ich glaub's ja nicht.« Alastair schüttelte den Kopf. »Das ist doch nicht möglich.«

»Sagen alle«, sagte Sacha. »Aber irgendwie ist es doch passiert.«

»Beweist es«, forderte Louisa. »Wir glauben es nicht, bevor wir es nicht gesehen haben.«

Da sie das schon erwartet hatten, erhoben Sacha und Taylor keine Einwände.

Taylor setzte ihre Tasche ab, öffnete die Klappe und zog eine Kerze heraus. Sie stammte aus der Kapelle des Krankenhauses, und sie hatte sie nur für den Fall mitgebracht.

Sie reichte die Kerze Sacha und trat zurück. »Zeig's ihnen.«

Das ist albern, hörte sie Sachas Stimme deutlich in ihrem Kopf.

Ich weiß, antwortete sie lautlos und machte ein mitfühlendes Gesicht. *Tu's einfach und mach sie glücklich.*

Sacha hielt die Kerze hoch und fixierte sie wild entschlossen. Im nächsten Augenblick entzündete sich der Docht.

Louisa stieß einen bewundernden Pfiff aus.

Alastair sah sie fassungslos an. »Das ist ja der absolute Wahnsinn!«

»Aber wie …?«, fragte Louisa, obwohl sie sich sicher war, dass niemand diese Frage mit Gewissheit beantworten konnte.

»Montclair-Blut in Winters-Adern«, sagte Sacha ruhig, während er Taylor unverwandt ansah.

Sein Blick jagte ihr eine Gänsehaut über den Rücken.

»Jones wird komplett durchdrehen«, stellte Louisa fröhlich fest, als wäre ein durchgedrehter Dekan das Beste, was ihnen passieren konnte.

»Ich verstehe das nicht.« Alastair machte ein finsteres Gesicht. »Einen Alchemisten kann man doch nicht einfach so machen. Die DNS lässt sich nicht in diese Richtung manipulieren. Das ist erwiesenermaßen unmöglich. Wie konnte es dann geschehen?«

Sorgenvoll blickte er in die Runde, und Taylor meinte sogar, ein wenig Furcht darin zu bemerken.

Kein Wunder, sie hatten das alles ja schon bei ihrem Telefonat mit St. Wilfred's erlebt. Was immer sie zur Erklärung sagten, es verstörte die Leute zutiefst. Also hielten sie sich mit der anderen Hälfte der Wahrheit lieber zurück.

Taylor besaß nun Sachas Heilkräfte – jede Wunde verheilte innerhalb von Minuten. Ob sie auch von den Toten wiederauferstehen konnte, wusste sie nicht. War aber auch nicht wirklich scharf darauf, es herauszufinden.

»Wir wissen es nicht«, sagte sie. »Und Zeitinger weiß es auch nicht.«

Sie musste daran denken, was der deutsche Professor ihr vor ihrem Aufbruch aus St. Wilfred's über Dunkle Zeremonien gesagt hatte: *Eine Dunkle Zeremonie wird Spuren in Ihrem Geist hinterlassen. Manchmal erfüllen sie sich. Manchmal ergreifen sie Besitz von einem.*

War die Dunkle Energie jetzt in ihr? Sie wusste es nicht. Wahrnehmen konnte sie jedenfalls keine.

Die Wahrheit war – ihnen beiden gefiel es so. Weder waren sie Schwarzmagier geworden noch böse. Sie waren einfach nur viel stärker.

Und besser.

»Und was habt ihr zwei jetzt vor?«, fragte Louisa.

»Wir fahren nach Paris«, erwiderte Sacha nüchtern.

»Sacha hat seiner Mutter versprochen, dass er nach Hause kommt, wenn die Sache hier vorbei ist, und das werden wir jetzt auch tun«, sagte Taylor. »Und ich fahre von da aus weiter nach Spanien, meine beste Freundin besuchen.«

Louisa sah sie forschend an. »Und danach, zurück nach St. Wilfred's?«

»Vermutlich«, antwortete Taylor. »Jedenfalls spätestens, wenn die Vorlesungen wieder anfangen.«

Sie tat ganz unbekümmert, wollte sich nichts anmerken lassen, doch Louisa schien etwas zu merken. Misstrauisch beugte sie sich so weit vor, wie der Käfig um ihren Kopf es zuließ, und musterte sie.

»Sonst noch was?«.

Taylor zögerte. Sie belog Louisa nur ungern, wollte ihr jetzt aber auch noch nicht alles erzählen. Sie war einfach noch nicht bereit, alles preiszugeben. Sie brauchte noch Zeit, um die Ereignisse zu verdauen.

Später vielleicht.

»Alles gut.« Sie ging zum Bett und nahm Louisas Hand. Sie spürte das Pochen in ihren Adern, ihre kräftigen Muskeln unter der Haut. Louisas Kräfte waren durch Mortimers Attacke nicht weniger geworden. Sie würde sich von den Verletzungen erholen und wieder ganz die Alte sein.

Vielleicht wäre dann der richtige Moment, um ihr alles zu sagen.

»Ich versprech's.«

Und es war ja auch gar nicht gelogen, es war wirklich alles gut.

Lass uns gehen.

Sacha sah Taylor an. Sein Motorrad parkte draußen mit ihrem Gepäck. Bei dem Gedanken hüpfte ihr Herz vor Freude. Ihr Leben fing erst an.

Mortimer war tot, niemand konnte sie aufhalten.

»Wir müssen.« Taylor beugte sich herunter und umarmte Louisa vorsichtig. Und dann pflückte sie ein winziges Energieband und lenkte es zu Louisas gebrochenem Hals.

Heile.

Louisa stutzte.

»Was war das?«

Mit ihrer bleichen Hand voller dunkler Tattoos tastete sie nach ihrem Nacken.

Taylor hatte noch keine Erfahrung, wie schnell ihre neuen Fähigkeiten anschlugen, aber es auszuprobieren konnte ja nicht schaden.

»Nur eine kleine Umarmung, Lou. Nichts weiter.«

Sie stand auf und ging zu Sacha, der in der Tür wartete.

Als sie sich ein letztes Mal umdrehte, um sich von Louisa und Alastair zu verabschieden, verspürte Taylor unerwartet Heimweh nach Oxford mit seinen hohen Türmen und Spitzen, nach Zeitingers mit Büchern vollgestopftem Arbeitszimmer und den Tagen in der Bibliothek, die sie mit dem Studium verstaubter, alter Pergamente verbracht hatte.

Im Herbst würde sie dorthin zurückkehren – und diesmal als richtige Studentin. Sie würde hart arbeiten. Und irgendwann verstehen, was genau während der Zeremonie in der Krypta geschehen war.

Noch einen Augenblick blieben sie in der Tür stehen.

»Also dann, bis in St. Wilfred's«, sagte Taylor.

Ehe die anderen antworten konnten, hatten sie und Sacha sich umgedreht und gingen völlig synchron über den breiten Krankenhausflur davon, hinaus in die Sonne.

Es war Zeit für ein neues Leben.

Wird die Liebe das Schicksal besiegen?

C. J. Daugherty
Secret Fire – Die Entflammten
448 Seiten · Ab 14 Jahren
ISBN 978-3-7891-3339-8

Der 17-jährige Sacha setzt sein Leben mit spektakulären Aktionen aufs Spiel – weiß er doch, dass er vor seinem 18. Geburtstag nicht sterben kann. Grund ist ein uralter Fluch, der seit Generationen auf seiner Familie lastet. Ein Fluch, von dem ihn nur die gleichaltrige Taylor erlösen kann. Doch der Preis dafür ist hoch. Ist sie bereit, sich und ihre Zukunft für Sacha zu opfern? Charmant, actionreich und romantisch!

Auch als

Weitere Informationen unter: **www.secretfire.de**, **www.oetinger-media.de** und **www.oetinger.de**

Mehr von C. J. Daugherty:
Die Bestsellerserie in fünf Bänden

C.J. Daugherty
NIGHT SCHOOL
Du darfst
keinem trauen
Band 1
ISBN 978-3-7891-3326-8

C.J. Daugherty
NIGHT SCHOOL
Denn Wahrheit
musst du suchen
Band 3
ISBN 978-3-7891-3329-9

C.J. Daugherty
NIGHT SCHOOL
Und Gewissheit
wirst du haben
Band 5
ISBN 978-3-7891-3337-4

Nach dem spurlosen Verschwinden ihres Bruders schicken ihre Eltern Allie auf das abgelegene Internat Cimmeria. Schon bald wird sie von Carter und Sylvain, zwei Mitschülern, umworben. Doch in der Schule gehen seltsame Dinge vor. Und mit einem Mal wird Allie des Mordes bezichtigt ...

Der SPIEGEL-Bestseller! Die atemlos spannende Story um Allie und das Geheimnis der „NIGHT SCHOOL" ist Thriller und Liebesgeschichte zugleich.

Auch als

Weitere Informationen unter: www.nightschool.de,
www.oetinger-media.de und www.oetinger.de

Geliebter Mörder?
Ein atemlos spannender Thriller

Antonia Michaelis
Der Märchenerzähler
448 Seiten · ab 14 Jahren
ISBN 978-3-7891-4289-5

Abel ist ein Außenseiter, ein Schulschwänzer und ein Drogendealer. Wider besseres Wissen verliebt Anna sich rettungslos in ihn. Denn es gibt noch einen anderen Abel: den sanften, traurigen Jungen, der für seine Schwester sorgt und der ein Märchen erzählt, das Anna tief berührt. Doch was, wenn das Märchen gar kein Märchen ist, sondern grausame Wirklichkeit?

Auch als

Weitere Informationen unter:
www.oetinger-media.de und www.oetinger.de

Wer ist Freundin? Wer ist Feindin? Wer spielt falsch?

Begleitet von Bestsellerautorin Rita Falk

Daniela Pusch
**Band 1: Secrets –
Wen Emma hasste**
240 Seiten · Ab 14 Jahren
ISBN 978-3-95882-061-6

Elisabeth Denis
**Band 2: Secrets –
Wem Marie vertraute**
240 Seiten · Ab 14 Jahren
ISBN 978-3-95882-063-0

Lara De Simone
**Band 3: Secrets –
Was Kassy wusste**
240 Seiten · Ab 14 Jahren
ISBN 978-3-95882-065-4

Die Erste ist erfolgreich und beliebt. Die Zweite still und unsicher. Und die Dritte verdreht einfach jedem den Kopf. Trotzdem sind Marie, Emma und Kassy beste Freundinnen. Bis Marie auf ihrer eigenen Party tot aufgefunden wird. Ein Selbstmord? Jeder aus Maries Umfeld scheint etwas verbergen zu wollen. Doch die dunkelsten Geheimnisse hüten die drei Freundinnen voreinander ...

Auch als

Die Welt von SECRETS:
#secrets
www.secrets-trilogie.de

www.oetinger34.de/buch